久遠《くおん》の島

乾石智子

〈久遠の島〉そこは世界中のあらゆる書物を見ることができる不思議な場所、心から本を愛する人のみが入ることを許される楽園だった。あるとき、ひとりの王子が島を訪れた。魅力的で、島を守る氏族の少年ともすぐに打ち解けたが、その真の姿は強欲で身勝手で目的のためなら手段を選ばない人物だったのだ。そして彼の野心が島に悲劇をもたらした……。書物の護り手である氏族の兄弟がたどる数奇な運命とは。連合王国フォト、呪法の国マードラ、写本の都パドゥキアを舞台におくる、著者のデビュー作『夜の写本師』に連なる本の魔法と復讐の物語。

登場人物

ヴィニダル（ヴィン）……〈久遠《くおん》の島〉のジャファル氏族の少年
ネイダル……ヴィニダルの兄
シトルフィ……ネイダルとヴィニダルの幼馴染み
チャギ……シトルフィの姫山羊
ダルジリア……ネイダルとヴィニダルの姉。大フォトの王宮書記
ヤルラン……ネイダルとヴィニダルの従兄
ロベリー……ネイダルとヴィニダルの伯母
ペボロ……ロベリーの従者。ウィーダンの魔法が使える
ポパット……大フォトの王宮書記
オルゴストラ（オーゴ）……水の魔道師
テルラポ……オーゴの料理人
ゼケー……オーゴの織師兼仕立屋兼編師
イコート……ヴィニダルを助けたマードラ人の男
ダダメカ……ヴィニダルを買ったマードラ人の女
トーキ……マードラの王宮神殿の神官

バリニウス……………トーキに仕える魔道師
ミャルク……………王宮神殿の副料理長
ニューカイ……………写本工房の親方
ギザキー……………ニューカイ工房の徒弟
ヤーマ……………ニューカイ工房の徒弟
ムバーカ……………写本工房の親方
カラス……………インク工房の親方
ゼパター……………サージ国の王子
チュロクー……………セパターに仕える本の魔道師
〈ワニ〉……………暗殺者
ケルカー……………雇《こ》兵《へい》
ヴァージ王……………中央フォトの君主

久《く》遠《おん》の島

乾石智子

創元推理文庫

THE BOOK OF PLEDGE

by

Tomoko Inuishi

2021

目次

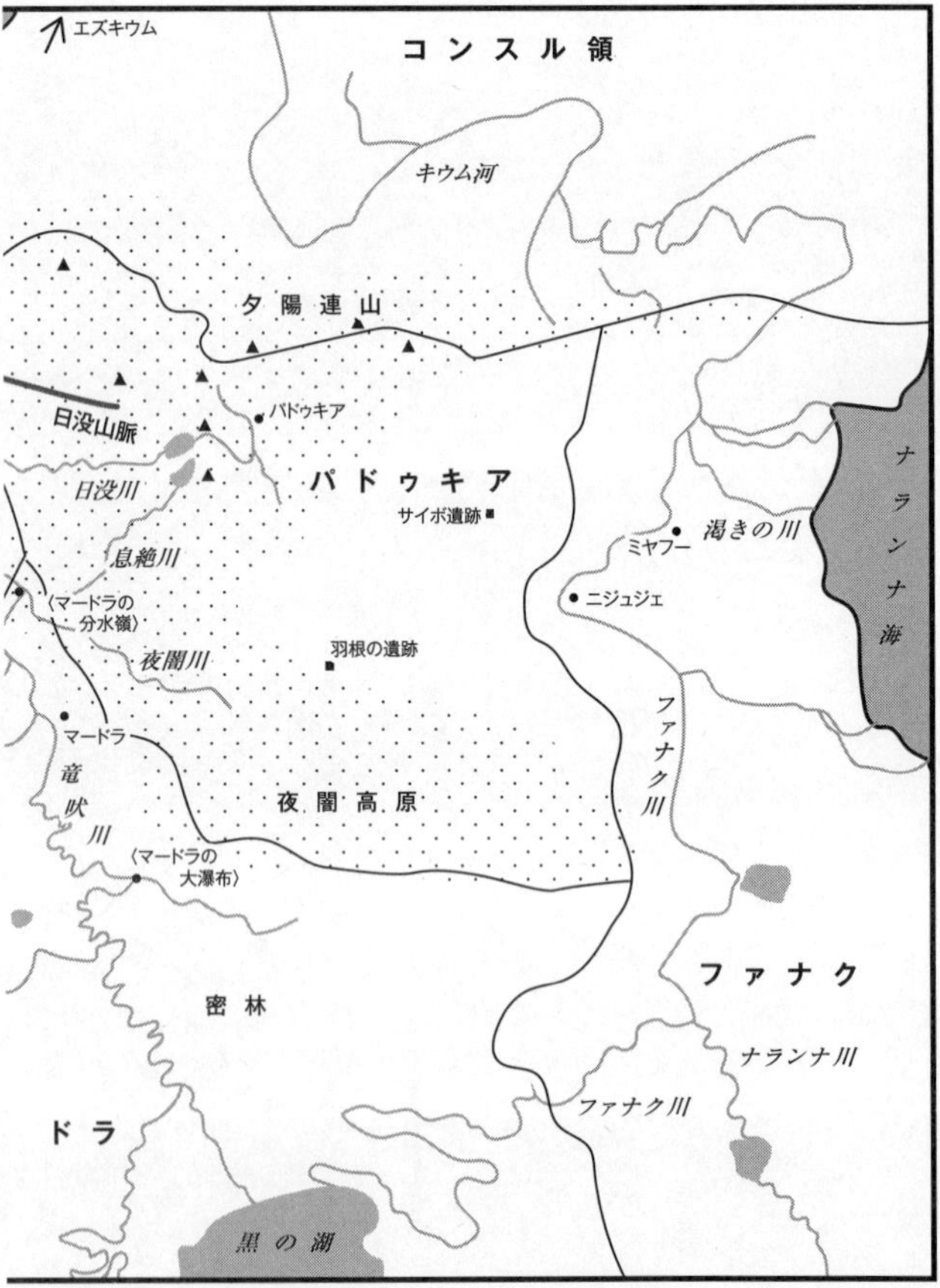

エズキウム
コンスル領
キウム河
夕陽連山
日没山脈
パドゥキア
パドゥキア
サイボ遺跡
日没川
息絶川
〈マードラの分水嶺〉
夜闇川
羽根の遺跡
マードラ
竜吠川
夜闇高原
〈マードラの大瀑布〉
渇きの川
ミヤフー
ニジュジェ
ナランナ海
ファナク川
ファナク
ナランナ川
ファナク川
密林
ドラ
黒の湖

クラーロ海
赤堀海岸
フォト
マケモ
マケマ
フォト高原
フォト
フォト山地
ネル
ナリオ
サージ
テル
青頭湿原
息絶川
白牙川
〈目の奥〉
キナ
静寂《しじま》川
〈額〉
高《たか》頬《ほお》原《がはら》
頬たぶ山脈
鼻ヶ丘
〈口〉
騒がし川
竜足川
竜尾川
イコートの洞窟
〈喉〉
サンゴ諸島
マー
フォト連合国
①大フォト
②中央フォト
③アイリア王国
④アナリア王国
⑤サージ
⑥北フォト
⑦東フォト
⑧パルパジ
⑨スコールド小王国
⑩エルズ王国
⑪ヨルク
⑫南フォト
⑬アイルド王国
⑭〈辺境〉
国境
フォト連合国内王国の国境
久遠《くおん》の島
〈書物の森〉
集落
〈額〉

久遠《くおん》の島

久遠《くおん》の島

THE BOOK OF PLEDGE

——本作りにかかわるすべての人に捧ぐ

プロローグ

大海原が広がっている。乾期の終わりの晴れた朝だ。

あなたは、乾いた風を頰にうけ、目を細めて穏やかな水面《みなも》をながめている。群青と紺色のあいまに一筋の翠《みどり》を見えかくれさせて流れていくその様は、まるで大きな蛇が鱗《うろこ》をきらめかせて泳いでいくようだ。

明日か明後日には、夏が来るだろう。乾いて、暑く、目もくらむような光と、より濃い影が、手をとりあって跳びはね、交錯し、乱舞するフォトの夏。没薬《もつやく》や様々な香辛料やニンニクの匂いが漂い、冷たい水や砂糖をたっぷり入れた薄荷《はつか》茶を売る声が響き、砂塵に市場は煙り、駱駝《らくだ》のしわぶきと山羊飼いの歌声がまじりあう……。

しかし、あなたは。

あなたはそれらすべてに背をむけて、はるかな水平線に浮かぶ島へと渡っていくのだ。今日こそ。

その島は〈久遠《くおん》の島《フィブラ》〉、恋い焦がれて十年、ようやく訪れることのかなう夢の地だ。海に留められた翠玉《エメラルド》の肩留めさながらに輝いている。あなたは我しらず、喘ぎにも似た息を吐きだし、次いで潮の匂いを胸いっぱいに吸いこみ、羊一頭分の羊皮紙を抱えなおす。しがない書生の全財産をはたいて手に入れたそれが、島に入るために必要な唯一の物だ。

岩壁の下から交易商人や水夫たちの怒鳴り声が聞こえてきた。われにかえったあなたは、つづら折りの道を埠頭へと駆けおりていく。埠頭には、〈静寂川《しじま》〉から〈額〉の町の荷物や人々を運んできた小型船をはじめ、沿岸航行の中型船が数十艘、揚げ潮を待っている。

あなたは三本マストの華々しい商船には目もくれず、十人漕ぎの小さなガレー船の渡り板を渡る。マストは一本、甲板の日よけの下にしつらえられた卓と椅子にはすでに、二人の客が座っている。

錨《いかり》が巻きあげられ、銅鑼《どら》が鳴り響き、甲板の下からかけ声があがったかと思うや、櫂《かい》が一斉に動きだす。船はゆるゆると港をはなれ、日銭稼ぎの男たちの屈強な腕によって沖へと運ばれていく。帆がおろされ、北東の風を斜めにうけ、船足は速まる。

風に頬をなぶられながら、あなたは一点をじっと見つめつづける。少しずつ大きくなってくる島から目がはなせない。他の客たちは、ときおり言葉をかわしたりしているが、あなたにはおしゃべりする余裕などなく、なだらかな斜面やこんもり茂る緑に、ひたすら熱いまなざしを注ぐのだ。

〈久遠の島〉に入るには、三つのものが必要だ。一つめは羊一頭分、もしくは、牛一頭分の羊皮紙。質は問われない。二つめはあくなき探究心、もしくは本そのものへの深い愛着。三つめは、「とき」を失う覚悟。

この船に乗るのは、その三つの条件をそろえた者ばかりだ。だが、ごくまれに、「とき」を失う覚悟をせずに——あるいはあなどって——島へ入る者もいる。そうした輩は、故郷へ戻ってから周囲の変化に頭を抱えることになる。一月二月《ひとつきふたつき》であれば、その変化はさほど大きくないが、一年、二年となれば、貴重な「とき」を書物なぞにうつつをぬかして、はたしてその価値があったのか、と後悔するかもしれない。それが三年、四年と月日を重ねれば、得たものの満足感より、失ったものの喪失感や罪悪感の方が重くなる。もしあなたが、老いた親や幼いわが子を残して、ほんの一年を島ですごしたとしよう。家に帰ると、あなたの想像の三倍は老けてしまった親が出迎え、よちよち歩きだった幼子は七つか八つに成長してしまっており、他人を見るような目であなたを見るのだ。病に伏せっていた兄弟や妻は、すでに墓石の下、ということもあるだろう。主人《あるじ》のいないあいだにおこりうるありとあらゆる災厄が、家にふりかかっていることも考えなければならない。

——それゆえ、覚悟が必要なのだ。

島は、次第に細部をあらわにする。海につきだした長い桟橋の奥には、板張りの小屋が建っている。小屋の後ろからたちあがった斜面は緑豊かな丘のつらなりとなり、そこに、山羊や羊が点々と、白い背中を見せている。丘のむこうには、あなたのめざす森が、陽の光を浴びて葉をきらめかせている。その輝きに目を細めているうちに、船は桟橋に横づけされ、錨がおろされる。

隙間風をさえぎるだけの板壁と、雨漏りを防ぐだけの草葺《ぶ》き屋根の小屋の下に導かれたあなたたちは、革の胴着と籠手《こて》をつけ、立襟長衣《カフタ》の帯に剣をつるし、節くれだった指には槍を握った二人の衛兵に監視されながら、まだ髭もない若い受付に、来島の目的を告げ、羊皮紙を渡さなければならない。示された誓約書に署名すれば、衛兵は退き、道がひらく。もしここで、剣や短剣、弓矢などの武器、火打石、火口、何らかの液体などを置いていくことを拒んだり、署名しなかったりすれば、羊皮紙の束は没収されたうえで、あなたは船に追いかえされてしまうだろう。害意のある者、暴力に拘泥する者は、入島を許可されないきまりなのだから。

小屋の先には、受付の若者とよく似た少女が待っている。フォト本土に住むあなたたちと同じビルヒル人で、褐色の肌、黒髪、秀でた額と高い頬骨、黒く隈どられた大きな目、高い鼻、ふっくらとした唇をしている。紅に金と緑の刺繍《ししゅう》の入ったカフタを着て、耳には金の飾り環をゆらし、腕と足首にも同じ環をつけている。

少女は島の由来を語りながら、坂道を登っていく。その声は想思鳥《そうしちょう》のように甲高く響くものの、耳障りではない。

「島の起源を御存知ですか?」

と彼女は聞き、心がはやるあなたは答えもしないが、島に入っただけで知識を得たような気分になっている商家の道楽息子が、得意満面で答える。

「おう、その昔、一万年も前か、フォトの王に命じられた四人の魔道師が、魔法で海中から島を隆起させたのさ」

するとと少女は楽しげに笑う。

「一万年、というのは大袈裟《おおげさ》ですね。千年ほど前に、エルズ王国の王ササバが、四百人の魔道師の力を集結させて島を造ったのです」

「わたくしも四人、と聞きましたよ」

四十代半ばの女性客が、坂道に息を切らしながらも口をはさむ。少女は微笑して答える。

「それは巷《ちまた》で言われていること。真実はこの島に残されています。王に指名されたキリンギとタズという二人の書物博士が、わたしたちジャファル氏族の先祖です。二人は魔法のかけられた島内に生涯とどまり、子孫を残しました。現在、島には二千人の氏族がくらしています。与えられた使命をまっとうすべく、粛々《しゆくしゆく》と日々を送っているのです」

「使命というのは？」

女性が尋ねると、少女は斜面を三馬身ほどあがったところに立ちどまって客たちを待ちながら、

「島を護ること。森を護ること。森の本を護ること」

と誇りに胸をそらせる。だが、それへ、商家の息子が侮蔑と嘲《あざけ》りに満ちた口調で言いはなつ。

「つまりはおれたちの召使いだな」

「ちょっと！　それは大変失礼でしょう！」

女性が――その物腰と上品な顔つき、衣服《カフタ》は絹で上等なもの。おそらくどこぞの小王国の王家につらなるかと思われる――気色ばんでたしなめる。

「彼女たちの使命は、世界の宝を護るという大役なのですよ。なんてことを言うのですか。謝

りなさい」

これに対して道楽息子が何と答えたのか、少女がどんな態度をとったのかなど、あなたにはどうでもよいこととなる。なんとなれば、ようやく着いたその足元から、長いあいだ憧れつづけてきた書物の森がはじまっているからだ。

むろんあとの二人も、言い争っていた口をつぐんで、〈匐竜樹《ふくりゅうじゅ》〉の枝がつくるアーチの前で足を止める。緑の大地に、幾百幾千もの樹が、まるでおじぎをしているかのようにアーチをつくり、その枝の先は根のように再び大地につながっている。枝からは側枝なのか、はたまたからみついたシダなのか、皮様のものが垂れ下がっているが、それは、まだ、いかなる書物をも握ってはいない。

あなたはアーチの奥に行って、別の世話係に会い、どのような書物、あるいは何という書籍を閲覧したいのかを具体的に話すことになるだろう。すると世話係は、あなたを目的の樹の下に案内し、必要とあれば即座に駆けつけられる程度に離れ、あなたが心ゆくまで書物と親しむのを許すだろう。木漏れ陽の下、緑の絨毯《じゅうたん》の上、泉のわきでるかすかな音を聞きながら、あなたは遠くコンスル帝国で記された『北方征服戦記』を、ここフォトの、〈久遠の島〉で、じっくりと味わうのだ。身体中を人生最大の喜びで満たして。

1

幼子の無垢は人を微笑ませ、癒し、喜びをもたらす。だが長じた世界で無垢でありつづけるのは難しく——無垢でありつづけたのなら、すでにそれは愚昧《ぐまい》と同義語になりさがっている——、真実を見とおす洞察力と、何ものにも曲げられない賢さと、辛い人生を生きぬく強靭さをもった者の内側でのみ、ひそかに輝く真珠《しんじゅ》として存在しつづける。その者がどれほど憎悪にさいなまれ、どれほど悲嘆と怒りになぶられても、無垢の真珠は輝きを失うことがない。これぞ魔法。生まれながらの力か？　それとも愛情深く育てられたがゆえか？　神々すら知りえない不思議であろうか……。

〈久遠《くおん》の島〉のジャファル氏族に生まれたネイダルとヴィニダルは、年が離れてはいたものの、仲の良い兄弟だった。ネイダルが十五歳というわりには晩生《おくて》で、ヴィニダルが九歳というわりには早熟だったせいかもしれない。

二人とも黒髪と磨かれた麻栗樹《チーク》の肌をして、ネイダルは真夜中の空の色の目、ヴィニダルは七番めの子の七番めの子の七番めの子にときとしてあらわれる暁闇色《ぎょうあん》の目をもっている。兄の方は背が低く、父親似でがっしりした体格、弟は母親似で華奢《きやしや》で小柄だが、成長期をすごしたあとにどのように変化するのかは、まだわからない。二人に共通した、広い額としまった顎先は、氏族の多くにみられる特徴だ。

その年の夏のはじめの日、ヴィニダルは仮縫いの衣装あわせをしている兄の前で、すっかりふくれっ面になっていた。そこは小さな部屋だったが、白亜の壁には『砂漠の書』の表紙をそのまま写したタペストリーがかかっていた。さほど大きくないその壁飾りには、星空の下、砂丘を行く、隊商が描かれていた。二番めの姉ダルジリアが十四歳のときに織ったもので、ヴィニダルにとって彼女をしのぶよすがはそれだけなのだった。

彼女が島を出たとき、ヴィニダルは生まれてもいなかった。〈外〉へ行ったダルジリアは、伴侶を選んで戻ることより、大フォトの王宮書記になることを選んだ。彼女が去ったあとには、白亜の壁と、土間にじか敷きにした絨毯《じゆうたん》、寝台と卓と椅子がひとそろい、それにクッションがいくつか残され、それはその後、ネイダルにそのまま与えられたのだった。

上方に切ってある小さな窓からは、〈匐竜樹《ふくりゆうじゆ》〉のアーチをなした枝から木漏れ陽がちらつき、想思鳥《そうしちよう》が高らかにさえずって、夏のはじまりを宣言するのが聞こえてきていた。

「ぼくも、行く」

ヴィニダルは、大きなクッションに半ば身体をうずめながら唇を尖らせ、両手で猫の尻尾のように床を叩いてごねていた。

「ねえ、ぼくにも新しいカフタ、作ってよ」

ネイダルの立襟や袖のおりかえしに待針《まちばり》をつけながら、二人のお針子は何の反応も示さない。

「ねえったら。ネイダルとおそろいのやつ。その紺色に、刺繍は金じゃなくて銀でいいから。袖裏も灰色で我慢するから。ねえ、ニーニ、ねえキターニ。ねえったら」

お針子たちの唇が、笑いをこらえて歪む。ネイダルは首筋をのばしながら弟をたしなめる。

「無茶を言うな、ヴィン。十五になるまで〈外〉には行けない掟だ。おまえもあと六年待てば、嫌でも放りだされるんだから」

「あと六年も……! ネイダルがいないのに、あと六年も待ってられないよ」

「おまえが十二か十三になる頃には、ぼくも帰ってくるから。またすぐ会える」

「それだって三年じゃないか。ひょっとしたら四年。〈外〉では八年か九年。もうネイダルじゃなくなってるもん。ごつくなって大きくなって髭生やして髪もじゃもじゃになって、声なんか熊みたいに変わっちゃって。それで、それで、花嫁つれて帰ってきて、ぼくには見むきもしなくなるんだ」

ネイダルはふきだした。

「それはぼくのことじゃないだろ。アイケのことじゃないか。……そういえばおまえ、彼の許嫁《いいなずけ》に言いつけたんだって? アイケが小さかったおまえをどんなふうにいじめたか」

従兄のアイケはヴィニダルが五歳のときに〈外〉へ行き、戻ってきたときにはすっかりおとなの男になって、いじめっ子のいたずら盛りだった少年時代などまるで忘れ去ってしまっていた。仕返しをしようともくろんでいたヴィニダルは、肩すかしをくらわされたようで、二人の

んあるだろ？」

結婚を祝う気などさらさらなくなったのだった。

「それにヴィン、ぼくにくっついて〈外〉に行く前に、身につけなきゃならないことがたくさんあるだろ？」

「ネイダルと同じくらいのことは覚えたよ」

ヴィニダルは腹這いになると、恨めしげな半眼で、裾あげをされている兄を見あげた。

「『ジーカの歌』はそらで言えるし、『薬草大全』なんか、見なくても兄さんより正確に一頁まるまる書ける。どの地区のどの樹のどの枝に、どの本が下がっているのかも、ちゃんと頭に入っている。ねえ、だから準備はできてるんだってば。つれてってよ」

「わが氏族の家系図を一人も落とさないで書けるのも、おまえだしな」

「ね？　だからつれてってって」

「でもそれを決めるのは父さんと母さんだ」

「母さんは絶対だめって言うに決まってる」

「じゃ、だめだな」

ヴィニダルはぷうっと頰をふくらませて兄をねめつけた。

「じゃ、ネイダルも行っちゃだめだよ」

「何だ、それ」

「不公平だ。ずるいよ。ぼくだけおいていくなんて」

二人のお針子はとうとうくすくす笑いはじめた。

「大体、十五になったら〈外〉に行けるって、おかしいよ。十五でなくたっていいはずなんだ」

「遊びに行くんじゃないんだぞ。仕事をしに行くんだ。ダルジリア姉さんは大フォトの王室の書記だし、メリアナ大叔母さんは中央フォトの図書館長をつとめている。九つじゃあ、そんな仕事につけないだろ」

　絹のように白い髪をしたお針子が、一歩退がってネイダルの全身を確かめてから、首を少し傾けた。栗色の髪のもう片方が裾をひっぱって整えると、彼女は頷いた。

「これでよろしいようですよ、ネイダル坊っちゃん」

　肩越しにヴィニダルへふりかえって、

「ヴィニダル坊っちゃんのお召し物は、あと六年待ってくださいね。六年なんてあっというまですよ」

　ヴィニダルはクッションの上で泣きべそをかいて訴えた。

「そんな、ニーニ。六年っていったら永遠だよ！」

「仕方ありませんよ。我慢するのも大事です。ネイダル坊っちゃんだって、お姉様のおそばで、何年も我慢しながら書記のお仕事を覚えるのですから。あなたはあなたで、ここでやるべきことをやらなければ、ね」

　嫌だ、嫌だ、と両手を拳《こぶし》にしてふりまわそうとしたちょうどそのとき、布扉が左右に分かれて、母デザーが顔をのぞかせた。ネイダルの新しい衣装ににっこりと笑い、すぐに厳しい顔をしてヴィニダルを呼んだ。

「いらっしゃい、ヴィン。お仕事があるわよ」

「ほら、おまえにも仕事だってさ！」

ネイダルが、待針をはずさないように慎重に服を脱ぎながら言った。ヴィニダルは涙をひっこめて抗議した。

「羊皮紙数えるのも、水盆準備するのも終わったよ」

「新しい訪問者が今日は五人もいてね、人手不足なのよ。森のむこうのヤハー村から何人か来てもらうように手配はしたんだけれど、彼らが来るまでの世話人が足りないの。だからね、ヴィニダル、あんたにはベララ姉さんと一緒に、案内をやってほしいの」

少年の顔がぱっと明るくなった。とびあがりながら、

「世話人、やらせてくれるの？」

「姉さんの監督の下で、よ。この前みたいに、飽きたからって途中でどこかに行くのはなし。お客さんを迷子にしないって約束するのなら、やらせてあげるわ」

その言葉が終わらないうちに、ヴィニダルはもう、部屋の外へととびだしていた。母の大きな嘆息を背後に残して、タイル張りの廊下を一直線に走りぬけ、居間を横断し、石床の廊下から玄関へ。扉をおしあけると、梢《こずえ》を飛びまわる小鳥たちのさえずり、森の、研ぎすまされていながらも落ちついた匂い、陽の光の暖かさ、泉のわく音、小川の流れる音が一斉におしよせてきた。〈匐竜樹〉の枝がつくるアーチの下をとびはねつつ、森の入口へとむかう。

入口には簡易な木の門が設けられ、桟橋から客を案内してきた者と、森の案内人との引き継

ぎがおこなわれている。ヴィニダルは長姉ベララのそばに駆けこんで、ベララが枝から選びとった木札を小卓に並べる。枝からぶら下がっている札には、どうしたって背丈が足りないのだから、仕方がない。

「こちらは北フォトの植物学者。『マードラの薬草図鑑』を御所望」

案内人が、汗びっしょりになっている灰色服の男を紹介すると、ベララは枝の木札から、マードラ国をあらわす黒線が入ったものと、薬草をあらわす薄緑の色が塗ってあるものを選びとった。ヴィニダルが小卓に並べると、森の世話人――従兄弟のヤルラン、クラル、ビータの三人――が、木札をとり、植物学者をつれて、森の中へ入っていく。同様にして、〈辺境〉から来た自称法律家と、マコールド小王国から来た昆虫と病気の関係を研究しているという医師が、二つか三つの木片をもった世話人につきそわれて、アーチの下を遠ざかっていった。

残った二人の客は、サージ国の王子と中央フォトの見習書記で、百聞は一見にしかず、〈久遠の島〉の〈書物の森〉がどのようなものなのか、訪れてみたとのことだった。二人に用意されたのは何のしるしもない札で、ベララとヴィニダルがそれぞれ一本ずつ持つことになった。

見習書記とはいえ、中央フォトの出世頭らしい若者は、絹の黒いカフタに豪奢《ごうしゃ》な赤と金の刺繡を施したものを着用しており、編みあげ靴も上等な羊皮をはいていた。一方の王子は、小王国の王位継承十四位だと自嘲し、シュランというサボテン繊維で作ったよれよれの頭巾つき長《ジェ》衣《ラバ》を着て、足元も、シュランを編んだサンダルばきだった。

四人はそろってアーチの下を歩きだし、ベララは子どものいる女性らしい自信と落ちつきをもって説明をはじめた。

「ここ〈久遠の島〉はほぼ円形をしており、〈書物の森〉はその中央部分に位置しています。とはいえ、森のきわを円《まる》くたどって一周するには二日はかかりますので、今回は世界中で有名な書物を三つ四つ御覧にいれるだけにします。滞在はどれくらいでしょうか」

見習書記は二日、と答え、王子は幾日でも気のすむまで、と答えた。

「それではじめの二日で、『マードラ神王のための祈り』と『ツバメの書』、『バルダー法典』などをお見せしましょうか。それから王子の御希望に応じてまわる、ということで」

「王子はやめてくれないかしら。ぼくはセパター。そう呼んで」

とサボテン王子は頭《かぶり》をふった。ヴィニダルはあらためて相手を見あげて、きちんとした恰好をしたら、さぞ王子らしく見えるだろうとはじめて思った。磨きあげた銅器のように輝く金の髪が、四角い輪郭《りんかく》の顔のまわりで小さな渦をいくつもつくっている。鼻は高く、眉もきりりとしているが、目尻が垂れているのがむしろ愛嬌を醸《かも》して、鋭い灰色の視線をやわらげていた。肩幅広く、手足長く、年の頃はベララと同じ三十五、六歳か。年寄りだけど、やっぱり王子さまなんだ。ぽかんと口をあいていると、セパターはにっこりした。

「ぼくは書物の蒐集家なんだよ。この島と同じように、世界中の本を集めたいと思っている。でもほら、何が欲しいのかわからないときもあるだろ？　だからここに来て、欲しい本を見つけるのさ。それで……、『ツバメの書』というのははじめて聞いたんだが……」

「『ツバメの書』というのは、頁の余白何ヶ所かに、飛ぶツバメの絵が描かれているからそう呼ばれている二十八頁の小冊子です。アイルド王国で最初に作られた本で、内容はアイルド地方の伝承詩を集めたものです。古い稀覯本《きこうぼん》に属し、大変貴重な書物です」

ヴィニダルは勢いこんで説明した。ふうん、と大して感心もしないふうにセパター王子は相槌をうち、突然尋ねた。

「その現物がどこにあるのか、知ってる?」

「アイルド王室にありましたが、盗まれて、今は誰がもっているかはわかりません。あ、でも、ここでは見られますから、失われたりはしていないはずです」

「失われる、というのは……?」

「焼けてしまう、とか、すべて破られてしまう、とか、長いあいだ水の中にあって腐ってしまう、とか……」

ベララは数歩先を見習書記と並んで歩いていたが、肩越しにふりかえって補足説明をした。

「現物がそのようにして失われてしまえば、ここにあらわれていた本も消えてしまいます。ですから逆に言えば、誰の手に渡ったのかわからなくても、失われてさえいなければ、この島では見ることができるのです」

ヴィニダルも、

「東フォトの火山噴火で、ラーユル大公の図書室が溶岩にのみこまれたとき、こちらでは、数十本の枝が一斉に崩れて、本もろとも灰になってしまったそうです。そのときの枯れ枝が、まだ残っているところもあるんです！ 見ますか?」

「それは……数十年前の事件でしょ？　なのに、まだ、枯れ枝が残っているって……」

見習書記が不審そうに呟いた。ヴィニダルがすかさず、

「ときの流れが違うってこと、忘れてない？」

と指摘すると、見習は、ああそうか、と素直に納得する。

「ねえ、見ます？」

子どもらしいこだわりと奉仕の精神でセパター王子を見あげたが、王子は他のことを考えているらしく、返事をしなかった。

やがて四人は、さらに森の中心部に近い場所へと足を踏み入れた。アーチをつくっている〈蔔竜樹〉の枝という枝から、およそ書物と呼ばれるありとあらゆる形の物がぶらさがっている。枝から生えたシダ状の蔓《つる》が、巻物や冊子や粘土板の端とつながっていた。

目をみはって立ちどまった二人の客に、ベララが蔓をひっぱって、本を手渡した。見習書記には手のひら大の小冊子を、王子には羊皮紙の書物を。王子が巻物をひらきながら呟き、

「……さわった感じは本物だ……」

見習は空唾《からつば》をのみこんで尋ねる。

「これは……何ですか？　羊皮紙とは違うような……」

ヴィニダルはぴょんととびあがってから、

「それはね、ファナクの本です！　ぼろ布をすりつぶして水にまぜ、平らに圧縮して作った紙でできています！」

「ぼ……ぼろ布……？」

「とてもそんなふうには思えないでしょ？　ファナクには羊が多くいないんですって。ぼろ布で紙を作るようになったのは、千年も前という話です！」

王子が巻物を手ばなした。巻物はゆらゆらゆれながら、ひとりでに巻きあがって留具がかかり、再び枝にぶらさがった。

「さっきの話だけど……外の世界で消失してしまった本は、ここでも存在できないんだよね。だったら、ここで今、この巻物をナイフで切り裂くとか火をつけるとかしたら、どうなるの？」

垂れた目尻が心もちあがって、灰色の目がきらりと光った。その一瞬、ヴィニダルは肋骨のあたりにはっきりとは言葉であらわせない、ざわめきを感じた。それは、晴天にかすかに漂う明るすぎる気配、元気に育っている山羊の子の耳裏にひそむ、疫病をもたらす虫の気配だった。口ごもっているあいだにベララが、かわって答えていた。

「実際に、ここの本を傷つけることはできます。事実、かなり前に、それをやった男がいました。男は自分の求める答えがなかったという理由で憤慨し、切り刻んでしまったのです。すぐにとりおさえましたけどね――わたしたちはこの島に生まれた瞬間から、書物への愛や知識と一緒に武芸もたたきこまれます。その男は高名な剣使いでしたが、わたしと妹の二人でおさえこんだのです――。そのときに、剣術指南書が一冊、ずたずたにされ、本を抱えていた枝は枯れてしまいましたが、一月《ひとつき》ほどすると、樹の根元から新しい芽が出てきて、一年後には枝となって、枝先を地面につけられるようになると、再び、同じ本を下げることができました」

「それは……驚くべき奇跡だな……」

「それでも、本が見られるようになったのは、二年後……外の世界では四年でしょうか、六年でしょうか、そのくらいのときがたってからです。ですから、客人には、本を傷つけるものを持ちこまないようにお願いしているのです」

「では、もしわたしが今、斧をもちだしてこの木を切り倒したらどうなると思う？」

ベララは眉をひそめた。

「そんなことを考えておられるのですか？」

「いやいや、たとえばの話だよ。好奇心というやつだ。木は再生するかな？　それとも本もろとも滅びてしまうのか？」

「あまりに古くなった樹は、自ら倒れて次世代へと場所を譲るといわれています。おそらく切られても、新しい芽が出てくるのでは？　そのあたりはわたしにはわかりません。長老ニルギであれば、知っているかもしれませんが」

「もう一つ、好奇心で聞くのだけど、いいかな」

「はい。ええ」

「本を傷つけた剣士をとらえたとき、きみは幾つだったの？」

心もち警戒の構えを見せていたベララは、肩の力をぬいた。

「そのヴィニダルより三つ上、十二歳のときでした。妹は十一でしたわ」

セパターは口をまるめて頭をふった。

「すごいな……。きみたちには逆らわないことにしよう」

ベララは笑った。

「本に害意をもたない人を攻撃したりしませんよ」

セパターも微笑みかえした。ヴィニダルはこの、よれよれの服を着たサボテン王子が微笑むと、愛嬌たっぷりの垂れ目が親しげな感じを増すことに気がついた。そのため、さっきの冷たい胸のざわつきなど、どこかへきれいさっぱり掃きだされてしまったのだった。

四人はしばらく黙って歩いた。〈匐竜樹〉の根本に腰をおろして、分厚い一冊を読みふけっている若者や、小卓に広げて、もってきた羊皮紙に書き写している書学生、長椅子に座り、愛おしそうに表紙をなでまわしている老人のそばを通りすぎた。

やがてベララは立ちどまり、小さな本を枝からひっぱってセパターの手に渡した。

「これが、『ツバメの書』です。本当に古い、古い本ですよ」

セパターは何頁かめくり、閉じて匂いを嗅ぎ、見習書記の手におしこんだ。

「うへぇ、黴《かび》の臭いだ」

「おそらく、湿った場所にあるのでしょうね。本にとっては良くない環境に。誰の手にあるのかわかれば、手紙を出して救ってくれるように要請するのですけれど」

「本を救ってくれるように持ち主に頼むのかい？」

「ええ。ちゃんと聞いてくれるとは限りませんけれど。本に関心のない人もいるのですから」

二人は歩きだそうとしたが、見習書記が魅せられたように本から目をはなさない様子に気づ

き、立ちどまった。ベララがちょっと困った顔をした。すると、セパター王子は屈託のない調子で、

「ああ、ぼくなら坊やと一緒に行くよ。きみは彼にいろいろ説明しなきゃ。それに、坊やだって立派な案内人だ。ぼくの知りたいことは教えてくれるはずだ、そうだろ？」

ベララはヴィニダルを一睨みした。

「彼の説明は正確で詳細ですよ、王子。それより、わたしが心配しているのは、お客を放っぽりだして、自分の好きなことをはじめないかということなのです」

「ぼく、そんなことしないよ、ベララ！」

「この子は気まぐれで、知りたがりやで、飽きっぽいんです。自分の務めをちゃんとしまいまで果たせるかというと――」

ひどいや、何も王子の前でそんなこと言わなくたって、とヴィニダルは顔をまっ赤にしてくってかかろうとした。すると、昼の前に人差し指をたてて考えこんでいたセパターは、その指を彼の前でふりながら言った。

「じゃ、こうしよう。ぼくに半日つきあってくれたら、読みたいのにきみの手が届かなくて読めない本を一冊、とってあげよう。どうだい？」

ヴィニダルはびっくりして彼を見かえした。島中のどの本でも読み放題ではあったが、確かに手の届かないところにぶらさがっているのもたくさんあり、それはそれで仕方がないと思っていたのだ。どうしても気になった本を人に頼んでおろしてもらうことはあったけれど、自ら

申し出てとってくれようとするほど、家族は暇ではなかった。

「何でもいいの？　重くて大きくてかさばるやつでも？」

「ああ、いいとも」

大きく頷いたセパターは、目顔でベララに問いかけた。ベララは息を吐きだすと、

「ありがとうございます、王子」

「セパターでいいって。王子はやめてよ」

そう言いかえして、踵《きびす》をかえして歩きだす。ヴィニダルはその横を、子山羊のようにはねながらついていく。

「この島のことを話してくれる？」

セパターが頼むと、ヴィニダルは勢いこんで島の成り立ちを語りはじめた。するとセパターは、ああ、いや、とさえぎって、

「地理的に、と言ってわかるかな？」

「あ、そういうこと。この〈久遠の島〉はフォト連合王国を構成する小国の一つ、エルズ王国の沖にあって、とかそういうこと？」

「そう、そう。ほとんど円形で、森の周囲が歩いてまるまる二日かかるのは知っている。で、それから？」

ヴィニダルは得意げに胸をはった。

「白亜の断崖絶壁の上には牧草地や丘が広がっていて、果樹園やカラン麦が栽培されています。

島の食べ物はすべて島のなかでまかなわれています。これらを生産するのは大昔、島ができた直後にやってきた人々の末裔《まつえい》で、ぼくたちジャファル族が〈書物の森〉を護り維持するのを支えてくれています」

「では、あそこで子山羊に水を飲ませているあの乙女は、きみたちの氏族ではないのか」

木漏れ陽の下、こんこんとわきだす泉のそばに佇《たたず》んでいるのは、燃えたつように輝く金の髪をしたすらりとした十四、五の少女だった。

「そう、あれはシトルフィ。それからあれは子山羊ではなくて、姫山羊という、大きくならない種類の山羊なんです」

「ふむ。……きれいな子だね」

「ふふっ。ハリエンジュみたいに刺《とげ》だらけですよ」

「おっと……それは……」

「ネイダルは彼女を好きだけど。ちょっとうるさいんです。ああしろこうしろ、あれしちゃいけないこれしちゃいけないって、ずっと言いつづけて、まるで母さんみたいなんだ」

「ネイダルというのは？」

「ぼくのすぐ上の兄さん。もうすぐ島を出るんです」

灰色の石を背負ったように、ヴィニダルは顔を曇らせた。気をひきたてようと、セパターは次の説明を促した。

「……で？　断崖、丘、牧草地、その内側にあるのが森、かな？」

「そう。〈書物の森〉の外輪があります」

子どもらしく、すぐに表情を明るくして答える。

「〈訇竜樹〉がアーチを作っていても、本を生まない地域。ここにお客様の宿とぼくら氏族の館が設けられています」

「さっき見てきたとおりだね。で、ここが内輪、〈森〉の中央部分ってことか。……わりと単純な構造になっているんだな」

「それで終わりじゃ、ありませんよ」

セパターの口調にかすかな嘲《あざけ》りを感じたヴィニダルは、ちょっとむきになった。

「え、まだ何かあるの?」

と驚いてみせる男の態度に、どことなくわざとらしさを感じながらも、少年は、自分と島の自尊心に任せて余計なことを口走った。

「森の中心部、半径三馬身の柵の中には、島で書かれた大切な本を保管しているんですよ。ぼくらはそこを〈長老の心臓〉って呼んでいます。ジャファル氏族の手によって書かれたそれらの本は、樹にぶら下がることはありません。普段は閲覧禁止で、氏族の葬儀と結婚式のときだけ、皆の目にふれるんです。あ、あと、子どもが生まれたとき。家系図に書き加えなきゃいけないので」

垂れ目の厚い目蓋《まぶた》の奥で、セパターの灰色の目がほんの少し鋭くなったが、ヴィニダルはまったく気づかなかった。

「家系図があるのか。見てみたいねぇ。千年にわたる家系図というのはさぞかし圧巻だろうね」

「外では千年でも、島の中では三百年か三百五十年くらい、かな？　でも、十二代分あります。総勢一千七百五十万八千八百五十九人」

「それはすごいな。とうてい本一冊にはおさまりきれないだろう」

「冊、ではありません。巻物なんです。三代分ずつ四巻。〈外〉に出ていって戻ってこなかった人の子孫の分は書かないんです。それでも、今、島にいるだけでも、二千人分あるんですよ！」

「すばらしい！」

セパターは大袈裟《おおげさ》に両手を広げた。

「ぜひ、見てみたいな」

「特別に長老にお願いすれば、見せてくれると思います」

ヴィニダルもつられてうきうきと足どりを速めた。どこかで詩を朗読している女性の声がする。〈簹竜樹〉の細長い緑の葉が一枚、風に翻《ひるがえ》って飛んでいった。

「その長老様はどこに？　遠くにいるのかな」

「今来た分の三倍くらい歩いた森の反対側の館にいます。ぼくのおじいさんだよ」

セパターはふと足を止め、唇の前で人差し指をたててから、ヴィニダルの方にかがみこんだ。少年の肩を片手でやさしく包むようにしながら、どうだろう、と提案した。

「わざわざむこうまで行ってひきかえしてきたら、半日を軽くすぎてしまうよ。きみだってこんなおじさんの相手を一日中したいとは思わないだろう。それに、本をとってあげる約束もしたしね。どうかな。長老様には内緒で見せてくれないかな。なに、ほんの一日でいいんだ。一瞬だけで。それを見たら、あとはきみの本をとって、ぼくは宿舎に帰るよ」

セパターの温かい手の感触と、真摯《しんし》に語る口調、どこか必死な視線に、九つの子どもはあらがうすべなく頷いた。してはならないことだとわかってはいたが、この、奇妙に人をひきつける王子らしくない王子を喜ばせてあげたいとも思っていた。大したことじゃないさ、とヴィニダルは自分に言いきかせた。ほんの一日と言ったじゃないか。時間はかからないと約束したじゃないか。ちょっと手にとらせて、すぐ戻してもらって、あとは『マードラ大図鑑』を午後中ずっとながめるんだ。

そう自分に納得させると、セパターを森の中心に案内した。太陽が樹々の真上にさしかかったころ、二人は心地良い汗をかきながら、円形の草地に到着した。

木の柵で囲われた頭上では、複雑にからみあった樹々の枝が円蓋をつくり、日光と雨から草地を護っている。シダ様の蔓は垂れておらず、あちこちに切株があり、書見台の役割を果たしている。すべり止めのついた書見台には、巻物や本が広がっていて、誰かに読んでもらうのを待っているようだった。

ヴィニダルはそっと柵をあけ、先にたって中に入った。足を踏み入れたとたん、大気がわずかに変化した。樹の匂いが強くなり、ほんの少し寒くなり、鳥の声も泉やせせらぎの音も一切しなくなる。島の中心はまさに〈長老の心臓〉、聖なる神殿に等しいのだ。

セパターは家系図の広げてある切株につかつかと歩みより、いかにも感心した声をあげた。切株は両手を広げるほど大きく、彼の腰の高さほどにあり、いっぱいにひらかれた羊皮紙にはヴィニダルの先祖が、小さな文字であるべき場所におさまっていた。

王子がしげしげとのぞきこむあいだ、ヴィニダルは誰か来ないかと気が気ではなかった。叱られて罰をうける心配もあったが、それよりも、してはならないことをしているという、今まで味わったことのない感覚が、胸と腹を毛虫のように這いまわっていた。それは、彼が想像もしていなかった感覚だった。彼はその毛虫に内側を汚されたような気がして、そんなことをさせたセパターを憎んだ。唇を噛み、両拳を握りしめて立つ十数呼吸のあいだ、彼の目は外側をむき、セパターが家系図をはなれて、広げてある一冊の本に近づいていくのを見ていなかった。

彼がふりかえったとき、セパターは最も大切な書に指をふれようとしていた。

「それはだめ!」

セパターは手を止め、問いかけるように眉を片方だけあげた。ヴィニダルはそばに駆けよると、本と男のあいだに身体を入れて睨みつけた。

「どうしたんだ、ヴィニダル。そんな怖い顔をしなくても——」

「これはよそ者がさわっちゃいけないんだ。本当なら、こんなこと、しちゃいけなかったんだ。柵の中にあなたを入れるなんて……」

セパターは素直に頷いた。

「ああ、そうか……」

口角を下げてヴィニダルはささやくように言った。

「ここから出て。早く」

わかった、わかった、とセパターは両手をあげ、ヴィニダルに腰をおされるようにして〈長老の心臓〉から出た。それでもヴィニダルの胸を這う毛虫は消えてくれず、木柵を直すあいだ、少年はうつむいて、泣きだしたいのをかろうじてこらえていた。

「きみに悪いことをしたのかな」

柵に背中をむけたまま、セパターはそっと呟いた。ヴィニダルは、こんなことをさせたセパターを恨む一方で、浅はかな自分が悪いのだと思った。

「もう行って。これ以上案内はできないよ。ちょっと一人になりたい」

とまどったせいか、思惑どおりでなかったためか、セパターの目が泳いだ。しばらく口ごもってから、一つだけ聞いていいかい、と前おきして、

「あの、よそ者がふれてはいけない本の題名は何ていうの?」

と尋ねた。這いまわっていた毛虫がぽんとはじけて、刺が胸中にささった。殴りかかりたい衝動を必死に抑えこんでいると、セパターの声がかぶさってきた。

「誰か他の人に聞いてもいいんだけれど、そうするとほら、ぼくが本を見たことがばれちゃうでしょ?」

「『誓いの書』」

「え、何て?」

「『誓いの書』。ジャファル氏族が結婚するときに、二人で誓いを読みあげて署名する。もういいでしょ？　早く行ってよ」

セパターは二、三歩進んでから立ちどまった。

「きみの本をとる約束だった」

ヴィニダルは怒りを爆発させた。

「本なんかどうでもいい。行けったら。ここから消えろっ」

〈訇竜樹〉のアーチがたわみ、枝々が海鳴りのようにざわめき、ぶらさがっている数多くの本が強風にあったようにゆれた。

セパターはほうほうの体で逃げだし、その姿が見えなくなると、ヴィニダルはうずくまり、膝をかかえた。怒りを王子にぶつけても、犯してしまったあやまちは、毛虫の刺になってささったままだ。その痛みにひとしきり泣いたあと、のろのろと立ちあがって帰路についた。

天中から少し下った太陽が、草地に金の斑《まだら》を落としている。泉のそばでは二人の若い婦人が、静かな声で朗読をしあっている。他にも、一心不乱に読みふけっている貧しい農夫がいる。おそらくその一冊への思いを長年つのらせ、こつこつと羊皮紙を買う金をためて、ようやく願いにたどりついたのだろう。

突然、彼らと自分のあいだに、黒い紗幕《しゃまく》がおりたように思われて、ヴィニダルは立ちどまった。どんな顔をして母やベララやネイダルに会えるというのだろう。母は慰めてくれるだろうけれども、その胸に抱かれても、自分と世界をへだてている黒い紗幕は消え失せないような気がした。

家には帰れない。

彼はアーチの下からはずれ、〈冨竜樹〉の幹のあいだをぬけ、はりだした根をまたぎこして森を出た。明るい午後の陽射しに、野面は色とりどりの帯を広げたように輝いていた。揚げ雲雀《ひばり》が高らかにさえずり、カラン麦は青い匂いをまきちらしながら穂をのばしていた。

彼は麦畑をつっきって、別の丘のふもとまで歩き、小さな窪地を見つけると腰をおろした。斜面に背を預け、膝をたてて目をとじると、陽光が目蓋の裏にまでしみてきて、慰めを与えてくれる。涙は乾き、冷え冷えとした胸も少しは温かくなったような気がした。

突然、やわらかくてふかふかしたものが顎をおしあげ、ヴィニダルはぱっと目をあけた。顔の前に姫山羊の白い頭があり、胸の上に小さな二つの蹄《ひづめ》がのっていた。半月を横にした目で彼をながめ、羊と猫をあわせたような鳴き声を発した。

誰かの足音がしたかと思うや、あらあ、とシトルフィの声が聞こえた。

「こんなところでお昼寝? 暇なのねぇ」

頭をこすりつけてくる姫山羊をなでながら、ほっとけよ、と呟いたヴィニダルだが、それが耳に入ったのかどうか、シトルフィはそばへおりてきて、彼と並んで座った。

「さっきお客を案内してたでしょ。中身はよさそうなのに着てる服がよくない変な人。もう終わったの?」

「その話はしたくない」

はたして中身はいい人だったのだろうか、とヴィニダルはぼんやり考えながら答えた。あの、愛嬌たっぷりの顔の皮一枚下にあったのは、外見と同じような中身だったのだろうかと。

「どうして？　ははん、また何かやらかしたのね。面倒臭くなっておきざりにしてきたんでしょ」

「うるさいな。どっかに行ってよ」

穏やかな雲のようになると思えば、剣のように冷たく銀に光ったあの目は、一体何を語っていたのだろう。悪意のない笑顔と、指を唇の前にたてて考えこむ顔や、人を誘うようでいてどこかつきはなすような声は、あの人の何を示していたのだろう。ヴィニダルは眉間に渦をまく疑問で、頭がくらくらした。

「何か変。いつもと違うわね」

半分目をまわしているようなヴィニダルの顔をのぞきこんで、シトルフィは首を傾げた。

「随分落ちこんでいるように感じる。あんたが落ちこむなんて、前代未聞」

「うるさいったら」

ヴィニダルは姫山羊の首に額をうずめた。しかしシトルフィは容赦しない。

「納屋の戸の上に水の入ったバケツをおいたときだって、草で結び罠を作ったときだって、せっかく刈った羊の毛を野原中にばらまいたときだって、――あのときでさえ、反省もしなかったくせに。誰に怒鳴られようが、ひっぱたかれようが、けろっとしてたのに。頭から水びたしにされたフーフは、あんたを底なしの悪ガキだと思いこんでるし、一頭分の羊毛をだめにされたパンタームは、あんたの顔を見たとたん、はさみをもって追いかけてくるでしょうよ。それでもあんたは舌を出して笑いながら逃げるのに。何があったの？」

「水じゃないよ」

ヴィニダルは羊の首に顔をうずめたまま訂正した。

「何？」

「水じゃないって。バケツに入れたの。……水も半分入っていたけど」

「あんた、まさか」

顔をあげて、にやっとした。

「へへえ」

「呆れた。へへえじゃないってば。だからフーフの恨みは深いんだ」

大きく吐息をついてシトルフィは斜面に背中を預けた。

「羊のおしっこは臭いのよ」

「獣のおしっこはどれも臭いんだよ」

手のひらがヴィニダルの後頭部を襲った。

「あんた、本当に馬鹿ね」

「うん。そうかもしれない」

以前ならむきになって否定するところを素直に認めたので、シトルフィはしばし面くらった。

ふうん、と呟き、

「重症だわ、これは」

身体をおこして彼の肩をつかむ。姫山羊はぴょんと跳ねて草を食べにいった。

「話してごらん。ためておくといつまでも残って、そのうち内側からあんたを食べはじめちゃう」

「本当に？」

「そうよ。そんな気持ちになるの、あんただけだと思ってる？　それは大間違い。みんな一度は経験ずみよ。で、誰かに話をして、決着なりおりあいなりつければ、それはじきになくなる……というか、なくなるわけじゃないけど、あんたの養分になる。あんたが逆にそいつを食べちゃうの。みんなそうやっておとなになる」

「内側から食べられちゃう人もいるの？」

「さあね」

シトルフィは首をすくめた。

「少なくとも、会ったことはないかもね」

じっと自分の膝を見つめていたヴィニダルはやがて、小さく嘆息すると、掟を破ったことを話した。話しおわってもしばらくのあいだ、シトルフィは何も言わず、身じろぎもしなかった。そよ風がカラン麦をなびかせ、あたためられた青っぽい匂いを彼らの鼻先に運んできた。

「……そんなに大事《おおごと》じゃないと思うわよ」

じっくりと考えた末のシトルフィの声はいつもより低かった。

「あたしも一度、入ったことがある。チャギが柵をこえて中にとびこんじゃったときよ。あんたの気持ち、わかるわ。……で、王子は何かにさわったりしたの」

ヴィニダルは、そうであってほしくないと思いながら、首をふった。

「多分、ふれていないと思う」

「柵から出たとき、本は全部あった？」

「うん、それは確かめた。全部もとどおりだったよ」

「なら大丈夫」

「本当に？」

「あんたがどうしても長老に告白したいっていうんなら、一緒に行ってあげるわよ、でも、そうまでしなくてもいいと思う」

「ぼく、内側から食べられない？」

「あたしに話したでしょ。それで半分。あとの半分は、ちゃんと決心すれば多分、大丈夫」

「何を決心するの？」

「二度と同じまちがいをしないことを誓うのよ、お馬鹿さん。絶対に、しないってね」

シトルフィはそう言うと、さっと立ちあがった。

「チャギがどこか行っちゃった。あのやんちゃぶりは、あんたそっくりね。羊の長のお尻に頭突きしたり、牧羊犬の餌入れひっくりかえしたり」

黄金の光をまきちらしながら少女は丘の上へと駆けていき、ヴィニダルは陽だまりに再び独りになった。彼は言われたことを胸のうちで何度もくりかえし、合点がいくと、薬湯をのみこむように誓いをのみ下した。すると、やたらにまぶしいくせに、黒ずんでいた世界の輪郭が、突然明瞭になった。それまで聞こえなかった、麦畑の中をそっと行き来する昆虫の、かさこそいう音が聞こえはじめた。麦の穂が立ちあがろうとあがいている気配を感じ、母さん雲雀の羽毛の下で、卵の中からヒナが殻をつつくのを感じた。

ヴィニダルは両手の甲で目をぬぐうと、静かに一呼吸して大地を踏みしめた。首筋にあたる陽光をようやく気持ち良く感じることができるようになった。

2

大きな暖炉の中で、熾《おき》になった丸太が、赤い目をした獣のようにゆっくりとまばたきしていた。サボテン王子セパターは、大きいクッションに身を沈め、上等の葡萄酒《ぶどう》をなめながら物思いにふけっていた。家に帰るあいだ、ずっと考えていたことが、今もまだ頭の中に居座っていた。

〈久遠《くおん》の島〉を出て〈額〉の町へと戻り、沿岸航行船に乗りかえたのは、七日も前のことである。海上の波は高く、空にはあやしげな雲がわいていたが、遠くなった〈島〉の上空だけは穴があいたように青空であった。一体どんな魔法が、あの〈島〉を護っているのだろうと、妬みに似たかすかな怒りを胸に潜めた、四日間の船旅であった。陸にあがり、テルの港から馬を走らせて、サージ国領に入り、わずかばかりのカラン麦畑を通りすぎると、峨々《がが》たるフォト山地を背景にして、翠銅鉱《すいどうこう》の結晶さながらにひしめきあうサージの町に到着した。濃い緑や天空の青に彩られた家々は、数百年をかけて、狭い土地で競争するかのように上へ上へと伸びている。日中でも路地は陽の射さない陰鬱《いんうつ》さを抱いて、人々はうつむき加減に歩くのだ。

山懐《やまふところ》には、これみよがしに王宮が横に広がっている。サージで広い平地を持つということは、莫大な財産と権力を有することなのだ。彼は面倒な政治など、かかわりたくもなかったが、それでも、大理石をふんだんに使った王宮の白さを目にすると、うらやましいという気持ちがわいてくる。それはどこかで、〈島〉をふりかえったときの怒りともつながっていた。

陽の射さない町中を進み、家の敷居をまたいだのは今朝のことだ。王位継承権十四位の王子ともなれば、家のまわりに小さな庭をもち、二頭の馬を飼うくらいはできる。出迎えた馬番に手綱を渡し、ひんやりした玄関をくぐって四人の召使いに早口で用を言いつけ、五階の居間にあがってきたのが一刻ほど前か。主人《あるじ》の留守中にも暖炉には薪がくべられ、掃除も行き届いているのは、家令が目配りを怠っていないからだ。

彼はサボテンで織った服を脱ぎすて、薄茶の絹のジェラバに着がえた。さほど身だしなみに重きをおいているわけではないが、肌ざわりのいい絹は好きだった。召使いのもってきた軽い食事をすませ、葡萄酒をなめながら熾を見つめていると、島を出て以来くりかえし考えてきたことが、子どもがまわして遊ぶ木皮の環のように頭の中でまわっていた。

家系図。それに『誓いの書』。

あれが欲しい。どうしても欲しい。なぜ、目の前にあったあのとき、とってこなかったのか。あの小さい男の子などかまわずおしのけて、懐に入れればよかった。気づかれないうちに〈島〉を出れば、今頃ここにあったものを。

あの数冊には途方もない価値がある。千年にわたる何千人、何万人の生と死の記録。それも〈書物の森〉を管理するジャファル氏族の、だ。家系図においてはその代その代の筆記者の手蹟が、『誓いの書』においては婚姻のたびの当事者の手蹟が残っている。門外不出の、氏族だけの書物。一巻だけで十頭の駿馬《しゅんめ》に価するだろう。あるいは金塊に。それを数巻持てば、おそらく王以上の権力を手に入れることができるだろう。

セパターは下の階におさめている百冊あまりの書物を思った。『大フォト史記』や『骨格図鑑』や『文様模様解説』や『マードラの神々の話』など、どれも原本で、最も古いものは、書かれてから二千年ほどたっている。

王子とは言っても継承順位は低く、玉座にほど遠い彼にとって、そうした稀覯本《きこうぼん》を集めることは、いっぱしの文化人と尊敬され、知識人と一目おかれ、頼りにされる唯一の道のように思われた。そして面倒な政治よりはるかに単純だった。

それが単純でなくなったのは、ある日一人の男が訪ねてきて、『コンスル北方紀行』を譲ってくれと頼んだときからだった。金をさほど持たないその男は、かわりに、古い書物についてならば大抵のことを知っている魔道師チュロクーを紹介してくれた。その後、彼が多くの稀覯本を持っていることを聞きつけたアイリア王国の貴婦人が、『杏花の詩』と『砂丘物語』の二冊を譲ってくれと言ってよこした。代価は彼女の領地の半分。穀倉地帯を手に入れたセパターは、王から支払われる生活費とは別の収入を、定期的に得られるようになったのだった。

そのうちセパターは気がつく。一冊の書物とひきかえにできるのは、何も財産ばかりではない、と。ちょっとした口利き、ささやかれる情報、つながっていく人脈。書物の数は増え、――もう彼は、読もうとはしなかった。頁にさっと目を通すだけ、あるいはしげしげと、宝石で飾られた華麗な表紙をながめるだけ――黒黴《くろかび》がしらぬまにはびこっていくように、彼の影も王宮や町中や大フォトの宮殿までのびていった。

もしも『誓いの書』を自分のものにできたのなら、大フォトの大王にも匹敵する陰の力を得られる。それに比べたらサージ国の玉座など、川原石にすぎない。

「チュロクーを呼べ」

戸口のそばで葡萄酒の水差しを持って待機していた召使いに命じる。多角形に磨かれた硝子《ガラス》の杯の中で、赤黒い葡萄酒が紅玉のようにつややかに輝いているのを楽しんでいると、チュロクーがやってきて、彼の前に胡座《あぐら》をかいた。

チュロクーほど魔道師らしい魔道師はいないだろう。五百歳にも見える骨と皮ばかりの、まるで骸骨が呼吸しているかのような老人だった。尖った顎、薄い唇、低い鼻、落ちくぼんだ目、つきだした額。その上に申し訳程度の白髪が、冬の草のように生えている。

「〈久遠の島〉に行っておいでだったとか。いかがでしたか」

低くしゃがれた声は、年のせいでほんの少し震えていたが、セパターを見あげる目には、深海の底しれなさが宿っている。

「世界中のあらゆる書物を手にとって見られるというので興味をそそられたんだけどね。あれはまがい物だな」

「手厳しいですな。フォトにいながらにして、遠い北方や東方の書を読むことができるのですぞ。学究の徒にしてみれば、天国のような場所でありましょう」

「ぼくの書架におさめてあるものが、そっくりそのままあそこのどこかの枝にぶらさがっているのだよ」

「だとしても、あなた様の蔵書の価値が下がるわけではありますまい」

「『大フォト史記』をどこかの書記見習いが、楽々と頁を繰っているのを想像するだけで、いてもたってもいられないよ」

「あなたの書物にその男の手垢はつきませんよ」

「いや、それでも、許しがたい」

セパターはそう吐きすてると、杯を一気にあおり、身をのりだして、

「あの島にだけ存在する『誓いの書』について、知っていることがあれば話してよ」

書物の代価としてひきあわされたこの魔道師は、古い本についてのたくさんの知識を蓄えていた。彼はゆっくりと口をひらいた。

「ジャファル氏族の『誓いの書』、ですかな。……あれは……〈書物の森〉の要《かなめ》であり、〈島〉の基盤だと言われています。御覧になったのですか?」

「見てきたよ。ひらいてある頁だけだったけれどね。一族の歴史と生涯を記している、すばらしい本だ」

「あの〈島〉そのものが魔法の産物ですが、『誓いの書』にもまた魔法がかけられておりましてな。書けども書けども頁はなくならず、書き記した分の重さも厚さも増すことはない、と。あれが失われれば〈島〉が滅びると言われておりますな」

「きみは見たことがあるの？」

老魔道師は乾いた笑い声をあげた。

「滅相《めっそう》もない。氏族の者でさえ、あれを目にできるのは、結婚式のときだけ、それも遠目に。あなた様がどんな手管であれを見たにせよ、それは禁忌だったのですよ」

「家系図も見たよ」

「家系図もしかり、です。ジャファル氏族の生命であり、〈島〉の生命線ですな。あれが書き継がれることがなくなったとき、氏族は滅びるでしょう」

「そうか……」

セパターは黙りこんだ。召使いが手の中の杯に葡萄酒のおかわりを注いでも、彼自身は身じろぎせず、じっと一点を凝視していた。やがてその灰色の目が刃のような光をはなった。

「家系図と『誓いの書』を手に入れるよ」

魔道師は束の間息をつめ、それから小刻みに肩をゆらした。

「……〈久遠の島〉の魔法を破るとおっしゃるのですか」

「そうだ。〈書物の森〉が滅びれば、ぼくの本はぼくのこの館でしか閲覧できなくなる。世に二つとない貴重なジャファル氏族の蔵書も、ぼくのものになる。一石二鳥とはこのことだろう？」

老いた魔道師はそっと後ろをふりかえって、暖炉でまたたく熾に目をやった。それから再び雇い主にむかい、

「大勢が死ぬのですよ。それをひきうける覚悟はおありで？」

とささやいた。

「人はいずれ死ぬよ、チュロクー。だが、書物は残る。二百年、三百年、と。きみが魔法をかけてくれれば、千年でも保存できるだろう？」

「わたしが魔法をかければ、永遠に残ります。わたしの力はそのために与えられたのですから」

「なら、何も問題はないじゃないの。でしょ？」

魔道師の暗い両目に熾の赤い光が灯った。確かに、と彼は頷いた。

「何も問題はありませんな」

3

親族が二千人も住んでいれば、一年に一度は結婚式がある。しかし、九歳のヴィニダルが覚えているのは、近年の数回だけだった。その中には三番めの姉ニルギラの式もあったが、今日、彼女の腕の中には生まれたばかりの赤ちゃんがいた。

〈長老の心臓〉の柵の中に新郎アイケと新婦オルマ、長老ニルギの三人だけが入った。柵の外には親しい親族と新婦の友人たちが三百人もひしめいて、式の進行を見守っている。本土のフォトでは広く火の神ジオラストが信仰されていたが、〈島〉に神はおらず、ただ森と大地に誓いを捧げ、書に署名して結婚の成立となる。それゆえ、火も焚かず、火に供える犠牲もなく、長老が家系図に新しい線と名前を加えて終わりとなるのだった。

人々は新郎新婦をかこんで、宴会場へとどっとくりだす。ヴィニダルと兄ネイダルも、人の波におされるようにして森の中心部から出た。しかし彼らの足は人々の行く方向からそれて、外の方へとむかう。ネイダルは紺地に金の刺繡《ししゅう》の入ったカフタを着ていたが、それは島を出るときの正装だった。ぼくも行く、とヴィニダルはいまだに呟いていたが、以前のような決意がこもっているわけでもなく、ただ最後まで抵抗をあきらめてはいないと示しているにすぎなかった。

草の上に木漏れ陽が斑《まだら》となってちらついていた。ヴィニダルは六年後の自分やネイダルを想像しようとしたが、ちらつく光が目を射すので、なかなかうまくいかなかった。一方、兄のネイダルはといえば、まだ見ぬ外の世界に心躍らせ、大フォトの王宮庁舎で姉の下で働く自分をぼんやりと思い描いていた。弟をあとに残していくことに、ほんの少し後ろめたさを覚えたが、それは島に生まれた氏族の全員が経験することだったので、罪悪感はわずかだった。

二人はやがて、森から丘へと足を踏みだした。カラン麦の穂がのびきって、あたりは香ばしい匂いで満ちていた。

出港を今日と定めたのは、ネイダルを姉のもとへと送り届ける役割をあてられた従兄のヤルランで、結婚式が終わってすぐであれば、港は混まないだろうし、両親も寂しがる暇がないだろうというのがその理由だった。今朝、ネイダルは両親やきょうだいたちと別れの挨拶をすませていたが、確かに皆、どこか気もそぞろで、本気で嘆き悲しむ様子を見せたのはヴィニダル一人だった。それに、いずれは戻ってくるのだ、とネイダルは冷たい一陣の風が心の隅を吹きすぎていくたびに自分に言いきかせていた。氏族は皆、〈外〉へ行く。戻ってこない者もいるけれど、ぼくは必ずここへ帰ってくる。そうして、たくさんの本を生む樹を護りながら、訪れる人々に喜びと驚嘆を与えつづけるのだ。何も変わらない、と弟に教えようと思った。彼もヴィニダルも賢くなるが、それ以外は何も変わらない、と。

口をひらこうとしたとき、二人は丘のてっぺんにたどりついた。そこからは、あと二つの斜面と、斜面のむこうに広がる青い一枚布のような海が見えた。潮の香りが吹きよせられてきて、それと同時に、足元から姫山羊がとびだしてきた。二つの瘤《こぶ》のある頭を、ぐいぐいとネイダルの膝におしつけるので、ついひざまずいたところへ、シトルフィの顔があらわれた。

「ネイダル」

「シトルフィ」

互いに小さく頷いたものの、気まずい沈黙が一呼吸生まれた。ネイダルは何も言わなかったが、ヴィニダルは二人の気持ちに前から気づいていた。けれどもそれは、彼の手に負えることではなかった。そこでヴィニダルは、姫山羊の赤い首輪をつかむと兄からひき離し、斜面を一緒に駆け下った。残された二人はもう一呼吸見つめあったが、ネイダルが先に目をそらした。シトルフィはうつむきながらも、言葉を発した。

「行くんだ」

「うん」

ネイダルは、初めてシトルフィが祖父とともに、勝手口にあらわれたときのことをよく覚えていた。あれは、もう十年ほど前のことか。抱えている籠から焼きたてのパンの匂いがしていた。そうして、小さな女の子の頭が、まるで太陽さながらに輝いており、とても神聖な何かを目にしたと思ったのだ。それから毎朝、彼女がやってきて一緒に遊ぶようになり、ヴィニダルが生まれると二人でお守りをするようになった。シトルフィはおしゃべりで、彼の分まで話してくれた。そのせいで、もともと口の重いネイダルはさらに無口になり、ヴィニダルのほうは、彼女を師匠として早熟な表現をするようになったのかもしれない。

二人は、弟と姫山羊のあとをゆっくりと追いながら、無言で歩をすすめた。そして二人とも同じことを考えていた。〈外〉へ出たネイダルが戻ってくるときには、傍らに別の女性をともなっているだろう。前にヴィニダルがごねたように、ネイダルは髭を生やし、すっかりおとなの男になって、大フォト王室づきの書記官だったという経歴と、女性に対する深い愛情を胸に抱いて。片やシトルフィはまだ少女のままで、相変わらず羊の番をし、姫山羊とたわむれ、ヴィニダルをからかっているだろう。ジャファル氏族は、同じ〈島〉の住人と婚姻することは許されない。閉鎖的な空間で血が濃くなりすぎないようにという古い掟が二人のあいだに立ちはだかっていて、若い二人にはそれをうち砕くすべがないのだった。

ネイダルには言いたいことがたくさんあったはずなのだが、夏の陽射しに頭の中をかきまわされたようで、桟橋までとうとう口をひらくことができなかった。シトルフィもいつものおしゃべりは影をひそめ、ただただおのれの出自をくやしがるしかなかった。もしわたしが〈島〉の牧羊家に生まれていなかったら。大フォトか中フォトの商家の娘だったら。内心で大きく嘆息をつき、桟橋でゆれている小型の帆かけ船に目を移した。

ヴィニダルはチャギの首輪をつかみ、半べそをかきながら待っていた。四角い顔の従兄ヤルランは、錨《いかり》をひきあげている最中だった。ネイダルはシトルフィに無理矢理微笑み、ヴィニダルの頭をくしゃくしゃにし、渡り板に足をかけた。

「六年もたたないうちに帰ってきてよ!」

泣きながら弟が叫ぶ。

「三年で帰ってこなきゃ、ぼくが探しにいくからねっ」

「元気でね」

健康で生きていてくれれば、それだけでいいと思い定めたシトルフィが、艫綱《ともづな》をほどきながらやっと一言言った。ヴィニダルは渡り板を自分でひきあげ、ゆっくりと頷いた。ヤルランが帆綱をほどくと、小気味のいい音をたてて帆がふくらみ、たちまち船を岸からおしだした。白帆が豆粒ほどになってしまってから、ヴィニダルとシトルフィはようやく桟橋から離れた。足どりも重い二人のそばを、何かを感じとったのだろうか、姫山羊のチャギはおとなしくついてくる。

丘へ行く小路と、森へまっすぐつづく通路が分かれているところまで来たとき、ヴィニダルは吐息をついてから呟いた。

「……おなかすいた……」

あたしも、と同意を示したシトルフィは、ヴィニダルに仕返しをするときの目つきでにやっとした。

「宴会にもぐりこんで、御馳走をつめこむっていうのはどう？　落ちこんだときにすきっ腹でいるのはよくないって、よく言うじゃない。みんなそろそろできあがる頃だから、あんたはともかく、あたしとチャギがまぎれこんだって、誰も気にしやしないわ」

ヴィニダルは舌なめずりをした。椰子《ヤシ》油でいためた焼き茄子《なす》料理ザルラクを頭に浮かべ、かりかりに揚げたパンの食感を想像した。二人は同時に子山羊のようにぴょんと飛び跳ねると、競争をするように駆けだした。

「甘い揚げパン、たらふくつめこみたいな!」

「たっぷりクリームの入った焼菓子《ハルシー》も食べ放題よ!」

宴会場は花婿の家の前庭で、これまでになく盛大な宴となっていた。花嫁の友人がつれてきた大道芸人たちが、怒った熊蜂の群れのような楽曲を奏で、とんぼを切ったり、剣を呑んだり、大蛇を身体にまきつけたりしていた。反対側ではまた別の楽団が長弦手琴《バスコ》をかしましくかき鳴らし、客たちは身体をゆらす踊り《トロピック》に夢中になっていた。草地に敷かれた絨毯《じゅうたん》の上のクッションに横たわって、大皿から料理をつまみ、葡萄酒や白麦酒の杯を傾ける年配の男たち、料理の皿や酒を運ぶ合間に冗談を言い、人の杯に口をつけ、歌をがなったり踊ったりする女たち。

人いきれと、オレンジや薄荷《はっか》やニンニクの匂いが混じりあい、湯気をあげた薄焼きパンが手から手へと渡される中、ヴィニダルとシトルフィは、長老が椅子に腰かけ、まわりを直系の子孫たちが囲んで舌鼓を打っているその端にもぐりこんだ。隣にすぐ上の姉ニルギラと去年結婚したばかりの夫がいた。〈外〉から来てまだ〈島〉の慣習や生活に慣れきっていない彼は、シトルフィと姫山羊が座に加わるのを目にして、少しばかり驚いたようだった。もっともチャギは、すぐそばの〈匐竜樹《ふくりゅうじゅ》〉の幹につながれたのだったが。こんな祝いの席では、家族同然のシトルフィの顔を認めても、ヴィニダルのきょうだいや両親はごくあたりまえのこととうけとめている。シトルフィは何の遠慮もなく、ハララ——羊肉、牛肉、豆、トマト、生姜《ショウガ》、ナツメヤシの実、ハクの葉をいためて煮込んだ料理――の皿をぺろりと平らげ、予告どおり焼菓子の山に手をのばした。その隣でヴィニダルも揚げパンに甘いイチジクのジャムをたっぷりつけて、香ばしさと食感を心ゆくまで楽しんだ。二人とも他の人々同様にすっかり腹を満たすと、這うようにしてチャギのところまで行き、木の幹に上半身を預けた。そうして、姫山羊が草を食むのを聞いているうちに、眠ってしまったのだった。

何かがヴィニダルを目覚めさせた。音曲がふっつりと絶えたせいだろうか。それとも夕陽が木々のあいだから斜めに射しこんできて、顔に直接あたったせいだろうか。ともあれ彼は目を覚まし、花婿アイケの父親が叫んでいるのを聞いた。

「テクド産の葡萄酒だ！　この世の最高級とうたわれる酒が、まるまる大樽十個分だ！　皆、この大盤振る舞い、この惜しげのない寿《ことほ》ぎに謝意を！」

足を鳴らし、拍手し、歓声と口笛があがった。何だ、おとなの喜ぶ話か、とヴィニダルは重い目蓋《まぶた》をとじた。再び眠りにおちる直前に、セパター、と名が聞こえたような気がした。何か穏やかざるものの気配を感じたが睡魔には勝てず、「サージ国の王子が、〈久遠の島〉に敬意を表して、また新郎新婦の弥栄《いやさか》を祈念して、これらの酒を贈りたまいた」と芝居がかった口上を夢の中に聞いた。

再び目覚めたのは、シトルフィが、名を呼んでそっとゆすぶったからだった。口を半びらきにして眠っていたヴィニダルは、もぞもぞとおきあがって袖で涎《よだれ》をふいた。

あたりはすっかり暗くなり、欠けゆく月がゆっくりと昇ってくるところだった。銀の光が、昼にはあらわさない小石の表面や樹のうろをあからさまにして、それをそっと非難するフクロウの鳴き声が微風にのっていく。

闇の中に、人々がうち伏しているのがわかった。寝がえりをうったり、寝言を呟いたりしている。皆、酔っ払ったのだろうか。それにしても、一人も起きだしていないのが妙だった。前庭の反対側で赤ん坊のぐずる声がしたが、それもすぐにやんだ。シトルフィがささやいた。

「何か、変な感じ」

「今、夜中なのかな。だからこんなに静かなの？」

二人は身をよせあい、あたりをうかがった。ヴィニダルははっとした。

「チャギはどこに行ったの？」

茂みをかきわけるような音を聞き、二人は這って木の根元をまわった。幹と幹のあいだに、こんもりとした下生えが黒い影となってわだかまり、チャギの白い背中と尻尾が月光色にちらついていた。二人は四つん這いになったまま藪《やぶ》の中に入りこみ、口をもぐもぐさせている姫山羊の首輪をおさえようとした。欠けゆく月であっても、まだ充分に太っていたせいだろうか。その妖しい光に、獣の中の得体のしれない太古の何かが刺激されたためだろうか。姫山羊は今まで耳にしたことのないしゃがれて狼じみた叫びをあげると、藪をつきぬけるほどにとびあがって、一目散に駆けだした。

小声で名を呼びながら、二人もあとを追った。いつもならシトルフィが易々《やすやす》とつかまえるはずなのに、姫山羊はまるで広い草原を駆けるレイヨウさながらに、大きく跳躍しつづけ、巧みに木々のあいだをぬっていった。

〈書物の森〉の半分をぬけ、〈長老の心臓〉の柵を軽々ととびこえた。

二人は柵の少し手前で立ちどまった。

「何だ、何の騒ぎだ」

姫山羊の乱入に驚いてふりむいた顔が、松明《たいまつ》に照らされた。セパターだった。その顔がいっとき大きく歪んだのは、チャギを片手でおさえつけ、もう片手で松明を持っている兵士が、ほんの少しよろめいたからか。

呆然として立ちつくす二人を、暗がりからあらわれたもう二人の兵士がつかまえて、柵の方におしだした。

ヴィニダルは、いっぺんで何がおこったのか悟った。客人にまじって再び来島したセパターが、ふるまいの酒に眠り薬を入れ、皆を前後不覚にしたのだろう。頃合をみて、どこかに潜ませていた雇兵《こへい》をつれて、ここへ忍びこんだ。彼の足元にある革製の下げ鞄の口から、巻物がのぞいている。彼の片手は『誓いの書』に、今しもかけられようとしていた。頭上の枝がざわめき、剣の形をした葉が落ちてくる。

ヴィニダルは突進しようとした。しかし、大きく強い手が彼の肩をひき戻し、暴れ、わめくのをおさえつけた。

セパターはいからせていた肩の力を抜いて、仕事に戻った。『誓いの書』をもちあげ、もう一つの鞄につめようとした。

シトルフィが自分をつかまえている兵士の股間を後ろ蹴りにし、チャギの名を呼んだ。ほぼ同時にヴィニダルは、羽交い締めにしている男の手に嚙みついた。男は悲鳴をあげて、彼を放りだした。

名を呼ばれたチャギは、おさえつけていた手をふりはらい、セパターに突進した。王子はとっさに身をかわした。その脇をすりぬけたチャギの首に、偶然、『誓いの書』が入った鞄の帯がかかった。チャギは、恐慌をおこした。そのまま大きく二跳びして柵をこえ、むこう側に着地すると、自分をとらえている得体のしれない変な臭いのする重いものから逃れようと、どんどん走っていった。大きく柵をまわったシトルフィがそのあとを追っていく。

ヴィニダルはその間に、地面におかれていた方の鞄に近づき、逆さまにした。家系図の太い巻物が、まるで燻製《くんせい》の魚のように転がりでた。それを拾おうとしたとき、脇腹をセパターのサンダルに蹴られた。ヴィニダルは、何がおこったのかわからないまま、地面に転がった。痛みに丸まっている彼の目の前から、巻物が一つ、また一つととりあげられていく。枝のアーチのざわめきが大きくなり、小枝が次々に折れる音が響いた。身体の下で地面が細かく震えだす。

ヴィニダルは痛みをこらえてセパターを見あげた。金の巻毛を王冠のように被り、橙《だいだい》に黒と銀の刺繡のある正装《カフタ》に身を包んだ彼は、いかにも王子然としていた。しかしヴィニダルは、灰色の瞳の中に、彼の本性を見た。傲慢《ごうまん》で、利己的な本性がうずくまっているのを。

セパターは涙目で睨みつけるヴィニダルに、いかにも満足したようににっこりと笑った。

「悪いね、坊や。ジャファル氏族の歴史はもらっていくよ」

それから笑みを消し、彼本来の、手前勝手な欲望を追い求める表情になって言った。

「あの獣がさらっていった『誓いの書』も、すぐにとりかえす」

行きがけの駄賃に、ヴィニダルの足を踏みつけると、雇兵を叱咤《しった》して去っていった。

いまや、大地は大きく震えていた。魔法が破られたのだ、とヴィニダルは泣きながら悟った。氏族の大切な本が持ち去られた。〈長老の心臓〉からひきはがされれば、魔力のたがはずれ、島は壊れる。その暗い予言は、氏族のあいだでのみ、ひそかに語りつがれてきたものだったが、〈外〉に出て戻ってこなかった氏族が何百人といるのであれば、どこからか漏れてセパターの耳に入ったとしても不思議はなかった。

あの王子は知っていたのだ、とヴィニダルは直感した。本を奪えばどういうことになるのか、わかっていながら奪っていったのだ。

枝のアーチの太い部分が折れた。落雷のような衝撃音がつづく中、彼はよろよろと立ちあがった。身体の下に、家系図の一巻を隠していたのだ。最も古い、最も価値のあるものを。足の痛みをこらえつつそれを拾いあげ、もとの場所に戻そうとした。しかし、戻しても、木の枝が落ち、大地はきしみをあげつづけて船のようにゆれ、どんどんとひどくなっていくばかり。書見台にしがみついていたが、とうとう台もろとも横倒しになって、再び地面にうち倒された。

転がった巻物を追いかけて這っていき、ようやくつかんだ直後に、〈長老の心臓〉を護っていた〈?竜樹〉のアーチが、幾百の雷鳴とともに落ちかかってきた。ヴィニダルは嗚咽《おえつ》しながら根本にかろうじて逃れ、巨大な獣がうち伏すように沈んでいく聖なる場所の最期を凝視していた。歯を鳴らしながら、ほとんど無意識に巻物を帯にたばさんだ。

黒々とした太い枝が次々におりかさなり、根が土をはねあげたかと思うや、耳障りなきしみをたてて、ゆっくりと樹そのものが倒れていく。地面も同じように傾き、土くれがおしよせてきて、彼はおし流されるようにすべっていった。ぽっかりとあいた空には、夜目にも黒い雲が渦巻き、斜めに真横に稲光《いなびかり》が走っていた。それを目にしたのも束の間、土砂が彼を頭からのみこんだ。すべてがまっ暗になる寸前、彼が思ったのはさっき悟ったことのくりかえしだった。

――セパターはこうなることを知っていた……。

シトルフィはチャギがどこへ逃げるかわかっていた。森を出て丘をこえ、海に面した絶壁にほど近い岩場に、チャギの隠れ場所があるのだった。大きく縦揺れし、次いで円を描くように動く大地を蹴って、彼女は走った。セパターの雇兵たちが追いかけてきていたが、丘二つをこえる頃にはすっかりひき離していた。

轟音《ごうおん》とともに空に稲妻《いなずま》が走った。それでも彼女はふりかえることなく駆けつづけた。森が悲鳴をあげていた。いや、絶叫というべきか。歯をくいしばり、ときおり稲光にうかびあがる草原の中に、彼女だけが知っている道をたどっていく。

やがて丘は、海に面した平らな台地に変わった。海からは鉄の臭いがする強風が吹きつけてきており、台地には今までなかった裂け目が幾つも刻まれていた。暗い水面が、いつもよりずっと近くにある。せわしなく息をつきながら、彼女は岩場におりる道をさがした。沈みゆく船が傾くように大地が傾いて、大きくのけぞる。ちょうどそのとき、雷が海に落ちた。その光で、地面からつきだした三角岩が、帆さながらの白さで浮かびあがった。シトルフィはよろめきながら岩へと近づき、そこからつづく、がれ場の小道を見おろした。

海が道の下半分をのみこんでおり、激しく波をうちつけてきていた。シトルフィは大声で姫山羊を呼んだ。ゆれが来て思わず岩にしがみついたとき、その岩の陰からチャギの鼻面があらわれた。首輪をつかんでひきよせ、からまる鞄の紐を何とかほどく。ジャファル氏族にとって何ものにもかえがたい本が入っていると知っていたので、首をくぐらせてたすきがけにした。その直後、三馬身右手に亀裂《きれつ》ができ、大地は焼菓子が崩れるように、ぐずぐずと崩壊していった。

岩と姫山羊にしがみつきながら、大地がなくなり、海の水がおおいかぶさっていくのを、シトルフィは呆然として見つめていた。さっきまで見えていたものがほんの一呼吸のあいだに、なくなってしまったことが信じられなかった。夢であってほしいと思いながら、現実だとわかってもいた。波頭が、彼女がへたりこんでいる台地の縁にも顔をだしはじめた。海は黒くにごり、世界をひとのみにする巨大で形のない生き物のように、うごめいていた。

大地が今度は、大きく反対側に傾いた。シトルフィは悲鳴をあげ、姫山羊は転がりおちるのを避けようと踏んばった。海になだれこんでいく土砂を見つめながら、なすすべなく叫びつづける。

大波が岩をこえてきた。岩の根も波にあらわれ、瞬時にさらわれていく。シトルフィはもはやしがみつくものを失って、うちよせる水に翻弄《ほんろう》されていた。地面に爪をたて、叫び、水を浴びて咳きこみ、チャギの名を呼ぶ。姫山羊も鳴きわめきながら、抵抗をつづけているのが、轟音の合間に伝わってきて、くじけそうになる心の支えになる。横倒しになりつつある岩に、再び大波がうちあたった。ひときわ大きい衝撃音が響いた。鍛冶屋のふるう鉄槌の音のようだ、と思ったとたん、岩をのりこえてきた黒く大きい影が、頭上をとびこし、半馬身もはなれていないところに落下した。地の底から伝わってくる地鳴りや海の吠えたける声にもまして、あたりを震わせたのは、何やら形ある重いものらしかった。雲間を走る稲光に、その影が黒く浮びあがった。漁師の使う舟だった。岸にほど近い漁場にこぎだし、その日その日の魚を獲る、小さな舟。

シトルフィはチャギの名を叫びながら、這って近づき、横倒しになっている船体にさっと目を走らせた。舟は〈氭竜樹〉の板をかみあわせて造ってある。島の舟大工たちは、百年たっても壊れないのを自慢にしていた。だが、荒波にもまれた末に地面に激突したらどうだろう。釘一本使っていないのだ、いくら〈氭竜樹〉の魔法が助けになっていてもどこかがはずれてしまうことだって考えられよう。

次の稲光で確かめようとした。だが、大地と海はそれを許してくれなかった。不意に地面がなくなった。その刹那《せつな》、波がおおいかぶさってきた。

何をどうしたのか、あとになっていくら考えても思いだせなかったが、シトルフィは気がつくと、舟底に尻をついて、両腕を舟縁につっぱり、泣き叫ぶことすら忘れはてていた。

頭をもちあげると、漆黒《しっこく》の潮が幾筋もの灰色の波頭をともないながら流れているのがわかった。すぐ近くで鳴き声がしたような気がしてふりむくと、艫《とも》のそばで、チャギの頭が見えかくれしていた。姫山羊の白さは、闇の中の白い花のように思われた。シトルフィは両腕をつっぱったまま少しずつ艫の方へと近づき、半身をのりだして、水中に手をつっこんだ。

暴れ波が舟をもちあげ、おしやり、半回転させる。チャギは右縁のむこうに頭をだし、またすぐに沈んだ。舟も再び回り、シトルフィは肩まで水に入れて必死に手さぐりした。何かが指をかすめる。闇雲に腕をふりまわす。あやうく全身をもっていかれそうになり、慌てて後退りする。一呼吸、二呼吸、慌てるな、落ちつけ、と自分に言いきかせ、もう一度、今度は舳先に這った。顔をだすたびチャギの鳴き声は弱々しくなっていく。腰までのりだし、水が入ってくるのもかまわず、腕をのばし、手をのばし、ようやくのこと、首輪をとらえた。両足を舟底と舳先の境目に踏んばって腰を曲げ、チャギをひきよせ、暴れるな、今助けようとしてるんじゃない、と叱りつけ、両手で首輪をつかみとり、わめきながらひっぱりあげた。

腹部にチャギの肩が重くあたるのを感じながらひっくりかえり、次いで硬い蹄《ひづめ》で腰と太腿を踏まれ、悲鳴をあげた。その悲鳴はすぐに、すすり泣きと笑いに変わる。しばらくのあいだ、震えて横たわるチャギの首を抱きながら、涙を流し、意味もない言葉を呟きつづけた。

気がつくと、闇が薄れていた。東の方、本土フォトの方の空が青灰色の彩りをとり戻しつつあった。シトルフィはゆっくりと上体をおこした。

海は幾つもの渦をまいていた。〈久遠の島〉があるはずの場所には、暗黒の幕が落とされたように、何もなかった。ただ、島の片端が逆立ちして残っているだけ。だがそれは、島とはいえない。あったはずのものがなくなって、岩山一つが残されているのだった。

次第に明るさがましてくると、さらに惨状が明らかになってきた。ときおり舟にぶつかる木の枝、潮に流されていく瓦礫《がれき》、浮かんでは波間に消えていく家畜や人。見る限り、生きている人はいなかった。

両親もきょうだいも、ヴィニダルや長老も、島とともに沈んでしまった。そう悟った瞬間、身体の両側を縦に削《そ》がれたような気がした。鋭く銀に光る大きな刃が、右と左の肉を削っていった。首筋に寒々とした風が吹きつけ、心の臓が氷となり、みぞおちが冷え冷えとした。

舟底に尻をついて座りこみ、うねる波にもちあげられ、落下し、雲が散り散りになり、朝陽が射してきても、ただ呆然とうつろな目を見ひらいていた。チャギが身体を震わせて水滴を払いおとし、鼻先で頬をつついた。ゆっくりと視線をめぐらせ、姫山羊の半月の瞳の中に、不変の無垢を認めた。とたんに、身体を支えていたすべての骨が溶け去っていった。

シトルフィはチャギの首にすがって、自分から奪い去られてしまったものを嘆き、慟哭《どうこく》した。海は怒り、逆巻き、潮を生み、潮は流れの法則を無視して右に左にと慌てふためき、ふくれあがり、陥没した。舟は一枚の木の葉のように水の上に乗って、ひっくりかえることもなく浮き沈みし、流されていった。

泣き疲れていつのまにか眠ってしまったシトルフィが目覚めたのは、夕陽に目を射られたせいだった。チャギは彼女の足元で腹這いになっていたが、身じろぎすると、頭をもちあげてかすかに鳴き声をあげた。

束の間放心していたものの、記憶がよみがえってきた。また胸をつく慟哭があふれそうになって、喉の奥をぐっと締めたとき、ようやくあたりの様子が目に入ってきた。

舟は川口をさかのぼっていた。木片や枝や根、もとは家具だったものの破片、溺れた羊。大量の泥と一緒に、それらが舟底や舟縁にあたって鈍く重い音をたてた。川は〈静寂川《しじま》〉だったが、いつもの静寂はどこへやら、地鳴りと同じ低い唸りをともなって、海に浸食されつつあった。岸の両側では、エルズ王国の家々の足元に、波が砕けていた。人々は玄関や二階の窓から身をのりだして、めったに見られぬ海嘯《かいしょう》を楽しむ様子だった。都に近づくにつれて、両側に出ている人の数が増えていった。

シトルフィは、海の先頭が、まるで解かれていく絨毯のように〈静寂川〉を席巻《せっけん》していくのを、口をあけて眺めていた。川岸を襲う黒波と追いかけっこをしている若い男たち、橋に鈴生りになって指さし、叫び、笑い声をあげる女たち。それらの光景は、あとになって、セパターと同等に憎悪の対象になったのだった。

さかのぼっていくにつれて川は幅を狭くし、海は徐々に力をそがれていったが、それでもまだ勢いは橋の下を二呼吸でくぐりぬけるほどにあった。

川幅が五馬身ほどに縮まった頃、〈額〉の町がすっかり姿をあらわした。三角錐の丘の斜面にびっしりとしがみつく茶色い貝殻虫が、〈額〉の町の中心部だった。

シトルフィはまだ口をあけたまま、フォト連合王国で三番めに大きい町を眺めていた。何しろ〈島〉しか知らなかったのだ。毎日ヴィニダルに本を見せられ、文字を読むことは覚えたが、世界が広いことも、様々な形をなしていることも知らなかった。あんなにぎゅうづめになっていたら、と彼女は思った。寝る場所もないのでは？　そしてこの臭いは、何？　鼻の奥を針でつついているような刺激臭が漂ってくる。出所をつきとめようと首をまわすと、群衆の中にいる禿頭《とくとう》の太った男たちがふりまわしている香炉からたちのぼる臭いだとわかった。袖幅が花のようにひらいた緋色のカフタを着て、爪先が尖った靴をはいている彼らは、ジオラスト教の神官たちだ。〈外〉から戻ってきた氏族の人たちの土産話に聞いた。聖なる火の神を信奉し、常に香炉を携えて歩く神官たち。

水は緩やかになり、速足程度になった。岸辺を洗う波もおとなしくなり、岸辺の人々がそれぞれに大声をあげて、彼女を誘う。

手招きする者、流木を拾って櫂にせよと忠告する者、目に彼女以上の必死さをたたえて呼ばわる。筋ばった腕や肉づきのいい手、髭面、狐顔、派手な化粧、乱杭歯《らんぐい》。襤褸《ぼろ》を着た者、きらきら光る飾りをつけた者、杖をふりまわす者、剣を帯びた者。

とまどうシトルフィの前方に、小さな船着き場があらわれた。ちょうど川筋が左へと曲がるその正面に、石の階段と踊り場が見えてきた。人々はそこにも鈴生りになって、踊り場は半ば水没していたものの、三人ほどがあえて踏みこんで彼女を待っている。水は素直に直進し、船着き場へと舟を導いていった。シトルフィも、さしのべられた手をとろうと立ちあがった。大工か鍛冶屋か、力仕事をしているたくましい腕につかまり、舟ごとひきよせられる。人々のあいだから安堵と喜びの溜息があがった。丸い顔で鼻先が酒焼けした主人が、野太い声でよくがんばった、よくやったな、と笑った。シトルフィは小さく息を吐き、男のそばに立とうと片足をあげた。そのとき、男の後ろ数人の頭の上、石段に立つ人々の中に、あの顔を見つけた。金の巻毛に目尻の垂れた目、人好きのする笑顔で人々の中に溶けこみながら、灰色の目には貪欲な光を隠して、彼女の上陸を待ちかまえている。セパター。

突然、斜交いにかけている鞄を意識した。これほどのことをしても、あの男はなお、鞄の中身を欲している。

そいつは人殺しよ、と叫ぼうとした。〈島〉の宝を盗み、〈島〉を沈めた悪党よ、と指さそうとしたそのとき、舟に何かがあたった。人々がうち騒ぎ、女の悲鳴があがった。海草や木の蔓《つる》をまきつけた遺体の、白い顔が浮かんでいた。思わず、彼女をつかんでいた丸顔の男の手がゆるんだ。シトルフィはとっさに、あげかけていた片足を水中の踊り場の角につっぱり、舟を岸辺から遠ざけた。誰が彼女の言うことを本気にするだろう。岸にあがったらすぐ、セパターが彼女の口をふさぐに違いない。相手はおとな、しかもヴィニダルをだまして禁忌を破らせた口のうまい男だ。たとえシトルフィが訴えても、人々は彼女よりセパターの言うことを信じるに違いなかった。

すりぬけていく少女の手に驚く男の声が、海鳥の叫びのように響いた。人垣の中で、セパターは目を見ひらいている。

再び川の中央に出たシトルフィは、セパターが船着き場から離れ、三人の雇兵に叫び、こちらを指さしているのを見ていた。それから、誰かが忠告してくれたのを思いだし、水中から長い木片をひきあげると、櫂がわりにした。舟は湾曲する川筋の流れに乗って、もう一つの橋の下をくぐっていった。

川幅は三馬身にせばまり、右岸を追いかけてくる雇兵たちがはっきりとわかった。流れはいまや歩く程度の速さとなって、いずれどこかで止まるだろうと思われた。そして雇兵たちは余裕綽々で並走している。彼らを岸にとどめているのは、ただ川の深さだけだと気がついたシトルフィは、周囲を見渡した。川はずっと先までつづいているが、橋は見あたらない。両岸の人の数は少なくなってきている。反対側の西岸の背後に、段丘が控えているのがわかった。

彼女は櫂を使って、浮遊物のあいだをかきわけはじめた。波に流されながらも、左へ左へと少しずつ進む。夕陽はカイガラムシの都を銅《あかがね》色に染めあげていたが、水面は影に沈んで色を失いはじめた。雇兵たちの叫びが耳に届く。彼女が何をしようとしているのか、ようやく気がついたようだ。

シトルフィは漕ぐ手を一層速めて、西側の岸辺に近づいていった。水流にえぐられて浅瀬になり、その上へ草がおおいかぶさっている地点を見つけると、そちらにむかった。そのあたりは薄闇が広がり、水のちゃぷちゃぷいう音と、青い草の匂いと、ひんやりした夕暮れの大気が漂っていた。浅瀬に舟を乗りあげ、再び流れにもっていかれる前に大急ぎでとびおりた。チャギはもう、小さな崖をとびこえて草地の上ではねていた。足を濡らしながら、のびている草を手がかりにして崖の上へ登った。舟がゆっくりと川の中央に戻っていき、それから急に回転したかと思うや、速度を増して今までと逆の方向に、川下へと流れ下っていくのが見えた。対岸では雇兵たちが腕をふりあげ、罵《ののし》っているようだった。急に高まった瀬音に、その罵声はかき消され、シトルフィは大きく息を吐いた。

両膝をついて、鞄の中を手さぐりした。安心してようやく、『誓いの書』のことに気が回った。しっかり蓋がされ、留金もついていたおかげか、あるいは魔法がかかっていたせいなのか、本はほとんど濡れていなかった。

緊張がゆるむと、身体が震えだした。夕陽はすでに丘のむこうに身を沈めていた。本土では、陽が沈むとすぐに暗くなる。暗闇の中、おのれを叱咤して立ちあがると、草を食んでいるチャギを呼びながら歩きだした。

なだらかな丘陵地帯には、穂をたちあげたばかりのカラン麦畑がつづいていた。畑のあいだを歩いていけば、いずれ農家に行きあたるに違いない。少なくとも〈島〉ではそうだった。本土は〈島〉よりはるかに大きいけれど、畑と農家にそう変わりはないに違いない。

農家で助けてもらおう。食べ物をもらい、眠らせてもらう。そのあとのことはくたくたで考えられなかった。とにかく食べて、休む。

紫色の闇の中に、夕餉《ゆうげ》の煙の匂いを嗅ぎ、小さな林のあいだに木漏れ陽さながらにちらつく灯りを見たのは、斜面を登りきったときだった。

4

海底《うなぞこ》にある〈生命の太鼓〉が、重々しくゆっくりと鳴っている。その轟《とどろ》きがつづくあいだはすべての生命の途切れることはないと、何かの本に書いてあった。

ヴィニダルは、ざらざらした砂の上に、海草同様にうち伏していた。そのことにぼんやりと気がついたとき、〈生命の太鼓〉の音は心の臓の鼓動に変わった。ゆっくり、かすかではあったが、胸の中で規則正しくときを刻んでいる。息を吸いこめば、口の中にまぎれていた異物にむせた。心の臓の鼓動は速くなり、やがて誰かの足音に変わった。

頰を大地につけ、まだ目をとじたまま咳きこんでいると、足音が止まり、爪先が腹の下に入れられ、ひっくりかえされた。きつい陽射しが顔にあたり、眉をひそめて思わず腕をあげる。白く細かい砂が、指や手の甲から粉塵のように落ちてきた。

陽射しがさえぎられ、大きな影が彼をのぞきこんだ。生きちょるか、と唸った声は、甲高い男のものだった。男はヴィニダルを軽々と肩にかつぎあげ――そのやり方は丁寧とはとてもいえないものだった。まるで麦袋か堆肥《たいひ》袋の扱い――、のしのしと歩きだした。ヴィニダルは腹の下で木瘤《きこぶ》のような肩の筋肉が上下するのを感じ、えずいた。

「おれの服汚したらただじゃすまんからな」

男の脅しにもかかわらず、彼はたまらず吐いた。幸いにも、泥水やら何かの屑やらは、男をよけて砂浜に吸いこまれていった。涙目で、自分が吐いた小魚がぴちぴちはねているのを見送りながら、男が口にした言葉がマードラ語だったとようやく気がついた。

左側には海がうねっている。天に太陽がぎらついているのに、海の上には青黒い雲が分厚くたれこめ、海も邪悪な魔道師の衣の色をして、のみこんでしまったものに満足したように、腹をゆすっていた。右側にはなだらかな砂丘が横たわり、ときおり砂塵を舞いあげていた。

ヴィニダルはなおも吐き気を覚えた。みぞおちのあたりに、違和感があった。何やら硬くて黒いもの——見たわけでもないのに、そう直感した——血のかたまりがもっと硬くなって石のようになってしまったもののようだった。それも吐きだそうとしたが、からえずきばかりで、出てきてくれはしなかった。

男は大股に距離を稼ぎ、砂浜は岩場の陰に見えなくなった。漆黒の刺々《とげとげ》しい岩が、まるで天を呪うようにつきだしている。そのあいだをしばらく登っていくと、海に面して口をあけた洞窟が四つ五つ、兵士のように並んでいた。男はそのうちの最も大きい穴にヴィニダルをおろした。背中にごつごつした岩を感じながら、ヴィニダルは座りこんだ。乏しい光の中に、石で組まれた竈《かまど》、竈のそばには器や編まれた籠、敷物だろうか着物だろうか、くしゃくしゃと丸められた羊毛の何か、斧、薪がある。洞窟はヴィニダル三人分の高さと幅があった。強烈な魚の腐臭がするのは、奥の一隅につまれた生ごみのせいか。

大男がもう一方の隅から欠けた土器に水をもってきて、つきだした。ヴィニダルは震える手でゆっくりとうけとり、おそるおそる口をつけた。生臭く苦かったが、真水には違いなかった。そうとわかって、喉を鳴らして飲みほした。吐息をついて目をとじる。男は乱暴だが、気遣ってはくれるらしい。それで、安心したのかもしれない。また意識がなくなった。投げだした足を蹴られて目覚めたときには外はまっ暗で、竈の火だけが鬱々《うつうつ》とした光をなげかけていた。

男は再び欠けた土器をさしだした。ヴィニダルの震えは止まっていた。彼はそっと礼を呟くと、魚の尻尾が汁からつきだしているのを気にしないようにしながらスープを一口すすった。海草と雑多な小魚がぶつ切りで入っているそれは、おそらく海水で味つけされているのだろうと思われた。それでも、一口一口ゆっくり腹におさめていくうちに、身体があたたまり、緊張がほどけていく。

「おれはイコートだ。おまえを何と呼ぼうか」

男が自分の土器の縁のむこうから、用心深そうな黒い目を光らせて独り言を呟いた。口に指を入れて魚の骨を出しながら、ヴィニダルは、「ヴィン」と名乗った。

「ぼくをヴィンと呼べばいい」

男は束の間瞠目《どうもく》し、こりゃたまげた、と呟いた。

「おめぇ、しゃべれんのか。見たところマードラ人じゃねぇのに」

「ここはどこ？　マードラのどのあたり？」

イコートは土器を空っぽにしてから脇におき、唇を歪めた。

「どのあたりっちゅうのはどういうこったい。マードラはマードラだ」

「〈鼻ヶ丘〉？　それとも〈口〉の町の近く？　まさかサンゴ諸島まで流されたとは思わないけど」

ふん、と鼻を鳴らして、手の甲で口元をふいてから――彼はマードラの人々の着る木綿の白いジェラバさえ身につけていなかった。素肌に前びらきの襟も袖もないサボテン繊維の短衣と腰布を着ただけ、帯もなく靴もない――、

「〈鼻ヶ丘〉も〈口〉も聞いたこたある。だが、サンゴ諸島って何のことだ？」

「じゃ、ここは何ていうとこ？」

「さあな」

「自分の住んでいるところも知らないの？」

それは純粋な疑問で、嘲《あざけ》りなど微塵《みじん》も含んでいなかったのだが、イコートは怒りだした。

「おい、おれを馬鹿にすんな。村のやつらはおれを何にも知らねぇ阿呆だとぬかしやがる。おれは魚の獲り方も商売の仕方も知ってる。村のやつらよりずっと知ってる」

その剣幕に、ヴィニダルはひるんだ。だが、大勢のいとこやきょうだいたちを見てきた経験から、怒りをそらすすべも知っていた。

「うん、あんたは物知りだ。人の助け方も知っているしね」

「そうだ、おれはおまえを助けた。おまえはおれのもんだ。今夜はゆっくり休め。明日はおれ

のために水を汲んでこい。たきぎも拾ってこい。そしたら魚をくわせてやる」

「村はここから近いの?」

「村はここから近い。だがな、逃げたりしたらとっつかまえてぶちのめしてやる」

イコートは太い指をつきつけ、次に地面を指さした。ヴィニダルは今度は本気で頷いた。ぶちのめされてはたまらない。

食事が終わると、イコートは魚の骨やひれや鰓《えら》を洞窟の隅に投げすて、鍋に土器を重ね入れた。岩棚から腐った臭いのする毛布をヴィニダルに放ってよこし、自分は入口近くに横になった。寒いよりはまし、と自分に言いきかせて、ヴィニダルも横になった。帯にたばさんでいた家系図は、海水に濡れて乾き、かちかちにかたまってしまっていた。それでもヴィニダルにとって、それは家族と自分を結びつける唯一のものだった。彼は懐《ふところ》にそっと入れ直し、夢も見ない眠りにひきずりこまれていった。

翌朝はまだ暗いうちにたたき起こされた。岩場を少し登ったところに清水のわく小さなくぼみがあり、そこから、錆のういた古い鉄鍋に水を汲んでくるように言われたのだ。夕食の滓《かす》がこびりついたのを持ってあがり、干からびた海草でごしごしこすった。イコートは調理のたびに洗うということをしないらしく、こびりついたものはなかなかとれなかった。

鍋を洗うなど、ヴィニダルにとってははじめてのことだったが、井戸端をよくとおっていたので、やり方はわかっていた。汚れはあまりに古いので完全には落ちなかった。しかしヴィニダルは、もうそれで良いことにして洞窟に戻った。

イコートは生ごみの山の前にひざまずき、両手をあげて死の神ラインを讃える祈りをあげていた。ヴィニダルは驚いて立ちどまった。獣脂蠟燭《ろうそく》の太い火がゆらめいていたが、ヴィニダルの目には、神々しいというより禍々《まがまが》しい赤として映った。灰色の煙が生臭さとともに、洞窟の中に渦巻いていた。

「何してるの？」

少年らしい無頓着さで思わず尋ねる。

「ねぇ、なんでごみに祈っているの？」

イコートは祈りを最後までつづけてから、やおら立ちあがってヴィニダルの頭を拳骨《げんこつ》で殴った。鍋は吹っとび、土器は割れ、水がはねて毛布をびしょぬれにした。

「祈っているときは邪魔するなっ。ラインが祈りを聞いてくれなくなる」

横倒しに倒れ、驚きと怖れに泣くことも忘れたヴィニダルの前に、仁王立ちになって喚く。

「今日の漁が散々だったら、おまえのせいだっ」

ヴィニダルはもう一度水を汲みに行かされた。土器の碗が割れて一つしかなくなったので、朝食はイコートの残飯を二口すすっただけになった。干物にした小魚をゆでたスープだった。彼がまだ食べおわらないうちに、イコートは、骨と尾びれを生ごみの山に重ねておけと命じて、漁に出ていった。

「ラインへの供物だからな」

生ごみが供物になるなどと、イコートはどこから考えついたのだろう。ヴィニダルは首を傾げながら、悪臭から逃れるように外に出た。

夜は明けはなたれて、空は浅黄色に広がっていたが、海は、いまだ青黒く渦巻いていた。イコートが、砂浜から舟をおしだしていくのが黒い点になって見えた。海風がヴィニダルの前髪を吹き払い、耳に波音を運んできた。

イコートは風に逆らって沖に出ていった。潮が舟を南の方に運んでいく。そちらには岬の突端がつきだしていて、その姿はまもなく見えなくなった。

水平線がわずかな弧を描いて視界いっぱいに広がり、ヴィニダルの心に茫漠とした空間をもたらした。何もない。〈島〉も〈書物の森〉も、家もない。誰もいない。父も母も、いとこたちやきょうだいも、シトルフィやチャギも。

彼は岩の上にへたりこみ、何もない心を何もない海で満たした。涙は出なかった。わめきもせず、岩に八つ当たりもせず、ただただ空白に身をゆだねていた。

風がやんだ。朝陽が背中から後頭部に移動していった。やがてそれは頭上に輝き、焼けつくような黄金の光をふりそそいできた。光は彼の目から頭の中をとおって喉元におり、さらに空っぽの胸の中に射しこんだ。

彼は光があらわにしたものに気づき、静かにゆっくりとのぞきこんだ。

硬く黒い種のようなものが一つ転がっていた。じっと睨みつけたのは、昨日、えずいても吐きだせなかったものだったからだ。親指の先ほどの大きさだろうか。光がふりそそいでも、死んだままのようだった。どこでのみこんだのか、どうしてそこにあるのか。何を待っているのか。

気がつくと、陽は中天をすぎて海の上に座していた。海は白と銀の筋模様の一枚の布と化している。彼はこわばった身体で立ちあがり、背後の黒い岩山と対峙した。今朝水汲みにあの途中まで登ったが、登りきった先には一体何があるのだろう。小さな好奇心にとらえられて、岩場の尖端で手足を切らないように気をつけながら——カフタの袖や裾はぼろぼろになって、靴は海のどこかに浮いているのだろう——登っていくと、黒岩は濃い茶色にかわり、草を生やした斜面になった。さらに斜面の小道をたどっていけば、いつのまにか蛇の背のような低い尾根の上に立っていた。尾根は海に沿って南北に走り、海とは反対側の東には、大きく落ちこんだ大地が、少しの草原と延々と広がる密林につづいていた。イコートが昨日口走った村というものは、密林の中にあるのだろうか。人家一つ見えなかった。

ここは、おそらくマードラの中南部だろう。大雑把な地図の記憶はあったが、今になって、もっときちんと覚えておけばよかったと悔やんだ。本浸りのあの毎日が完全に失われたことを、ヴィニダルはまだはっきりと理解してはいなかった。

踵《きびす》をかえして洞窟に戻る道々、彼はマードラについて知っていることを一つ一つ確かめてみた。

フォト連合国の南、〈頻たぶ山脈〉を境にして、マードラ国は広大な領土を広げている。だがそのほとんどは密林で、少数民族が点在しているだけだという。大河が幾つか流れ、湖や滝があり、極彩色の鳥が何百種類も生息している。ヒョウやダルデル虎、猿の仲間、アリクイやナマケモノといった得体のしれない獣、オオトカゲや大蛇、吸血虫も跋扈《ばっこ》する。大まかに、湿気の多い蒸し暑い土地、高台にあって涼しい土地、山脈の際の冷寒な土地と分けられる。涼しい土地の大部分は王族のもので、都マードラもここに位置していた。荒ぶる死の神ラインを奉じる神官長が王を兼任する。死者を使ったマードラ呪法の使い手でもある。死の神ラインは、死者の骸《むくろ》を供物にすると喜ぶと言われている。ああ、それでイコートは魚の残骸を積みあげて祈っていたのか。

ヴィニダルは足を止めた。海に小さな黒い点が浮かんでいる。イコートが帰ってくる。太陽は大きく西に傾き、そのきつい光が彼の額を焼いた。彼は目を細めながら、再び照らされた黒い種を意識した。

「馬鹿だ」

少年の口から、ついぞ出たことのない言葉がほとばしった。死者の骸と自分が食した魚の骨との違いに気づかず、本当に存在するのかどうかもわからない神に祈りを捧げるなんて。

彼はその迷妄ゆえに、イコートを憎んだ。おのれの小さな世界にとじこもって、信じたいものを信じ、まわりに広がっているすべての可能性を拒否する頑迷さを蔑《さげす》んだ。その憎しみが胸の中に転がる種に熱を与え、種は汗をかいて震え、殻に小さな亀裂《きれつ》をつくった。亀裂から糸ほど細い茎が立ちあがり、先端に芽をかたく閉じあわせていた。その芽は数多の植物のような鮮緑ではなく、彼の瞳と同じ暁闇《ぎょうあん》の濃紫をしていた。彼は無理矢理意識をひきはがし、吐き気をこらえた。何が生長しはじめたのか、心の奥底ではわかっていたが、認める勇気がなかった。

彼は顔をそむけた。

洞窟に帰ると、イコートの祭壇を見ないようにして火を焚き、湯をわかした。やがて主人が姿をあらわし、獲ってきた魚の始末にかかった。

「今日は大漁だった。ラインがちっとは心を向けてくれたらしい」

そう言いつつ、削いだ鱗《うろこ》を足元に落ちるがままにし、切りおとした頭を鍋に放りこんだ。薄い緑色をしていた魚の頭は、放りこまれるとあっというまに赤に変わった。腸《はらわた》を抜き、ぶつ切りにした身を海草と一緒に入れ、塩のかたまりも放りこむ。

「こいつを今夜と明日の朝食うことにして、あとは塩漬けにする。ランカが二匹、シオバが一匹、しかもでっかい」

鍋が沸騰するまで間があった。イコートは立ちあがって、壁際におしこんである板箱を出してきた。中に入っていたのは、端布や古い貫頭衣や穴のあいた靴だった。それらをぶちまけると、箱だけ洞窟の外にひっぱっていった。

好奇心でヴィニダルがついていくと、隣の小さい洞窟に入っていき、暗がりでがさごそと動いている。手伝え、と言うので近よれば、小山になった岩塩を、箱にとり分けているのだった。二人で塩でいっぱいの箱をひきずって戻り、ランカとシオバの三匹を中におしこんだ。箱から塩があふれて地面にこぼれると、ヴィニダルに拾い集めるように命じた。イコートは蓋をして古い麻縄で縛りはじめた。だが男の手は何とも不器用で、結び目を作るのに四苦八苦している。自己流で漁をしてきたこの漁師は、正しく縄を扱う技術も会得しようとしなかったのだと、ヴィニダルは感じた。

見かねて手を出すと、余計なことをするな、と唸った。が、箱の角できっちりと帆桁結びをしてみせると、渋々任せた。たちまち三本の縄で箱をしっかりととじあわせると、

「明日、こいつを村で売るんだ」

満足そうに腰に手をあてる。ヴィニダルは目を輝かせた。

「ぼくも行っていい?」

一呼吸何かを迷っていたようだったイコートは、仕方なさそうに頷いた。

「……まあ、いいだろう。だけど忘れんな。おまえを助けたのは、おれだからな」

そんな念をおす。何を怖れているのかと首をひねりながらも、この寂しい場所から離れられる期待でヴィニダルの心はうきたった。

次の日二人は黒い岩山を登り――箱にかけた縄にさらに引き綱を結びつけて、イコートがひっぱり、ヴィニダルがおしあげた。登りきるまでに五、六回は小休止しなければならなかった――、尾根を下って草原を横切り、密林の端までたどりついたときには昼をすぎていた。

小川が草原と密林をへだてており、二人は水を飲み、腰をおろして魚の干物を噛んだ。生臭く腐りかけた食べ物を仕方なくのみこみながら、もう二度と魚なぞ口にするまいと誓ったヴィニダルだった。

密林には、かすかな踏み分け道が残っていた。イコートは速度を落として用心深く進んでいった。垂れ下がる蔦《つた》や木の葉や蜘蛛《くも》の巣をよけ、騒がしく鳴く鳥たちの声や羽ばたきに耳をす

ませ、少しでも異変を感じると立ちどまって目を凝らす。獣のような毛を生やした樹の幹に、斑《まだら》模様の大蛇が巻きついているのに気がついたのは、通りすぎる直前だった。藪《やぶ》の中でだみ声の蛙《かえる》が鳴いていた。けたたましい叫びとともに頭上を駆けぬけていったのは、猿だろうか。湿気がカフタと肌をはりあわせ、足指のあいだからは、泥と一緒に得体のしれない何かぬるぬるしたものがはみだしてくる。蚊が身体中にまとわりつき、追い払っても追い払ってもぶんぶんと寄ってくる。突然目の前に、拳《こぶし》大の赤と黄色と黒の縞模様をした蜘蛛がふってきて、思わずとびのいた。そいつの糸はヴィニダルの指半分の太さで、牛の腱より丈夫そうだった。蜘蛛はしばし宙ぶらりんになったあと、おりてきたとき同様、素早く登っていった。

息をついてからイコートと箱のあとを追う。羽の生えたトカゲや、腕ほどもあるシャクトリムシが、大きい葉をもった木の陰から見送っていた。

かなりの距離を歩いたと思ったが、ひらけた場所に出ると、太陽はまだ天中近くをうろついていた。沼のそばに十数軒の高床式の小屋が建ち、百人近い人々がのんびりと働いていた。フォト人に比べると肌の色が薄く、丸顔に泥色の髪をもち、小柄だ。白麻や白木綿の貫頭衣を着て帯をしめ、裸足だが、首や手や足には、彩豊かな木の実や水晶や色硝子《ガラス》のビーズで作った飾り輪を幾つも重ねていた。掘った何かの根を洗ってすりつぶしている女たち、鳥の羽根をむしっている少年、鮮やかな赤や黄色の羽根を手にとって遊ぶ子どもたち、竈の火でトカゲを焼いている老人、弓矢の手入れに余念がない男ども。調子っぱずれの歌を歌い、やかましいと怒鳴られる者、声高に相手を罵《ののし》っている者、子どもの歓声、女たちの笑い声、赤子の泣き声。

ヴィニダルは目がまわりそうだった。〈久遠《くおん》の島〉もにぎやかだったが、これほど活気に満ちてはいなかったし、騒がしくもなかった。イコートが村の境を踏みこすと、ヴィニダルより小さい子どもたちが、わっと寄ってきた。彼らをかきわけて村の中央に立つと、小屋の屋根の下から杖をついた白髪の男が出てきた。鰓の張った鼻の低いその男は、見かけほど年をとっていないように思われた。眉毛は黒々としており、その下の茶色の目は生き生きと輝いていたからだ。男は腰をのばしてイコートを見あげ、力強い声で尋ねた。

「随分久しぶりだったな、イコート。生きておったか。今日は魚と――子どもを一人売りにきたのか」

「魚は大ぶりのが三匹。売ってやらないでもない。だが、子どもは売らん」

挨拶もなしなのには慣れているらしい。男はそうかそうかと笑い、箱をあけてみせよとせっついた。

「ほほう、やっと縄の結び方を習得したらしいな」

イコートはちらりとヴィニダルを見てから、返事のかわりに唸った。まわりに群がってきた人々が、岩塩の中に銀光りする大きな魚に、感嘆のどよめきをあげた。

「こりゃわしでは相場がわからん」

長老も目を丸くしていると、人垣を分けて一人の女があらわれた。

長老と同じくらいの年恰好だが、顔の皺《しわ》が多く、唇も荒れていた。しかし目には、他の人にはない光が宿り、ヴィニダルはセパターを思いだした。人には考えつかないものを考える光、だが決してまっとうではない考えを持っているような光。村人と違って、逆三角形の輪郭《りんかく》に、渦巻く黒い髪を腰まで垂らしている。身につけているものも、ほつれのない貫頭衣に刺繍《ししゅう》をあしらった赤と青の帯、完璧に丸い大粒の水晶のネックレス、そしてサンダルをはいていた。女は言った。

「どれどれ、あたしが見て進ぜよう」

イコートにわからないように長老に目くばせをしたのを、ヴィニダルは見逃さなかった。

「ランカ二匹、シオバ一匹ね。……女たちが織っていた上掛けがあるだろ。上掛け一枚ってとこかね」

イコートは気色ばんだ。

「おれが生命がけで獲ってきた上等の魚だぞ。上掛け一枚ってこたないだろ。二枚よこせ」

するとあっさりと女は頷いた。しかし女たちが持ってきた上掛けなるものは、木の皮か何かをすいて作った目の粗《あら》い、布とも呼べない代物だった。人垣の後ろでは子どもたちが互いをつつきあってくすくすと笑っている。その視線の先に、「上掛け」と同じものが竈の上にかけられていた。鳥かトカゲかわからないが、とにかくその上で肉のかたまりが幾つか煙にいぶされている。

「それ、上掛けじゃないよ、イコート」

気がつくとヴィニダルは、漁師の胴着の裾をひっぱっていた。

「あれ見てよ。肉のいぶし道具だよ。焼けないループスの木を使ったやつ」

うけとりかけていたイコートが品物をおしかえした。

「おれをだまそうってのか、ダダメカ」

女は薄ら笑いを浮かべながらも一歩退いた。その視線はヴィニダルを眺めまわし、

「ふうん。あんたにしては掘りだしものを手に入れたってわけかい」

「何のことだ」

「この坊やのことさ。わかんないのかい、馬鹿だねぇ。目はしがきいて商売もできそうじゃないか。しかもどうやらフォト人だ。フォト人ってのは、数を千まで数えることができるっていうじゃない。坊や、五に三たしたら幾つだい?」

むっとしたヴィニダルはすかさず答えた。

「八だよ」

「じゃあ、八たす八は」

「十六に決まってる」

魚を目にしたときと同じどよめきが人々のあいだにおこった。

「イコート、魚と一緒にこの子をあたしに売っておくれ」

「何だと?」

ダダメカと呼ばれた女は両手首から色硝子の飾り輪を、首から水晶のネックレスをはずして漁師におしつけた。珍しく気前のいい交換品に、驚いたイコートは口をぱくつかせた。ダダメカはにたっと笑って胸をそらせた。

「あんたんとこにいても、この子は宝のもちぐされになる。あたしが使いこなしてやるよ」

のばされた手を打ち払い、ヴィニダルは叫んだ。

「ぼくは物じゃないっ」

ところがどうしたわけか、カフタの襟首をつかまれた。女の鼻が近づいてきて、ひびわれた唇が歪むのが見えた。

「フォトじゃどうかわからないがね、ここはマードラだ。マードラじゃ人も物のうち、売り買いされるのさ。あんたはもうあたしのものだ。それにさっきも言ったけど、イコートのそばで臭い魚ばっかり食いつづけるよりゃ、あたしについてきてマードラの都に住み、金を数えたり文字を覚えたりする方がずっとあんたの性にあうのと違うかい？　フォト人ってのは皆、そうするんだろ？」

ぐっとつまるのへ、

「それとも抵抗して首に鉄の環っかをはめられたいかい？　さあ、おとなしくついてくるのが身のためだよ」

肩をこごきこごき、歩きだした。人垣がわれ、道があく。長老が声をかける。

「ダダメカ、魚は」

「あんたたちで食べればいい。あたしからのおごりだよ。また葉っぱがたまったら使いをよこしな。いい品を頼むよ」

ダダメカは帯にぶらさげた小袋の一つを軽く叩きながら答える。

再び密林に足を踏み入れると、ダダメカはヴィニダルを先に歩かせた。ヴィニダルはぬかるんだ小道を、必死でたどらなければならなかった。

一度など、どこか藪のむこうで、聞いたことのない獣の唸りを耳にした。ぼんやりと歩を進めようとする肩を、ダダメカが後ろからひき戻し、物音をたてるなと合図してしゃがませた。身をひそめていると、二馬身ほど先の下生えのあいだを、丸い頭の大きな動物が、葉の一つもゆらすことなく通りすぎていった。その静かな動作とは裏腹に、喉の奥でときおり川原の石を転がすような音をたてて、居場所を暴露していたが、獣は少しも気にとめない様子で去っていった。

姿が見えなくなってからも十呼吸を数えて、ようやくダダメカは立ちあがった。膝をのばすのに呻きをあげながら、あれはマードラヒョウだと教えた。

「腹いっぱいで御機嫌だった。空腹なときよりは危険じゃないが、遊びたいときもある。あいつらは遊びのつもりでも、遊ばれたこっちは大怪我をする。気をつけないとね」

マードラヒョウ、と口の中で反芻《はんすう》して、ヴィニダルは本にも書かれていないこともあるのだとあらためて思った。記憶の中に、葉むらのあいだに見えた尖った耳や耳の内側から生えていた銀の長い毛をおさめた。太い首から背中へかけて散っていた二重丸の斑点模様も。

太陽が木々の上で大きく傾いた頃、ダダメカは足を速めて、日没の直前に別の村にたどりついた。この村も密林を切りひらいた平地に、高床式の草葺《ぶ》き屋根の十数軒をもち、数十人がくらしていた。ダダメカを見ると親戚のように迎え入れ、葉にくるんで火に放りこんだイモと肉を御馳走してくれた。ダダメカは村人たちとイモ酒をまわしのみして酔っ払い、木の床に転がったかと思うや、両手足を投げだしていびきをかきはじめた。

ヴィニダルは一人、入口近くに座って、闇をながめていた。小屋にはほとんど壁がなく、はしごが立てかけられて入口となっていたのだが、今はそのはしごもはずされてしまっていた。

闇は森の形をして奥深く、ときおり猿のきつい吠え声や、狩りをする肉食獣の一瞬の騒々しさをはじけさせ、またおとなしく身を伏せるように思われた。しかし身を伏せていても、常にざわめき、決して静寂を許さなかった。それは、〈島〉の〈匐竜樹《ふくりゆうじゆ》〉の枝が風にゆすられてたてるささやきや、イコートの洞窟にかすかに轟《とどろ》いてくる海鳴りと異なって、ヴィニダルにはうけいれがたかった。得体のしれないものが潜み、今にもとびだしてきて襲いかかってくるように感じたのだ。彼はその闇に怖れを抱きながらも、イコートの無知を憎むように憎み、ダダメカの支配に抵抗するように抵抗し、じっと睨みつけていた。

それでもいつのまにか眠りこんでいたらしい。枕元を走る元気のいい足音でとびおきると、子どもたちが彼の脇をすりぬけて柱にとりつき、猿顔負けの器用さで地面におりていくところだった。あたりはうっすらと明るくなって、森には霧が、羽根飾りのようにまとわりついていた。子どもたちは沼に入っていき、逃げ遅れた水鳥をつかまえようと競争をはじめた。水鳥は毎朝の儀式をこなすようにこの遊びを楽々とかわし、不器用に飛翔して逃げていく。

「出発するよ」

ダダメカがはしごを立てかけて促した。どうやらこの村では朝食は食べないらしい。沼ではしゃぐ子どもたちを放って、おとなたちはまだ床に転がったままだった。そのうちの一人が、頭だけもちあげて言った。

「ダダメカ、今度来るとき、赤子用のラインのお守りと、木綿糸を数着分、持ってきてくれ」

「覚えていられたらね。新しくて大きい葉っぱを用意しときな」

また小袋を叩いて答えたので、ヴィニダルは「葉っぱ」がその中につまっているのだと確信した。道々そのことを尋ねると、ダダメカは、

「こまっしゃくれた坊やだこと」

と嘲りながらも、

「ギキギキの葉は密林の奥に生えている木からとれる。その場所は、それぞれの村の秘密で、それを知ったよそ者は殺される。村の存続にかかわるからだ。……あたしの言ってること、わかるかい？」

「大体は……うん」

「葉っぱには熱病を治す力がある。熱病はライン神の使いの耳なし猿がもってくる。耳なし猿が夜のうちに村に入りこんで、あちこちさわってラインの呪いをかけるんだ。それをとめる術はないが、かけられた呪いは、ギキギキの葉を乾かして砕いて煎じて飲めば、大抵は良くなるんだよ。それから祭りのときやトカゲと話をするときにも飲む。気分が良くなって、光と影のあいだにある世界を見ることもできる」

フォトにも、幻覚をおこす薬草があったことを思いだした。少量使えばやはり熱病を退け、

多量服用するとこの世にあらざるものを見るという。大金で取引されるので、一般には出まわらないと書かれていた。王族や大金持ちでなければ手に入らないと。

では、ダダメカの腰に下がっている小袋一つはどのくらいの値うちがあるのだろう。お守りと木綿糸数束と釣り合うのだろうか。イコートと魚をめぐって駆け引きしたときのことを考えると、誠意のある取引ではないような気がした。

それから一月あまり、ひたすら密林の中を歩いた。あちこちに村があり、同じような暮らしをしていた。村々を渡るように進むあいだ、ヴィニダルは足に吸いついたヒルのとり方を覚え、頭上をけたたましく駆け去っていく猿の大群に肝をつぶし、沼の水を飲み、虫下しの実を与えられ、すさまじい臭いを放つものの、果肉は汁たっぷりで甘い果物を食し、泥の中に身体を転がして狂乱する牛ほども大きい野豚の一団を目にした。

密林が終わろうとするあたりで一休みしたとき、ヴィニダルは彼女の目を盗んで、二つの大岩のあいだの狭い隙間に家系図の巻物をおしこんだ。これからどこにつれていかれるにせよ、必ず見とがめられてとりあげられるか捨てられるかだろう。それならば、隠しておいた方がいい。そこなら雨に濡れる心配もなさそうだった。必ずとりに戻ってくる、そう心に誓った。

やがて森はだんだんまばらな木立となり、道は登り坂になっていった。猿や蜘蛛や極彩色の鳥たちは背後へと退き、ぬかるみは固い大地にとってかわった。そうしてある日、マードラの首都マードラが目の前に突然、立ちはだかったのだった。

5

スコールド小王国の都のテルに到着したネイダルと従兄のヤルランは、二人の伯母であるロベリーに出迎えられた。この人はネイダルの母デザーのすぐ上の姉であったが、〈島〉に帰らず〈外〉で生活することを選んだため、もう七十歳に近い老人になっていて、年相応の皺《しわ》としなびた感じは否めなかった。それでも、細くまっすぐにのびた首や明るい水色の光をたたえた瞳、きびきびした動作は気力に満ちていた。

髪の色に合わせて淡い太陽の色のカフタを着たロベリーは、船から降りたった二人を両腕に抱きしめた。背のそう高くないネイダルより指一本分低い彼女が二人を抱くと、乳母猫が育ての若犬たちをうけいれている図を思わせた。

彼女は挨拶もそこそこに、港のはずれに待たせていた従者のところへ導くと、用意していた馬に乗り、休むまもなく北へと出発した。幾十艘もの色とりどりの帆をあげた交易船が出入りするテルのにぎわいを味わったのも束の間だった。ナツメグや胡椒《こしょう》の香りを一息か二息吸いこんだだけで、二人は馬上におしやられ、颯爽《さっそう》と走りだした伯母のあとを追うはめになった。

ロベリーは、長い夏の夕刻のあいだずっと馬を走らせつづけた。ネイダルは右手に遠く、

〈青頭湿原〉の湖や低い林が、沈みゆく陽に虹石のように色を変えて輝くのを見た。足元は草地だったが、蹄《ひづめ》がおりるたびに泥がはねた。潮の匂いは遠ざかり、陽が沈んだあとの涼しい風と水色の静寂が吹きすぎていった。

あたりに濃い紫色の闇がおりた頃に、ようやく馬の足がとまった。一行の前には、小さな林を背負った丸太小屋が姿をあらわした。太い木材を使った、いかにも丈夫そうな二階建てで、裏から男が出てきて手綱をとった。馬からおりながら男を一瞥したネイダルは、首を傾げた。一瞬、カンテラの灯りにうきあがった顔が、港にいた従者と同じだったのだ。彼は港に残ったはずだった。彼が馬たちを馬房にひいていくのを見送っていると、その表情を薄闇にすかして見てとったロベリー伯母は、軽く屈託のない笑いを響かせた。

「驚いた？　そう、彼よ」

なぜ、と口に出して言うまもなく、ヤルランも笑った。

「ペボロはウィーダンの魔法が使えるのさ」

「ウィーダンの魔法……。獣に変身できるってことか」

「そう。でも彼には魔道師ほどの力はないの。ウィダチスの魔道師は、自分も変身できるし、他の獣を操ることもできる。彼は変身するだけ。……ツバメやタカ、猟犬や山猫に。彼には敬意を払いなさいね。それだけの力を持ちながら、彼は生涯、わたくしの従者であることを誓ってくれたの。他の道もあると諭《さと》したけれど、考えを変えることはないようよ」

丸太を縦に二つ割りにした階段を登りながら、ロベリーは忠告した。板扉には、野の花のリースが飾られ、中へ一歩入ると、木の燃える乾いた空気に歓迎された。大きな卓の上には、薄焼きパン、チーズ、香草でいためた羊のひき肉料理が並べてあった。若い二人はすすめられるがままに食事をし、ロベリー手ずから注いでくれた茸《キノコ》酒の小杯をあけた。

やがて、ロベリーは席をたって、戸口の外でペボロと小声で話をはじめた。話し声がやんでペボロの足音が馬房の方へと去っていったあとも、ロベリーはしばらく一人で佇《たたず》んでいる様子だったが、満腹と軽い酔いですっかりくつろいでしまった二人は、気にもとめなかった。

真夜中だろうか、何かの拍子に目が覚めた。外で誰かの話し声がする。ネイダルは長椅子から身をおこし、あたりを見渡した。暖炉の薪が熾《おき》になって、赤い目でまたたいている。ヤルランももぞもぞと身体を起こした。ロベリーの姿がない。彼女はあれからずっと外にいるのだろうか。

ネイダルが腰を浮かしかけたとき、扉があいた。湿った冷たい大気がロベリーと一緒に入ってきて、部屋の中をしばらくさまよった。夜の匂いがあたりにふりまかれた。

彼女はじっと二人を見比べ、一旦目をとじてから、闇を見据えるように刮目《かつもく》した。

「テルの都で噂があってね。……その噂が真実かどうか、ペボロにもう一度町へ行って確かめてもらったのだけど」

水色の瞳が濡れている、と気づいたネイダルは、喉のすぐ下で鳥の翼めいたものが羽ばたくのを意識した。何か良くないことがおきたのだ。六年ほど前に、マイラ伯母さんが倒れて突然亡くなったときと同じだ。

「二人とも、どうか気をしずめて聞いてちょうだい。……〈島〉が……〈久遠《くおん》の島〉が、海に沈んだそうよ」

羽ばたきが静まった。燭台《しよくだい》の蠟燭《ろうそく》も暖炉の火も動きをとめた。

「……どういうこと？」

ヤルランが酔いの満足の笑みを唇にはりつかせたまま尋ねた。

「四日前の夜遅く、突然沈んだと。半夜もかからず……朝にはもうその姿は消えていた、と」

数呼吸の沈黙のあと、ネイダルは歯を鳴らしながら椅子に戻り、ヤルランはゆっくりと背筋をのばした。ロベリーは眉間をもんでから静かに顔をあげた。

「生き残った者はいないそうよ」

ネイダルは視線を彼女に据えたまま、背もたれに背を預けた。ヤルランは拳《こぶし》で卓を叩いた。

「なぜ……？　魔法で護られた島だ……。どうしてそんな簡単に……」

ネイダルは喉にからみついたものをはがすようにして尋ねた。

「生き残った者は、いない……？」

「生き残った者はいない、と」

おのれにも言いきかせるようにロベリーは重々しく頷いた。

「魔法が破れたのよ、きっと」

三人は顔を見あわせた。最初に口をひらいたのはネイダルだった。

「『誓いの書』……」

「うん……そうだ。『誓いの書』が〈長老の心臓〉から持ちだされたか……」

「誰が持ちだしたんだ……〈島〉から逃げだした人はいなかったの?」

ロベリーは首をふって、わからない、と答えた。

「ペボロに調べてもらっているわ。彼はまたすぐ、テルに出かけてくれるそうよ。明日の昼にはもっと詳しいことがわかるでしょう」

「ぼくも行く」

ネイダルは立ちあがった。

「テルから〈額〉への船に乗る」

ロベリーの両手がおしとどめた。

「だめよ。〈島〉はなくなったの。船も出ないわ」

「自分で見ないうちは信じない。父さんや……母さん……ヴィニダルが……海の中に沈んだなんて、嘘だ。信じないぞ」

「ネイダル。落ちついて。わたくしも信じたくないの、こんなこと。でも、本当らしい。〈島〉の上で稲妻《いなずま》が走り、雷鳴が轟《とどろ》いたと……幾つも幾つも、よ。明るくなったときには、黒い潮が渦をまいて、〈島〉はなくなっていた、と。ネイダル……ネイダル!」

おしのけてでも外へ行こうとするのを、ロベリーは年老いた女ながらも、必死でくいとめようとした。もみあう二人を見たヤルランが慌ててあいだに入り、従弟をなだめる。

「やめろ、ネイダル……、ネイダル、落ちつけ、気をしずめろ、ネイダル!」

喧嘩犬のように歯をむきだし、肩で荒い息をするのを、そっとおしかえし、再び席に座らせる。彼とて気持ちはネイダルと同じだったが、年上な分、冷静にならなければととっさに判断したらしかった。

「今とびだしていってどうなる？　馬はくたびれているし、夜道は危ない。道に迷ったら、湿地帯にはまりこんで、おまえも水の底に沈むはめになるぞ」

「ぼくは道に迷ったりしない。夜の目を持っているんだから」

「ああ、そうだろうとも。おまえの方向感覚と、闇をも見透かす視力はよく知っている。だけどそれでどうなる？　テルまで行っても船がないんじゃ——」

「船がないなら馬で、馬がだめなら歩いていく」

「ネイダル……」

ロベリーが息を吸い、肩をひいて顎をあげた。

「お聞きなさい、二人とも。これが真実なら、わたくしたちは沈んだ〈島〉のあとを見にいくよりも他に、しなければならないことがあります。これがただの噂で、〈島〉が無事なのなら、あなた方は当初の予定どおり、大フォトのダルジリアのところに行くべきです。いずれにせよ、真実をつかまえるのが今なすべきことよ」

反論しようと口をあきかけたネイダルへ、老婦人はぴしゃりと言った。

「闇雲に飛びだしていき、おのれの気持ちを満足させるためだけに馬を駆るなど、とんでもない、愚の骨頂ですよ。あなたは覚悟をして〈島〉を出てきたのでしょう？　もう二度と戻れないかもしれない、生命がけかもしれない、という覚悟も必要だと言われていたのではなかったのですか?」

「〈島〉がなくなるなんて、そんなことは考えもしなかった——」

「では今、考えなさい」

滅茶苦茶な命令だったが、ネイダルははっと息を呑んだ。

「本を読むときのように、しっかり見据えてそのことに集中なさい。字面にあることの裏に何が語られているのか無意識に考えるよう、あなたたちは訓練されています。〈島〉が沈んだかもしれない、という事実を見据えなさい。泣きわめいて運命を呪っても、火の神を脅しても、変わらない、変えられないこととして、覚悟をしなさい」

洗濯物を盥《たらい》に沈めるような素振りをしてみせてから、少し声を柔らかくして、

「〈外〉へ出る、というのはそういうことなのよ、ネイダル。新しいものを見て聞いて心を広げるだけではない。技術を磨いて独りだちする力を得るだけではない。自分の胸に一つ、ゆるがないものを持って、日々それを磨き、試練のたびに強くしていくための年月でもある。あなたはもう〈外〉に出たのだから、子どものままではいられないの」

ネイダルにはロベリーの言ったことの半分ほどしか理解できなかった。しかし、子ども、という言葉でヴィニダルを思いだし、呻きながら両手に顔をうずめた。あれほど一緒に行きたい、とごねていた弟。つれてくればよかった。そうしたら、少なくとも二人でいられた。互いに抱きあって泣くこともできただろうに。つれてくればよかった。嗚咽《おえつ》しながら、弟の、あの、一

見わがままに思える主張は、彼自身はっきりととらえていない予感が言わせていたのではないかと、今になって思った。ヴィニダルは七番めの子の七番めの子の七番めの子だ。そのような力を何代か前のオルフラという人も持っていたと聞いたことがある。オルフラは六番めの子の六番めの子で、彼女が行ってはだめだと泣いてひきとめた姉は〈外〉でまもなく亡くなり、帰ってきてはいけないと手紙を送った妹は船が嵐にみまわれて行方不明になったという。その他にも、耳元で聞こえるはずのない鈴の音がしたと訴えた日には、必ず怪我人が出たとも。だとすれば、ヴィニダルは破滅のときを無意識に感じていたのかもしれない。感じていたのに、むざむざ死なせてしまったのだ。ネイダルは髪をかきむしった。

そのあとは、屋根裏に用意された寝台で眠った。頭の中はしびれたようになって、目は、むきだしの梁《はり》と屋根の丸太の影を見つめ、耳は、静かにわたっていく風や、湖沼のどこかではねる魚がたてる水音をとらえていた。やがて途切れ途切れの夢と、隣でうなされているヤルランのうわごとを聞きながら、少しは眠ったらしかった。

朝方、肩をゆすられて目覚めた。蠟燭の灯りのせいで、ヤルランの顔が粗削りな彫刻のように見えた。

「ペボロが戻ってきたって。下に来るようにって」

ネイダルはまだぼんやりしながらはしごをおり、昨日食事をした大卓の前にすわった。燭台には三本の灯りがすでに灯っていたが、暖炉に火は見えず、どこからか隙間風が忍びよってくる。ヤルラン、ロベリー、そしてペボロがすでに着座していた。強行軍を敢行したペボロは、あたためた葡萄酒《ぶどう》の杯を手にして一息ついたところらしかった。ただ、その顔はげっそりとやつれはて、髪の毛は枯れ草のように乱れていた。

ロベリーは鍋から杯に葡萄酒を注ぎ、ヤルランとネイダルに手渡し、自分も一口飲んだ。

「ペボロ、見てきたこと、聞いてきたことをもう一度、話してちょうだい」

へえ、と頷いてから、彼は話しなれていない調子で語りはじめた。

「わたしがテルに戻ったのは、夜更け前で、まだ居酒屋にゃ船乗りたちが残っていて、二番手の早馬が走っていったことも、話にあがっていて、わたしはまだ夜ヒワの姿で梁の上で聞いていたんですが、やはり〈島〉が沈んだのは本当のことだって話で、生き残りもいねえってことで」

ペボロは杯の酒をごくりと飲んで、

「すべて呑みこまれて、海の上にゃ何にも残っちゃいねぇと、だけど、ひとつ興味を引かれる話があって、〈額〉の町で皆が首を傾げたっちゅうのが、〈島〉が沈んだあと海嘯《かいしょう》が〈静寂川《しじま》〉におきたとき、木や根っこや死骸のあいだにはさまれるようにして、小舟が一つのぼってきて、そいつには女の子と子山羊が乗っていたそうなんです。でも、女の子は岸辺にあがるのをことわって、川上まで行ったたってことです」

「子山羊……？　姫山羊のことか？」

ネイダルはシトルフィの姿を思い描いた。チャギと一緒なら彼女だ。姫山羊と行動を共にする少女といったら、彼女くらいのものだろう。それに対してペボロは首をすくめて、

「そこまではわかりませんけど……」

「川上からその子はどこへ？」

「消えちまったと言っていましたよ。川がもとに戻るときに、空舟がくるくる回りながら下っていったと」

「その子の見た目は？　年は？」

ヤルランも身をのりだして尋ねた。シトルフィはジャファル氏族ではなかったが、家族同然の存在だったのだ。ペボロは再度首をすくめた。

「さあ。詳しいことは……。ただ、誰かが、あんなに見事な金の髪をしているのは、神の遣わした巫女《みこ》に違いないと騒いでいましたね。誰も相手にはしなかったようですが」

二人の若者は顔を見あわせた。ネイダルが頷いた。

「シトルフィだ」

「まちがいない」

「彼女が生き残ったんなら、他にもいるはずだ」

「だが、どうして彼女は助けを拒んだのだ？」

二人は再び目をあわせ、互いの瞳の中に答えを見出そうとしたが、かすかな希望が木漏れ陽のようにちらつくだけだった。ロベリーにシトルフィのことを話すと、彼女は首を傾けて、

「では、〈額〉の町に上がることを良しとしなかったシトルフィには、何か生命と同等の大切な理由があったということになりますね」

「その理由とは何だろう」

ヤルランが呟き、ネイダルは首をふった。

「わからない」

ロベリーがそっと、しかし長く息を吐いた。二人はそれを合図のようにうけとめ、身じろぎして不安そうなまなざしを彼女にむけた。

「ネイダル、帰りたいですか？」

虚をつかれて束の間黙りこんでから、ネイダルは頷いた。

「〈島〉がなくても……一目見て確かめたい。〈額〉の町で、もっと別のことがわかるかもしれない……」

「わたくしがそれを禁じたらどうします？　それでも行きますか？」

彼ははっと息を呑み、かたく閉じた扉のような顔つきのロベリーを見あげた。

「普段の状況であれば、あなたの望みが最優先になったことでしょう。けれどもわたくしが思うに、これは尋常ではない事態です。わたくしたちジャファル氏族の生き残りすべてにとって、同じ問題なのですよ。家族を失ったのはあなたたちだけではない。〈外〉でくらす氏族の仲間が、皆、大鎚で打たれたように感じているの」

ネイダルははっとした。自分やヤルランだけではない。ロベリーも親兄弟やおい、めい、大叔父大叔母、すべての血筋を失ったのだ。そして、〈外〉にいるたくさんの人々――大叔父のルイーボやいとこたち、姉のダルジリア、同名の大叔母など、全フォトに頭をめぐらせれば百人ほどはいるに違いない――もまた、同じ嘆き、同じ喪失感、同じ怒りを抱えているに違いない。

「一人や二人でできないことも、生き残りが集まったらできるかもしれない。〈島〉を見て悲しみに浸るよりも、今すべきことがあると、思わない？　過酷な要求だと思いますよ、あなた方のように若い人には。悲しむことをあとまわしにして、なすべきことをせよと言っているのだから」

一度〈外〉に出たことのあるヤルランは、彼女の言葉を素早く理解したようだったが、ネイダルには理解できなかった。

「何を……なすべきこととは何ですか」

ロベリーは悲しげに口元を歪めた。

「何が、あるいは誰が、〈島〉を沈めたのか、その真実をつきとめること。生き残りをさがすこと。氏族の行末を考えること。この三つかしら」

「じゃ、なおさら戻って――」

ネイダルが顔をあげ、身をのりだしたのへ、ロベリーはぴしゃりと言った。

「真実を探りだすことが得意な者もいる。おとなでね。あなたがむやみに走りまわって泥を蹴散らかし、毒蛇を深く潜らせてしまうより、上手に調べられる仲間がいるの。あなたはあなたがなすべきことをしなさい」

反論しようとしたが、言葉が見つからなかった。そのネイダルの肩をヤルランがそっとつかんだ。

「ネイダルを大フォトにつれていきます」

「そうしてちょうだい」

抗議の口を封じるように、ヤルランはネイダルの鼻先に顔を近づけて、低く静かだが、重い口調で言いきかせた。

「おまえは〈外〉の世界を知るべきだ、ネイダル。〈島〉ばかりでなく、フォトやマードラやコンスルの様子を。それには大フォトに行くのが一番いい。ダルジリア姉さんのそばに行けば驚くことがいっぱいあるぞ。それにな、彼女のそばはいわば、〈世界の窓〉だ。いながらにして、どこでどんなことがおきているのか知ることができるだろう」

ネイダルは肩をゆすって彼の手を払い、膝のあいだに頭を入れてすすり泣いた。大鎚をふるわれた、というロベリーの言葉が、さらに彼をうちのめしていた。倒されたのが十人や二十人ではない、連綿とつづいてきた一族の歴史も何もかも、二千万近い人々一人ひとりの生き様が海に呑まれたのだ。

ようやく顔をあげたとき、蠟燭の火は小さくなり、どこからか漏れくる朝の光で、室内は青く満たされていた。

何とかおのれを抑えることができるようになった彼は、涙をふき、とうとう頷いた。

「ダルジリア姉さんのところに行くよ。……シトルフィが生きているとしたら、きっと彼女も大フォトをめざすと思うんだ。ぼくがいると考えて……」

6

サージ国の原野を横切り、アナリア国の、サボテンばかり生えている無数の丘を延々と進んだ。乾いた大気ときつい陽射しに、ネイダルの肌は焼け、皮がむけた。ヤルランは刺《とげ》だらけのサボテンを切ってくれ、二人はほのかに甘い果肉としたたる果汁を楽しんだ。

幾晩か農家に泊まり、あるいは星々を見あげながら野宿をし、どこかの岩山で遠吠えをする山犬の嘆きを聞いた。やがて丘はくっつきあってなだらかな斜面となり、中央フォトの高原に至った。サボテンは退き、ヤシの葉を編んで作った鍔《つば》の大きな帽子——直径にして両手を広げたほどの長さの——をかぶった男女が、見渡す限りの綿花畑で綿花をつんでいた。ネイダルとヤルランが馬でとおりかかると、曲げていた腰をのばし、帽子の下から胡散臭《うさんくさ》そうな視線を投げかけてよこすのだった。

フォト高原からつづくフォト山地に達して、しばらく灌木《かんぼく》のあいだを進むと、眼下に〈白牙川〉が大蛇の体で横たわっていた。パドゥキアの〈日没山脈〉を水源とするこの川は、渓谷を走り下り、フォト山地を縦断するうちに、数多の川を併呑《へいどん》して西進したのち、マケマやマケモといった農地を潤《うるお》しながら大フォトの都にしてフォト連合王国の首都フォトへと至る。川はフォトに豊かな恵みを分け与えてから、〈低八木〉と呼ばれる水中林の三角州を作り、大蛇の尾のように三つに分かれてクラーロ海へと注ぐのだ。

ネイダルはフォト山地の西端の、最後の尾根の頂上に立ち、都フォトを見はるかしたとき、そのあまりの大きさに瞠目《どうもく》した。都は、〈白牙川〉を右側にはべらせ、緑色濃いナツメヤシの森を左側に従えて、白焼成煉瓦《しろしょうせいれんが》の家々を広げていた。その家並みは、上空から落としたミルクだまりのように、陽射しに輝いていた。

尾根を下る道は、やがて、その根元をまわりこんで南からやってくる街道と合流した。そこからは一直線に都へ走る、幅広でナツメヤシの並木を従えた大通りがはじまっていた。都へ近づくにつれて、荷車や人々の往来が混んできた。並木の後ろに、白煉瓦の四角い家々も並ぶようになっていったが、傾きはじめた陽光の下では肩をもちあげたまままどろむ駱駝《らくだ》の群れのようにも見えるのだった。

人々のたてるざわめきと埃の底に、ネイダルは赤くとけた鉄の川にも似たものが流れているように感じながら、馬を進めていった。

白く輝く都はなかなか近づいてこなかった。並木道はゆったりとした大きな弧を描いてどこまでもつづいていた。二人の影が少しずつ長くなっていき、都はいまや蜂蜜色にそまって、まるで大きな琥珀《こはく》の中にとじこめられているかのようだった。

ナツメヤシのかわりに家屋が道の両側を占めるようになってしばらくしてから、ネイダルはいつのまにか都の内に入りこんでしまっていることに、ようやく気がついた。遠目に見た輝く白さは夕方の影に沈んで、くすんだ灰色や青に変わっていた。近づけば、白煉瓦には穴があいていたり、欠けていたりしているものが少なくなかった。家々は傷を負った羊のようにうずくまり、ネイダルの期待を砕こうとしていた。それでも、ますます多くの人々が行き交い、かけ声や嬌声が靄《もや》となってあたりにたゆたっていた。

ヤルランは大通りや市場、小路や噴水のある広場、高い煙突のあるジオラスト教の神殿の厳《いかめ》しい門の前に集まっている人々をネイダルに見せながら、都の北へと導いた。ちょうど日没を迎えたとき、二人は煉瓦敷きの狭い坂道に立って、松の木の扉を叩いていた。

数呼吸待っていると、ジオラスト教信徒の白いスカーフをかぶった小太りの女性が顔をだした。

「やあ、ヒナー。久しぶり、ヤルランだよ」

女はちらりとネイダルを見てから頷いた。

「裏におまわり。馬の世話をしてから靴をぬいで足を洗っておいで」

言われたとおりのことをこなしながら、ヤルランは小声でヒナーについていろいろと教えてくれた。姉ダルジリアの家を切り盛りする彼女は、腕のいい料理人であり、世話係であり、独裁者だ。彼女の機嫌を損ねると、ダルジリアでさえ両手を天にむけて溜息をつく。

「だから彼女の言いつけはちゃんと守れ」

ヤルランは戸口で足をふきながらそうしめくくった。

勝手口から数歩踏みだすと、そこは厨房《ちゆうぼう》だった。大きな水瓶、赤々と燃える竈《かまど》が二つ、竈の上ではぐつぐつ煮たっている鍋。天井から吊り下げられたニンニクや香料の匂いと料理されている牛肉の匂いがまじりあっている。調理台には、粗《あら》いみじん切りにされた色とりどりの野菜が、ナツメグや鬱金《うこん》、胡椒《こしょう》、生姜《しょうが》などと一緒にいためられるのを待っている。

ヒナーはふりむいて、包丁を持ったまま、戸口の裏にそろえてある室内履きをはくように命じた。

「二階の一番手前。それがあんたたちの部屋だよ。とっとと行って着がえて、呼ぶまで待っておいで」

鉄鍋がじゅうじゅういう音を背中で聞きながら、二人は暗い廊下から階段を登り、窓が一つだけある部屋に入った。燭台《しょくだい》には蠟燭《ろうそく》が五本も燃やしてあり、二つの寝台と二脚の椅子、一つの書き物机を照らしていた。寝台の上には、着がえの下着と頭巾のない普段着《ジェラバ》がそろえておいてあった。二人は手早く着がえ、手櫛《てぐし》で髪を整え、窓の外にまたたく家々の灯りをしばらくながめていた。

やがて声がかかり、ヒナーのあとを追って降りていった先は、絨毯《じゅうたん》が敷かれた居間だった。贅沢《ぜいたく》な灯りの下、大皿に盛られた料理が香《かぐわ》しい湯気をあげていた。二人が絨毯に胡座《あぐら》をかいてすわったそのとき、部屋のもう一つの扉からあらわれた女性が料理のむこうに腰をおろした。

「ヤルラン。ネイダル」

歓迎の言葉もなく、朝も顔をあわせていたかのように頷いたダルジリアは、ネイダルが覚えているよりずっと年上に見えた。それもそうだ、と彼は自分に言いきかせた。彼女が〈島〉をはなれたのは五年前、〈外〉の世界では十年以上たっている。潑剌《はつらつ》として負けん気の強かった少女は、自信に満ちてゆるぎのない女性に成長して当然だった。波うつ黒髪に縁どられた輪郭《りんかく》はジャファル氏族独特のなめらかな曲線を描き、顎下はしまっている。広い額、弧を描いた眉、大きな目は葡萄《ぶどう》酒のような赤紫だった。鼻は負けん気の強さを示すように高く、小さくない唇はわずかに口角があがり、久方ぶりに弟に会って、最小限の歓迎を示しているようだった。

すすめられた料理を前に、ネイダルはとまどっていた。ダルジリアとの再会は、もっと心を通わせるものになるはずだった。姉弟で抱きあい、長い旅路を終えた安堵を語り、故郷を失ったことをともに嘆き、両親やきょうだいたちやおじ、おば、従兄弟姉妹をしのび、涙にくれながら真実をつきとめることを誓い……。それがどうだろう、ダルジリアは気にそまない客を迎えたかのように彼をもてなし、二人のあいだを料理がへだてている。

ネイダルは食べながら、〈島〉のことやロベリーに会ったことを語ろうとしたが、ダルジリアはそのたびにはぐらかし、焼いた茄子《ナス》の新鮮さだとかトマトのみずみずしさとかに話題をすりかえるのだった。それは、うけいれがたい現実から距離をおけば、傷つかないですむ、とでもいうような態度だった。結局、腹は満ちたが心は満たされない状態で部屋に送りかえされた。道案内の任を果たして気のゆるんだヤルランが軽いいびきをかくのを聞きながら、おいおい、姉の気持ちの整理もつくだろうと、いろいろ考えた末に結論づけ、彼もまた深い眠りにおちていった。

翌日の昼近く、ネイダルは王宮庁舎の一室に、ただ座りこんでいた。目の前には、山とつまれた公文書があった。それは、反故《ほご》紙の裏や羊皮紙の切りおとしに走り書きされた、会議や裁判や協議会の決定事項だった。ネイダルはそれらを時系列に沿った項目別に並びかえ、隣の書記室に持っていかねばならないのだったが、目を丸くして口をあけている数呼吸のあいだに、その山は一つ増え、二つ増え、もはや大卓にのりきらなくなりつつあった。

王宮の各所からそれらを運びこんでくるのは、嘴《くちばし》が横に広い金色伽藍《がらん》鳥だった。ネイダルは扉を閉めて、文書をくわえて飛んでくるこいつらをしめだしたいと本気で思ったが、いかんせん扉はなく、文書は徒《いたずら》に増えつづけていく。

少しも書類がまわってこないので、隣室から書記の一人が様子を見にきた。呆然としているネイダルの頬を指で軽く叩き、とにかく仕事をしなければ問題は解決しないのだと叱咤《しった》し、効率よく始末するにはどうすればよいかやってみせた。つまれた書類を片端から並べ、種類ごとに重ね、ある程度たまったら今度はそれを順番に並べ替える。

「たまればたまるほど大変になる。ためないようにすることが肝要だ」

と言われた。

仕方なく、渋々手を動かしはじめたが、はじめのうちは何語で書かれているのかさえ判読できず、読める文字を拾ってなんとかかんとか類別していった。それでも次第に、殴り書きの癖や省略法の規則がわかってくるようになると、最初の数行を目にしただけで、協議会の諮問書なのか、王の認可なのか、裁判の記録なのか、わかってきた。次第におもしろくなって没頭しはじめ、気がつくと陽が沈み、手元が暗くなっていた。金色伽藍鳥も飛んでこなくなり、隣室の書記たちも帰宅してしまった。ネイダルはやっと手をとめた。

大卓の上にはまだ、山とつまれた書類が残っていたものの、今朝感じた失意と苛だちはかなり薄くなっていた。

彼は立ちあがってのびをし、窓際に歩みよった。すっかり暗くなった空と、珍しく高いところに吊り下がっている三日月が見えた。三日月の下にはナツメヤシの木が、羽冠を逆だてた鳥のように立っていた。高い水音がたえまなく響いており、木々に囲まれている王宮広場の中央で、噴水が夜も動いているのをしらせている。日中あたためられた水と埃の匂いが、遠いざわめきとともにそっと入ってくる。

彼がいる場所からは、他の二棟の王宮庁舎が広場を囲むように建っているのが見えた。何もはめられていない窓から灯りがさしているのは、左側の海に近い方の三階建ての棟だった。幅が五十馬身はありそうな、白煉瓦造りのそれには、窓も百もあるだろうか。あの棟はすべて、大フォト王国にしてフォト連合王国の大王と王妃と四人の子どもたちのものだった。しかし、他の王国とは異なり、国王は世襲制ではなく、千人の協議会から選ばれた百人の代表委員によって、大フォトの四十五歳までのすべての成人男子を対象にした合議をへて、任命されていた。八年の任期と限られてはいるが、再選されることもしばしばで、その裏には、利権と賄賂《わいろ》と異なる立場の思惑が複雑にからみあい、絶妙な力関係もものをいうのだった。

ネイダルは、もう三日も前に思える今朝のことをふりかえった。

ヒナーの出してくれた朝食をしたためたあと、ヤルランは弁当の包みをうけとって早々に出ていってしまった。ロベリーの命《めい》をうけて、各地に散らばっている〈島〉の生き残りを訪ねるのだ。

彼の姿が消えるとすぐ、ダルジリアがネイダルをせきたててゆるやかな坂を登り、この王宮庁舎の一つにおしこめたのだった。

「わたしは父さんと母さんから、あなたを一人前にするように託された。〈島〉がなくなった今、あなたには戻るべき場所はなくなった。だからあなたは一日も早く独りだちして、この世界で生きていかなければならない。〈島〉で生まれたわたしたちには強みが二つある。一つは武芸が達者なこと。でも武芸で生きていくのは大変。年をとったらお払い箱。それに比べてもう一つの強みは、長持ちする。字を読めて書ける。これは、そうそうない能力よ。王でさえ、字を読めないこともある。大フォト、連合王国を実質動かし、支えているのは王宮書記たち。あなたはその一人になるの。そしてそう遠くない未来に——励めば二、三年で——わたしのように書記たちをまとめる役職につく。そうしたら、家の一軒を持ち、妻を迎え、家族をふやしていくことができるでしょう。ジャファル氏族の血は連綿とつづいていくのよ」

ダルジリア自身には、つれあいも子もいないようなのに、それがネイダルの義務であるかのような口調だった。昨夜から一方的に話し、彼の言うことなど耳に入れまいとするダルジリアに対する反発心がむくむくとわきあがってきて、「ぼく一人がそんな義務を負うなんて、不公平だ。姉さんもヤルランもいるじゃない」と思った。ネイダルにとってそれを口に出すのはとても大変なことだったが、意を決して抗議しようとしたまさにそのとき、扉のない戸口から書記室に足を踏みいれた。姉は書き物机にむかっている七、八人にネイダルを紹介し、下働きとして使うように命じた。ネイダルは隣室につれていかれて、それまで作業をしていた書記と交替し、金色伽藍鳥の運んでくる書類の山と格闘するはめになったのだった。

今、外の闇を見つめながら、ネイダルは自分の背筋がほんの少し伸びたような気がしていた。卓の上の混沌を片づけようと必死に一日をすごすうちに、自分の内側の混乱もおさまってきたようだった。そう、気がつけば、〈島〉を失ったことを思いださずにいられた。喪失感は相変わらず、黒々とした渦をまいて彼をたえまなくさいなんではいたが、いっとき何かに夢中になることで、痛みが遠のいていた。

灯りのついた三階の窓から、かすかな音曲が流れてくる。楽しげなその調べは、仲間とともに舟遊びをするというフォトの古謡に違いなかった。音曲も舟遊びも、別世界になってしまった。

ネイダルは国中を駆けまわっているヤルランを思った。今頃、どこにいるのだろう。〈白牙川〉をさかのぼって、マケモの町で杯を傾けているのだろうか。すると、フォト中に散らばって同胞をさがす二人め、三人めのヤルランの姿がうかびあがってきた。ロベリーの声が耳の奥に聞こえた。

――あなたはあなたが、なすべきことをしなさい。

庁舎の戸口に立つ衛兵に軽く会釈をして、ダルジリアの家に帰ると、ヒナーの用意した夕食を一人でとった。居間には五本の蠟燭が輝いていたにもかかわらず、手元は昨日より暗く感じた。料理は熱々だったが、ほとんど味がわからなかった。食べおわって自室にあがっていけば、二つある寝台の片方が空っぽであることを、強く意識した。しかし彼は泣かなかった。暗い天井を凝視し、父がよく語っていた言葉をくりかえし呟いていた。それは、彼にはじめて本物の本を手渡しながら添えられた言葉であり、〈外〉からもたらされた絨毯や木彫りの箱や螺鈿《らでん》細工を見るたびに、口に出されるものだった。

――本物には力が宿る。おまえも本物の人間になるよう努力しなさい。

それを、呪文のように何度も呟いているうちに、いつのまにか眠りにおちていた。

王宮庁舎での書類の仕分けは、三日で要領をつかめた。山をなしていた下書きは少しずつ低くなっていき、十日めには、大卓に置かれていることもなくなった。

ネイダルは一目で文書の種類を見分けて分類し、すぐに隣室の書記たちに運ぶことができるようになった。そうなると、次の金色伽藍鳥がやってくるまでのあいだ、外を眺める余裕も生まれた。

十一日めか十二日めに、やっとダルジリアがあらわれた。家でもほとんど顔をあわせることのない姉は、扉のない戸口によりかかるようにしてしばらくのあいだ彼の仕事ぶりをながめてから、一緒に来るようにと告げた。つれていかれたのは隣の書記室だった。

ダルジリアは書記の一人に声をかけた。

「ポパット、この子を預けるわ。教育してちょうだい」

呼ばれたのは、ネイダルより頭一つ分背の低い初老の男だった。がに股で歩くのは、大きな腹のせいか。女性だったら臨月かと見まごうような腹をして、ふうふういいながら近づいてきた。頭には申し訳程度の白髪がはりつき、頬には焼き菓子のような丸い肉がつき、分厚い目蓋《まぶた》も重そうだ。

「わたしはこの子を一人前以上の書記にしたいの。……わかるわね」

おしつけるように言うダルジリアをちらっと見あげたその目が、明るい黄玉石に光った。ネイダルは、肥満体というだけであやうく彼をあなどるところだったが、その目を見て自分を戒めた。

「はい、はい。このポパット、王宮書記の第一人者にして教育者、あなた様が望むようにこの坊やを鍛えて進ぜましょう。あなた様の右腕として王宮で活躍できるように、五年でたたきあげますよ」

「五年？」

ダルジリアの片眉が警告するようにもちあげられ、ポパットは慌てて小さくなめらかな手を腹の上でふった。

「はい、はい、では三年で」

「わたしは気が短いの。わかっているでしょう？」

「そうは申されますが、ダルジリア様。人にはもって生まれた資質なるものが――」

「資質なら充分よ。ネイダルはわたしの弟、ジャファル氏族の生き残り、書物に関しての素地は備わっている。……一年で」

ポパットは厚い目蓋の下でぐるっと目玉をまわしてから、渋々承諾した。

「わかりました、やってみましょう。かなり厳しくなりますが」

「あなたのやり方に口は出さない。一年で一流の書記に仕たててくれれば」

ダルジリアは切って落とすように言うと、ネイダルを一顧だにせず、去っていった。その足音が聞こえなくなってから、ポパットはネイダルにふりむいた。

「ということだ、坊や。さて、ではこっちへ。ちょっとそこで待っていてくれたまえ」

窓際の小卓前に座らせると、部屋の隅まで行って戻ってきた。その間、他の五人の書記たちは耳をそばだて、手を止めていたが、ポパットが通りすぎると、そしらぬふりで自分の仕事に戻った。

ポパットは小卓の上に三枚の古い羊皮紙を並べた。

「その国その国で使う文字が異なるということはもちろん知っていることと思うが、見分けがつくかね?」

ネイダルは頷き、端から指さして、マードラ文字、イスリル文字、コンスル文字、と答えた。ポパットが次の三枚を広げたので、フォト、ファナク、テランシア、と挙げた。

「テランシア? ずっと南方の国だね。確かかね?」

「確かです。スリオム・ンカーダ・バイジュカナ。喜べ、そが汝のつとめなり」

いささか得意げに頭をそらすと、ポパットは感心した様子もなくさらなる三枚を呈示した。どこの国の言葉でもわかる、とうぬぼれて目をおとしたネイダルは、束の間とまどった。一つはコンスル文字で書かれているようだが、単語が意味をなさない。一つは丸まった文字がつらなってまるで模様に見えるが、どうやらイスリル語のようだ。もう一つは流麗な右から左へのフォト文字のようだが、あるべき縦横の線がすべて省略されており、読むことができない。〈島〉の本を読んではいたが、すべてを読んだわけでもなく、また読めない本も確かに多かった。

ポパットは、一つめはコンスル文字で書いたクォヨー語、二つめはアンスル体という書体で書いたイスリル語、三つめはフォト文字には違いないが、とある一地方で使われているギアル書体だと説明した。

「もちろん坊やがこれから身につけるのは、ウルガン体で書かれたフォト語および近隣諸国の言葉だ。それでも、他の言葉も大切にしよう。必要のない知識などないからね。判別できて、読めて、書けて、話せたら、これぞ坊やの宝となる。わかるかな?」

ポパットがそう諭《さと》すように言うと、彼の斜め後ろで書写台にかがみこんでいたやせた男が口をはさんだ。

「そうしてダルジリア様の宝ともなるんだ」

その口調には妬みの気配があった。別の書記も顔をあげずに、

「ダルジリア様は王のお気に入りだからな」

と呟きにしては大きい声でつづけ、隅の方で四十すぎと思われる女がペンを削りながら、眠た

げな声でひきとった。

「前回はうまくやったけどねえ。次の王様のときはどうなのかしら」

やせた男がすかさず答える。

「もちろん、次の王様とも寝るに決まってる」

忍び笑いが広がった。ネイダルは背筋をのばして宙を睨みつけ、笑いがおさまるのを待った。

ポパットが腹をゆすってから咳払いをした。

「と、様々な意地の悪い憶測がきみの耳に入るだろうし、ときにはまきこまれるかもしれない。それにどう対処するかはきみ次第ということだな」

彼も味方をしてくれる気はないらしい、と悟ったネイダルは、一呼吸おいてから答えた。

「ぼくは、やるべきことをやるだけです」

ポパットも一呼吸おいたが、それは小さな驚きを呑みこむために必要な一呼吸だった。よろしい、と彼は呟き、卓上に質のよくない羊皮紙を一枚広げた。上端がめくれないように二ヶ所に文鎮をおき、紙の両端にあいている小さな穴を示した。

「左から右に線を引きたまえ、坊や。線は行数分、四十本、上下にずれないように。そこまでできたらわたしを呼びなさい。わたしもむこうで仕事をするのでね」

ポパットが去ったあと、ネイダルは束の間、羊皮紙を凝視した。たくさんの本を読んではきたが、書類を書く方法についての記述を読んだためしはなかった。ものごとの真実は、こうした地道な隠された仕事に支えられているのだな、とぼんやりと思った。

線を引けと言われたが、さて、どのようにするのか。道具が必要だろう、そう考えて彼ははじめて頭をめぐらせ、他の書記たちが仕事をしている様をながめた。ポパットは部屋の隅で大卓に広げたたくさんの書類をつきあわせながら何やら書きつけている。ただ書き写すだけではないその仕事は、他の書記たちの仕事とはまた異なっているようだった。他の五人は全員、明かりとりの窓際に陣どって黙々と働いている。ネイダルはそのうちの一人が、木の定規と鉄筆を使って線を引いているのを目にした。立ちあがって彼のところへ行き――ダルジリアが地位のために王と寝たと断言したやせた男だ――、じっと見てやり方を学びとると、棚に並べてある道具箱をのぞいた。定規、鉄筆、インク壺、羽根ペンを選びとり、腕にかかえて戻ろうとした。

「おい、おい、おい。何やってんだ」

と、最初に口をきいた三十代後半の男が険しい口調で言った。

「戻せ、全部戻せ」

その剣幕に、ネイダルはとまどいながらも従ったが、従ったところで道具がなければ何もできないのではないか、と思った。そこで別の棚に並べてあるものに手をのばそうとすると、再びさっきの男が怒鳴った。

「余計なことをするな。さわるなっ」

ではどうせよというのだ、と喉元まで出かかった反論をぐっとのみこむ。五百人以上いた従兄弟たちの中には、根性の曲がった陰険な者もいて、たまにとんでもない八つ当たりや難癖をつけてくることがあった。そういうのにむやみに反抗すると事がこじれる。大抵は、ヤルランかアイケがすっとんできてかばってくれた。今、ネイダルは、かばってくれる人がいないままに、ぐっとこらえたが、突然自分がよるべのない川原の葦《あし》にでもなったような気がした。と、四十すぎの女が苛々と指し示す。

「あんたが使っていいのはそこだよ、そこ。一番下っ。そうじゃない、右っ」

ネイダルはしゃがみこんで、手垢でまっ黒になった定規と鉄筆を手にとった。定規の目盛りはすり切れて読めなくなっており、鉄筆も握った感触がひどく悪かったが、それでも線は引けた。

しばらくすると、四十本の平行線ができた。決して平らではない粗のある紙だったが、線のおかげで整然とした秩序がそこにあらわれ、ネイダルはひそかに満足した。

ポパットに声をかけると、彼は一葉《よう》の手本を持ってきた。ほとんど同じ大きさの葉には、どこそこの耕作地にカラン麦をどれだけまいてどれだけ収穫があり、誰それがいくらの税を払ったか云々、と記されてあった。年代は二十年昔になっている。

「一字一句違えず、書体もそのまま、そっくり同じに写したまえ。正確に」

また最下段の棚へ行き、インク壺と二本の羽根ペン、ペン削りのナイフ、砂、羽根箒をひとかかえにして戻る。羽根ペンの羽根をおとし、筆先を斜めに切って、インクが含まれるように中央に切りこみを入れた。〈島〉の記録簿を書くときに、周囲のおとなたちがやっていたのを覚えていたのだ。

インク壺に切先を入れてとりだし、いざ書こうとしたら、紙の端に雫《しずく》が落ち、とっさに指でぬぐった。汚れが広がり、少し慌てる。〈島〉の本の中にも、よくインク染みが落ちていたのを思いだした。ひどいものだと穴があいており、書記たちはその穴をよけて文章のつづきを書いていた。中には、糸で繕ったものもあった。目だたぬ薄茶の糸を使えばいいのに、まっ赤な糸で、〈魚骨かがり〉をやっていた。それだけ、羊皮紙を無駄にできない、と当の本人たちは必死だったのだろう。けれどもあのとき、ネイダルが心中呟いたのは、みっともないという言葉だった。

早々にインク染みをつけてしまったぼくは、あの書字生たちよりもみっともない。ネイダルは自分を叱った。しっかりしろ、ネイダル。これはきっと、一人前になるために登っていかなければならない、最初の階段なんだ。

決心して注意深く道具を扱い、雫を垂らさずに一行書いた。縦の太い線と横の細い線を出すには、ペンの角度を一定にして書かねばならないと、すぐに気がついた。丸みのある線や小さな円は力加減が難しい。長音を示す微妙な弧の形や、撥音《はつおん》を示す点とも円ともつかぬ印を、文字上方のどの位置につけるか、などにも気を配らなければならない。一行書いただけで指はこわばり、首はこり、背中が痛んだ。

建物のどこかで鐘が鳴った。たった一度だけ、それもそっけなく。しかしその音を合図に、書記たちは弁当をもってぞろぞろと出ていった。誰もいなくなった室内には、紙とインクの匂いだけが残った。

ネイダルは仕事をつづけた。一行書けたという満足感が、次の一行を書けとせっつき、昼食どころではなかったのだ。それから調子よく四行をしたためたあと、六行めで一字まちがえた。見間違いをしたわけではなく、気がせいて、書くべき字の次の字を書いてしまったのだった。その頃にはもう、書記たちも戻ってきて午後の分にとりかかっていたので、彼は立ちあがって、さっき苛々と道具の場所を教えてよこした女のそばに行った。

「すみません、わからないので教えてほしいのですが」

女は顔もあげなかった。手元に集中しているのがわかったので、ネイダルはじっと待った。待ちながら、彼女の手つきを観察する。素早く、正確で、しかもうつくしかった。ウルガン体のひきしまった書体の中に、優美さがほのかに香っていた。それを生みだしているのが節くれだち、インクに黒ずんだ指先だとは、誰が想像するだろう。見ほれているうちに、一行書きおえた彼女は、ようやく顔をわずかに横にむけて、なに、と訊いた。

「一字まちがえて書いてしまったので……」

父や母であるのなら、ここで素早く立ち、彼の望むものを示してくれただろう。しかし女書記は、だからなに、とまた顔を手元に戻してしまった。

「まちがえて書いてしまったので……どうしたらいいか」

彼女は黙ってペン先をインク壺にさし入れた。彼が使っている端の欠けた牛の古い角ではなく、優雅な曲線をもった硝子《ガラス》の壺だった。それに半分心を奪われながらも、次の言葉をさがしたネイダルはようやく、

「教えてください」

としぼりだした。道具をさがしていたときに感じた、川原の葦になったようなよるべなさを再び感じたものの、それをのみこんで。

女書記はそばに置いた試し書き用の切れ端に、黒々と縦線を書いた。砂をふってしばらくおき、砂を払いおとしたのへ、ペンを切るナイフの腹を斜めにあてて十数回上下に動かしてみせた。縦線は薄くなった。

「わかった? 根気強く慎重に、穴をあけないように」

そっけなく言って仕事に戻る。ネイダルは小声で礼を言って、席に戻り、見せてもらったとおりに試してみた。誤ったその一字をきれいにするのにかなりの時間を要したような気がした。やっと消えたと少し頭をはなしてみれば、そこだけ毛羽だちが大きく目だった。がっかりしてナイフを投げだし、しばらくぼうっと窓の外をながめる。ナツメヤシの葉が青空にゆれ、豊かな水の音が楽しげに響いている。〈島〉の泉や水面《みなも》に映る〈匐竜樹《ふくりゅうじゅ》〉の木漏れ陽がよみがえってきた。同時に、両親、きょうだい、シトルフィを思い、胸を絞られるような気持ちになった。

ネイダルは慌ててペンを持ち、残っている二十数行にむかった。

その後も何度か誤り、そのたびにナイフで削った。最後までなんとか書きおえて顔をあげると、夕空と黒い影になったナツメヤシが見えた。再び手元に視線を下げると、一瞬前まで見えていた字面は、妖しげな踊りを舞っている青虫の群れのようになっていた。頭をめぐらせれば、室内にはもはや誰も残っておらず、あの女書記の窓辺に横たえられた夜光草が、ほのかな青い光をはなっているだけだった。

翌朝に、昨日の書類を見ると、赤インクの書きこみでまっ赤になっていた。この縦線の角度はどうだ、この横線の太さが足りない、この丸は大きすぎる、小さすぎる、云々。最下段の下には総評ともいえるたった一行が記されていた。

――もっと正確に、もっと速く。

ほめられると思っていた。一日中、脇目もふらず食事もとらずにがんばったのだから。母なら彼を抱きしめてくれ、父なら笑いとともに大きく頷いてくれたはずだった。それなのに、この仕打ちはどうだ。一行に五ヶ所の赤い指摘、右の空きには細々《こまごま》と注意書き、そして一日仕事への代償の言葉がたった一行。よくやったもなし、はじめにしてはいい出来だ、もなし。

奥歯を嚙みしめたネイダルは、新しく用意された羊皮紙を睨みつけた。昨日と同じ間隔にあいた針穴が八十個。粗雑な紙で、上手に書けようはずもない。わしづかみにしてぐしゃぐしゃに丸め、窓から投げすてようと手を動かしたとき、やせた男が誰へともなく叫ぶように言った。

「そういえばダルジリア様が、見習いの初日の課題を半日でこなしたって話、あれはただの噂か?」

「王と寝たって話が本当なら、それも本当だろうよ」

女書記が間髪を容れずに答えると、忍び笑いが広まった。

「モルマル、おまえさんはどのくらいかかった、最初の課題」

「へっ、それを訊くとはね。一枚四十行仕上げるのに三日だ、どうだ、おそれいったろ」

「ああ、大したもんだねぇ。さすがは王宮書記だねぇ」

女書記は揶揄《やゆ》の口ぶりたっぷりに応じる。

「そういうあんたは何日かかったんだ、カリンニ」

昨日最初に口をきいた男があいだに入った。カリンニはふふん、と嘲《あざけ》って、

「皆、あたしの足元にひれ伏しな。あたしんときの指導係はニィニィネだったけどさ」

「うわぁ、随分昔の話だなあ。ニィニィネ、今も生きてるか？」

「それ聞いたら婆さん、ナイフ持って襲いかかってくるぜ、ゼハーズ」

「勘弁してくれ、たくさんだ」

「そのニィニィネの指摘はたった十ヶ所だったよ」

「本当か？　十ヶ所だって？」

「ちょっと待て、カリンニ。おまえさん、最初の質問に答えていねえぞ。何日かかったか？答えていねえぞ」

カリンニはちょっと身じろぎした。

「……四日……いや、五日」

「それなら赤が十ヶ所でも当然だな」

苦笑しながら口の悪いゼハーズが叫び、モルマルも、

「時間かけたらおれだって赤十ヶ所でおさめられるな。ひれ伏しな、だって、やれやれ」

「で、総評はたった一行、こうだろ？『もっと速く書かなければ使いものにならない』。な？」

「うるさいね。おかげで王宮書記になれました！」

部屋の隅からポパットの声がとんだ。

「皆さん、お静かに。手がお留守になっていますよ」

ちょうどそこへ、ネイダルのかわりに書類分別に充てられた若者が、書類をかかえて入ってきた。ネイダルより五つ六つ年上とおぼしい彼は、ポパットの大卓に三つの山を作ったが、

「今度は間違いないでしょうね。さっきのには別の書類が五つもまざっておりましたよ」

と小言を言われていた。

ネイダルは数回まばたきをした。頼りなげに風になびいていた葦が吹き倒され、滞っていた水流が生気をとり戻して勢いよくほとばしりはじめた。彼はそっと室内を見渡した。口の悪いゼハーズ、やせたモルマル、女書記カリンニ、二十代の若い二人の男女、五人ともも う、自分の仕事に戻っている。昨日と同じ姿勢だったが、昨日のような敵意やよそよそしさは感じられなかった。彼は視線を卓上に戻した。ほとんどまっ赤ともいえる昨日の羊皮紙と、昨日と同じ手本、そして古びた新しい羊皮紙。姉さんもこれにとりくみ、半日でやりとげたのか。

——もっと正確に、もっと速く。

注意書きの手蹟が赤く迫ってきた。

彼は鉄筆をしっかりと握りしめ、昨日より丁寧にしかし素早く、線を引きはじめた。

正確に仕上げられるようになるまで、ネイダルは四日かかった。四日もかかったが、最後の一文字を書きおえた瞬間、彼は何かをなしとげたのだと感じた。まだポパットの評は入ってい

なかったにもかかわらず、一つの境界柵をこえたことを悟ったのだった。そうして、昼すぎに卓に戻ってみれば、赤はただ一ヶ所、最下段の下の空き部分に一行記してあるだけだった。

――よろしい！　では次に進もう。

卓上にあるのは新しい手本だけではなかった。見たり書いたりするのに楽な、斜めになった書見台と、そう粗悪ではない羊皮紙が用意されていた。新しい手本は、現場の書記が書いた、読みとりにくい省略の多い一篇だった。今度はそれを自分で割りつけし、三十五文字四十行の文書にしなければならない。文字の頭だけが入っているもの――たとえば頻繁に使われる「審《ヤリ》査請求《ハジャーラ》」は、「ヤリ――」と略されている――が数多くあって、そのまま書き進めればひどく見にくい文書になってしまう。全体を見とおして、頭の中で念入りに割りつける必要があった。さらに、完璧だと思って書いてみても、頁に文書がおさまりきれなかったり、逆に余分な空白が出たりした。感覚をつかむのに二日かかり、十枚の羊皮紙をだめにした。

ポパットは新たな手本を次々に持ってきたので、ネイダルは朝早くから夜遅くまで練習せざるをえなかった。ダルジリアの家に帰るのは食べて寝るときだけ、顔をあわせるのはヒナーのみ、そうして気がつけば夏も盛りをすぎて、湿気をほんの少し含んだ風が、ナツメヤシの葉をゆらすようになっていた。

とある夕刻、ゼハーズが近づいてきて、たまに息抜きをしようと呑みに誘ってくれた。一日中誰ともしゃべらない日がつづき、ネイダルの心は背中や肩や首同様に、凝りかたまっていたのだが、それに自分で気がついたのは、薄暗い居酒屋で、焼き茄子とトマトのニンニクいため《ルラク》をみんなで囲み、ヤシ酒の杯を何杯か空にしたあとだった。ともあれ深夜近くまで食べて呑み、それぞれの書写流儀だとかコツだとかを主張しあい、あるいは女房の愚痴や子どもの成長や金銭に汚い親戚の話をこぼし、あわや口喧嘩になろうかという危機を回避し、からかいあい、笑いあい、「おまえはダルジリアとは似ても似つかん。きょうだいとは思えん。気に入った」などとわけのわからないことを言われ、肩を叩かれ、家に戻って夢も見ずに一眠りし、ヒナーにたたき起こされて顔も洗わずに仕事場へ戻れば、そろって青白くたびれた顔をした仲間が、昨日と同じように書見台に座って仕事をこなしていた。

ネイダルはその日、ポパットに十ヶ所ほどの誤りを指摘された。にもかかわらず、凝っていた身体には柔らかさが戻ってきており、みじめさを感じることもなく、素直に指摘をうけいれることができたのだった。

7

どこまで行くんだい、と訊かれて口をついて出たのは、「フォト」だった。言ってしまってから、そうだ、フォトへ行こう、とシトルフィは思った。川から上がったあとに助けを求め、一晩泊めてもらった農家のおかみさんは、目をみはって、そりゃまた随分遠くへ、と口ごもってから、

「ちょっとお待ち。そこで待っているんだよっ」

そう叫んであたふたと家の中へ戻っていった。

昨夜、このにぎやかな家に、一番下の七歳の女の子と寝台を分けあって泊めてもらった。年寄りが五人、若夫婦、子どもが六人の大所帯の夕食は、〈島〉のネイダルたちの食卓を思いださせた。話す内容は全く違っていたが。カラン麦の刈り入れをいつするか、イナゴの大発生をどう防ぐか、草むしりをさぼって三男坊が何をしているのか……。小難しいコンスル本の解釈とか、題名もうまく言えないマードラの寓話のあらすじについての記憶違いとか、そういった話題は一切なかった。シトルフィは、ヴィニダルがおとなたちにまじって舌っ足らずに自説を主張しようとしていた夜を懐かしく思うと同時に、作物や家畜の相談をする食卓の方が自分の

性にあっていると思った。

そして今朝、牛乳とパンという簡単な食事をして、十三人の家族全員に礼を言い、姫山羊をつれて一歩踏みだした直後の、「どこまで行くんだい」だった。

フォトにはネイダルがいる。ダルジリアもいる。そうだ、この本を二人に届けよう。そうするべきだ、と悟った。斜めがけにした鞄の中には、『誓いの書』がおさまっていて、正統な持ち主に届けられるのを待っている。あの嫌らしいサボテン王子には決して渡すまい。

おかみさんが戸口から出てきた。大きな巾着《きんちゃく》袋には古着と火口《ほくち》、火打石と食べ物、小さな水袋にはたっぷりの水が入っていた。それをかいがいしくシトルフィに背負わせ、巾着袋の上に筒状に丸めた毛布をのせる。最後にお古の靴——底は溝を刻んだ丈夫な木の皮で、羊毛を編んだ編地がくるぶしですぼまっている——をはかせた。

「これくらいしかしてあげられないけどね」

わずかに涙をにじませて言うのへ、くりかえし礼を言い、チャギと一緒に、カラン麦畑のあいだの小道へと踏みだした。以前にヴィニダルが地図というものを見せてくれたことがあり、フォトはずっと北東の方にあると記憶していた。しばらく海沿いにテルの町まで行き、そこからサージ、アナリア王国をかすめるようにしてフォト高原を渡っていく、とヴィニダルの指が示してくれた。あの小さい指は今どこに、と思うと泣きたくなったが、ぐっと嗚咽《おえつ》をのみこんで、ともかく海際に出ようと決心した。海を左にみて北上すれば、テルに行きつくだろう。

まだ青いカラン麦の匂いを吸いこみ、歩幅を大きくして進んだ。空には、鳥が大きく翼を広げたような雲が、西へ嘴《くちばし》をむけていた。陽が落ちて暗くなる寸前に、潮の香りを嗅ぎ、波の音を耳にした。アカテツの林の下に寝床を作り、闇の中で水を飲み、パンと干し肉を食べた。かすかな海鳴りは、〈島〉の夜を思いださせ、チャギを抱えるようにしてぐっすりと眠った。

翌日は穏やかな海を見ながら、なだらかな台地を進んだ。ときおり小川が横切って、小さな滝となって海に落ちていく。焼けつく陽射しに喘ぎながら歩を運び、サボテンが生えている一帯で小休止した。

涙形の葉を切りとり、分厚く皮をむく。噛めばさわやかな酸味が口の中に広がり、渇きと疲れをいやしてくれる。刃のような葉はみずみずしく、しゃきしゃきして、刺《とげ》だらけの赤く丸い実は、ほのかな甘みと柔らかな食感をもたらす。チャギにも丸い実をわってやり、これらの知識を知らずしらず分けてくれたネイダルとヴィニダルに感謝した。刺だらけで敵意むきだしのサボテンが、飢えと渇きを満たしてくれるなど、知識がなければ考えもしないことだった。別のサボテンは、天につきだしている丸い先を切って、切り口を首筋にあてれば涼を得ることができる。

サボテンのおかげで元気をとり戻したシトルフィは、荷物をまとめて立ちあがりかけた。そのときになってようやく、馬蹄《ばてい》の響きが近づいてくることに気がついた。

ウチワサボテンの陰からのぞけば、来し方を速足でやってくる二騎があった。遠目にも、その片方の輪郭《りんかく》が、〈静寂川《しじま》〉のむこう岸で怒鳴っていた雇兵《こへい》だとわかった。シトルフィは慌てて頭をめぐらしたが、隠れる場所などない。サボテンの丘が刺だらけの迷路を作って三方に広がり、一方は断崖になっている。

と、チャギがぴょんと跳ね、東の方へと駆けだした。獣には危険から遠ざかろうとする本能が備わっているのだろうか。東側の大地はごつごつして隆起がはげしくなっており、サボテンもこみあって、牙をむきだしたオオトカゲのように刺を逆だてている。その隙間を、チャギは小柄な身体と身軽さを利用して、上手にかいくぐっていく。

シトルフィに躊躇《ちゆうちよ》するゆとりはなかった。チャギのあとを追って、はりだした枝の下を這い、とびこえ、すりぬけ、かがみ、すべりこみ、横歩きして進む。肩越しにふりかえると、雇兵たちは馬をすてて迷路にはまりこんでいた。それでも、悪態をつきながら追いかけてくる。

足や手にひっかき傷をこしらえ、半べそをかきつつ、シトルフィはチャギのあとを追った。姫山羊はもうサボテンの林からぬけだして、がれ場の斜面を一目散に、ニセヤナギ《マラーケ》の森に行きつくところだった。

シトルフィも、ようやくがれ場にぬけだし、ごろごろ転がる意地悪な赤い石や小さな岩のあいだをつんのめりながら走った。あと二馬身で森というときに、大股で追いついてきた男に髪をひっぱられた。シトルフィは悲鳴をあげてひっくりかえりそうになった。男は、彼女を太い片腕で抱きすくめて、荒い息をしながら笑った。

「やっとつかまえたぜ、このはねっかえりめ。さあ、その鞄をよこしな。生命だけは助けてやる」

あいている方の手で鞄の紐をまさぐり、胸のふくらみにあたった。そのとたん、男の暗い目に欲情がぎらりと光った。おしたおそうとして、抱きすくめていた片腕が思わずゆるんだので、シトルフィは素早く身体をまわし、拳骨《げんこつ》で男の両目のあいだを殴った。数年前、ネイダルとまたいとこ二人が口論から殴りあいになったあと、悔し泣きしているネイダルに、ヤルランが喧嘩の仕方を教えたのをそばにいて覚えていたのだ。

——鼻柱を殴れ。そうでなければ、眉間の少し下を。非力でも、ちょっとは相手に痛手を与えることができる。で、その隙に逃げろ。

逃げるのは嫌だとネイダルが喚くと、

——おまえみたいなちびっこが勝てるはずはないんだよ。ま、卑怯な手なら別だがな。

そこでシトルフィはすかさず、その卑怯な手を使った。——いや、膝を。しかし少しも卑怯だとは思わなかった。鵞鳥《がちょう》が絞め殺されたような呻きをあげて、男は股間をおさえて倒れた。倒れたそばにちょうどへビサボテンが這っていたので、背中か尻を刺に貫かれたのだろう、絶叫をあげてのたうちまわった。

もう一人がようやくサボテン林からぬけだしてきて、仲間への仕打ちを見てとった。猛牛のように突進してくるのを見据えながら、シトルフィは靴をぬいだ。片方をふりまわして下手で放る。男は一つめを易々《やすやす》とよけて馬鹿にした笑いをうかべたが、直後にもう一つの靴底がその額を襲い、小気味いい音をたてた。のけぞっているあいだに、シトルフィはチャギにも負けない跳躍で森にとびこんだ。

マラーケが黄色の花をたわわにつけた細い枝を、まるで女の洗い髪のように垂らしている。

そのあいだを駆けぬけるのは、鬱陶《うっとう》しいことこのうえない。先が見とおせず、足元はじゅくじゅくしており、獲物の匂いをかぎつけて、蜜蜂ほどもあるアブが群れになって襲ってくる。手をふりまわして枝と虫を払いながら進むが、湿気と熱気で頭がぼうっとしてくる。注意が散漫になっていたのだろう、枝をかきわけると目の前に追っ手が立ちはだかっていた。

身を翻《ひるがえ》す間もなく、平手で頬を叩かれ、シトルフィはよろめいた。もう一度手のひらで耳の上を殴られ、横倒しになった。男は罵詈《ばり》雑言《ぞうごん》を吐きながら彼女に馬乗りになり、さらに拳《こぶし》をふりあげた。シトルフィは抵抗するすべもない。星が散り、目蓋《まぶた》の裏がまっ赤になった。かろうじて両手で顔をかばい、身を縮める。さらなる痛みを覚悟したとき、拳は額の上をかすめ、突然、男の重みがなくなった。

喚き声と、鈍いが重そうな音がつづいた。何とか頭をあげてみると、チャギがその蹄《ひづめ》で男を踏みつけているのだった。姫山羊といえど、その蹄は硬い。しかも面積が小さいので、それが顔にあたり、みぞおちに突き入り、ふくらはぎを直撃するのでは、脱穀杵《きね》につかれる数倍の痛手となる。男が腕で腹をかばえばその肘を蹴り、転がって伏せれば背といわず尻といわず、これでもかと四本の足で踏みつけにした。気を失いかけたのだろう、とうとう弱々しい悲鳴しかかえってこなくなった。

シトルフィはチャギを呼び戻した。泥に手をついてふらふらとおきあがる。

「チャギ、いまのうちに行こう」

マラーケの枝をつかんで立ち、男に最後の一蹴りをくれて駆けてきた姫山羊の頭をひとなでする。

〈島〉が沈まなかったのなら、呻いている男のそばに行って手当をしたかもしれない。〈島〉が沈まなかったのなら、傷つけてしまったことに、ぬぐいきれない罪悪感を抱いたかもしれない。〈島〉が沈まなかったのなら、男を殺してしまったかと怖くなっただろう。

だがシトルフィは、何も感じなかった。憐れみも気の咎めも恐怖もなく、男を痛みとアブの群れに残して、チャギの頭に手をおき、こよなき友から発する、興奮と怒りと満足の熱を、自分の冷え冷えとした身体にもらって、とぼとぼとニセヤナギの森をかきわけていった。

夕刻に、足元がかたくなったと感じてまもなく、突然森は退いた。陽は森の斜め後ろに傾き、大地は荒野の埃をまとって地平線まで広がっていた。荒野にはところどころに、大きく枝を張った樹が生えており、赤い実と山羊がなっていた。チャギはすぐに察知して駆けだし、一番近い樹の一番低い枝に跳ねあがり、赤い実をおいしそうに食べはじめた。他の山羊たちは闖入者を気にもせず、のどかに鳴きながらあたりを睥睨《へいげい》していた。

近づいてみると、思った以上の山羊が枝にのっているのがわかった。横にねじれながらのびている枝は、太く丈夫そうだった。一本の枝に三頭の山羊が――それも、立派な角をもった大きな雄が――のしっと立って、ときおり思いだしたように葉をひきちぎったり実をかじったりしている（彼らと比べたら、姫山羊はまるで猫のように小さく見えた）。そうした枝が数十本、大卓のような幹の上に広がっているのだった。

シトルフィが近づいても、山羊たちは一顧だにしなかった。そこにいるのが当然、とでもいうかのように、平然としていた。チャギがおりてこないので、シトルフィは樹の根元に座りこみ、両足を投げだしてしばらく空を見あげた。追っ手はあきらめはしないだろう。一人は傷が治るまで動けないかもしれないが、もう一人の方は怒り狂って追いかけてくるに違いない。けれども今夜は、今夜だけは大丈夫だろう。

紫がかった青空に、茜色《あかね》にそまった雲が流れていく。高いところに三日月が横たわり、大気には土埃と樹の匂いが満ちていた。

農家のおかみさんからもらった巾着をあけ、数種類の木の実の入った甘い黒パンを食べ、水袋から水を飲んだ。その音を聞きつけたのか、山羊たちが枝からおりてきて集まりはじめた。大地のくぼみに水をあけてやると、鼻面でおしあいへしあいしながら飲みだした。その様子を楽しくながめ、空っぽになってしまった水袋に目をおとし、早まったことをしたかなと少し後悔した。

気がつくと闇がおりていた。山羊たちもいつのまにかいなくなって、荒野をわたっていく風とチャギだけが残っていた。チャギはかすかな声をだして彼女の肘をつつき、樹に登っていく。頭の上の枝から誘うように鳴いた。シトルフィは立ちあがってパン屑を払うと、暗闇の中、手さぐりで幹から枝へと伝っていった。

突然またたきはじめた空の星々に、枝ぶりがほのかにうかびあがり、チャギが導くままに上へ上へとたどっていくと、横になるのにちょうどいい木の股があらわれた。シトルフィはそこに腰を落ちつけ、確かに地面に寝るよりは安心していられると思った。夜中出歩くものたちの目にとまりにくく、追っ手が松明《たいまつ》をかかげてきても、人は、闇に包まれた頭の上を仰いだりはしないものだ。しかも枝葉が彼女を隠してくれる。チャギはもっと高い枝で一夜をすごすことにしたらしい。

腹が満たされ、安心したこともあって、すぐに眠った。

東の空が白々とする頃に目覚めた。木の股でのびをし、あたりをうかがう。響いているのは、実を食べようと枝を分けるチャギのたてる物音だけだった。尻の下に敷いていた毛布を畳んでいると、ヤギたちがどこからかやってきて、あたりは急に騒がしくなった。太陽は両手で大地をおしだしたかのように突然東の地平線から姿をあらわし、あっというまに夜が明けた。ヤギたちはやかましく鳴きながら枝々に陣どり、葉をむしったり実をひきちぎったりしはじめた。首輪をしているものもいるし、見るからに野生のぼさぼさの毛をもつものもいた。

首輪をしているのがいるとしたら、村は近い。シトルフィはすっかり目が覚めた。最初に思いついたのは、すぐに村を訪れ、水と食料を請うことだった。『誓いの書』が入った鞄をひきよせたとき、腕がほんの少しひりっとして、昨日サボテンにひっかかれたことを思いだした。首筋にかかる男の息づかいがよみがえり、軽いめまいをおぼえた。

手元の毛布の上に、ヤギの木の実がぽとんと落ちてきた。仰むくと、上の枝からチャギが顔をのぞかせている。食べろ、ということなのか。食べられるのだろうか。

もう一度腰をおろして、左右の手のひらのあいだで転がす。親指と人差し指で円をつくったくらいの大きさの、イチジクに似た形状で、色は黄緑、なめらかな表面は川原の石のようで、食欲をそそるとは言えない。だが、チャギが食べろというのだ。食べられないわけではないだろう。

歯をたてるとかたい皮の下に柔らかい果肉があった。苦みと甘みと悪臭が同時に口と鼻に広がり、思わず吐きだした。

「山羊にはおいしいかもしれないけれど、あたしには無理」

再び鞄をひきよせると、束の間吐き気を感じた。鞄を睨みつけてしばらくじっと考えこんだ。真横から陽光が射してきて、木の実や葉裏が金に燃えあがった。シトルフィは意を決して鞄から本をとりだし、農家のおかみさんからもらった巾着袋に入れた。干し肉少しとパンの欠片が一緒だけど、みすみす奪われるよりはいい。空になった鞄には、重みが出るように、木の実をひきちぎって入れた。実はたくさんあるから、二十数個とられても、山羊たちは文句を言うまい。

鞄を肩にかけて、上の枝をめざす。地上から二馬身ほどの高さの側枝に腹這いになり、枝先まで這っていった。鞄の紐を枝先からくぐらせれば、いかにも重そうな珍しい実になった。これを追っ手が見つければ、何とかしてとろうと苦心するだろう。それより先に彼女が捕まったとしても、樹の枝にひっかけてきたと言えば、時間が稼げる。捕まるつもりは毛頭なかったけれども。それより何より、鞄を厄介払いできてせいせいした。あれを見るたび、山羊の木の実の味と臭いとセパターのしたことが一緒になっておしよせてきて、気分が悪くなる。

荷物を背負って山羊の樹をあとにした。太陽に背中をむけて進むことしばらくすると、遠く、灌木《かんぼく》の茂みのあいだに数軒の家が見えてきた。鶏や子どもの声、薪を割る斧の音が、さえぎるもののない青空に響いている。シトルフィはあえて村から離れ、北へむかった。村に立ち寄らなければ追っ手が村人に尋ねても、知らないと答えられる。どっちへむかったのかもわからなければ、追いようもないだろう。——あきらめるとは思っていなかったが、少しの希望にすがって、シトルフィは荒野を進んでいった。

その晩もヤギの樹の上ですごした。次の日の昼近くになると、荒野は少しずつ草を抱いて湿っぽさを増し、夕方前には再び葦《あし》とニセヤナギ《マラーケ》の茂る湿地帯に踏みこんでいた。まっすぐ行けば〈青頭湿原〉に入りこみ、水の中で骨になってしまう。あやふやな地図の記憶を頼りに、西へ進路を変える。足元はぬかるみ、マラーケの枝はヤブ蚊と一緒にしつこくつきまとってきたものの、沼や湖にはまることはなく、陽が落ちる前に低い丘を登った。

丘のまん中は大きなくぼみになっていて、鍋底にたまる湯気のように、霧がそのくぼみに満ちていた。その濃霧がいっとき途切れて、大きな屋敷が見えた。周囲を木柵で囲った広い敷地に、木造の草葺《ぶ》き屋根の館が建っている。

シトルフィは坂を転がるようにして駆けだした。霧の中に、一つ、また一つと灯りがともっていく。チャギが彼女を追いこして、木の柵をとびこえていってしまった。

木の柵の一部が押すとひらくようになっており、シトルフィも敷地に入りこんだ。霧の奥から人の笑い声が聞こえてくる。快活な男の声は、闖入した姫山羊を歓迎しているようだった。シトルフィは声をかけた。

「今晩は……。あのぅ……すみません……」

それに驚いたかのように、霧が晴れた。一瞬でかき消えたのだ。シトルフィは突然視界が晴れたのでまごつき、しばらく双方とも黙っていた。するとチャギが二人のあいだを行ったり来たりしはじめ、男は思わず吹きだして、さっきと同じ朗らかな笑い声をあげた。

「おおう、失礼したね！　人が訪れるなど一月《ひとつき》ぶりだからね。……しかもこんな霧の夕方に。湿地の魔物が来たのかと思ったよ。だが魔物は、姫山羊づれでは来るまい。きみは人間の女の子に違いない。そうだろう？」

おずおずと近づいてみると、男は二十代半ばだろうか、ふっくらとした頬に茶目っ気のある目をしている。髭はなく、髪は茶色で、額を広くだしている。着ている頭巾つき長衣《ジェラバ》は暗がりの中で何色かも判然としなかった。

「わたし、フォトに行く途中なのですが、今晩泊めてもらえませんか？　納屋でも羊小屋でもどこでもいいです、お願いします」

「一月ぶりのお客なのに、納屋に泊めろって？　そりゃ無茶だ。きみには温かいごはんと柔らかい寝台が必要なのに！」

男は笑いとばすようにそう答えると、何事かチャギに早口で語った。フォト語ではなさそうだったが、チャギはそれを聞くと、ぴょんと跳ねて庭の奥へと駆けていった。

「ぼくはオルゴストラ。オーゴと呼んで。珍しい獣を集めている。水の魔道師でもある」

シトルフィは束の間ひるんだ。何かを集めている人。セパターの顔がすぐに浮かぶ。その表情を見てとったオーゴは慌てて手をひらひらさせた。

「あ、あ。魔道師でも決して悪行はなさないよ。心配しないで。ぼくは誰にも仕えず、誰をもたばからず、誰をも傷つけないと誓ったんだ。それでこんなところに隠れ住んでいる。……力を持つと、否が応でも、欲望にかられた連中が近づいてくるからね」

「わたしはシ……シター。南から来て北へ行くところです」

オーゴは親しげに頷いて玄関を示した。

「ではシター、ようこそ。姫山羊の友にはいつでも扉がひらいているよ」

館は平屋だったが、天井は高く、すべての柱、すべての板壁に彫刻が施されていた。波を模した意匠の中に、木の葉や花が融和して飾られ、なめらかで柔らかくくつろいだ雰囲気を醸《かも》し出していた。白板をはった天井のあちこちから夜光草の入った籠がつるされ、ほのかな明かりをおとしている。床は黒茶の板で、つやつやとなまめかしい。天井から床まで縦長にのびる窓は、上方が半円状に形づくられて、一定間隔に兵士のように整列していた。今その窓の外は再び霧におおわれてまっ黒になっていたが、朝には、陽光が射しこんで、床を黄金にふきあげるだろうと思われた。

大広間ともいえそうなその部屋の中央には炉が切ってあり、そこだけは、館の主人《あるじ》が無骨さを許したように煙出しの筒がかぶさっていた。炉の鉤《かぎ》では鍋がぐつぐつと歌を歌っており、香草と香辛料——サフラン、マンネンロウ、丁字《ちょうじ》、胡椒《こしょう》——と野菜と肉の匂いをさせている。

炉からさほど離れていないところに、毛足の長い絨毯《じゅうたん》が広げてあった。オーゴはクッションも三つ四つどこからか持ってきたのだが、置いたとたんに、一匹の犬と二匹の猫に占拠されてしまった。

大きな椀にたっぷりのシチューと、口に入れるとほろほろ崩れていく焼菓子を供された。オーゴは大食漢だった。自ら大椀を二度もおかわりする合間に、質問を投げかけてきた。

「フォトに行くって言ってたよね。フォトは遠い。何をしに、たった一人で?」

気さくな口調と、純粋な好奇心と、心から案じている表情に、シトルフィはほんの少し警戒をゆるめた。

「きょうだいをさがしに」

ネイダルはきょうだいのようなものだ。だから嘘ではない。オーゴはもぐもぐしながら、

「きょうだい? フォトにいるの?」

と重ねて訊く。

「多分……。フォトに行くって言っていましたから」

これ以上何か訊かれても、答えたくなかった。身体をかたくしてそっと大椀をおくと、オーゴはそれを察したらしかった。突然手をふって皿の上の焼菓子をすすめると、朗らかな調子で自分のことを語りはじめた。

「ぼくはフォトには行ったことがないんだ。恥ずかしながら。サージの生まれでね。中央フォトやアナリア王国には行ったことがあるんだけれど、せいぜいがその程度だよ」

「サージ国……？」

「おや。知っているのかい？」

「前に、その国からお客が来たことがあって……。知ってますか？　セパターという人です」

知っている、と言ったら明日の朝すぐにここを出よう。友人だと言ったら朝まで待つまい。そう覚悟して、憎き名前を口にのぼせた。目をオーゴの顔に据えて。

オーゴは椀から顔をあげて、記憶をさぐっているふうであったが、やがて口の中のものをごくんとのみこんだ。

「……聞いたことはあるな。確か王位継承末尾にいる人じゃなかったかい？」

「王子の一人だとか」

はん、とオーゴは馬鹿にしたように笑った。

「サージ国には、屋台の丸茄子の数ほど王子がいるって言い回しがあってね。特権階級をひけらかす連中だよ。それで、その人と、きみの御両親が、親しかったのかな？」

シトルフィは肩をすくめた。

「さあ……どうだったか。たった一晩、結婚式に来ていただけですし」

故郷を沈めたのだ、と喉元まで言葉が出てきた。が、じっと彼女を凝視するオーゴの目とあって、彼女は思わずうつむいた。

「サージ国はほんのわずかな平地にカラン麦を植え、山際の土地に都を建てているのは知っていたかい？」

話題を無理に変えて、オーゴは本来の快活さをとり戻した。

「土地に限りがあるから、建物は四階五階建て、もっと高いものもある。塔には十二階なんていうのもね。階段を登るのも嫌だったし、あの白煉瓦《れんが》の部屋の閉塞感も苦手だった。きみはきょうだいに会いに長い旅をしているけれど、ぼくはきょうだいや両親から離れるために旅をした。そしてここにいる。寂しくはないよ。たくさんの仲間がいる。いやいや、人だけではない、動物も。ぼくは獣の魔道師ではないけれど、彼らと何となく意思疎通できてしまうんだ。単純なことに限ってね。おなかすいた、とか、駆けまわりたい、とか、そういうこと。さっき言ったけど、珍しい獣を集めているんだ。明日になったら見せてあげよう。こんな獣がいるのかって、びっくりすると思うよ」

オーゴは大広間の窓際に、寝床を作ってくれた。古い丸木舟をひきずってきて、その中に枯葉や藁《わら》の入った袋を敷きつめ、毛布を二枚敷いた。上掛けは少し厚めの毛布だった。シトルフィは、たちまち心地良い眠りにおちて、次に目をあけたときには朝の光が窓からさんさんと射しこんでいた。

朝になってようやく気がついたのは、すべての窓に高価な硝子《ガラス》がはまっているということだった。明るい中で見ると、柱や壁の彫刻も実に手がこんでいた。昨夜オーゴはちらりと身の上話をしたが、これだけのものを造らせる財力は、王族以上のものだろうとシトルフィにもわかった。どのようにして、こんな財力を得たのだろうか。そんな疑問をぼんやりと抱いた。

わかしたミルクと歯ごたえのある雑穀パン、みずみずしい桃という朝食をしたためたあと、オーゴは彼女を庭へ誘った。昨夜の霧は朝露となって草の葉にとどまり、周囲の丘の縁からまっすぐに射しこんでくる陽の光に、無数の水晶さながらの輝きを放っていた。

ぴりっとしたさわやかな大気があたりに満ちて、シトルフィは思わず大きく息を吸いこんだ。チャギがどこからか跳びはねてきて、彼女の手に鼻面をおしこむ。笑い声をあげてその背中をなでると、朝露と草の葉がくっついてきた。

「こっちへ来てごらん」

誘われて館の南側にまわりこむと、大きな池があり、水鳥たちが羽を広げたり水中に潜ったりしていた。池のほとりでは嘴が横に広がって袋状になっている中型の鳥が片足立ちをしている。

「金色伽藍《がらん》鳥というのだよ。北フォトの三角州にしか住まないと言われている。大フォトの王宮では文書を運ぶ鳥として使われているらしい」

爪先に何かさわったので目を落とすと、トカゲを大きく太らせたような生き物が、のっそりと彼女を見あげていた。背中にはサボテンのようなたてがみをつけ、半馬身もあろうかという尻尾がつづいている。その目が黒くておっとりとしており、何事がおきても運任せ、何とかなるさと構えているようだ。

「これはドラゴドルド。この大きさでまだ一歳にもならない。あと半年ほどで翼が生えてくる。そうしたら飛んでいってしまうかもしれない」

地響きが池のまわりの木々をゆらしたかと思うや、五馬身ほどはなれた場所に、数頭の大きな動物の一群れがあらわれた。レイヨウの仲間や水鳥たちを蹴散らして、水飛沫《しぶき》を派手にはねあげ、池の中に入っていく。反物《たんもの》のような耳、三日月に反った牙、蛇腹になった長い鼻。大気を切り裂くような雄叫《おたけ》びをあげて、じゃれあい、水をかけあう。

「……象……？」

ヴィニダルお気に入りの図鑑で、お気に入りの獣を見るのに、何度つきあわされたことだろう。シトルフィの呟きを聞きつけたオーゴは、意外そうに尋ねた。

「象を知っている？」

シトルフィはただ頷き、大きな獣が豪快に水を自分の背中にかける様を見つめつづけた。象は、マードラ国の南の地方に住んでいる。一日に人間の食事の何十倍もを平らげる。あの図体のわりには、穏やかで仲間思いだが、いったん怒りはじめると、狂暴で手がつけられなくなる。ああ、ヴィンがここにいたら、大はしゃぎで近づこうとするだろう。ネイダルと二人がかりでそれを止めなければならないだろう。

あふれそうになった涙を慌てて指でふきとる。オーゴは見ないふりをしてくれていた。

騒がしい池をあとにして、二人は柵の外、北側に広がっている林のはずれまで行った。ねじれた幹と分厚い葉をもつ大木が根を張り、シダ類が生い茂り、草の蔓《つる》が垂れ下がった鬱蒼《うっそう》とした林には、ゴルディ虎やヒョウが住むのだとオーゴが言った。

「彼らには林の中だけの狩りをゆるしているのだよ。庭先でスーニの残骸を目にしたいとは思わないからね。この森には入らないようにしている。それが彼らとの取り決めなので」

チャギと会話していたことを考えると、猛獣たちともある程度のおりあいをつけたのだろうと思った。

「虎やヒョウは知っている?」

「ええ。……図鑑で見たことが。でも、本物は見たことがない」

オーゴはおざなりに頷いてから先にたって歩きだした。館には昨夜泊まった平屋の先にも翼棟が斜めにくっついており、その裏の東南には畑と薬草の庭があった。陽が昇るにつれて大気は暖かさをまし、チョウセンアザミやセイヨウニワトコ、ウスベニアオイなどの紫、白い花々のあいだを蝶や蜜蜂やハナムグリが楽しげに飛びかっていた。穏やかな風が吹きすぎるとセージのつんとする匂いやタイムの控えめな香りが漂った。

薬草の庭の中ほどに東屋《あずまや》が建っており、二人は日陰に座って、チコリの紫の花がゆれ、シロツメクサに似たコロハの葉がひらいていくのをながめていた。

と、畑の方で動くものがあり、はっとして視線を据えると、どうやら人間のようだ。かがみこんで草むしりをしていたのか、苗を植えていたものか、ようやく一区切りついて中腰になり、痛む膝をのばしたのは、老人のようだ。彼がふりむいて何か言うと、奥の方のエンドウ豆の棚の陰からもう一人の頭があらわれた。半ば腰をかがめてすぐにはまっすぐにならないところを見ると、彼女も老人らしく、おそらくこの二人は夫婦だろうか。

「彼らはビラハーグとロベーズ、畑仕事を命がけでやっているからね。苗の一つも踏んでごらん、野菜を食べさせてくれなくなるよ」

オーゴはそう言って笑った。もちろん、そうだ。この広い敷地を彼一人で管理しているはずがない。シトルフィはそうわかると、少しほっとした。オーゴは悪い人ではなさそうだが、それを裏打ちする他の人がいてくれれば、前より信用できそうだ。友人の顔をして入りこんだ、あの見目良い王子とは違う。しかし、まだ完全に信用しているわけではない。

「ここはおそらく大昔、火山の噴火口だったのだ」

まなざしを遠くへ投げかけて、突然オーゴは話しはじめた。

「標高のほとんどない火山のね。考えてごらん。きみの足元には溶岩が流れ、煙と炎がふきだしていたと。……すごいだろう?」

シトルフィはただ目をみはるだけ。

「ぼくがここを見つけたときは大きな湖——火口湖というらしい——ができていて、外輪の斜面はすべて森だったのだよ。ぼくは湖を干あがらせ、乾かした大地に家を建て、庭と畑をつくった。さっき見せた池と林はその名残だよ。何年前になるかな……うん、そう、もう、百三十年はすぎたかな……」

シトルフィは息を呑んで男の顔を見あげた。そうだ、この人は魔道師だった。魔道師は、長生きするという話を聞いたことがある。でも……百三十年? とてもそうは見えない。若々しく、その瞳も、歳月にくたびれはてていない。

「百三十年。心楽しくおおむねはすごしてきたかな。人々が来て、去っていった。ビラハーグは父親のあとを継いで農夫になったが、その父親の父親も農夫だった。おいしい野菜が食べられて、具合が悪いときには薬草の助けをかりることができるのは、彼らのおかげだよ」

「ずっとここにこもっていたの？　百三十年も？」

少女らしい驚きを口にすると、オーゴは声をあげて笑った。

「たまに自分のなすべきことをするために出かけるよ。そう、一年に一度くらいは」

「外から来る人は？」

「月に一度、鋳掛け屋や小間物売りが寄ることもあるかな。……ああ、家族はもう二人いてね。服を作ってくれるゼケーと家事全般をうけもってくれるテルラポ。皆、きみと同じようにわけありで、外から逃れてきたのだよ」

「わたしは……逃げてきたんじゃない。フォトへ行くの」

身体をかたくすると、意外なことに、オーゴはそうだろう、と頷いた。

「きみはフォトへ行く。きょうだいに会いに。長い旅になるだろう。それにたった一人では、困難な道だ」

「……」

「だからここで少し身体を休め、滋養をつけ、しっかり準備をした方がいいと思う。きみは自分の姿が見えているかい？　目の下には隈、手足は傷だらけ、カフタも破れて裸足で、全身骨と皮だけに見える」

「わたしは急いでいるの」

「わかっている。だけどこのまま出発させられない。そんなことを許したら、ぼくは一生後悔けることになる。……魔道師の一生は何年だと思う？　百年？　二百年？　ずっと後悔しつづけるなんて、御免だね。頼むから、ぼくのためにここにいてくれ。チャギのためにもそうしてほしい。せめてあの子に、肉がついて毛艶が良くなるまで」

チャギのために、と聞いてはっとした。ずっとついてきてくれた相棒のことを気遣ってやらなかった。文句一つ言わず、いやむしろいつも楽しげにそばを歩いてくれたので、それをあたりまえだと思っていた。オーゴの言うとおりだ。チャギだって辛く苦しい日々をすごしてきた。獣は元気そうに見えても、突然具合が悪くなることがある。チャギが弱って死んでしまったら……。

「ゼケーが布を織って、新しいカフタンを作ってくれる。それまでとどまったらいい。ここにはきみの好きな動物がたくさんいるんだから、毎日見ていれば飽きもしないだろう。テルラポはきみのために保存食を作ってくれる。はりきってね。カフタンが仕上がり、保存食が充分になったら、出発すればいい。きょうだいは待っていてくれるだろうさ」

とうとうシトルフィは頷いた。この人はセパターとは違う。同じサージ人だけど。サージを嫌ってここへ居を構えたのだから。セパターは〈島〉を沈めて滅ぼしたけれど、この人は水を動かして一つの世界を創りだした。何かを創造する人は、その大切さをわかっているはずだ。

うれしそうにオーゴはぷくぷくした両手をうちあわせた。

「よし！　そうと決まったら朝食にしよう！」

「朝ご飯……さっき食べたけど……」

「朝の仕事を終えたロベーズたちと、宵っぱりでお寝坊さんのゼケーのために、テルラポがちゃんと用意してくれるのさ。ぼくは待ちきれなくてその前に軽食をつまんでしまうけどね。みんなと一緒に食べるのは楽しいよ！　さあ、食堂に行こう！」

左右に身体をゆすって先にたつオーゴの後ろ姿を追いながら、彼の「ちゃんと肉がつく」基準は、もしかしたら普通よりずっと高いのではないかと、少しばかり不安になった。

朝食は別棟の端から入った部屋でとった。部屋の一角にある土間に竈《かまど》が三つ並んでいた。土間のつづきには絨毯が敷いてあり、低い卓を囲んで皆がクッションに座り、平たいパンを皿がわりにして、並べられた大皿から料理をとって食べた。

庭仕事をするビラハーグとロベーズ夫妻は、互いにそっくりだった。「ヒヨコ豆の中に落ちたエンドウ豆はヒヨコ豆になる」という諺《ことわざ》がそのままあてはまりそうなくらいだ。丸い輪郭に、表情の読みとりづらい、のっぺりした造作の目鼻だちをして、風雨にさらされてごわごわになった羊皮紙のような皮膚をもっていた。二人は互いに小声で罵《ののし》りあいながら、うつむき加減に食事をした。そこには長年つれそって、相手の手足も自分の手足のようになっている夫婦の姿があった。罵りあうのは、どちらも傷つかないことがわかっていて、ちょっとした刺激を与えあっているからだろう。シトルフィには自分の両親がもし生きていたのなら、なっていたかもしれない姿をそこに見たような気がした。

一方、織師で仕立屋で編師のゼケーは、控えめな感じの四十代の小男だった。シトルフィの服を作るようにオーゴに言われて、うれしそうに両手をこすった。

「やあ、わくわくするね。若い娘っこの服なんて、ここしばらく作っていなかったからね。そのうるわしい金の髪に似合うのは華やかな色だろうな。赤でも橙《だいだい》でも緑でも青でも似合いそうだ。これは楽しくなる」

「ゼケー、彼女は旅をするんだよ。あんまり目だつものはよろしくないと思うよ」

オーゴが眉をひそめるのへ、

「都へ行くんだろ？　都じゃみんな派手なのを着ているよ。だが、そうだな。わしの楽しみのために上等の絹で一枚、それから旅行用のジェラバを亜麻で一枚作ってやろう。あとは帯を三本ほど。お嬢ちゃん、都の若い娘たちは帯をかえておしゃれするんだよ」

想像するだけで楽しいと、ゼケーはくすくす笑った。それまでかいがいしく皆の食事の世話をしていたテルラポが、シトルフィの隣にどっかと大きい尻をおろし、びっくりするような勢いでパンに嚙みつきながら何かを言った。何だって？　とゼケーが聞きかえすと、もぐもぐやるのを一旦止めて、

「あたしにも作っておくれ」

と言い、またもぐもぐした。ゼケーは肩をすくめた。

「何だい、あたしには嫌だってかい」

「いやいやいや、そんなわけないよ、テルラポ。ただ、あんたとオーゴは人より余計に布地がいるなあって、思ったんだよ」

「大丈夫だよ」

テルラポは平然と言いかえす。

「細っこいお嬢ちゃんの分が余るだろ」

ビラハーグとロベーズ夫婦がにやにや笑った。テルラポもにやっとして、

「さ、お食べ、お嬢ちゃん。何にも食べてないじゃないか。もっと食べて肉をつけなきゃ」

シトルフィは微笑んだ。〈島〉の自宅ではいつも皆忙しく、こんなふうに食卓を囲んで食べるのは、ネイダルのところでだけだった。ネイダルの両親やきょうだいたちのおしゃべりを思いだし、ほんの少しあの頃に戻れたような気がした。

食事が終わると、皆それぞれの仕事に戻っていった。シトルフィも、オーゴと一緒に獣たちの世話をした。世話といってもガチョウやアヒルに餌をやるだけ。あの大きな象も、竜のドラゴドルドも、それぞれ自分の面倒は自分で見るのだ。オーゴは敷地の見回りに出かけ、シトルフィは池の畦《あぜ》で獣たちを観察した。

水面《みなも》に浮かんでいる水草の上にトンボが飛んできた。その羽の透かし模様に感心したり、水草のからまり具合に目を凝らしたり、むこう岸で水を飲むレイヨウの姿を楽しんだりしてすごした。石のように静かに、木の葉のように自然に身を任せていたからか、気がつくと、半馬身ほどしか離れていない場所で、ヒョウがぴちゃぴちゃと水を飲んでいた。シトルフィは逃げだしたい衝動をこらえてわたしは木よ、と自分に言いきかせ、横目でそっとうかがう。毛でおおわれた大きな前足や、なめらかな首から背中への筋肉、太くて長い尻尾が、陽光に溶けそうだった。ヒョウは水を飲みおえると、ゆったりとした足どりでどこかへ消えていった。

梢《こずえ》で再び鳥たちの鳴きかわす声がはじまり、薄雲に陽がわずかに翳った。

シトルフィは、ヒョウの鼻先で、蜘蛛《くも》の巣のように銀にゆらめいていた髭を思った。黒い斑《まだら》のある耳が尖っていたのも記憶にとどめた。太い尻尾のしなり具合には、何ともいえない艶めかしさを感じた。

肩胛骨《けんこうこつ》と肩胛骨のあいだがぞくぞくした。首をあげて水面を見ると、池の水は藻《も》の緑や岸辺の木立を映し、空を見かえし、陽光に次々に色を変え、いっときもとどまらなかった。その中で、透けたトンボの羽は宙に銀細工を刻み、そよ風に吹かれてきた蝶は色硝子の枠にはまりこみ、カモたちの羽ばたきは水飛沫を氷の結晶にかえた。

突然、シトルフィの目の中で、虹が爆発した。音もなく、静かに。七色の無数の欠片が同心円状に広がっていき、頭のどこかに居場所を見つけてもぐりこんでいった。

胸底からつきあげてくるものがあった。今見たもの、感じたものをとどめておきたい。誰にでもわかってもらえるようにあらわしてみたい。胸から喉元へと、熱い何かが集まってきた。指先がうずき、一本の線を記したいと訴えた。

彼女はチャギのように跳びあがって、オーゴをさがしに駆けだした。彼は、ふうふういいながら館に戻る途中だった。その両腕をつかまえて叫んだ。

「何か、描くものをちょうだい！　何でもいいの！　ぼろ布でも石板でも蠟板でも！　描くものが欲しいの！」

オーゴは束の間とまどったようだったが、何も訊いたりせずに彼女を館へ引き入れると、大広間の炉のそばに待たせて、壁際に並んでいる長櫃《ながびつ》の蓋を次々にあけていった。しばらく物音をたてたあと、両腕にかかえてきたのは、山ほどの古い羊皮紙だった。古かったがそのほとんどは上質なものだ。シトルフィは驚いて、魔道師を見あげた。オーゴは照れくさそうに笑って、自分も昔、自然の造形を紙にとどめたいと強く思ったことがあったのだとうちあけた。

「思ったように描けなくて、あきらめてしまったのだがね。ぼくには才能がなかったのさ」

そうして、細長く丸い筒状の先から銅《あかがね》色の尖った金属がとびだしている「鉛ペン」なるものをくれた。

「それで描くといい。絵でも字でも、好きなように」

「……これ、全部？」

「ぼくがもっていても、御覧のとおり、宝のもちぐされだ。使っておくれ」

〈島〉に五十回は入れそうな羊皮紙の山に対して、あっさり言うと、それらをしまっておく木箱も一つくれた。シトルフィはその蓋に羊皮紙を広げ、窓際に座りこみ、さっそく鉛ペンを動かしはじめた。

トンボの羽を描く。目に焼きついている形を紙の上に再現する。形に沿って流れる幾本かの筋と、網の目に広がる複雑な筋を描く。青と水色に彩られた不思議な模様。

ヒョウの鼻先を描く。斑の紋と、水滴をくっつけた銀の髭を何本か。それからあの前脚。優美な尻尾。力をためた背中。

チャギの姿を描く。〈島〉の丘でのんびり草を食んでいる様子。跳びはねて蛇を踏みつけようとする場面。口をあいて猫のような鳴き声をだすところ。するとヴィニダルがチャギを抱きしめていたのを思いだして、ヴィニダルを描きはじめる。

どこかへ行っていたオーゴが戻ってきて感嘆する。

「これはすごい。絵を描くのははじめてなんだよね？　やれやれ、これだから、才能のある子にはかなわない」

ヴィニダルの輪郭を半分描いたとき、オーゴがはっと顔をあげた。

「誰かが敷地に入ってきた」

オーゴは出ていき、シトルフィは羊皮紙の上で鉛ペンを止め、じっと耳をすませた。しばらくすると、足音と人声が聞こえてきた。新しい声は男のもので、粗雑で荒々しい口調だった。

シトルフィは胸騒ぎをおぼえて窓際から身をひき、玄関口の扉脇の柱の陰に隠れた。

「家ん中を見せてくれ。それでいなかったんなら、あんたの言うことを信用してやらあ」

がさついた声には確信がもてなかったが、窓端からそっとのぞけば、あの雇兵だった。最初に見たときよりやつれた様子で、汚れもひどかった。ヤギの樹の上においてきた鞄を斜めがけにしていた。あれを手に入れるのに、身体の重い彼は随分苦労したに違いない。

「それはあなた、信用したということにはなりませんよ。それにぼくの敷地に断りなく入った時点で、あなたは侵入者なのですから、ぼくに指図できる立場ではないということを――」

「何をごちゃごちゃ言ってるんだ。さっさとしろ」

彼は剣をぬいた。オーゴは見かけによらず素早くとびすさった。

「危ないですね。それでは強盗同然じゃないですか」

「おうよ。強盗だ。おれは気がたってんだ。仲間は小っちぇえ悪魔に踏みつけられて動くこともできねぇ。おれも小娘に蹴られたうえに、しなくてもいい木登りをして、主人御執心の鞄をとりかえさにゃならなかったんだ。あん畜生のヤギどもも、小娘も、鞄も、悪魔に喰われちまえ」

「悪魔とは……随分久しぶりに耳にした言葉ですねえ。あなたはサージ国のお人か。ジオラスト教の聖なる火の神に対抗する悪魔のことを口にするのは、サージ国特有の習慣ですからねぇ」

「ごたごた言わずにそこをどけ。扉をあけろ」

雇兵は剣をふりまわしてがなった。すると、硬く薄いものに罅《ひび》が入ったような音がした。雇兵が悲鳴をあげ、剣を放りだすと、それは地面で粉々になった。

「ぼくはジオラスト教にしてみれば、悪魔の一人かもね」

オーゴが怒るなど想像もしなかったシトルフィは、その剣呑《けんのん》な口調に少し驚いた。

「あ……悪魔……？」

「そうだよ。だからこんな意地の悪いことも平気でするよ」

雇兵が息を呑む音が聞こえ、次いで、つららの下がった指で鼻を、それから耳をさわるのが見えた。

「おれの鼻が……手が……耳が……」

「さっさとここを去れ。敷地から出れば氷はとける。ぐずぐずしていると、指も耳も鼻ももげてしまうぞ、サージの雇兵」

オーゴの声も氷のようにかたかった。

「二度と戻ってくるな。戻ろうとすればおまえの足も大事な一物も凍りついて落ちてしまうだろう」

悲鳴をたなびく煙のように残して、雇兵はよろめきながら走りだしていった。その響きがすっかり消え、池や木立で鳥たちが再び騒ぎはじめると、オーゴはようやく身じろぎした。扉をあけて彼女を呼ぶ。

「もう出てきてもいいよ、シター。あいつは柵の外に出た」

「また来たら……? わたし、やっぱりフォトへ行くわ」

「服ができていないよ、シター。それにあいつは二度と顔を見せない。呪いをかけたからね」

「さっきの……あれ、呪いだったんだ」

すっかりいつものオーゴに戻った魔道師は、にこにこと笑った。

「だから安心してここにいていいんだよ。皆喜んでいる。若い子が一人いるというのはいいものだ」

「シトルフィ」

一歩踏みだしてから彼女は告げた。

「本当の名前はシトルフィって言うの。フォトに会いに行くのもきょうだいじゃない。幼馴染みのネイダル」

そうか、とオーゴは頷き、

「二人とも互いのことをもう少し知る必要があるかな？……ほら、信用しあうには、互いの敷地に一歩くらい入らないと、ね」

「その前に一つ答えて。あなたはサージ国の敵、なの？」

「ぼくも同じ質問をしたい。……どうだろう、二人一緒に答えるっていうのは。サージ国の敵か、否か」

ゆっくり二呼吸分考えてから、シトルフィは同意した。では同時に、と合図してそれぞれ口にした。

「そうだ」

「サージ国は敵じゃないけれど、セパター王子は仇なの」

8　オルゴストラの告白

フォトの大地は実に恵みに満ちている。北の大フォトから南の〈頰たぶ山脈〉まで、平野があり高地があり、湿原があり、山がちな土地があり、大河が流れ、長い海岸線もある。冷涼な〈フォト山地〉をもち、湿潤な〈高頰原《たかほおがはら》〉を抱き、夏は乾いた風が吹き、冬は雨がふって大地を潤《うるお》す。

〈高頰原〉の綿花畑からは、綿糸が全フォトに運ばれる。山地や山脈からは鉱石や毛皮や木材が、海からは魚が、平野からはカラン麦や野菜が、高原からはサボテンやナツメヤシの実や果物が、そして湿原からでさえ、薬用になる草や実が、全土に行きわたっていく。荷馬車で、人の足で、川船で、帆船で。それゆえ、フォトの十三王国と辺境は、大フォト連合王国として大きなまとまりをつくらなければならなかったのだ。ジオラスト教の火の神の教え、「この世を楽しみなさい」を実現するためには互いの土地に産するものが必要だった。それに、コンスルやイスリル、マードラといった他の大国と異なり、ぼくらに戦は必要なかった。小国同士の小競り合いはあったけれどね。楽しむためには戦などしている暇はない、というわけだ。

ぼくが生まれる百年ほど前に、この大フォト連合王国は成立した。だからぼくにとって、この政体はごくあたりまえだったし、ジオラスト教があまねく行きわたっているのも何の不思議もないことだった。

サージ国のジオラスト教の熱心な信者は、長男を神の供物にするって知っていたかい。強制ではないが、聖なる火に自分の大切な分身を捧げることで、信者としての格を上げ、「楽しい人生」の約束をより確かなものにしようとした。それは、とても名誉なことだったんだ。

ぼくはね、生後三日で神に捧げられた。ありがたいことに、ぼく自身は全く覚えていないがね。周りでかわされる内緒話や使用人たちの噂話、町の人たちのぼくを見る目からおおよそのことがわかったのは、かなり大きくなってからのことだよ。

ぼくの両親は、裕福な穀物商人だった。自分の畑をもち、倉庫と水車小屋をいくつも持っていた。サージでは、こうした家は一目おかれる。何せ、カラン麦を育てる平地が常に不足気味だったから。

商売はうまくいっていたが、さらに裕福になるには、王室と神殿の覚えがめでたい方がいい、と父は考えた。それまでも、収益の何割かは彼らの袖の下になっていた。が、父は、それだけでは充分と思わなかったのだ。

そこで、ぼくを供物にしようとした。それを知ったあと、長いあいだぼくは考えたよ。父は悩みぬいた末にその結論に達したのだろうか。母は反対したのか、それとも、唯々諾々と従ったのか。二人が亡くなってしまってからも、ずっと考えつづけていた。詮なきことと知りつつ。

生後三日で聖なる神の火壇に投げこまれたぼくは、灰となって煙とともに大気に吐きだされるはずだった。だが、生まれながらにもっていたぼくの力が、それを拒んだ。神官の両手のあいだで泣きわめき、怖ろしい真紅の炉に投げこまれようとしたそのとき、突然、天井から雨がふってきたのだそうだ。一馬身四方の炉の火がたちまち消えたというのだから、普通の雨ではなかっただろう。三百年間燃え盛っていた神の火が、ほんの半刻のあいだに消えたというのだから。

神官はぼくを抱えたままひざまずき、首を垂れてやりすごそうとしたが、息もできずに水の圧力に屈して、四つん這いで耐えたそうだ。火が消え、煙一筋たたなくなってから、ようやく雨はやんだけれども、神殿の床はくるぶしの位置まで水におおわれていたという。そしてその水の中で、ぼくは溺れもせずに、満足しきって眠っていたと。

神官たちは侃々諤々《かんかんがくがく》、この大事件について論じあった。神学的にみてぼくは悪魔の申し子なのか、それともジオラスト神に愛されし者なのか。悪魔であったとして、神の火を消すのを神が黙認するはずもない。聖なるジオラストは悪魔と戦う神であるがゆえに。もしそれを許したのだとしたら、神の力が衰えてしまったということか。いいや、そんなはずはない。そうであれば天から黒い翼がおりてきてわれわれをむさぼりくらうはずではないか。しかしこれが神の思し召しとはとても思えない。神聖な火を自ら消し去るとはいったいどのような意図が隠されているのか、云々。

結論は保留。サージの神殿書庫には、解明されない神意の項目の棚に、今でも記録が残っているはずだ。

神の意向がわからない以上、ぼくの身柄も保留になった。母の腕に返されたぼくは、しばらくは母の乳を飲んだものの、やがて乳母に預けられた。神に一度捧げられた赤子は、もはや母のものではなくなってしまっていたらしい。

ぼくは狭い敷地に新たに建てられた塔の上でくらした。少し大きくなって乳母の言うことなど聞かなくなってからは、塔からとびだし、厨《くりや》や庭や倉庫で悪さをした。家の中ではあきたらず、町へくり出して市場や酒場や娼館にも出入りした。きみと同じくらいの年には、もう愛人が数人いたし、一人前の酒呑みにもなっていたよ。

家でも町中でも、ぼくは敬遠され、後ろ指をさされ、怖れられた。愛人たちでさえ、ぼくの機嫌を損ねまいと、下手な芝居をつづけた。しかしどんなにわがまま勝手にふるまっても、ぼくの心には満たされない空隙があり、つきあげてくる破壊への衝動があった。

気にくわないことがあると、思っただけで水を暴れさせることができた。甘菓子を売る店では、水瓶がひとりでにちゃぷちゃぷいうのを止めるために、ぼくに袋いっぱいの菓子をおしつけてよこした。町のちんぴらが、そんなに自慢するなら氷職人にでもなれ、と罵倒したときは、そいつの指先を凍らせてやった。

しかしそれも、酒呑み友だちにそそのかされて、ジオラスト神殿に乗りこんだときに終わりを告げた。参拝客のふりをして、ぼくを焼こうとした炉のそばまで行った。あの事件のあと、炉は再建され、信者たちの長男を何百人とのみこんでいた。さて、ならば、もう一度、聖なる火を消せるかどうかやってみようとした。ところへ神殿兵が駆けつけてきて、外へ叩きだされた。槍の柄や石突きで殴られ、石段を転げ落ちたが、彼らの指一本氷づけにすることも、バケツ一杯分の雨をふらすこともできなかった。呑み友だちはぼくに唾をはき、足蹴にし、嘲罵《ちょうば》を浴びせて去っていった。

ぼくは自分の塔に帰った。よろめき、混乱し、怖れながら。自分の魔力がはたらかなくなるなんて、考えたこともなかったのだ。使えたのはせいぜいが、人の指一本凍らせ、水瓶を暴れさせ、お湿り程度の雨をふらせるけちな魔力ではあったものの、生まれて三日後になしたことへの怖れから人々は後退りし、怒らせないように機嫌をとった。そうしたわけで、増長しきった子どもになっていたから、魔力が失われたかもしれないという現実をうけとめることができなかった。

塔の狭い部屋の中で、力を試そうとした。だが、ぼくはもう、盥《たらい》の水一滴こぼすことができなかった。何日間かすっかり恐慌をきたしていた。皮肉にも、ジオラストの神に祈りさえした。のたうちまわり、魔力をかえしてもらえるのなら何でもすると口走った。

何日かのち、くたびれはてて両脚を投げだし、壁にもたれかかって天井を仰いだ。何も腹に入れないで苦しんだ数日のおかげか、冷静さが戻ってきた。つまりは生まれ落ちて三日で、ぼくは生命の危険を回避するためにありったけの魔力を使いきったということなのだ、と悟った。その後十数年間の力は、その残滓にすぎなかったのだろう、と。いい気になって駿馬《しゅんめ》に平坦な地面を早駆けさせたが、平坦な地面の先には深い谷が亀裂《きれつ》をつくっていた、というわけだ。

ぼくは使用人たちを思った。町の人たちを思った。愛人たちを思った。ぼくの魔力が枯渇したと、もう知れわたっているに違いない。彼らがぼくに抱いた恐怖は消え、侮蔑と嘲笑《ちょうしょう》がとってかわるだろう。昔、ぼくを生かしておく決定をした神殿をはばかって、害をなしたりはしないだろうが、ぼくが浴びることになるのが何かは容易に察しがついた。それを思っただけで、気儘《きまま》勝手に、傍若無人に生きてきたぼくには、とても耐えられなかった。

昨日すがった神を今日は呪った。こんなことになるのなら、なぜぼくを生かしたのか。神を罵《ののし》り、恨み、サージの町を憎んだ。愛をくれなかった両親を殺し、自分も死のうかとまで思いつめた。この世からなくなってしまえばずっと楽だろうと考えた。だが、その考えをおしとめたのは何だったと思う？

もしぼくが、いや、ぼくたち一家が、ぼくの手で滅びたとして、嘆くのは誰だろう。誰もいない。いやしない。それどころか、ぼくたち一家の没落を喜び祝い、表面では気の毒そうにしながら内心ではほくそ笑む者ばかりだ。一家の富は別の誰かが手に入れ、その者がうらやまれることになるだろう。

かつて居酒屋に入りびたりの爺さんに、呑み友だちの一人がからかい半分で尋ねたことがあった。

「爺さん、生きてての楽しみは何だ？　こうして毎晩呑めることか？」

「いいや。一番の楽しみは、隣の家に不幸がおこるのを見ることさ」

そこにいた全員が手をうって喜んだ。

「けだし名言である！」

ぼくはただひとり、愕然とした。遊びまわり、けちな悪さをしていても、純真な坊っちゃんだったのだ。世の中の皆が、こうなのか、と頭を殴られたような気分だった。確かに、自分の中にも他人の不幸を喜ぶ闇がわずかながらも存在する。それは否定しない。だが同時に、気の毒に思い、できることなら手をかしてやりたいと思う。それが普通だろうと思っていた。だが、どうだ、この町の人々は。おのれの闇をさらけだしてはばからず、さらに共感という魔法で増幅してみせるのだ。

弱った同胞に襲いかかり、八つ裂きにして喰ってしまうダルンジャという山犬の仲間がいる。彼らはダルンジャだった。そしてぼくは、一家心中すれば、ぼくたちの死骸を彼らが踏みにじり、骨を砕き、粉々にすると知っていた。それだけは我慢ならなかった。

逃げだそう。このような集団の悪意、加虐への悦楽はとどめることができない。逃げるしかない。

ぼくは両親に会い、家を出ていくことを告げた。両親にとってはぼくはもう、神に捧げた――そして、神から拒まれた――息子で、ぼくが視界から消えるのは何よりの朗報だったと思う。ぼくは不条理の象徴であったのだから。ぼくが要求する前に、父が袋いっぱいの金貨をくれた。金貨一枚は銀貨二十枚に相当し、銀貨一枚はカラン麦二駄分の値うちがあった。つまりは一財産の贈与だったわけだが、父の持ち分からすれば、ほんの何分の一かにすぎなかった。

和解のしるしとしては少なかったものの、ぶらぶら旅して歩いても、二十年はくらしていける額だった。

二頭の馬を供に家を出た。夏のさなかで、大気は乾燥して暑く、道行きにはあんまりよろしくない時期ではあった。それまで旅などろくにしたことがなかった。ぼくはうっちゃっておかれた息子で、父の商売の手伝いもしなかったし、知ろうとも思わなかったのだ。呑み仲間と浮かれて近隣の村にくりだしたことはある。フォト山地の山懐《やまふところ》まで登ったことも。しかしそれがせいぜいだった。

たった一人で未知の道を行くことに不安を覚えるほど世間を知ってもいなかった。ぼくのことを誰も知らない土地に足を踏み入れることに目をむけて、わくわくするばかりだった。

早朝、サージの暗い小路をとおりぬけて、町のはずれまで出た。目の前には両脇にナツメヤシをかかえた街道がのびていた。薄灰色の空が日の出とともに突然青に染まった。これぞ幸運の予兆。

誰もいないまっすぐな道を、馬で駆けた。今まで味わったことのない解放感に、どんなことでものりこえられる、どんなこともやってのけられると信じた。愚かだろう？　でもあのとき感じた自分への信頼、全能感みたいなもの、運を味方につけたような気持ちは、今でもここにあるよ。そう、ぼくの胸の中にね。不思議なことに、いくら裏切られても——自分に、運に、あるいは神に——なくならないんだ。……愚かさは少なくなったと信じたいが。

半日も進むと、街道は小さな三叉路になった。まっすぐのびて、サージ人の三分の一の腹を満たすカラン麦畑に消えているやつ。西へのたくっていって、中央フォトとアナリア国の境に至るやつ。それから南にむかい、湿原の縁をかすめてテルの港に至るやつ。テルの港に行けば、世界中につながる。エルズ王国の〈額〉の町から、小舟で〈久遠《くおん》の島〉に行くこともできる。あるいはもっと南下して、マードラの〈口〉や〈喉〉の村から密林探検としゃれようか。逆に北上して、大フォトの三角州の奥にすましているフォトの町をひやかしながら、コンスル属領のエズキウムに足を踏み入れようか。いやいや、どうせならコンスル帝国なる巨人を仰ぎ見に行ってもいい。

だが、ぼくは馬首を西にむけた。大冒険に踏みだす無鉄砲さ、困難を活力ひとつで吹きとばす生命力はぼくにはなかった。何でもできる、という全能感と、より高い未知の壁に挑む勇気とは、決して同じではないってことだ。そう、ぼくは愚か者で臆病者だった。

愚かで臆病なゆえに、常人には訪れないめぐりあわせがやってくることもある。ぼくの場合それは、強盗に叩きのめされることからはじまった。旅の二日め、あと少しで国境という夕方だった。その付近には、数軒の宿があり、ぼくはまだ日暮れ前なのに、すっかり人通りの絶えた街道を進んでいた。サージから産出される銀鉱石や銅、塩などを山積みにした荷馬車、アナリアやアイリア王国からのカラン麦や干魚などを積んだ荷馬車、行商人、駱駝《らくだ》の隊列をつくって織物や綿糸絹糸サボテン糸を運ぶ仲介人は、とうの昔に退いてしまっていた。しかしぼくは少しも気にとめなかった。右にフォト山地が青く影となり、左に荒地が砂塵を巻きあげて小さな竜巻をつくるのをながめながら、ゆっくりのんびりと馬を進めていた。

気がつくと、五人の男女に囲まれていた。ジェラバの頭巾を目深にかぶり、反りかえった刃をぬいて立ちはだかっていた。馬首をめぐらせて逃げようと考える寸前に、頭目らしい身体の大きい男のやたら大きな手が手綱をおさえこんでしまった。抵抗もむなしく、あっというまにひきずりおろされ、さんざん殴られ蹴られ、一財産をすべて奪われた。そう、二百枚の金貨の入った袋なぞは、まっ先に見つけられた。やつらはぼくを半死半生の目にあわせたあと、馬二頭をつれてどこかへ消えた。帯も、沓《くつ》までも奪っていった。ぼくは朦朧《もうろう》としつつ這いずっていき、夜明けに宿の前で行き倒れた。

親切な宿村の長がぼくの面倒を見てくれた。二日も寝ると、大分回復しておきあがれるようになった。だが、卓上に並べられたぼくの持ち物は多くはなかった。

泥にまみれ、ぼろ同然になったジェラバ、ジェラバをぬがせたときに転がりおちた金貨が一枚、大きな真珠《しんじゅ》の指輪一個。これを連中が見逃したのはおそらく珠の方を手のひら側にしてはめていたからだろう。意図したからではなく、少しゆるかったので、そうなっただけの偶然だった。

それから、ぼくのものではないものが一つ、卓の上で静かに待ちうけていた。それは手に収まる大きさの円盤で、青ブナという北方の樹に彫刻が施されたものだった。その浅い彫り模様は不規則で形をなしていないように思われたが、少しはなしてみると、月を象《かたど》ったのだとわかった。月の陰影が——正確ではないけれどもそれらしいものが——刻まれていた。盗賊が落としていったものに違いない。村長《むらおさ》にそう告げると、女性の持ち物だ、と教えてくれた。厳《いかめ》しく細い顔をした初老の男で、白くなりかけたふさふさの髪と白くなりかけたたっぷりの顎鬚を生やしていた。

「アナリアの都ナリオから少し南西に行ったところに、女たちの村がある。これは村の女たちの大切な護符なのだ。全員が魔女だという噂もあるが、わしは信じないね。男の横暴から逃げた女たちの集まりだろう。いくらかの呪《まじな》いくらいは自分を護るためにするとは思うが、……魔女とは！　いやはや」

村長は世間の噂に眉をひそめて首をふった。

「まったく嫌な世の中だよ。人の物を奪っておいて、平然としていられる人間が多すぎるわい」

しかし村長の嘆きも、どうせ他人事なのだろうとぼくは思った。すべてを奪われた当事者にとっては、嘆くことすら贅沢《ぜいたく》だった。

ぼくは円盤を放りだし、頭を抱えた。家に帰ることはできない。サージの町にはもう二度と戻りたくない。だがどこへ行く？　のんびりとあてもなく人生を楽しむ旅ははじまる前に終わってしまった。先だつものがなければ、何もできない。

呻きながら頭をかきむしっていると、村長が再び口をひらいた。

「これを村へ返しに行きなされ」

ゆっくりと顔をあげれば、村長は円盤をためつすがめつしながらつづけた。

「盗られた物が戻ってきたら、喜ぶ女が一人はいる。同じように奪われたおまえさんなら、その気持ちがわかるだろう。おまえさんのためにもなると思うのだが、どうだね？」

はじめは拒んだぼくだったが、さらに一日たち、二日たち、打ち身のあとが紫から黄色に変わり、頭の瘤《こぶ》もなくなるうちに、気持ちが変化した。どうせ行くあてはないのだ。だからといってここにとどまるわけにもいかない。

村長が言った、ぼくの「ためにもなる」のがどういうことかさっぱりわからなかったものの、護符をもっていけば感謝されるかもしれない、と思った。人にちやほやされるあの気分をまた味わえるかもしれない。怖れからや、父の威光からではなく、純粋な感謝から。

それで体力もついた三日後、宿を発った。助けてもらったお礼に、真珠の指輪を村長に渡した。たまたま強盗の目にとまらなかった指輪を惜しむ気はなかった。すると村長は、お下がりの木綿のジェラバとサンダルと帯と食料を分けてくれた。ぼくはたった一枚残った金貨を銀貨に換えてもらい、腰帯にぶら下げた袋に少し入れ、あとは下着の左右の隠しの中に分散した。少しは賢くなったというわけだ。

合財袋を斜めがけにして、アナリア王国への道に踏みだした。人が隠れていそうな藪《やぶ》には目を凝らし、崖の上に影が見えないかびくびくしながら進み、同行を申し出てくれたラクダ三頭の隊商のあとについて歩いた。

ちゃんとした野営の仕方はその隊商から習った。水汲み、ラクダのフン集め、火のおこし方はそこで覚えた。まったくね！　覚えてはじめて、どれだけ自分が能なしか知ったんだ。

アナリア国のネルという町で彼らと別れ、別の隊商に厄介になることになり、四日後にナリオに到着した。やたら騒がしい町だったよ。天道虫《てんとうむし》みたいな天幕が大きな丘に隙間なくへばりついていた。夜も昼も歌声と楽器の音が途切れず、子どもたちは跳ねまわり、太鼓は鳴り響く。何とかいう葉っぱを燃やして、その煙が町中に白くたなびいていた。別れ際に隊商の長から言われたことを思いだして、ぼくは煙を極力吸わないように注意した。あの町の連中が一日中お祭り騒ぎをしているのは、煙を吸うせいだと言うんだ。騒ぎたいだけ騒いで倒れ、半日ほどで目覚めるが、そのときに商売をするのだって。商売が終わればまた煙を吸って大騒ぎ。

うらやましいと思う人は多いんだろうけれど、ぼくは思わなかった。それが彼らの生き方なんだろうとは思うが、まねしたいとは思わなかった。ぼくの望みは他にあるような気がした。どんな望みなのか、ぼく自身わからないままだったけれどね。

で、夜明けとともに南西へむかった。隊商の話だと、半日歩いて川を渡り、カラン麦畑とパンヤノキの林をすぎて渓谷の吊橋を渡れば、女たちの村があるっていう。彼らは一度だけ行ったことがあったって。

「婆さんばっかり数十人、日用品を売って貝や甲虫で作った首飾りをもらった。商売にゃならねぇんで、二度と行かねぇ」

婆さんばっかり、というのが不気味だった。やっぱり魔女の村なのかもしれない。ぼくの期待はあらかたしぼんでしまった。たおやかな美女やつややかな少女に、お礼を言われる場面を、道すがら幾度も想像していたのだから。

それでも足は南西へ半日進み、気がつけば渓谷にかかる吊橋のたもとについていた。隊商は教えてくれなかったが、橋の入口には番所があって通行税を要求してきた。ぼくは財布をとりだし、銀貨を一枚、言われるままに払った。それから吊橋に一歩踏みだした。

吊橋は、太いがたった三本の主綱でできていた。足で踏む一本と、両手でつかまえる二本。それらを補助網がからまりあって支えているだけの代物で、しかもあちこちに綻びがあった。綱も古く、乾燥していて、いつ切れるかわからない。ぼくは一歩一歩慎重にたどっていった。

渡りはじめは、渓谷を流れる川の白波が見えていたが、渡りおわるころには濃い霧に囲まれて、足元しか見えなくなっていた。ぼくは冷汗をかきながら——ああ、ちっとも怖くなんかなかったなんて見栄をはるつもりはないよ——ようやく渡りきった。

すると、霧の中に一本の道が浮かびあがった。まるで足元に巻かれていた絨毯《じゅうたん》がほどけていくように。あとはその道をたどるしかない。

どれほど歩いたのだろう。十数呼吸か、あるいは一刻か。ともあれ不意に、背後から呼びとめられた。隊商の話のとおり、老婆の声だった。それも、とびきり高齢らしい老婆の。

「お若いの。懐《ふところ》に入れているものをどこへ持っていきなさるだね」

ぼくはびくつきながらふりかえった。視線は足元に落ちた。細長くて皺《しわ》だらけの顔が、冠のような銀の髪を戴いて、これはしゃがんでいるわけでもない、背丈がそんなに低いのだと理解するのに寸刻かかった。しどろもどろに、もとの持ち主にかえそうと思ってきたのだと言うと、老婆はバッタのようにぴょんと跳び、ぼくの胸に脚の鉤爪《かぎづめ》をたてた。老婆は縦長の巴旦杏《アーモンド》みたいな緑の目でぼくをためつすがめつしたが、その首のふり方といい、肩にくいこむ短い手から出た爪といい、胸をえぐらんばかりの鉤爪といい、オスを喰い殺す大カマキリそっくりだった。重さは紙一片ほどしかなかったと思う。あんまりびっくりしたので、あとあと考えても、重さを感じなかったという記憶しかないんだ。

老婆は品定めが終わると、背中の翅《はね》を広げて音をたてて飛んでいってしまった。ぼくは尻もちをついた。……いや、正直に言えば、腰をぬかしたんだ。力がぬけて立っていられなくなった。

長いあいだそうやって道の上に座りこんでいた。震えがなんとかおさまった頃にはもう、夕方近かったようだ。霧は相変わらず濃くたちこめていたけれども、何となく夕方ではないかと感じたのだ。このまますわりこんでいるわけにはいかないと、ようやく立ちあがって歩きだすと、あっというまに霧が晴れた。

ぼくは村の中にいた。

シダや小枝やシュロの葉で造った物置小屋のような家々が、ぼくをとりかこんでいた。ねじまがった木々の太い枝の上にそれらはのっており、小さな窓や戸口からは、またたくことをしない白金の光が漏れでていた。そうでなかったなら、とうてい家だと気づくことはなかったろう。鳥の大きな巣か、ヒヒのねぐらかと勘違いしただろう。

家々のあいだには花弁の形の葉をつけた蔦《つた》がはりめぐらされ、ところどころにとりこみ忘れた洗濯物がひらめいていた。

ふりむくと道は消えていて、妙な場所に迷いこんだものだと思った。……おそらく、さっきのカマキリ婆の村か。小さな家々から、同じ顔をした婆さんたちが出てきても、多分驚かなかっただろう。だが出てきたのは普通の小柄な女たちだった。

ぼくは、自分より頭一つ分小さい女たちに囲まれた。手のこんだ刺子《さしこ》の前合わせの衣装を着て、くるぶしですぼまる幅広のズボンをはいていた。蔦を編んだ帯は、複雑な結び目で模様をつくっていた。沓も蔦でできていた。頭には鳥の羽根を集めてつくった帽子をかぶり、それは身体の一部のように首筋から背中へと流れて、鬣《たてがみ》を模していた。遠くから木の間隠れに誰かが目撃したとしよう。多分彼は、太古の鳥トカゲを見たと信じて疑わないに違いない。

羽毛の下の女たちの顔はよくわからなかった。凝視しても、波立つ水鏡をのぞきこんでいるようで、細部が定まらないのだ。ただ、若いのから年寄りまで四十人ほどいることはわかった。そのうちの一人、赤と黄色と緑と橙《だいだい》と青の羽根帽子をつけた一番派手な女が進みでてきた。

「わたしたちの誰かに渡したいものがあるって聞いたけど?」

その声は鳥のさえずりに似て甲高く、早口で聞きとりづらかった。同じことを二度くりかえされて、ようやくぼくのあけっぱなしだった口が閉じた。震える手で懐から月の円盤をとりだし、彼女にさしだした。彼女の手は象牙《ぞうげ》のようにすべらかでクルミのようにつややかだった。

彼女がさえずるように何かを言うと、輪の中から一人が飛びだしてきて、月の円盤をうけとった。するとすっかり色を失い、へたってしまっていた羽根帽子が白金の光を放ち、直後には白と薄桃のつややかさをまとった。まわりの女たちからさえずりが浴びせられて、彼女は生きかえったかのように笑みを浮かべた。

派手な女――おそらく村長――は、ぼくを導いて自分の小屋に招いた。小屋の中は心地良い暖かさに保たれ、明るかった。粗朶《そだ》の上に敷いた分厚い絨毯に腰をおろし、クッションによりかかって甘い梨酒《キーナ》をふるまわれるあいだ、灯りの出所をさがしたが、松明《たいまつ》もカンテラも魔法の石もなく、その空間に光が満ちている、としか言いようがなかった。

梨酒のあと、さくさくしてバターの香りと塩気を感じる焼菓子と、葡萄《ぶどう》のような食感の甘酸っぱい果物――一粒がおとなの男の親指ほどもあったから、葡萄ではないとそのときは思った。でも、今考えると、あの噛み心地と匂いと味は葡萄だったな――を食べた。それぞれ二、三個しか口にしていないのに、ぼくはすっかり満腹して、いつのまにか眠ってしまった。カマキリ婆があらわれて、ぼくを頭からむしゃむしゃ食べるんじゃないか、なんていう心配もせずに。

あたりがすっかり明るくなったころ、ぼくは鳥の羽根を敷きつめたハンモックで目覚めた。ねじくれた枝の木が森をつくっているのは変わらなかったが、シダとシュロの小屋は一つも見あたらず、いるのはぼく一人だけだった。

ハンモックからおりて誰かいないかと呼びかけたが、返辞はなかった。梢《こずえ》を渡っていく小鳥たちのかしましいさえずりが聞こえるだけだった。

大地に立つと、また道がのびた。絨毯を広げるように。来し方とは逆の方向に。こんなふうに、誰かの言いなりに進んでいいものだろうか、とふと疑惑が胸でゆらいだ。まあ、今まで流されるように生きてきて、自分なんてものを大して見つめてきたわけではなかったのだけど。

逆の方向に行ったらどうなるのだろう、と何となく思って後ろをむいた。目の前に昨夜の村長が立っていた。背が伸びて、ぼくと鼻をつきあわせるくらいになっていた。緑の目が縦の虹彩をつくっている。

「生まれながらに闇を背負い、それでもなお善良なるおまえ」

爪が胸を軽く叩いた。

「心優しき魔道師。卑小なる自尊心を捨て去って歩め。おまえの助けを必要とする人々のために生きよ」

つつかれた胸から、何かきらきらしいものが同心円状に広がっていった。それは白金の光のようであり、熱いが穏やかな生まれたての海のようであり、頭がまっ白になった。ぼくは喘ぎ、胸をおさえ、そして膝を折った。あふれだしたものがぼくをつきあげ、吐きださずにはいられなくなり、大地につっぷして号泣した。

生まれた瞬間に神から拒まれ、両親をはじめとするすべての人々から拒まれた。力のゆえに。すべての人々から怖れられた。力のゆえに。あの狭いサージの町をさまよい、身のおきどころのなさをまぎらわそうとした。力のゆえに。そうして力を失ったがゆえに、嘲《あざけ》りを怖れ、蔑《さげす》みを怖れ、生きるよすがを完全になくして逃げださざるをえなかった。それを心優しきと形容されて胸をつかれ、何かが決壊した。善良な、とあらわされて、赦されたような気がした。闇を背負っていても、卑小なる自尊心を抱えていても、赦されたのだ、とね。身も世もなく慟哭《どうこく》し、身体の真芯から吐きだすものを吐きだしたような気がする。目蓋《まぶた》を腫らし、これ以上涙の一滴も出なくなり、喉をからし、胸も空っぽになった。自分の落とした涙を大地がすっかり吸いとってくれた、と思った。

よろめき立ちあがり、森の道を歩いた。一歩進むごとに、力が満ちてくるのがわかった。魔力は失われていなかったのだ。自己否定の十数年で、出口をふさがれ、淀み、腐り、汚泥と化していただけだったのだ。一旦出口の塵埃《じんあい》がとりのぞかれれば、水脈は一気に流れだす。次の村に着いたときには、自分に何ができて何ができないのか、明確に把握できるようになっていた。

魔道師の中には、血のにじむような訓練を重ねて、ようやく力を発揮する者がいる。一方でぼくのように、生まれながらに力を操る者もいる。だが、今にして言えることだが、どちらにも平坦な道は用意されていないってことだ。魔道師に限ったことではないけれど。

それからのぼくは、助けを必要とする人のために生きようとした。あの村長が命じたとおりに、ね（彼女たちが何者であったのか、わからずじまいだった。二度とあの村に行きつくことはできなかった）。

それは、ひねくれて生きるよりずっとたやすかった。目の前にあらわれたものごとから顔をそむければ、昏《くら》く狭く危険な道しか見えなくなる。だが、正面から挑めば、おのずと明確でしっかりした道がひらけてくる。挑む勇気をふりしぼらなければならないとしても、ね。

ぼくは、陥穽《かんせい》にはまって土地をだまし取られた一家を助けた。横暴な領主に搾取されている農家の逃亡に手をかした。水利権をめぐる争いに和解をもたらし、迷信に惑わされて人柱をたてようとしていた村のために、川筋を変えることまでした。すべてがうまくいったわけでもなく、うまくいったと思ったらひっくりかえされたことも多々あった。失敗から学び、年月を重ね、ここに館を建て、仲間を得た。百三十年を経て、ようやく一人前になったような気がしている。

完璧とかそういうのじゃなくて、あたりまえの人間として、地に足をつけて、日々の暮らしを楽しんですごすことができるってことだ。

でもね、卵を護る鷲鳥のように、ずっと巣ごもりしているつもりもないんだよ。ぼくの力が問題解決の役にたつのであれば、いつでも出かけていこうと思っている。助けが必要な若鳥が敷地の池に降りてきたら、翼を休めさせ、力を貸そうと思っている。特にそれがサージ国にかかわる者であればなおさら、ね。

ぼくはあの国の信仰、体制、精神的風土の敵だ。あの国から生まれた歪《いびつ》なものをよしとはしない。だからサージ国にかかわりのある者を敵とする人がいるならば、ぼくはその人に助力する。いつかは、あの国の迷妄をうち砕いてやりたいと思っている。

だからまずは、あの国からの避難所をつくったというわけ。ビラハーグとロベーズ夫婦、ゼケーもテルラポも、あの国を見限ってきた仲間なんだ。身内を失い、家や土地も奪われ、後ろ指をさされて行き場をなくした。ここは彼らの安息所でもあるんだ。だからきみも、安心してここにいていいんだよ。望むならいつまでもね。

9

ヴィニダルにしてみれば、マードラは恫喝《どうかつ》と畏怖《いふ》の都だった。細い道が何本も集まった広場は、混凝土でできた壁によって、市街と郊外に分けられていた。その壁の高さはゆうに七、八馬身はあり、ところどころにつきだした飾りは、干からびた人の頭部のように見えた。実際それは、皺《しわ》だらけの人の頭で、大きくひらかれた門の上にずらりと並んで歯をくいしばり、洞《ほら》となった眼窩《がんか》を見ひらいているのだった。

ヴィニダルは思わず立ちどまった。彼らの額や口元から、おどろおどろしい怨念が、ねじれた黒い霧となって渦巻いているのに気がついたからだった。

「死に価する重罪を犯した連中だよ」

ダダメカが彼の肩に手をおいて言った。

「恨みや呪いをもって死んでいった者の首は、退魔の力を最も有すると言われている。ああやって、悪しきものを都に入れないようにしているんだとさ。どうした、怖いか」

「マードラ呪法……」

「いろんなことを知っている坊やだね」

ヴィニダルには答えることができなかった。これら、死してなお圧倒してくる暗黒の力の前では、自分が蓄えている知識など、パン屑ほどの値うちもない。門の下に足を踏み入れながら、身体中の血が喉元に集まってくるような気がした。鳥肌が立ち、心の臓の鼓動が速くなった。気をつけろ、と自分自身に警告する。この都は危険だ。人を物のように扱う。ダダメカは、計算ができるという理由だけでヴィニダルを買った。それも、おそらくイコートがこれまでに稼いだ金をはるかにこえた額で。文字を読め、書け、様々なことを知っているとわかったら、ダダメカは躊躇《ちゅうちょ》なく彼を高値で売るだろう。

——ぼくができるのは計算だけ。知っているのは、大抵の人が知っていることだけ。口をとじておこう。目を伏せておこう。でも、耳は兎《うさぎ》のように立てておこう。鼻も狐のように大気を嗅ぐんだ。

暗い門の下をくぐると、地べたに品物を広げた行商人のあいだをぬうようにして、広場を横断した。色の薄い、半ばしなびた野菜を売る者、艶のない木の実を見せて叫ぶ者、木の枝にアルマジロの肉をぶら下げて客と商談する者、ヴィニダルより小さい女の子が器用にサンダルを編む実演をする傍らで、ギキギキの葉を嚙んでいる老人。女の子の足首に鉄枷《てつかせ》がはめられているのを目にして、ヴィニダルは喉がつまりそうになった。

広場を囲むのは、混凝土を白くぬった四角い建物だった。いずれも七、八階はあろうか。基部がスカートのように広がって、上部を支えていた。四角い縦長の窓が兵士のように整列している。あとでわかったのだが、それは町の人々の住居ではなく、神官たちに仕える下級役人の集合住宅なのだった。

一般の人々の住居は、それらの建物の裏側にあった。まるでダンゴムシのように日陰に集まっている。竪穴に数本の柱、壁はなく、葦《あし》の茎で周囲をおおっている。延々とつづくダンゴムシの家々。見るからに暗く湿っぽく、寒そうで、汚らしい。

延々とつづくその家並みを断ち切るように、北側に断崖がそびえていた。その斜面には、巨大な岩が巨人の手によって差しこまれたかのように、白く四角い建物が幾棟も重なりあっていた。

ヴィニダルの足は自然にとまった。ダンゴムシの町中から巨大な建物を見あげ、ぽかんと口をひらいた。

裾を広げた基部、整列したたくさんの窓という様式は、集合住宅と同じだったが、もはやこれを見たあとでは、どんな豪邸もちゃちな積木に見えるだろう。十階をはるかにこえる高さ、横幅は五十馬身か百馬身か。それが幾棟も段をなしてそびえている。その合間からは、豊かな緑がこぼれて、白茶けた庶民の町を嘲《あざけ》っている。

後頭部をはたかれて、ヴィニダルは我にかえった。ダダメカが唇を歪めて肩をこづいた。

「神官王陛下の王宮に入れるのは、神官と魔道師だけってね。さ、さっさと歩け。あっちは天上の世界、死んだって行けないところさ」

ダダメカはダンゴムシの一つにヴィニダルをおしこんだ。土の階段を二段下れば、二馬身四方の四角い土間だった。中央に炉が切ってある。地面には、密林から持ってきたらしいシュロの葉が敷いてあり、かすかな木の匂いが漂っている。外の湿気はさえぎられて、意外に心地良さそうだった。

ダダメカは火をおこすようにヴィニダルに命じ、自分は胡座《あぐら》をかいて、腰の袋から旅の戦利品をとりだしはじめた。ギキギキの葉が四袋分、紫水晶の結晶、見るからに上等な白塩のかたまり。

「これでしばらく食いぶちには困らないよ。明日、市場に行って鶏肉と果物と交換してこよう。おまえも来るんだよ。損のないように計算しとくれよ」

粥《かゆ》のようなものを食べてその夜は寝《やす》み、翌朝寒さで目が覚めた。朝方の冷気が地を這って小屋の中に入りこんできていたのだ。起きるとすぐ、ヴィニダルは、共同井戸に水を汲みにやらされた。木桶をもって外に這いでると、濃い霧がたちこめていた。かじかむ手足を動かして数歩進むと、いきなり王宮の方から金属的な高い音が響いてきた。〈島〉が沈んで以来、彼は聞き慣れない音に敏感になっていた。びくりとして身体をこわばらせると、再び音が鳴りわたった。それが、鐘の音だとわかったのは、さらに数呼吸ののちだった。

鐘の響きが消えやらぬうちに、大勢の人声が聞こえてきた。同じ旋律で同じ歌詞を歌っている。いや、歌というには単調でおもしろみがない。あれは、祈りか。神官王や神官たちが朝のお勤めをする、と本に書いてあった。あれはライン神へ捧げる聖歌のようなものなのか。

そのとき、彼らの声が天に届いたかのように、突然霧が晴れ、王宮が昨日と同じように姿をあらわした。昨日と同じ、白く布を張ったような空が広がり、昨日と同じダンゴムシの町が、王宮と下級神官たちの集合住宅のあいだの谷にちぢこまっていた。

ヴィニダルは、あの王宮を造ったのはどんな人たちだったのだろうと畏怖をおぼえた。〈久遠《くおん》の島〉を造ったのは魔道師たちだった。あの島は、いかにも魔道師が創造しそうな、世界の広さ、知識の深さ、心のやわらかさを象徴していたように思われる。それに比べて、この都のかたさ、隙のなさ、人をよせつけない威風はどうだ。魔道師ではありえないような気がする。では、人の手で造ったというのだろうか。

ヴィニダルはぶるっと震えた。魔法でも何でもなくて、一つ一つ、人の手で造りだしたのだとすれば、もしかしたらそれって……魔法よりすごいことなのじゃないかしら。こつこつと一つ一つを積みあげていく……。おぼろげながら、とてつもない忍耐と努力が必要であろうことは、ヴィニダルにもわかった。それは、いつか、〈匐竜樹《ふくりゅうじゅ》〉の下でこつこつと本を書き写していた貧しい書学生の姿を思いださせた。彼はぎゅっと唇をひきむすんだ。だめだ、思いだすな、と何かが言った。黒い種が芽をだし、茎をのばし、葉をつけはじめていた。彼は、その暗黒から、急いで目をそらした。

その日から九日間、ヴィニダルはダダメカにつれられて市場へ行き、食料と密林から得てきた物との物々交換に立ちあった。銅貨や銀貨は裕福な者、神官やその家族のもので、庶民にはほとんど縁がなかったが、ヴィニダルは、売り物を一度、銅貨の価に換算し、買い入れる品物と比べて取引をするように言った。ダダメカは適正な商売をするつもりはなく、できるだけ自分が儲かるように相手を言いくるめたが、ヴィニダルが示した相場はちゃんと頭に入れていたようで、いつもの怒鳴りあいやつかみあいを避けることができて、喜んでいた。

八日めの晩のこと、腐りかけた鶏肉に数種の香辛料と塩をまぶして焼いた夕食を終え、ヴィニダルは小屋の隅に横になった。炉にはまだ火が残っていて、ときおり赤い舌で粗朶《そだ》をなめてぱちぱちいわせていた。そういえば八日間ずっと、太陽を見ていなかった。雲を払うような風は吹かず、雨もふらず、霧と白い空の日ばかりがつづいていた。

ヴィニダルは母が恋しかった。〈島〉の緑が、木漏れ陽が恋しかった。父の落ちついた声がよみがえってきた。

――ここにある本の原本は、ほとんどパドゥキアの写本工房で書かれたものなんだよ。もちろん、『ライン神の思惑』なんかはマードラの神殿で書かれているし、『コンスル帝国史記』はコンスルで書かれたものだけど。いつか、パドゥキアに、おまえたちと一緒に行ってみたいと思うよ。おまえたちの姉さんと同名のダルジリア大叔母さんは、パドゥキアの名写本師だった。彼女が書いた本は、十何冊も残っている。なあ、不思議な感じがするだろう？　大叔母さんはとっくに亡くなったけれど、彼女の手になった本が残って、今でも読まれている。これは、とてもすごいことじゃないか？

ヴィニダルはしくしく泣きはじめた。どうしてここに父母がいないのか。どうしてぼくはこんなところで追いたてられながら暮らしていなければならないのか。こんな、陽も射さない、色もない、じめついて寒い場所で。

何かが飛んできて側頭部にあたった。同時に、ダダメカが叱責した。

「泣くんじゃない、鬱陶《うっとう》しい。泣くんだったら外でおやりっ」

ダダメカが投げたのは鶏の脚の骨だった。それを見たヴィニダルは、泣きわめきながら小屋の外に這いだし、闇と霧の中にうずくまった。膝を立て、身体をゆすって母を呼び、父を呼び、ネイダルを呼び、きょうだいたちを呼んだ。胸の中の黒い枝がゆれてたわみ、嫌な音をたてた。

泣き疲れて眠ってしまい、荒っぽくゆり動かされて目覚めると、朝になっていた。九日めのその日も、彼女と一緒に市《いち》へ行った。市へ行ったものの、彼女はそれまでとは違って、取引をしようとはせず、ただ何かを待つかのようにぶらぶらしていた。

夏だというのに、北風が吹きおろしてきていた。途切れ途切れに王宮神殿の物音が風に乗って聞こえてくる。市場は普段より心なしか、活気を欠いていて、何かを待ちうけるような感じが漂っていた。

と、王宮神殿から直接下ってくる道——丸石で舗装されたつづら折りの大通り——が広場に吐きだされるあたりで、どよめきがあがった。ダダメカは彼を促してゆっくりとそちらに歩きだした。

人垣の中央に、牛二頭にひかせた輿《こし》があった。輿の上には、のっぺりとした顔に目の小さい神官が鎮座していて、ゆっくりと進むあいだにも、口々に何かを訴えかける人々に愛想よく頷き、答えているのだった。なでつけて形良く結った頭の上には、黄金の小さな冠がついている。白い貫頭衣は上等の絹らしく、彼が動くたびに薄陽の中で銀に輝いていた。

「おう、これは見事な蛇の干物よな。よく作った、よく作った。さっそく神官王の供物に捧げよう。いつもすまないのう」

コウノトリを思わせる甲高い声を出す。

「そうか、おっ母様が病とな。ならばこの薬草を試すがよい。おう、そっちもか、よしよし。これはな、神官手ずからつんで乾かしたキノコの薬じゃ。何にでも効く。神官王の呪いもちゃんとかかっておるでな」

コウノトリの脚めいた骨ばった長い手で、人々に小袋を分け与えている。「トーキ様、トーキ様」と人々は手をのばして呼ばう。

「皆に分けたいが、数に限りがあるのでな、また今度な、また今度」

小さい目を細くして鷹揚《おうよう》に頷き、

「おお、新鮮な果物とな。ありがたい、ありがたい。なに、そちはナツメヤシの実をこんなにたくさんくれるというのか。うれしい、うれしい。いつもすまぬな。おや、婆様、今日は何もないと？　かまわぬ、かまわぬ。ライン神はすべてお見とおしじゃ。その心だけでうれしいぞよ。よし。よし、泣くでない。よしよし」

ゆっくりと近づいてくる輿の四隅には、四人の護衛が陣どって怠りなく警戒していた。ダダメカはヴィニダルの襟首をひっぱりながら人々のあいだをかきわけて、最前列に躍りでた。

「トーキ様、これを！　最高級のギキギキの葉でございます！　どうかこのダダメカをお忘れなく！」

「おう、ダダメカか。久しいの。なに、また葉をくれるというのか。いつもすまぬの」

護衛の一人が彼女の手から小袋をうけとり、トーキ様へ渡す。トーキ様は袋をのぞきこみ、匂いを嗅ぎ、少し仰むいて嘆息をついて頷いた。ダダメカは首をのばして、

「どうぞ、トーキ様、あたくしを神殿へ!」

するとトーキ様は片手をあげて歩みを止めさせた。伏目がちに彼女を見つめ、一呼吸分何事かを考えている。と、その視線がヴィニダルの上に移った。目蓋《まぶた》がほんの少しひきつったと見えたのは、気のせいだろうか。

「ダダメカ、その者は? どう見てもフォト人のようであるが」

「あ……はい、はい、トーキ様。これは密林に商いに行ったときに、買ってきたフォト人です。計算ができますので、養っております」

ヴィニダルはこれが唯一の機会だと直感した。

「ぼくは計算だけじゃない、文字も読めます。書けもします。フォト語、マードラ語、コンスル語、イスリル語」

声をはりあげると、ダダメカはぎょっとしてふりむいた。トーキ様は一瞬笑みをひっこめ、猛禽のような表情になった。次にその口から出た言葉は、マードラ語でもフォト語でもなく、コンスル語だった。

「なるほどすらすらとマードラ語を話す。少し変わったなまりはあるが。偽りではあるまいな」

「嘘じゃない。書く方が得意だけど」

ヴィニダルもコンスル語で答えると、トーキ様の顔に微笑が戻った。再びマードラ語に戻っ

て彼は言った。

「よし、よし、良い子じゃのう。……ダダメカ、そちの願いを叶えよう。神殿にあがってわしのもとで働くがよい」

そう言われた直後のダダメカの顔といったら！　硬い岩石が笑ったらそんな顔になるだろう。膝から力がぬけたらしく、へなへなと座りこんでしまった。その上へ、

「それと、そこの小僧はわれが申し受けよう」

と、かぶせるように言ったトーキ様の声が、耳に入ったのかどうか。

「よいな、その小僧ともども、神殿の門をぐってくるのだぞ。それ、そちたちに一枚ずつ通行札を授けるゆえ、今日の夕方には参れよ」

トーキ様の輿は再び前進しはじめた。ダダメカは観衆のうらやましげな視線を浴びて胸をそらせた。

「聞いただろ？　あたしが神殿に入れるんだ！　このダダメカ様がね！　さっ、そこをおどき。あんたたち凡人とは違うんだよ。道をおあけっ。今日からあたしは神官になるんだからっ」

唾を吐きつつ、もらった札を見せびらかしながら大股に歩きだす。ヴィニダルはその後ろを少し離れてついていった。

その日の夕方、ダダメカは、自分の貴重品をぼろ布にひとまとめにして腰に結び、ヴィニダルをつれて小屋を出た。うずくまっている家々のあいだを睥睨《へいげい》して歩き、王宮神殿へ登る広いつづら折りの舗装道をたどった。二人が門の前へ到達したとき、雲の切れ間から、夕陽がまっ

赤な半身をあらわした。その禍々《まがまが》しい光はほんの数呼吸で、再び雲にとざされたが、ヴィニダルには、門の上から見おろしている数多の死者の首の眼窩の奥に、消えることのない火をもたらしたように思われた。

札を見せると、門番の一人が先導して、灯りのつきはじめた露店に群がる人々——神殿の下働きや下級官吏、純白の貫頭衣を着た下級神官、そうした人々の家族——のあいだをぬっていった。ヴィニダルは迷子にならないように必死についていかねばならず、店先に並べてある、色彩豊かな装身具や、みずみずしい果物、食欲をそそる匂いを放っている食べ物や、おどろおどろしい黒っぽくて腐りかけの椰子《やし》の実のようなものを、片目の端で眺めるしかなかった。数歩進んでから、椰子の実ではないと気づく。あれは、人の首のミイラ。あっちの露台にのっているのはクルミではなく、人の親指のミイラ。死者の怨念や憎しみで、きたる悪意を退けられる、とマードラの民は信じている。そしてそれを具現化するのが、悪人の死体の一部で、もちろんそれには魔道師の力も必要だ。だから、店の横には、三角天幕が墓標さながらに鎮座して、中ではマードラ呪法をものする三流魔道師が客を待っている。様々な香の匂いがまじりあい、薄煙たなびく中を、ヴィニダルは目をしばたたかせ、鼻をつまみながらかきわけていった。

やがて右側にそびえたつ混凝土の建物に近づいた。それは巨大な滝が凍りついたかのように見える白灰色で、その上部にはさらに、同じような建物が、崖にゆらぐことなくつきささっているのだった。そのてっぺんは、あんまり高いので、もう闇にまぎれてしまっている。

門番は玄関先の衛兵二人に札を渡し、彼らを一顧だにせずひきかえしていった。

衛兵たちはそれぞれヴィニダルとダダメカの前に立ち、札と持ち主を見比べて、間違いがないか二人に何度も確かめた。その末に、

「あんたはこっちだ」

背の低い方がダダメカを左に誘《いざな》い、

「坊主はおれについてこい」

背の高い方がヴィニダルを右に誘う。二人一緒だと思っていたヴィニダルは束の間とまどったが、嬉々として足を運んでいくダダメカの後ろ姿を見送ってから一呼吸ののち、衛兵のあとについていった。

天井のやたら高い白い廊下を延々と歩いて、奥の扉をくぐった。小部屋では大きな椅子に座った厳《いかめ》しい男が札をうけとり、胡散《うさんくさ》臭げな視線でしばらくヴィニダルをながめまわしたあと、指を曲げた。それを合図に、部屋の隅の陰から初老の女が近づいてきて、ついてこいと言い、別の扉をくぐった。またしばらく廊下を歩かされ——さっきよりは天井も低く、幅も狭い——、扉をくぐり、小部屋をぬけ、廊下をとおり、曲がり、階段をおりてまた曲がり、ようやくついたのは、いい匂いのする大部屋だった。

女たちが数人あらわれて、あれよあれよというまに服を脱がされ、次の間におしこまれれば見たこともない大きな風呂に入れられた。頭から爪先まで花の匂いの石鹸とたわしでごしごし洗われ、まっ赤にゆであがったところへ貫頭衣を着せられ、青い帯で腰を締められた。白い粉を顔にはたかれ、サンダルをはかされ、手首には銀の腕環がはめられた。鳥の姿が刻まれたき

らきらした腕環で、ヴィニダルはちょっとうれしくなった。

髪を梳《くしけず》ってもらい、首の後ろで一つに束ねられた。胸には銀のメダルを飾られ――腕環と同じ意匠の――大鏡の前に立たされれば、自分たちの仕事を終えて誇らしげな女たちの真ん中に、整った身なりをしているけれども、よるべのない悲しげな顔をした子どもが映っていた。イコートに助けられてからずっとこんな顔をしていたのかと、われながら軽い衝撃を感じた。大きくくぼんだ目。下がった口角は、まるで不機嫌な老婆のそれ。

女たちは口数少なく、だが穏やかでやさしかった。別間に移ると食事を与えられた。温かくやわらかい味のスープ、牛乳で煮た黒パンに蜂蜜をかけたお粥《かゆ》、生姜《しょうが》と砂糖と塩で味つけした小さな豚肉のかたまり。ダダメカの小屋ではろくなものを食べさせてくれなかった。それに比べれば、すばらしい御馳走だった。

身体が内と外からあたたまり、緊張もとけて、眠くなってきた。同じ部屋にある寝台にもぐりこんで、霧や冷えこみの心配をしないでぐっすりと眠った。

朝方早くにおこされ、昨夜より簡素な朝食を終えると、また長い廊下を歩いた。昨日歩いたのと同じ廊下なのか、そうでないのか、まるっきりわからないままに女のあとをついていき、汗ばんできた頃に、広い部屋に通された。

〈島〉の家がまるまる入りそうなその部屋の床は、足の踏み場もないほど散らかっていた。本や巻物、籠に入った人の首、何十本もの水差し、石や岩、紐、布、マードラ人でもフォト人でもないとはっきりわかる全く異なった面だちの首だけの彫像。中央に大机が一つあり、白髪で長身の男が身をかがめていた。

彼らが近づいていくと、男は身をおこした。黒っぽい格子柄の毛織物を着て、少し猫背気味の男は、苛だたしげに、何だ、と尋ねた。

「トーキ様に助手を請うておいでだとか。これがその助手です」

男はヴィニダルを鋭く一瞥し、

「まだ子どもではないか」

と吐きすてるように言った。女は肩をすくめ、

「ともかくそういうことでしたので。ご不満はトーキ様に。わたくしどもはただの世話係ですゆえ」

そっけなく答えて、すたすたと出ていってしまった。

ヴィニダルと男はしばし互いに見つめあった。男の年の頃は四十代後半か。広い額の下に灰色の眉毛が長く細くつりあがっている。眉毛のすぐ下にある目も長く細い。鼻は鷲鼻、唇は横幅広く薄い。マードラ人ではない。フォト人でもない。かといって、床に転がっている彫像とも違う。

「ただの子どもではないようだな」

ヴィニダルの顔つきから何かを読みとったのか、男はそう言って腰に手をあてた。

「その年でトーキ様にとりいるとは、よほどの根性曲がりか、性悪か」

「ぼくはそんなんじゃない」

思わず口走った。こめかみに血が昇ってくる。

「ぼくは、ダダメカの仕事が大嫌いだった。だから、トーキ様に会ったとき、字が書けるって言ったんだっ」

男の灰色の目が蔑《さげす》んだ色をはなった。

「残念だったな、小僧。その嘘で、一晩はいい思いをしただろう。出ていけ」

「嘘じゃないよっ。そんなくだらない嘘、誰がつくかっ」

薄い唇に嘲笑《ちょうしょう》がうかんだ。

「ほう。ではこれを読んでみろ」

男が投げてよこした巻物をほどくと、異国の文字がびっしり並んでいた。すぐさまそれを巻き戻して、そっと大卓におく。

「この文字はずっと西の、別の大陸の文字だ。これはぼくには読めない。……でも、マードラ語もフォト語もコンスル語もイスリル文字も読める！　これは読めないけれど……」

一呼吸の沈黙があった。男はヴィニダルが読めないと言ったことで、嘘をついているのではないと判断したようだった。次に彼が発したのは、コンスル語だった。

「おまえはどこの生まれだ？」

「ぼくはフォト人だよ。エルズ王国」

ヴィニダルもすらすらとコンスル語で答える。男はくるりと後ろをむき、長い首をうつむかせてしばらく黙考した。やがて再びこちらにむきなおり、

「エルズ王国でコンスル語を理解する人間は特定される……。ましてやその年で。幾つだ？」

「九つ……ううん、もしかしたら十歳になったかも」

「正直に言え。エルズ王国のどこの村、どこの町から来た？」

ヴィニダルは喉元をひきつらせて、男を仰ぎ見た。無造作に彼を殴ったイコートとこの男は違うのだろうか。彼を物のように、道具のように扱ったダダメカとは違うのだろうか。爬虫類《はちゅうるい》のような目をして、その頭蓋骨の奥にただならぬものをたくわえていたトーキ様とも違うのだろうか。

選択肢はなかった。嘘をついても見破られそうだ。この男は、答えを聞く前から真実をつかんでいる。

「……〈島〉……〈久遠の島〉から……」

男は卓に両手をついてヴィニダルの顔をのぞきこみ、深呼吸してから囁《ささや》いた。

「……ジャファル氏族かっ」

思わず目を伏せた。この男も、セパターのように彼から奪おうとするのだろうか。彼に残っているのは頭の中にあるものと、ここへ来る途中の荒野の岩場におしこんできた最初の家系図だけだが。

ところが直後に、驚くべきことがおこった。男の大きな手が、彼の肩におかれたのだった。

「良く生きのびたっ！　良く生きのびたっ！」

ゆさぶられてとまどっていると、

「〈久遠の島〉の全滅を聞いて、ひどく落胆した者は多いのだ。あの島の重要性を理解している者は皆、半身を削られたように嘆いた。誰も生きていない――いや、女の子が一人、生きのびたのを目撃されていたが――そうか、おまえもあの災禍をまぬがれたかっ」

男は毛布と書物を払った椅子をもってきて、ヴィニダルに座れと言った。自分は大卓の端に尻をかけて、バリニウスだと名を告げた。コンスル人の名前だ、と思いながらヴィニダルは「ヴィン」と名乗った。〈島〉がなぜ沈んだのか知っているかと聞かれ、彼は何も話したくないと首をふった。思いだすのは危険だ。おのれの中の黒い枝がどんどん伸びて騒いだら、自分を保っていられなくなりそうだった。

バリニウスは根掘り葉掘りしつこく聞いてきたが、ヴィニダルもまた強情だった。甘い酒を供され、ナツメヤシの実をさしだされたりしたが、そうした賄賂《わいろ》も、少年には無意味だった。

とうとうバリニウスもあきらめて立ちあがり、まあおいおいわかるだろうと呟いた。

「女の子っていうのは？」

ヴィニダルは不意に顔をあげ、正面からバリニウスの目を見据えた。

「生きのびた女の子というのは、誰かわかっているの？」

尋ねながらもヴィニダルには確信があった。シトルフィだ。だがバリニウスは首をふってそっけなく、

「そこまでは伝え聞いてはいない。〈額〉の町に流れついたがすぐどこかへ行ったとしか」

「とっても目につく金の髪をしていたとか、言っていない？」

「さあな。だが、おまえのことを、今度来る行商人に話してみよう。薬や本を扱う商人で、フォトとの国境くんだりまで行く男に。そうすれば、おまえの生存が国に伝わる。誰か知りあいが訪ねてくるかもしれん」

「だめ！」

国境からサージ国に伝わったら、セパターがやってくる。そうに決まっている。

バリニウスは細く長い眉の片方だけひょいとあげた。

「どうしてだ？　知りあいに会いたくないのか？」

ヴィニダルは椅子の上で膝を抱えて丸くなった。

「誰にも知られたくない。誰にも会いたくない」

と首をふる。ああ、シトルフィに会えたらどんなにうれしいか。ぼくのことを知ったらきっと、ネイダルは大フォトから駆けつけてくるだろう。大フォトでの仕事も名声も放りだして。兄さんに会いたい。おまえのせいなんかじゃないって言ってもらいたい。

膝にぽたぽたと涙が落ちた。だが彼は、声をあげたりしない。もう、黒い枝をゆさぶるようなことは決してしない。

バリニウスはしばらくそんな彼をながめてから、視線を何もない宙空に移した。それからヴィニダルの涙がとまると、身じろぎして、ことさら明るい声音で言った。

「さっき読んでみろと言った本は、おまえが看破したとおり、西の大陸の本だ。……誰も解読していないカージという文字でな。おまえが読めるふりをしてでたらめを言ったら、即座に叩きだしていたところだよ。あの字を見た者は、このマードラ国ではおそらくおまえとわたしだけだろう。ということで」

大卓を中指で軽く叩き、にやっと笑った。ヴィニダルは笑いかけられたにもかかわらず、どうしたことか、背筋に冷たいものが走るのを感じた。

「おまえは今日から、マードラ呪法の魔道師の弟子だ。魔道師になれるかどうかはわたしにはわからんが、おまえにその素地があれば、一人前になるやもしれん」

黙って頷いたのは、ダダメカの商売を手伝うより、ずっとみじめではなさそうだったからだ。湿気も寒さも暗さもここにはないようだ。少なくとも、粗野なダダメカより、バリニウスははるかにつきあいやすそうだ。小屋に戻るより、とにかくこっちの方が楽そうだった。十歳の少年の、人間らしく生きようとする選択を誰が責められようか。陥穽《かんせい》が待ちうけているとわかっていたとしても、おとなでさえバリニウスを選ぶだろう。

バリニウスの仕事は、王宮中に退魔の首をしかけることだった。籠の中から首を選び、怖ろしげに歯をむきだしているその口の中へ、呪《まじな》いを記した羊皮紙の小片を入れ、さらに香を焚き、死者の眉間に中指をつけて呪文を唱える。するとそれまで暗黒をたたえていた眼窩にかすかな光が灯る。凝視していなければわからないほどの、ほんのわずかの光だが。光が灯った直後の首から、何かの力が放射されてくるのを、ヴィニダルは感じた。それまで首にすぎなかったものが、生前の憎悪や遺恨や怨《うら》みや悔いを糧《かて》にして、悪意に対抗する力を得たのだとバリニウスは説明する。それは王宮神殿を護り、神官たちを護り、神官王を護るのだと。

神官王はライン神の化身とされているのだから、巷《ちまた》のけちな悪意など太刀打ちできないだろうとヴィニダルは内心思うのだが、バリニウスを怒らせたくはないので黙っていた。一年前なら平気で――いや、むしろ得々と――考えを披瀝したことだ。だが、黒枝が誰も信用するなら枝をゆらすのであれば、本心をさらけださないようにする知恵も少しは身につくというもの。

バリニウスはヴィニダルに、呪文を書き記す仕事をわりふった。四方が彼の指の長さほどの小片に、「悪霊よ、去れ！ ライン神の名において」と記すのだ。たったそれだけの文言ではあるが、書体はあれ、使うインクはそれ、と一々異なり、しかも渾身の意思をこめなければならないと言われ、半日に七枚も書けば十歳の子どものこと、もうすっかり嫌気がさして、ろくな仕事にならない。どう叱られようが脅されようが、ふくれっ面をしてペンを投げだすのには、さしもの魔道師も手のうちようがない。とうとう男の方が折れた。

「わかった。仕方がない、もう昼だ。厨房《ちゅうぼう》に行って何か食べてこい。だが戻ってくるのだぞ。午後に三枚書け。初日だから、そのくらいで勘弁してやろう」

厨房への簡単な地図まで描いてくれた。ヴィニダルは地図が大好きだ。それが線だけのものであっても、たどって歩くのは冒険だったから。喜び勇んで部屋をとびだし、廊下をいくつも曲がり、階段を登りおりし、半地下にある広い厨房にたどりついた。扉のない戸口から飛びこむと、目の大きさが左右で違う小柄な料理人が、目ざとく彼を見つけて手招きをした。何も言わないうちに隅に座らされ、頭ほどもあるパン――干し葡萄《ぶどう》を生地に混ぜこんで焼き、二つに切ってバターをぬったもの――と薄めた葡萄酒の杯を手におしこまれた。干し葡萄の甘さとバターのなめらかな匂いが、カラン麦の香ばしさと調和して、至福のときとなった。

ほどなくぺろりと平らげ、いい気持ちで厨房を出たが、さてどっちへ行けばいいのかすっかり忘れてしまっていた。慌てて地図をとりだそうと帯を叩き、かくしをひっくりかえした。あそうだ、厨房においてきたに違いない、と踵《きびす》をかえしかけたとき、階段のすぐ上の右扉がひらいて、数人の少年たちがどやどやとおりてきた。皆、ヴィニダルと同じ恰好で、手首に銀の環をつけ、胸にはペンダントを下げ、横目で彼の方をじろじろと眺めながら厨房に入っていく。ヴィニダルは兄と同じくらいの少年たちが、アヒルのように喚きながら去っていくのを、壁に背をつけてやりすごした。それから一段登り、上の扉を見た。

ぼくはあそこからは出てこなかった、と思った。左の扉からまっすぐ入ってきて、この階段をおりたのだ。そうだった、と内心頷くあいだに、なぜか足は右扉の前に動いた。この奥には何があるのだろう。好奇心につき動かされて、おそるおそる扉をくぐれば、狭い踊り場の先にあるのは、百段はありそうな急勾配の階段だった。

ヴィニダルは一気に駆けあがった。今度は明るく広い踊り場があり、廊下や階段が他に四本、合流していた。人々がせわしなく行き交う。肩をすれちがわせて女官や神官が通り、うやうやしく荷物を捧げもった少年たちが、ちょこまかと動いている。それぞれの道に去っていく者、両びらきの扉に吸いこまれていく者。

ひきよせられるようにふらふらと敷居をまたげば、大広間だった。中央奥の壇上に玉座が鎮座していた。王はいない。だが人々は敷物を直したりつけ替えたり、埃をふき清めたり、お供え物の形がどうのこうのと言いあったりしていた。

入口から数歩中に入ったところで、知らずしらずのうちに、ヴィニダルの足が止まった。目が、玉座の壇上に天井から吊り下げられている、一枚の黒布に釘づけになった。黒布には、輝く色とりどりの色で刺繡《ししゅう》が施されていた。それはマードラ文字の一文字、王の名の一番最初の字をきらびやかに飾ったものだった。太い縦線が、下方で左側に弧を描き、鼠《ねずみ》の尻尾の先さながらに細くなって終わっている。縦線の上三分の一を横切る長い横線は、左下からはじまって蔦《つた》のようにくるくると回ってから右上で三日月の形に流れている。縦線の頭を飾る三つの星は、ちょっと太って行儀よく並び、それらのすべてが金糸、銀糸、青、赤、黄、橙《だいだい》、緑の糸で埋めつくされている。

〈島〉の本の中に、飾り文字を使ったものは数多あったが、これほど目に鮮やかで豪奢《ごうしゃ》で細かい意匠を凝らしたものには出合ったことがなかった。ゆっくりと近づいていくと、さらに緻密な工夫が浮きあがって見えた。一つ一つの星の中にはさらに六つの星がはめこまれている。右上ではねあがっている横線の三日月の中では、月の位相がひしめいている。三日月、上弦の月、満月、下弦の月、そして新月になる前の下向きの三日月。新月さえ、細い銀の縁どりであらわされているようだ。三日月から流れおちる横線に、緑と金の蔦模様がからみつき、尻尾をまるめて終わっている。深紅で縁どりされた縦線の中は、前足をあげたヒョウや、鼻を下へのばして踏んばる象、翼を広げて威嚇《いかく》するワシなどが、おしあいへしあいしながらもどこか悠々とした様子だ。さらにそうした大きく描かれた獣たちの隙間には、伽藍《がらん》鳥やツバメやイソシギなどの鳥が飛び、犬や猫やイタチやリスがじゃれあっている。

近づいてみてわかったのだが、縦線の太さはヴィニダルの身体の幅とほとんど等しく、横線の長さは背丈の三倍はあった。布自体が一馬身四方もあるとなれば、大広間の入口に立っただけできわだって見えるのは当然といえた。しかもその大きさにもかかわらず、すべての長さ、太さ、大きさが計算しつくされたように調和を保っていた。

ヴィニダルは、遠ざかって眺めたり、近づいて細部を確かめたりした。やがて、神官の一人に見とがめられて追いだされるまで、夢中になっていたのだった。

階段をおりるあいだも、扉をくぐって廊下に出て、曲がったり登りおりするあいだも、頭の中では刺繡糸の輝きが躍り、目蓋の裏ではたくさんの獣たちや幾何学模様がちかちかとまたいていた。

どうやってバリニウスの部屋に帰りついたのか、覚えていない。半ばぼうっとした額の中央では、光を放つものが混沌と渦をまいていた。

バリニウスが厳しい顔で何か言ったが、聞いていなかった。つき動かされるように、大卓の上に無造作に並べてある種々のインクをかき集め、死人の口に入れるはずの羊皮紙の上にかがみこむと、王の頭文字の模写をはじめた。バリニウスはすぐに、尋常でない少年の様子に気がついたらしい。仕事の手を止めて、少し離れたところで黙って彼を見守った。

小さい羊皮紙には、すべてを描ききれなかった。小さな星の中の六つの星は点々にすぎなかったし、三日月の中の月の異相も形だけになった。縦線の中の獣たちも、象は猫のようだったし、ヒョウは棒きれにすぎず、ワシは二枚の皿をつけた小魚に見えた。彼はさらに二枚描いたが、とうてい満足できなかった。苛々と足踏みをし、両拳《こぶし》で大卓をどんどんと叩いた。

それまでじっと様子をうかがっていたバリニウスは、背後から肩を両手でおさえ、

「何をするにしても、それでは良くないぞ」

と叱った。言いかえそうと半べそ顔でふりかえったのへ、手のひら四枚分もある大きな羊皮紙をひらめかせた。

「心を落ちつけて、物に八つ当たりしないと誓えば、これをくれてやる」

鼻先に、黴《かび》の臭いが漂ってきた。ごわごわで古い羊皮紙だ。だが、それまで使っていた物より薄目で上質のものだった。

「どうだ？　やってみるか？」

ヴィニダルはとたんに顔を輝かせた。さっそく青のインクで輪郭《りんかく》を描こうとするのをおしとどめたバリニウスは、先の尖った細い棒のようなものを与えて言った。

「銀筆だ。これでまず薄く形を決めて、それからインクを使うといい」

おそるおそる使ってみると、見えるか見えないかという程度の線が引ける。

「本来は骨灰を紙に塗ってそれから銀筆を使うのだが、おまえの下書きには、これくらいがちょうどいいだろう」

頷いたヴィニダルが描きはじめると、興味をそそられたのか、バリニウスも身をのりだした。

「その線はもっと下までいった方が全体の均衡がとれる……そうだ。いやもう少し。そう。あ

あ、そこからはもっと広々として……もっと……もっと……もっとだ！」

横合いから口を出されても、ヴィニダルは癇癪《かんしゃく》をおこさない。上手に描きたい、あの玉座の垂れ幕を再現したい、という欲求が、彼を素直にした。

「いや、そうじゃない。蔦のまるまりが重なっても、そうは見えない。上のものが下のものにつぶされたりはしない。ねじれても上のものは上に……そう、そうだ。だが太さが逆だ。端にいけばいくほど細くなるのではないか？」

描きなおして形がどんどんうつくしくなっていくので、ヴィニダルは師の言葉に従っていく。さほどときを経ず、外郭線はできあがった。

「目をはなして全体をながめるといい」

との言葉に、ヴィニダルは椅子の上に立って見おろしてみる。うつくしかった。

思わず微笑むと、バリニウスも一瞬だけ顔をほころばせて、肩を叩いた。

額の中で渦巻く色彩には及ばないが——呪術用の色インクは種類がそう多くない——空色も藍色も海色も青で我慢し、茜《あかね》も朱も深紅も一種類の赤ではあったものの、挑戦をつづけていく。青い星の中に橙と赤の星を六つ描き入れ、それぞれに縁飾りをつけ、三日月の中の六つの月は橙に描いてから隙間を黒で塗りつぶす。金糸の代用品は橙のインク、銀糸は銀筆を強くこすりつけて、こちらはどうしても考えていたものとは大きなへだたりがあるが、仕方がない、妥協した。

手を動かしながら、ヴィニダルはぼんやりと考えている。いつか、思ったとおりのインクを手に入れて、思ったとおりの色をあらわし、飾り文字を描いてみたい。指の先からは無窮《むきゅう》の世界が生まれるだろう。はてしのない広がりをもった、一つ一つが星のように輝く世界だ。それでいて秩序があり、均衡がとれている。いつか、描こう。新緑の色、ナツメヤシの葉の色、オリーブ色、サボテンの緑を作ろう。タンポポの黄、鳥の羽根の黄、月光の色を調合しよう。なめらかな羊皮紙に、大きく、また小さく、四角や菱形《ひしがた》を組みあわせ、円が重なりあって構築する複雑な模様を組みたて、階調をかえて美を創造していきたい。

厨房から届いた夕食をしたためるあいだも、意識は羊皮紙の上にあり、まるで熱病患者のように、バリニウスに促されて床につき、翌朝は早くから目覚め、冷えこむ中でも、かじかんだ指を動かしていた。

やがて起きだしてきたバリニウスは――二人はその同じ部屋で、それぞれ箱寝台にもぐりこんでいたのだった――、突然やってきた冬にぶつぶつ言いながら、床に一枚の板を敷いた。そこへ十個ばかりの首を並べて短い呪文を唱えると、まもなく首の口から腐臭を含んだ温かい空気が吐きだされてきた。

ヴィニダルがようやく筆を投げだして顔をあげたときには、臭いが漂ってはいたものの、そこそこ暖かい部屋になっていた。

すっかり冷めた朝食をかきこみながら、彼はバリニウスに尋ねた。

「ねえ、『マードラ動物図鑑』はない?」

バリニウスは呪いの言葉を小片に書きこむ手を休めずに答えた。

「ここにはない」

ヴィニダルはしばし待ったが、それ以上言うつもりはないようだと知ると、

「じゃ、どこにあるの？　ねえ、どこにあるのさ」

と畳みかけた。バリニウスは上目遣いに彼を一睨みしてから、そっけなく呟いた。

「図書館だ」

「じゃあさ、図書館への地図、かいてくれない？」

「何のために」

「『図鑑』を見るために決まってるじゃないか。そう言っただろ？」

「何のために『図鑑』を見なきゃならんのだ」

むう、と唇を尖らせ、椅子の背に背中をおしつけ、膝をかかえた。

「そりゃ……動物の姿を見るためだよ」

「なら厨房に行けばいい。そら、そこの汚れた皿を重ねてもっていけ。そのついでに、厨房の隅の穴から出入りするネズミだの、竈《かまど》の隣で丸まっている猫だのを観察すればいいだろ」

「厨房に象やヒョウがいるんならそうするよ」

下をむいているバリニウスの片眉がひょい、とあがった。口元がわずかに笑いに歪む。

「昨日玉座の間で見てきただろう？」

「見てきたよ。でも、描こうとすると違うんだ。ちゃんと近くで観察しないと。それで、描く練習しないと」

「つまり、描けないってことか」

「象は蝶々に尻尾をつけたみたいになるし、ヒョウはトカゲの横顔みたいになっちゃうってことだよ」

　バリニウスはもぞもぞと上半身をゆらしてから、いいか、と言った。

「図書館はこの上のさらに上にある奥神殿の奥にある。何となれば書物は砂金十袋にも相当する貴重品だし、その中につまっている知識は武器にもなるからだ。わかるか？」

「うん、なんとなく」

　文字が読めるというだけで、霧だまりからバリニウスの弟子に抜擢されたのだ。動植物に関する知識をもち、大雑把《おおざっぱ》な世界地図も描けるとなったら、バリニウスでさえ彼を脅威と見なすかもしれない。

「奥神殿に入れるのは神官王と、王に認められた上級神官と魔道師だけだ。おまえごとき小僧っこは、門前どころか石段の下に姿を見せただけで、箒《ほうき》で追い払われるに決まっている」

「じゃあ、あんたは？　あんたなら行けるだろ？」

「わたしでも行けない。わたしはトーキ様直属の魔道師で、トーキ様から命じられたことをするのが仕事だ。トーキ様は大神官の一人だが、各棟の神官長の指示をうけている。で、神官長たちを束ねているのが神官王ってわけだ。この階層社会で昇りつめることができたんなら図書館にも入れるがな。まず逆立ちしたって無理だろう」

　ヴィニダルはまた、むう、と口を尖らせて黙ってしまった。するとしばらくしてからバリニウスが再び口をひらいた。

「何もまるっきりまねをしなくたっていいんじゃないのか？　誰かに命じられたわけでもあるまい。遊びのようなものなのだから」

「遊びじゃない！」

そう叫んでから、では何なのかと問われたら口ごもってしまうヴィニダルである。バリニウスは両眉をあげ、細い目を精一杯見ひらいてから羊皮紙の上を指で示した。

「……それなら、だ……象やヒョウのかわりに、それらを抽象化した図柄を描けばいいんじゃないか？」

「ちゅう……？　図がら……？」

「三角や四角におきかえたり、大小重ねたりして幾何学模様や蔦模様にすればいいんじゃないかって話だ。月の中を月で埋めたように。そういう図案なら、得意ではないのか？」

ヴィニダルは太い縦線に目をおとした。玉座の間で見た象が、縦線の中で耳をひらき、鼻をのばした。バリニウスに言われたように、それらをおきかえようと試みる。頭は二重円、いや、二つの目もあしらって一部が重なる四つの円だ。その両側に耳が変化した長方形をおき、円の下斜め左方向に正方形を少しずつずらして五個のばせば鼻とおきかわる。

これならできる、と確信した。銀筆を握ったところで手を止める。なるほど、思い描いた円と四角で象は描けるが、そうすると、あまりにあからさまな象の形がおもしろくない。特に左にのびた連続四角形など、いかにも鼻のかわりですといわんばかりでうつくしくないのだ。

ヴィニダルは小片の羊皮紙をひきよせて、鼻の正方形と四つの円をすべて一つの長方形（もとは耳）にぶちこんでみた。何とも騒々しくわずらわしい感じだ。それならと、思いきって正方形だけ、円だけ、と分けてそれぞれの長方形におさめると、今度はすっきりして見えた。色インクを使って、重なりあっているところとそうでないところを色分けしてぬってみると、おもしろい色の階層があらわれてきて、尖っていた唇もいつのまにか戻っていた。

別の小片にヒョウの模様を描いてみる。一重円より二重正方形の方が、バリニウスの言う「抽象」的な感じが増してみえる。鳥たちはその羽の部分だけを涙線形にあらわし、中に曲線の模様を入れた。

小片を並べて位置関係を調整しておおよそが決まると、今度こそ本番にとりかかった。次の日の昼すぎに完成したそれは、金銀の輝きこそなかったものの――そして子どもの未熟な手によるがゆえの、はみだしや歪みやぬりムラ、ぬり残しなどもあったものの――、少し離れたところから見ると、玉座の上に掲げられても遜色のないくらいの仕上がりだった。バリニウスはじっくりと眺めてから言った。

「緻密な手仕事というものは、ヴィン」

小僧、と呼んでいたのに、このときばかりは名前になっていた。

「人を惹きつける力をもつようになる。美は善であり、聖となる。これは悪しきものを退ける優れた力を有している。……圧倒的な力、とまではいかないが。おまえには才能があるな。明日からこれをもっと簡略化したものを描きなさい。小片に、何枚も。それを死者の口に入れれば、強力な退魔の首になるだろう」

ヴィニダルは一つのことをなしとげた高揚感でいっぱいになっていたので、バリニウスの言葉がどんなことを告げているのか少しも考えなかった。彼はすっかり満ちたりて、素直に頷いたのだった。

10

言いつけに従って、小片に玉座の上幕のしるしを描く仕事を翌日からはじめたヴィニダルは、飾りを工夫したり簡素化したり、色合わせを試したり、省略を試みたりと、飽きることがなかった。夢中になってあれやこれやと遊ぶうち、子どもの手は才能を有する少年の手となっていった。三ヶ月のあいだ熱中しているうちに、色ムラをなくす方法を会得し、線のふるえやはみだしもほとんどなくなり、器機を使用せずに完璧な円や四角形を描きだせるようになった。十年後にこのときのことをふりかえるヴィニダルは、一生で最も幸福なときだったと感慨をもつだろう。故郷や肉親のことを心からしめだして、世俗のあらゆる憂《う》さからもへだてられ、ただただひたすら描くことにのみ心を捧げていた日々だった。

ある暗い真冬の朝のこと。バリニウスは退魔の首を四つの籠に入れ、ヴィニダルをひきつれてトーキ様を訪ねた。トーキ様は五階に、五つもの居室を与えられており、それまでにも何度かヴィニダルもお供していた。

その日はいつもと違った。ヴィニダルは白パンを手におしこまれ、大事な話があるからと、早々に追いだされた。この頃は、いくら食べてもすぐ腹がすく。白パンをちぎっては口にいれながら、ぶらぶらと扉の前を離れ、何の気なしに、今まで一度も来たことのない狭い階段口に近よっていった。

そこはあまり人の通らない階段で、秘密めいた暗さをたたえていた。ずっと底の方には、とぐろをまいた蛇がいるのではないかと想像をかきたてられた。その蛇見たさに、そろそろと足を踏みだした。

三階までおりるあいだ、ずっと白パンを噛みちぎっていた。二階まで行きついたときには、最後の一欠片をもぐもぐやっていた。地下一階に着いたが、階段はさらに下へとつづいている。壁のあちこちにさしてある夜光草のほの青い光で、はてしのない闇がのびているのがわかる。さすがに、ひきかえそうと思った。黴《かび》臭さと汚物の臭いがたちのぼってくる。おそらくごみ捨て場か、それとも――ヴィニダルの想像は、毎日つきあわされている死者の首と、首を切られた胴体の方に至り、そうだ、きっと悪いやつらの残りの部分が集められているのに違いない、と結論づけた。

そうとわかればもう戻ろう。踵《きびす》をかえしたとき、かすかな叫び声が、薄い刃のように耳をかすめた。びくりとして足を止める。聞き違いだ、とちぢこまる自分と、いや、確かに聞こえた！　と主張する自分がいた。耳をそばだてると、それまで意識しなかった音が聞こえる――ような気がする。呻き声、何かを呪うような話し声、悲鳴もまじってはいないか？

ヴィニダルは動けなくなった。階段を駆けあがりたいと思う一方、あの声が何なのか、知りたかった。……まさか、首を切られた者たちが叫ぶはずがない。だとすれば、一体誰が……。

恐怖を、好奇心がしのいだ。彼は用心しつつ下っていった。地下二階に達する直前に、階段は直角に曲がった。臭気が突然強くなり、悲鳴や怒鳴り声も大きくなった。階段が終わった先には混凝土で四方をかためられた寒々しい細い廊下があり、その廊下の先で松明《たいまつ》が赤い炎をあげ、風にあおられた火影が怪物のようにゆらめいていた。

身構えながら近づいていくヴィニダルの耳には、苦悶に叫ぶ獣じみた声や、呪いの言葉を吐きちらす喚き声が迫ってきた。鞭をふるう音がすぐ近くでして、ヴィニダルははっと息を呑み、立ちどまった。

松明の灯りからはずれた右側に、頑丈な鉄の扉が一列に並び、それぞれの声はそのわずかな隙間から漏れてくる。絶叫、懇願、泣訴、もう殺してくれとせがむ合間に、締めあげる器械の音、鞭の音、罵倒《ばとう》し嘲《あざけ》り笑う声もする。

「ここで何をしている」

いきなり一人の神官に肩をつかまれた。肩をおさえられていなかったら、思わずとびあがったかもしれない。

素早く手の下をかいくぐって、一目散に階段へと走った。おい、おまえ、待て、と神官の声を背後にひき離して、一階まで駆けあがり、躍り場から明るい廊下へとびだした。

白々とした冬の光に目をしばたたかせ、荒い息を整えた。忙しそうに、神官助手がお供えを掲げていく。息せききって下働きの女が洗濯物を運んでいく。どうやら使用人専用の廊下に出たようだ。長い階段を登ってくるのをあきらめたのだろう、追っ手の気配はなかった。

窓の外には相変わらず白い空が広がり、冷たい風が吹きこんでくる。ヴィニダルは急にがたがたと震えはじめた。耳の奥では地下の叫びが切れ切れに鳴っている。

邪魔だ、と大股に歩いてきた男にこづかれ、掃除中の女から箒で追いたてられ、廊下を反対側まで進み、脇扉をあけて本廊下を横切り、また別の脇扉にもぐりこんでようやく、見覚えのある階段の踊り場に出た。上へ行けば玉座の間へつづく廊下、下に行けば厨房《ちゅうぼう》につづく別の扉だ。ヴィニダルは迷うことなく下っていった。

バリニウスがさがしあてたとき、彼は厨房の隅で犬たちのあいだで丸くなっていた。どうした、と問われても、耳を両手でふさぎ、ただかぶりをふる。胸の中で黒い枝が今までになくざわめき、ゆれ、おどろおどろしい影をふりまいていて、話すこともできなかった。

「あっしが見てますから、今日一日はこのまま寝《やす》ませておやんなさい」

料理人の一人が声をかけた。

「こういう子どもには、肌のぬくもりが一番の薬になるんでさ。明日の朝にはあっしの焼いたパンとあったかいスープで元気をだしますから」

料理人のとりなしがなかったら、バリニウスは強引に彼を自室にひっぱっていっただろう。バリニウスは、

「子どもの扱いはどうにも苦手だ」

と渋い顔で言い、去っていった。料理人はヴィニダルのそばにしゃがみこんだ。

「聞いたろ？　なぁんも心配するこたねえよ。わんこにあったためてもらってゆっくり休みな。

……明日のパンは何かつけてやろうか。内緒だぞ？　何がいい？　バターか、なめらかチーズか、イチゴのジャムか？」

「……バターにジャム」

ぽつんと呟くと、料理人は顔をくしゃっとさせて笑った。

「おっ、それは贅沢《ぜいたく》だな。王様並みだ。おれは副料理長のミャルクってもんだ。おまえさんの顔はよく見るが、名前を聞いてはいなかったな」

「……ヴィン」

「そうか、ヴィンっていうのか。じゃ、また明日な。ゆっくり休め」

膝をのばしかけたのへ、ヴィニダルはねぇ、とひきとめた。

「なんで、右と左の目の大きさが違うの？」

不躾な質問をされてミャルクは束の間言葉を失ったようだったが、すぐに気をとりなおした。

左目を指で示して、

「こっちはな、料理の湯気でうまいかまずいかがわかる魔法の目なのさ」

次に右目を指して、

「こっちはな、毒が入っていないか、呪いがかけられていないかが見えるんだ」

ヴィニダルはほんの少し笑った。

「まさか」

ミャルクはまた顔をくしゃっとさせ、彼の頭をかき乱すようになでて、料理に戻っていった。

気がつくと、黒い枝がさっきより鎮まっていた。ヴィニダルは吐息を漏らし、犬たちのあいだに身体を預けた。一匹、二匹と入れかわったようだったが、ヴィニダルはそれには気づかず、一日中眠っていた。

朝が来ると、ミャルクが約束どおり食事を用意してくれていた。

「困ったことがあったらいつでも来るんだぞ」

ミャルクの頼もしい言葉に送りだされて、バリニウスのもとへ帰ったのだった。

部屋に入ると、いつもと違う匂いがした。大卓の上の香炉から、薄い煙があがっていた。

バリニウスは彼の姿を認めると、片眉をあげただけで何も言わなかった。ヴィニダルも無言で席につき、いつもの仕事をはじめようとした。

「いや、今日は別の護符を描くんだ」

そう言ってバリニウスは見本を示した。手のひら大の紙――ぼろ布から作った粗雑な紙――に、今まで見たことのない図形が記されていた。ヴィニダルの黒い枝が大きくしなった。図形は禍々《まがまが》しさを放射して迫ってくる。大きな円の内側に沿って小さな円が十六個並んでいる。さらにその中に、二重線で目の輪郭《りんかく》が描かれ、牙のような睫毛《まつげ》が上下に六つずつついている。しかし目の中にあるのは瞳ではなく、先が二つに割れている舌だった。

「これ、何？」

「トーキ様からの依頼だ、特別の、な。これがうまくいけば、トーキ様は神官たちの中で一番偉い地位に昇ることができる。そうしたらわたしも一番偉い魔道師になり、おまえはその助手ということになって、贅沢ができるぞ。毎日毎日死人の首につっこむ護符を描かなくてもよくなる。本物の暖炉のそばでぬくぬくとくらし、たまにトーキ様の意に添うように魔力を使うだけでよくなる。だから、さあ、はりきって描くんだ」

ぼくは別に、ずっと飾り文字を描いていてもいいのに、とヴィニダルは思った。こんな怖ろしげなものが護符だって？　何というのだろう、害意、か。悪意、だろうか。見るからにおまえを喰ってやる、と言っているようじゃないか。

でも、と黒い枝が囁《ささや》く。死人の首だって、そうではないか？　怨恨、怨念、憎悪を放射して、王宮神殿を護っているのは、あいつらの首なのだ。

不承不承、ヴィニダルはペンをとった。使うのは上質の仔牛皮紙、薄くはあるがむこうが透けるほどではない。大きさは見本と同じなので、おおよその見当が楽につけられる。

「両脚規を使え」

今日はなぜか、バリニウスがそばに立って一挙手一投足を見守る構えだ。命じられたとおり、両脚規で完璧な円を描く。下書きが終わったとき、再びバリニウスが言った。

「すべて黒のインクで描き、舌をぬりつぶすんだ」

飾り文字に比べたら、たやすい作業だった。下書きのとおりに形をなぞり、まっ黒な舌を描きだすと、護符は禍々しさを増して、ゆらめく湯気をたてるかのようだった。

インクが乾くまで座って待っているあいだに、バリニウスは部屋の隅から油紙に包んだ丸いものを運んできた。護符の脇にそれを置き、包みを丁寧にはがした。

あらわれたのは、いつもの二倍、憎悪を含んだ首だった。

ヴィニダルは、一目見るなりとびあがった。椅子が大きな音をたててひっくりかえった。バリニウスが得意げに言った。

「どうだ、すごい首だろう」

ヴィニダルは散乱している道具類のあいだをとびはねて、扉まで逃げた。そんなに怖いかな、とバリニウスは苦笑した。

「おいおい、もう死んでいるんだぞ。それに、魔法をかけないうちは、無力だ」

ヴィニダルは扉を背に、ずるずると座りこんだ。黒い枝がからまりあって、あちこちに蕾を生やし、蕾はたちまちふくらんで白い花を咲かせた。花々が、きしんだ女の声で歌う。

彼は目を涙でいっぱいにした。

苦痛に顔を歪ませ、呪いながら死んでいったその女を、知っていた。黒く変色して皺《しわ》が寄り、目をくりぬかれた眼窩《がんか》はうつろだったが、密林の中を歩く長い旅のあいだ、彼に食べさせ、ヒルのとり方を教えてくれた女のものだった。寒い小屋で悪態をつきながらも、彼が飢えないように料理をし、面倒を見てくれたダダメカ。

花々が勝ち誇ったように歌う。ヴィニダルが目をとじると、少年の頬に涙がこぼれていく。黙ってよ、と懇願した。確かにダダメカとの暮らしは辛かった。彼女は一言も慰めを与えてくれなかった。彼女と訣別できてほっとした。だけど、こんなことを望んでいたわけじゃない。復讐したいなんて思っていなかった。復讐するべき者は他にいる。ぼくの愛と自由と未来を奪った男。あいつであって彼女じゃない。だから黙って。黙れよ。黙れ！

ヴィニダルの声が内側で轟《とどろ》き、雷光となって炸裂《さくれつ》した。白金の光が花々を吹きとばし、黒い枝を炭にし、影を焼き払った。

唐突に静寂と無が訪れ、そのあまりの白さにヴィニダルは放心した。やがて少しずつ意識が戻ってくるうちに、彼は昨日の階段下でおこなわれていた昏《くら》い秘密が何を意味していたのかを悟った。

ダダメカはトーキ様からとりたてられると期待して――一生をかけた大きな望みだったのだ、彼女にしてみれば――王宮へやってきた。はじめのうち一日か二日は、きっと下にもおかないもてなしをうけたのだろう。ヴィニダルは、神官の侍女たちが湯気のあがる御馳走をもって、小部屋のつらなる二階の廊下を速足で行き来するのを何度か目にしていた。招かれた客が多いのだろうと気にもとめなかったが、今思えばあれは、希望をもって王宮にあがった人々をもてなすためだったのだろう。そうして、本当に、トーキ様のお眼鏡にかなった者たちは、見習いとしてとりたてられる。そうでない者は、数日後に地下室に転落する。ダダメカのように。牢におしこまれ、何かのまちがいだと訴えて数日、いや数十日。次に扉があき、灯りに希望を期待した直後には、肉体を責めさいなまれる。彼が聞いた物音や悲鳴や罵《のの》りは、彼らを拷問する音だったのだ。かくしてダダメカは、陥《おとしい》れられたと悟り、トーキ様を呪い、運命を憎み、世界を怨む。何も知らずに地上を歩く男女に、次はおまえたちだと嘲り、天地がひっくりかえることを切望する。生命の灯が消えるまで拷問はつづき、怨念を宿したまま息絶えて首になり、煙にいぶされて黒い干物と化す。

ヴィニダルは、ぱっと目を見ひらいた。もうこんなところ、嫌だ。ここにはいられない。立ちあがり、身を翻《ひるがえ》して扉をあけようとする。だがその肩をバリニウスの大きな手がひきとめる。肘をあげて魔道師の顎を殴り、同時に片足で向こうずねを思いっきり蹴る。〈島〉でたたきこまれた武芸がこんなときによみがえってくるとは。バリニウスが悪態をついて手をはなし、痛みに耐えるその隙に、部屋から駆けだそうとした。

「待て」

魔道師の喉から、力を含んだ命令が発せられる。それは、ヴィニダルの腰にいつのまにかはさまれた護符――ヴィニダルが描いた、首の口の中に入れる一片――を通して、彼の背骨に響く。ヴィニダルはあと一歩も踏みだせない。手は動くが、護符にさわることができない。

バリニウスはかがめていた上半身をおこし、ゆっくりと近づいてきた。

「このようなことをすべきでないのはわかっている」

口調は厳しかったが、その声にはどこかに弁解のにおいがまざっていた。

「だが、みすみすおまえを手ばなすわけにはいかん。……気づいていたか？　おまえが描く飾り文字には、そこらへんの魔道師をしのぐ力がひそんでいると。天与の才が、おまえの嗜好にぴったりとはまったのだ。この世に、どれだけそんな者がいると思う？　何世代かに一人あらわれるのみの才を、どれだけの人々がうらやむか、わかるか？」

七番目の子の七番目の子の七番目の子。

「約束しよう。決して悪いようにはしない。おまえが助手をつとめてくれるのなら、自由を保障しよう。わたしたちに力を貸してくれ、ヴィン。そう誓えば、魔法をといてやる」

「嫌だ、って言ったら？」

「おまえの頭にも護符を貼る。そうしたら、おまえはわたしの傀儡《かいらい》となる」

拷問されるのとどっちがいいだろう。肉体という器の中で、ただただあかない扉を叩きつづける。意思に反して、おのれの手指が幾何学模様や蔦《つた》模様を紡ぎだしているあいだ、なすすべもなく見つめていなくてはならない。

焦げ跡から、再び黒い芽が無数に吹きだしてきた。この種はつきることがない。黒い芽はたちまち茎となり、茎はたちまち幹となり、枝をはり、互いにからまりあって胸の中にいっぱいになった。

彼は伏目でそれを見つめ、とうとう認めた。そう、ぼくはこんなもので胸をいっぱいにしている。ダダメカと同じ。セパターを憎み、運命を呪い、世界を壊してやりたいと思っている。ぼくはまだ生きていて、血肉をもっているけれど、ダダメカの首と少しも変わらない。すべて滅びてしまえと切望する死者の首と、同じ闇に堕ちてしまったのだ。

「……わかった。誓うよ」

「ちゃんと言え」

「あなたを助けて仕事をする。逃げない。誓う」

バリニウスは帯から護符をとりさった。すると足も手もあたりまえに動くようになった。彼は大卓を示し、さっきと同じ護符をあと二枚描きあげるようにと言い、羊皮紙を嚙ませたダダメカの首を包みなおして出ていった。

ヴィニダルはよろめきながら席につき、しばらくのあいだ卓上の白紙を眺めていた。闇に堕ちたばかりではない、とそのときようやく気がついた。

闇の敷居をまたぎこしてしまったのだ。

その日から彼らはさらに三個の首を作った。その効果はほどなくあらわれた。一月《ひとつき》ほどで、トーキ様の同僚の神官が相次いで亡くなった。冬の流行病《はやりやまい》と見なされたが、一部では呪殺と囁《ささや》かれた。亡くなった神官たちの長櫃《ながびつ》の中に、死者の首が入っていたとかいないとか。それからしばらくして、トーキ様の上役の神官長が足をすべらせて階段から転げ落ち、重傷を負った。高齢ゆえに、回復しても復帰は無理だろうと言われ、空いた席に抜擢されたのは、トーキ様だった。

その前後から、バリニウスの部屋をひそかに訪れる客人が多くなった。彼らは貧しい者に身をやつし、顔を隠して戸口に立ち、呪うべき相手の名と金袋を渡す。バリニウスは目的にそった図形の見本をヴィニダルに示す。ヴィニダルはいずれの意匠にも怖気《おぞけ》をふるいながら、ぐっとこらえて護符を描く。何枚描いても慣れることはなく、描いたあとは、生命力を吸いつくされたかのように消耗するのだった。

一年たち、トーキ様は大神官に昇りつめた。バリニウスは部屋替えを三度して、ヴィニダルにも個別の寝室がわりあてられた。調度品は最高級、羽毛布団は柔らかく、大きな暖炉がいつも赤々と炎をはじけさせ、水場には山から引いた新鮮な水が流れおちた。日に二回の食事はいつも湯気がたっていて、豊富な種類の料理が並び、バリニウスは朝から濃い葡萄酒《ぶどう》やイスリル産の強いオツトガを飲んで酔っぱらった。

ヴィニダルは栄養たっぷりの食事のおかげで背が伸びたが、昏い日々の生業のせいで横には太らず、ときどき吐いた。

二年近くたった夏のさなかのある日、行商人がやってきた。その行商人は、それまでも一、二度、バリニウスを訪れていたが、今回は、今までになくたくさんの品物を、フォト産の絨毯《じゅうたん》の上にひろげた。上等な羊皮紙の束、仔牛皮紙、百本の羽根ペン、三十種類ほどの色インクや顔料、微妙に違う色合いの青や緑、赤、橙《だいだい》、紫、それに金や銀までを並べてみせた。死人のようにどんよりしていたヴィニダルの瞳に、ちかりと熾《おき》がまたたいた。

その行商人は、これらのものを、はるばる〈口〉の町から、バリニウスのためだけに運んできたのだった。〈口〉の町には、沿岸航路を使って、フォト各地からの物資が届く。葡萄酒しかり、絨毯しかり。今回、この髭だらけの男は、注文された品ばかりでなく、噂や出来事も携えてきていた。そのほとんどはどうでもいい話のように思われたが、切子硝子《ガラス》の杯に赤葡萄酒をたっぷり注いだものを供されると、商人の舌はさらになめらかになった。

「フォトではこの冬の終わり、大きな醜聞が国をゆさぶった模様でして。以前に〈久遠《くおん》の島〉っていう魔法の島が一夜にして沈んだ事件がありましたでしょ」

ヴィニダルはインクの色彩に夢中になっていたが、その言葉にはっと目をあげた。

「その島が沈んだのは、自然現象なんかじゃなくて、サージ国の王子が禁忌を破ったせいだと、生き残ったジャファル氏族が大フォトの大王に訴えでたんです。百人ほどの氏族の代表が、証拠の書物をもった証人をつれて、訴訟をおこしたんで、もうそりゃ大騒ぎだったようで」

「ほほう。それは興味深い」

酒焼けで鼻を赤くし、すっかり肉もゆるんでしまったバリニウスが、クッションに身を沈めて呟いた。ヴィニダルは両手を拳《こぶし》にし、声が震えないように注意しながら尋ねた。

「証人て……誰ですか」

商人は肩をすくめた。

「さあねえ、そこまでは……。ただ、若い女だったらしいですよ。ジャファル氏族ではないって話は聞きましたがねえ。ジャファル氏族に仕えていた農家か何かの娘だとか」

シトルフィ。その名前が、黄金の光の矢となってヴィニダルの身体を貫いた。

「証拠の書物というのは、何だったか聞いていますか？」

「何でも、〈島〉の存続と氏族の歴史にかかわった本だとか。あっしにゃわかりませんな。なんせ無学のしがない行商人でしてね」

バリニウスが口をはさんだ。

「で、その訴訟の決着はどうなったんだ？」

「それがどうも、うやむやに終わっちまったらしいんで。まだ係争中なのか、それとも大王が訴えを棄却したのか、よくわかりませんですよ。何せ相手は小王国の王子様だ、いくら〈島〉の魔道師たちでも、権力の前には無力なんでしょうなぁ」

二年前なら、魔道師なんかじゃないと喰ってかかったヴィニダルだったが、今はもう心の中で叫び、口には出さない分別はある。

商人の噂話は〈口〉の町での権力者の不倫に移った。ヴィニダルはその場をはなれ、自室に逃げこんだ。よろめくようにして膝をつき、寝台の端に上半身をもたせかけた。

百人の氏族。おそらくネイダルとヤルラン、姉のダルジリアもいる。ぼくは独りじゃなかった。どうしてこの二年間、独りだと思いこんでいたのだろう。涙があふれた。それまでこごっていた心の一隅がにわかにひらかれたようだった。

勇気あるシトルフィが、行動をおこした。氏族ではないのに、〈島〉のため、氏族のため、おそらくは失われた家族のために、真実を世間にさらけだしたのか。

シトルフィが〈島〉の畑の隅で語った言葉が、不意によみがえった。

――あたしに話したでしょ。それで半分。あとの半分は、ちゃんと決心すれば多分、大丈夫。

――二度と同じまちがいをしないことを誓うのよ、お馬鹿さん。絶対に、しないってね。

彼は額を寝台の縁にあてて瞑目《めいもく》した。ぼくは、同じまちがいをしてしまったようだ。バリニウスの悪事に加担して、この有様だ。

腹の中でとぐろを巻いているのは、ワニのようにかたい鱗《うろこ》をもった蛇だ。胸の中で大きく枝をはった黒い木が、この二年で死人の目のように白い花を咲かせ、腐った血の色をした実を落として、この蛇がその実から生まれた。そのうち、この闇の獣に、内側から喰われるのだろうとあきらめていた。ああ、だが、今、シトルフィの名を思いだし、彼女の声がよみがえり、その勇気に何かが目覚めた。ぼくは同じまちがいをしてしまった。ああ、どうすればいい、シトルフィ。ぼくはバリニウスに誓いをたてた。誓いは破れない。

——本当にお馬鹿さんなんだから。

耳元で愛を含んだ嘲りが轟いた。

——生きつづけるためには、網のあいだをかいくぐるってことも必要なのよ。何のための頭なの。あんたの頭には、様々な物語がつまっていたはずでしょ。誠実でもない相手に誠実を貫くのは、美談にはなるけれど、生命がなくなったら元も子もないじゃないの。相手が悪党なら、なおさら遠慮することはないのよ。しっかりなさい、ヴィニダル。まだ十二歳だって自分を甘やかすのはおしまい。こうなったらもう、あんたは人より早くおとなにならなきゃならないのよ！

ヴィニダルは頭をもちあげた。胸の中の黒い枝に、銀の葉がついていく。見ひらいた暁闇色《ぎようあん》の瞳には、確かな光が戻ってきた。少年の頰に、目蓋《まぶた》からあふれた静かな涙が一粒、二粒と流れおちた。

一日中飲んだくれているバリニウスは、首に呪文をかけるときだけ働いた。客が来れば応対もしたが、ヴィニダルの仕事を一々確かめることはなくなっていた。たしかにヴィニダルは彼を助けて仕事する、と誓いはした。客観的に見ても、今のバリニウスには助けが必要だった。

しかしその一方で、おとなになりなさい、とシトルフィの叱咤《しった》が鐘の音のように鳴りつづけた。

そしてとうとう彼は、シトルフィに従った。護符の図柄を自ら考案した物に変えた。それは、バリニウスの悪意ある呪文を相殺するものだった。――ある程度は。それゆえ、客の意図した効果は訪れず、大怪我をするはずだった上役は打ち身を作っただけで助かり、小うるさい生意気な部下は、小火《ぼや》を早期に発見して無事だった。それでも彼は、そうした「失敗」を、さほど気にもとめていないようだった。もしかしたら酒毒が、すでにその脳味噌を冒していたのかもしれない。

ある日のこと、大仕事だ、とトーキ様の部屋から戻ってくるなり、叫んだ。ヴィニダルの前にむきだしの首を音をたてておき、故殺の護符を描くようにあからさまに命じると、自分はさっさと自室にこもってしまった。ヴィニダルの仕事が終わるまで、一杯やろうというつもりなのだろう。

ヴィニダルは、無造作に置かれたその首と正対した。暗い眼窩の上に、目蓋が半分おちている。一見穏やかな死者の顔だが、頭蓋骨の中では、いまだ苦悶と憎悪が渦巻いている。護符をおさめ、バリニウスの呪文がかかると、たちまち皮膚や目、耳、鼻、口から呪いに変化したものが噴きだしてくるのだ。顔の造作や表情は判断材料にならない。そう思うたびに、うつくしい金の巻毛と整った顔だち、目尻が下がって愛嬌たっぷりのセパターが、何をしたのかを思いだす。

心の中の黒い枝には銀の葉がついている。相殺の護符を描くようになってから、どんどん増えて、枝を隠すほどだ。腹の中に生まれた蛇も、とぐろがちぎれてしまい、胃のあたりとへそのまわりに分散するだけになっている。だが完全に消えることはない。おそらく、セパターへの憎しみを捨て去らない限り、残りつづけるだろう。そして憎しみを捨てることは——どうしたってできやしないのだ。

「あんたも憎んでいたいんだよね」

　ヴィニダルは端正な男の首に話しかけた。

「だけど解放されたいとも思っているんだろ？　死の中におしこめられてからもずっと、憎みたいとは思ってないだろ？　肉が落ち、髑髏《どくろ》になっても、なお呪いつづけたいとは」

　むろんのこと返事はなかったが、一呼吸おいてヴィニダルは羊皮紙に手をのばした。トーキ様がこの首を使って次に蹴落とそうとしているのは、おそらく神官王だ。王は世襲だが、跡継ぎが若すぎたり、いなかったりした場合には、大神官の中から選ばれるきまりだ。現王には娘が九人、息子が二人いるが、二人の息子はまだ三歳と一歳だ。もし王がみまかれば、最も権力と財力のあるトーキ様が新しい王になるだろう。死人の首の上に君臨する王を、ライン神はおそらくあっぱれなやつと認め、うけいれるに違いない。

　正義など、王宮神殿にはない。

　だが、ヴィニダルがセパターに求め、世の中に求め、憎悪を消す救いの道として求めるのは、正義だった。

彼は半日をかけて念入りに下書きを描いた。〈島〉で見た本の記憶をほりおこし、北の国で咲く薔薇《ばら》の花を幾何学模様に写した。多弁の花は、幾層もの複雑な図形に変わり、彩色されるのを待っていた。

行商人から買いあげたインクのうち、赤と橙系統の十種類を使って、薔薇模様を飾りたてた。背景は青と紫にほんの少しの黒を混ぜて、真夜中の色にした。仕上げに銀粉をふり、朝露に輝く大輪の薔薇ができあがった。

乾いてから四つ折にして、死者の口に噛ませる。正義をなすのだ、と確信していた。バリニウスが呪文をかけ、王の居室のどこかに潜ませたとしても、王は病気にもならないし事故にもあわないだろう。王は健やかに、寿命をまっとうするはずだ。

それから何日かたって、バリニウスはトーキ様に呼びだされた。帰ってきたとき、彼は出ていったときより深酔いしているようで、よろめきながら自室に入り、寝台に倒れこんだ。呪殺の件で小言を言われたのかもしれない。いつまでたっても効果が見えんではないか、とトーキ様がねちねちと言い、時間が必要なのですとか何とか、バリニウスは弁明したに違いない。トーキ様はバリニウスの飲酒のせいで、その力が衰えているのではと疑っているだろう。それも真実だ。バリニウスの呪文には、以前のような鬼気迫る威圧感はもはやなくなっていた。

ヴィニダルがそれで事がおさまると思いこんでいたのは、まだ本当に世間を知らない十二歳の子どもだったからだ。彼は彼の正義で薔薇を描いたが、その正義がもたらす結果について考えをめぐらすだけの力はなかったのだ。

それから十日あまりは、珍しく仕事のない日がつづいた。バリニウスはほとんど部屋から出てこず、客の訪問もなく、ヴィニダルは後ろ暗いことに対抗する護符を描かなくてもよく、飾り文字の意匠を工夫したりしてすごした。

ヴィニダルの胸の中では、相変わらず銀の葉が黒い枝に翻《ひるがえ》り、彼は二つの世界にはさまれて身動きできない感じを味わっていた。バリニウスとトーキ様の世界と、シトルフィやネイダルの世界。彼は両方に属して、一本の敷居の上にまたがっていた。その感じは落ちつかなく、銀の葉がざわめいて、常に後ろをふりかえって確かめずにはいられない何かを含んでいた。とうとう、ヴィニダルはペンを卓上に転がした。部屋を出て、屋上に通じる長い長い裏階段を登っていった。

屋上には、夏の終わりを囁く冷たい風が、マードラの背中を支える山岳地帯から吹きおろしてきていた。相変わらず空は白く、その裏にあるはずの太陽の姿は見えなかった。王宮の他の建物は、たくさんの窓を並べて屹立し、ここへ来たときと同じ顔でヴィニダルを見かえしていた。ただ、窓の中で人々が動く様子や、下の道を歩いていく様を今日のヴィニダルは容易に想像でき、また見ることができた。十歳のときなら気づきもしなかっただろう。はるか下の市街は、濃い霧でおおわれていた。ヴィニダルは、まだダダメカの小屋は残っているのだろうかといぶかった。主のいないままに半ば朽ちてしまったか、あるいは別の誰かがちゃっかりおさまったか。

冷たい大気を胸いっぱいに吸いこむと、ざわめきは少しおさまったようだった。一体ぼくはここで何をしているのだろう、と不意にむなしさがこみあげてきた。冷たい混凝土に囲まれて、冷たい風にあたって、道具のように日々の仕事をくりかえしている。バリニウスとトーキ様の悪事を防ごうとして必死だけれど、それが一体何になるのだろう。

タカの声が白い空を切り裂くように響いた。ヴィニダルが目をあげたときには、もうタカの姿はなかった。

部屋の近くまで戻ったとき、いつもと違う騒がしさに包まれているのに気がついた。普段近寄りもしない下級神官や侍女たちがたむろして、囁きあっている。ヴィニダルの姿を見ると、そそくさと立ち去っていく。

扉は大きくあけ放たれ、仕事部屋は荒らされていた。もともと乱雑な部屋だったが、手あたり次第に嫌がらせをしていったようだ。バリニウスの部屋からは、何かがひきずり出されたように、羽毛布団と上掛けがはみだしていた。バリニウスの姿はなく、ひきずり出されたのは彼自身だとわかった。

所在なく立ちつくしていると、数人がずかずかと入ってきた。一人の魔道師と――貫頭衣は神官と一緒だが、帯は黒い――その助手たちだった。

「ハーヌピケヌだ。おまえは今日からわしの監督下におかれる。さしあたっては、助手の助手だ」

のっぺりとしたひょろ長い顔だった。どこかの骨が欠けているのではないかと疑いたくなる動き方をする、ナメクジのような魔道師だった。

「バリニウスは……？」

「あやつはトーキ様の怒りをかって、牢獄行きだ。あやつの下で、おまえは随分好き勝手をしていたようだがな、今からはもうそうはいかんぞ。その腕環とペンダントはトーキ様の持ち物だとしっかり証している。買われてきた者の分をわきまえることだ」

「ぼくは買われたわけじゃないっ」

思わずかっとして叫ぶと、ハーヌピケヌは唇をわずかに歪めた。

「奴隷は皆、そう言う。だが前の主人は、何がしかの報酬を得たはずだ。あるいはおまえがおのれを売ったとも考えられる。ま、何と理屈をつけようが、腕環が示す現実から逃れることはできん。バリニウスはどうだったかしらんがな、口のきき方と態度をあらためないと、ジャラムがおまえをぶちのめす。痛い思いをしたくなかったら、おとなしく働け」

若い助手たちの中で、ひときわ大きいジャラムが、はりだした眉毛の下に眼光を鋭くして彼を睨んだ。ヴィニダルなど、腕のひとふりで部屋の隅まで吹っとびそうだった。だがヴィニダルも負けずに睨みかえした。ああいう大男をどうあしらったらいいか、身体が覚えている。だが、機会を待つべきだ。ここで暴れても何にもなりはしない。結局彼は先に目をそらし、言いつけられた片づけにとりかかった。

それからおよそ半年のあいだ、ヴィニダルは雑用に忙殺される日々を送った。ペンを持つことはなく、魔道師とその助手たちが散らかし放題にした見本帳や紙類、屑、リンゴの芯やナツメヤシの種や干からびた葡萄の皮を拾い、掃き、脱ぎすてた衣類を洗濯場まで持っていき、インクやペンや羊皮紙をそろえ、彼らがつれこむ女たちに杯を渡し、暖炉を常に火で明るくし、助手たちが護符を描くのをうらやましげに眺め、ハーヌピケヌが十もの首にいっぺんで呪文をかけるのを蔑《さげす》みながら見守った。

バリニウスはそんなに時間をかけなかった、と彼は思った。それに一つ一つに丁寧に対処した。——酒に溺れるまでは。ハーヌピケヌは所詮、三流の魔道師だ。威張りんぼで。それに、ときどきとんでもないことを言ったりする。

「魔道師はな、生きのびて何ぼのもんだ。わしはわざわざおまえたちを育てて、自分の競争相手をつくるようなまぬけじゃない。おまえたちはわしが生きているあいだ、魔道師にはなれん。そしてわしが死んでも、おまえたちにはその力が貯えられんように気を配っているのだ」

助手たちはうつむいて——大きいジャラムでさえ——無言だ。

「トーキ様は遅かれ早かれ王になられる。それをわしが実現してみせる。だがこのことを他言してみろ。おまえたちもたちまち首だけになって、串刺しにされて王宮の端っこに飾られるはめになるぞ」

本人は力をかさに、脅し、支配しているつもりなのだろう。だがヴィニダルの冷ややかなまなざしは、その浅慮をすっかり見抜いていた。あいつは馬鹿だ。競争相手をつくらないために、教えるべきことさえ教えないと、助手たちに宣言するとは。そのうち、その助手たちが彼を師と見ず、敵と見なすようになるとは考えてもいないようだ。

また冬が去り、夏が来た。空は白いままだったが、乾いた風が吹きはじめ、崖のあちこちに黄色や紫の花が咲きだした。

ある日、ヴィニダルは厨房で、副料理長のミャルクからピアンジの花のジャムをぬったパンと、カルダモンと生姜《しようが》入りの香茶をふるまってもらった。それは彼の遅い朝食で、ハーヌピケヌたちにこき使われている忙しい中、唯一気を緩められる時間だった。以前、地下牢の拷問を聞いて衝撃をうけ、ここに逃げこんで以来、ミャルクは育ち盛りの彼を腹いっぱいにしておくことを至上の任務と決意したようだった。竈《かまど》の火をかきたてて、薬缶をかけてから、自身もパンに手をのばしながら言った。

「昨日、新しい〈腕環〉がカルンタのところから逃げだしてね」

「カルンタって?」

「ああ、神官長の一人に仕える神官で、まだ若いが、父親が王のお気に入りでな。幅をきかせている男だよ」

「逃げだしたのは、いくつの子?」

「十一くらいか。おまえさんより二つほど下かな」

「捕まったの?」

「いなくなってすぐに追っ手が出てな。ここの犬たちもかりだされて、市場の鋳掛け屋の鍋のあいだですぐに見つかったそうだ」

「その子はどうなるの?」

「牢獄にぶちこまれて、首にされるだろう。そうして、〈腕環〉たちの見せしめにされるだろうな」

ミャルクは大きさの違う左右の目をきょろきょろ動かしてから、意を決したように前かがみになった。

「いいか、もしおまえさんがそうせざるをえない立場になったら」

ヴィニダルの目をのぞきこんで囁いた。

「まずはここに来るんだ。着がえと食料と合財袋を用意しておくからな。いつでも、な。その腕環をはずすやすりも手に入る。おまえさんは、あんな三流魔道師にこき使われてちゃならん。いいな」

ヴィニダルは言葉を失った。それから、ミャルクの手に自分の手を重ねた。それまでぼんやりとした影だったものが、はっきりとした輪郭をともなってあらわれた。バリニウスもおそらく牢獄に送られたのだろう、と認めたくない考えを呑み下した。ぼくを庇護してくれる人はもはやいない。それに、と自分を見おろして思った。ハーヌピケヌが、雑用係など本当は必要ないのだと気づくまで、そう長くないだろう。トーキ様の命令に――「ああ、あの子どもは少しは役にたつ。そのまま使うがよい」と、甲高い声が聞こえてきそうだ――従ったものの、ときがたってしまえば彼の自由裁量に任せられる。一年もたってから、ヴィニダルのことをトーキ様が思いだしたときには、使いものにならなかったので牢送りにしたと報告すれば、それでおしまい。トーキ様にとってヴィニダルなど、ちょっと憐れみをかけた小僧にすぎないのだから。

ミャルクは何かの噂を耳にしたから、彼にそう言ってくれたのだと、部屋に戻って悟った。

大卓の上には、バリニウスの首が載っていて、恨めしげに彼を睨んでいたのだ。

助手たちが競いあって、彼に嚙ませる護符を描きはじめていた。ヴィニダルはわななきを抑えながら、書き損じの羊皮紙を集め、ペンを削り、インクを注ぎ足した。ハーヌピケヌは助手たちの描いたものになかなか承認を与えず、夜も更けたころにようやく、一枚を選びだし、バリニウスの口におしこんだ。それから、目頭をおさえて首をふりながらこう言った。

「今夜はもう遅い。呪文は明日の朝、気力が充実したときに唱えよう。おまえたちももう寝め」

後始末のためにヴィニダルはただ一人、残された。彼はしかし、散らばった紙を拾うことをせず、皆が寝しずまるのを待って、新しい護符を描いた。相殺の護符は一刻もかからないうちにできあがり、躊躇《ちゅうちょ》することなくバリニウスに嚙ませた。助手が描いたものは丸めて他の反故《ほご》紙と一緒にした。

魔法が効かないとわかるまで、猶予は数ヶ月あるだろう。そのあいだに逃げる機会をなるべく早く見つけなければならない。牢屋送りになる前に。ヴィニダルは反故紙を床から集めながら考えた。数ヶ月なんて待っていられない。夏のあいだに行動をおこさなければ。

——パドゥキアへ行け、坊主。

突然声がして、彼は飛びあがった。それはバリニウスの声だった。だがバリニウスの口から直接発せられたものではなかった。それでも彼は、首の方にふりむいた。首には何の変化も見られなかったものの、声は再びパドゥキアへ行け、と頭の中に響いた。

「パドゥキア？」

口に出さずに心の中で問うと、バリニウスはそうだ、と言った。

おまえの才能を生かすには、パドゥキアの写本工房がいい。世界一の技術と組織を有し、数数のすばらしい書物を生みだしつづけている。あそこならヴィン、おまえは心のままに、つきあげてくる創造の衝動を昇華させることができるだろう。そしてそれは、世界一の美本として形をなすことになるだろう。パドゥキアへ行くんだ。今すぐ！

パドゥキアの位置を頭の中の地図で確かめた。ここから直線で北東の方角、まっすぐ〈夜闇高原〉を踏破すれば一月の行程だ。だが、密林の中をダダメカと歩いた経験から、一月ではすまないと知っていた。おそらくその倍はかかるに違いない。

「ぼくはフォトに行きたい」

フォトをめざすのであれば、ある程度道は通っているし、国境からむこうは交通の便がいい。シトルフィとネイダルに会いたい。ぼくも無事だよとしらせたい。

——追っ手はフォト方面を重点的に調べるだろう。パドゥキアへ行くんだ。安全になってから、手紙を書けば、いつかきょうだいたちに会うことができるだろう。自由にな。自由でありつづけることが第一だ。わたしを信じろ。さあ、行け。

「あんたはどうなるの？　ぼくならこの縛めからときはなてると思う。護符を入れかえて——」

——おまえが相殺の護符を入れてくれたから、憎しみから解放されたのだ、坊主。これで充分だよ。七番目の子の七番目の子の七番目の子よ。ジャファル氏族の子よ。おまえには生まれながらに負ったそのさだめをまっとうする責任がある。その若さでなすべきことを明確に知っているとは、何と幸せなことか！　それゆえに、他の者が経験しない試練を味わわねばならぬとしてもな。さあ、行け、夜は短い。

彼の言うことの半分もわからなかったが、ヴィニダルは渋々頷いた。彼をこんな目にあわせた元凶は自分だと告白するつもりだったが、バリニウスは何も言うな、早く行け、と笑った。死者は真実を知ると言う。バリニウスはすべて見とおしていたのかもしれない。

ヴィニダルは厨房におりていった。ミャルクは副料理長の責務で、厨房の隅に箱寝台を置き、夜じゅう竈の番をしていた。彼は、眠っているミャルクの肩をそっとゆすぶった。名を呼ぶ前に、ミャルクはぱちっと目をあけ、すぐにヴィニダルを認めた。

さっき約束したばかりなのに、ヴィニダルのための旅装の準備ができているのには驚いた。食料、寝袋、水袋、着がえ、皿と小鍋と塩。薬瓶が三本。熱さましと傷につける軟膏《なんこう》と腹下しの水薬。ミャルクは細々《こまごま》とそれらの使用についての注意を語りながら、白い貫頭衣を脱がせ、茶色の上衣とズボンに着がえさせた。足には裏打ちされた編みあげ靴をはかせ、寝るときに毛布にもなる半円の外套をはおらせた。

「こいつはセオルというんだそうだ。北のパドゥキアやコンスルでは必須の外套だ」

まるで彼がどこに行こうとしているのか、わかっているような口ぶりだった。

「二年も前になるか。いや、あれは冬だったから一年半くらい前か。絶頂期だったが、まだ素面でいた頃のバリニウスが、もし自分に何かあったらこうしてくれと頼んだのだ。おまえさんがさっそく決断してくれてよかったよ」

彼を勝手口に導きながら、手に金やすりをおしつけて、

「そのペンダントはどこかに捨てていくんだぞ。腕環は誰も見ていないところで切ってしまえ。銀めっきの真鍮か何かだから、少しがんばればはずれるはずだ。犬どもには別のやつの匂いをかがせるから心配ない。ああ、ほら、つかまった子の衣とすりかえてしまうからな」

「ミャルク……」

「ああ、いいってことよ。料理人のいいところはな、まずい料理を作らない限り、首になることはないってことさぁね。達者でな。うまいもんを食ったら、ミャルクってぇ男がいたのを思いだしてくれよ」

勝手口から出ると、外はまっ暗だった。〈夜闇高原〉から吹いてくるかすかな風には、木々の醸《かも》す夜気が含まれていた。ヴィニダルは山々を仰ぎ、そのむこうにあるパドゥキアとフォトを思った。なすべきことを知っている、とバリニウスは言ったけれど、ヴィニダルにわかっているのは今のところただ一つだけだった。

家系図をとりにいく。岩のあいだにおしこめた巻物は、もうきっと固くちぢこまって、さわればぼろぼろになるかもしれない。それでも、あれをとりにいくことが何より大事に思われた。彼は足を坂下にむけ、闇の中を駆けていった。

11

約一年のあいだ、シトルフィはオーゴの館にとどまった。池に集まってくる獣たちや畑に咲く花、それに実が、彼女の相棒となった。森の木々の合間にゆれるゴルディ虎の尻尾や、空を横切っていくベニヅルは、日々の暮らしの中で、輝く黄金や薄紅の光となって胸の中にしまいこまれていった。写生の腕も格段にあがり、テルラポやロベーズの働いている姿、ゼケーのうつむく肖像などは、まるで今にも動きはじめるようだとほめられた。

竜の子が翼を生やして巣立ちしたあと、館には気の抜けてしまったような感じが漂っていた。池のトンボの羽は銀の網模様に輝き、チャギの背中は雪のように白くつややかだったが、竜が去ってしまった空隙には、上空の冷たい大気が吹きこんでいるようだった。

シトルフィの服はとっくにできあがっていたが、ゼケーはさらに一着、普段着を作成中で、それももうすぐ完成しそうだと言った。

ある夕刻、シトルフィはビラハーグとロベーズ夫婦を手伝って、豆の収穫をしていた。籠いっぱいの乾いた莢が、動くたびにかさかさと鳴った。やわらかい風が吹きすぎて、夏の終わりを告げていた。昼間あんなにぶんぶん騒いでいた蜂たちはもうすっかりなりをひそめ、森の奥で獣が一声短く吠えるのが聞こえた。

その直後に、今度は上空に叫び声が響いた。ハヤブサが、旅の途中のハネアカツバメを襲っていた。空中にツバメの羽根が舞いちり、小さい黒い塊が畑の上に落下してくる。思わずシトルフィのあげた悲鳴のせいだろうか、ハヤブサは獲物をあきらめて逃げていった。ハネアカツバメは一旦、茄子《なす》の葉の上に落ちてから地面に転がった。ビラハーグ夫婦とシトルフィが駆けよるあいだに、ツバメは人間の手足をのばし、その脇腹で数本の茄子の茎をへしおってしまっていた。

「おんや、まっ」

ロベーズが素っ頓狂に叫んだ。

「何だい、こりゃ。人に化けたツバメかねっ」

「おまえは本当に阿呆だな」

夫のビラハーグが声に笑いを含ませて答える。

「ツバメが人に化けるかよ。人がツバメに化けてたんだ」

夫婦問答にはかまわず、シトルフィは男のそばに駆けよった。片腕がありえない方向に曲がり、側頭部からは血を流している。小柄だががっしりした身体つきで、顔を歪め、目をつむっている。シトルフィは帯をほどいて男の頭に結びながら、二人に叫んだ。

「オーゴを呼んできて！　彼の助けがいる！」

オーゴは闖入者の気配を察知して、すぐにやってきた。男を一目見ると、ビラハーグ夫婦に農作業用の荷車をもってこさせ、できるだけ倒れた姿勢のままそれに乗せて、荷車ごと館に運びこんだ。まだ気を失っているうちに、ゼケーとテルラポ二人がかりで折れた腕をひっぱり、骨同士をはめこみ、添え木をあてた。男は呻いたものの、目を覚まさなかった。

頭の傷は、あぶった針と糸で五針ほど縫った。やれるだけのことをやりおえて、オーゴはまるで自分が怪我人のように、ふうふういって座りこんだ。

気を失ったままの男を藁《わら》の寝台に移すのはテルラポとビラハーグでやり、ロベーズは竈《かまど》の火をかきたてて、薬草を煮だした。食堂の中に、ヤナギハッカ、マンネンロウ、桂皮、ウマゼリ、それに鬱金《うこん》のまざりあった香りが満ちた。

「……この人、魔道師？」

シトルフィが誰にともなくそっと尋ねた。するとオーゴが壁に背を預けたまま、

「どうかな。ハヤブサに襲われる魔道師とは、いかにもまぬけだがね」

と微笑した。

「なんで、ハネアカツバメなんかになっていたんだろう」

「ハネアカは遠くまで速く飛ぶことができる。多分、大事な急用があったんじゃないか」

「わたしはペボロといいます」

眠っていたと思った男が、目をつぶったまま口をきいたので、皆驚いた。

「魔道師じゃありませんがね、ウィーダンの魔法が使えるんでさ」

「ウィーダン？」

「獣に変身する魔法だよ」

シトルフィの疑問にオーゴが答える。

「主人《あるじ》の言いつけで、パルパジ王国の洞窟都市まで行って帰る途中だったんでさ。急いでいたもんで、ハヤブサに気づくのが遅れちまって、この様《ざま》で」

「それでも骨折ですんでよかったじゃないか。ツバメのまま喰われていたかもしれないことを考えると」

ペボロは素直に頷いた。それからずっと黙ってしまったので、皆、彼は眠ったのだと思った。そっと立ちあがって、めいめいの仕事に戻っていったが、シトルフィは寝台のそばに低い椅子をもってきて、いつもの写生をはじめた。大きく傾いた太陽は、北向きの窓のそばのシュロの木の影を長くしていた。竈からは勢いよく燃えあがった薪の匂いが漂ってきた。

「何をしているんで？」

突然ペボロが言った。シトルフィはびくりとして、それから微笑んだ。

「絵を描いているの」

雄のガチョウが翼を広げて恋敵を威嚇《いかく》している場面を見せた。ペボロはほんの少し顔をもちあげ、目を細めて眺めたあと、感心したように唸った。

「うまいもんだ。……色をつけたら、まるっきり本物だ」

「こっちはあなたが変身していたハネアカツバメとハヤブサ」

ハヤブサがツバメを一蹴りしたその瞬間を、想像して描いたものだった。ペボロは顔をしかめた。

「あんまり恰好いいとは言えませんな」

シトルフィがくすくす笑っていると、テルラポが身体をゆすりながら燭台《しょくだい》をそばにおいていった。灯りは薄暗くなった食堂の一角を、まるで別の部屋のように照らした。

「……いい匂いがする」

「蠟燭《ろうそく》に混ぜた香草の匂い。気持ちが落ちつくはず」

「主人が本っちゅうもんを覗きこんでいることがしょっちゅうでね。下手くそな猫やら犬やらが隙間に描かれているのを、わたしも覗き見したことがありますよ。あんたさんは画家とかそういうやつなんですかい」

「画家……って、何？」

逆にシトルフィが尋ねると、ペボロは顔をしかめながらも笑った。

「他に、描いたものは？」

上手いとほめられれば、有頂天になる年頃である。シトルフィはぱっと立ちあがって母屋に駆けだし、手あたり次第に紙をかき集めて戻ってきた。勢いよく椅子に座り、ペボロに一枚一枚見せていく。これは象の親子、ああ、象は知っとります、これはヒョウの斑点、ヒョウですって？　わたしゃツバメや猟犬なんぞにゃなりますが、虎とか獅子とかヒョウとかにゃならんように気をつけておりますよ。だってほら、我にかえったら友だちや主人を嚙み殺していたなんて、考えただけでぶるっとするじゃあないですか。

すっかり気を許したシトルフィは、チャギが草の葉とたわむれている場面や、ヴィニダルが〈冨竜樹《ふくりゆうじゆ》〉の枝から本をとろうと手をのばしている場面も見せた。ペボロは眉間をよせた。表情が変わったことに気づきながらもシトルフィが次の一枚を渡すと、息をいっときとめ、凝視し、しばらくしてから彼女に目を移した。

「……どうしたの？」

「これは……ネイダル様でしょう？」

紙を指で叩きながら逆に尋ね、畳みかけるように、

「それで、あんたさんはシトルフィさんだ、違いますか？」

シトルフィは仰天して声も出せない。

「〈額〉の町に流された舟に乗っておった。それから行方しれずになってしまった。わたしはネイダル様の伯母、ロベリー様に仕える者です。ネイダル様は大フォトの都におられます。あんたさんが生きていれば、必ずフォトに来ると言っておられましたですよ。よかった！　あんたさんを見つけたと知れば、きっと大喜びしなさるでしょう。いや、本当によかった、よかった！」

一人でうれしそうに頷くペボロのそばで、シトルフィはまだ事態をのみこめていなかった。

ぽかんと口をあけて、うつろな目で彼を眺めていた。

「ネイダル……」

「ネイダル様は、フォトの王宮庁舎で書記を務めておられます。姉上のダルジリア様の右腕と

してご活躍ですよ」

意に反して目尻から涙がこぼれ、手の甲でぬぐった。

「あんたさんに、どんなことがあったのか、明日にでも話してもらいたいですね」

笑みを浮かべたままペボロはそう呟くと、目を閉じ、すぐに寝息をたてはじめた。シトルフィはしばらくそこに座ったまま、またあふれてきた涙をぬぐっていたのだった。

次の日、オーゴの同席のもと、シトルフィはペボロにすべてを語った。セパターがなしたこと、〈島〉が沈んだこと、『誓いの書』を持っていること、追っ手をオーゴが撃退してくれたこと。

ウィーダンの魔力のおかげだろうか、ペボロの怪我は一晩のうちに大分良くなっており、彼は寝台の上におきあがって話を聞いた。シトルフィがしまっていた『誓いの書』を見せようとすると、彼は手をふってもとの袋に収めさせた。

「実は、ロベリー様を中心に、フォト中から〈島〉が沈んだ事情についての話を集めてきましてね。セパター王子がかかわっているらしいという疑いは、はなっからありましたが、確かなことを知る者は一人もいないっていうんで、もどかしく思っておったわけで……。フォト中に散らばっているジャファル氏族を一堂に集めて、事実のつきあわせをしようと動いておってですね、わたしは洞窟都市に隠棲しておる方を誘いに行った帰りだったわけです。どうでしょ、シトルフィ、あんたさんもその会合においでになっては」

「わたしが？……わたしは氏族じゃない……」

「氏族でなくたって、〈島〉が沈む原因をその目で見て、『誓いの書』を護っておられたんです
から、出席する権利はあると思います」

「権利というより、氏族にしてみれば、ぜひ来てほしいって思うんじゃないかな」

オーゴが口をはさんだ。

「ネイダル君も来るんだろ？」

「もちろん。真相を誰より知りたいのは彼でしょうし、何よりあんたさんに会いたいんではと
思いますよ」

「会合はどこで？」

「フォトの都に四十日後、集まることになっとります。〈黄金緑柱石の塔《ハイライアダルル》〉に」

「よし、シトルフィ、行こう」

オーゴは身体をゆすって、楽しげに決断した。

「行こう……って、……オーゴ……」

「もちろんぼくも行くさ！　ジャファル氏族が一堂に会するなんて、絶対に見逃せないじゃな
いか。それに、きみ一人を旅させるわけにもいかんだろ？　ほら、ぼくはきみの証人だし。護
衛としてぼくほど心強い者はいない。こんなに頼もしい証人もいないぞ。フォトか！　はじめ
て行くんだ、連合王国の都に！　そうと決まったら荷造りしなくちゃ」

「四十日もあとのことなのに。そんなに急がなくても」

「何を言ってるんだ、シトルフィ！　いろいろ準備に十日、フォトまでゆっくり行って二十日、もちろんあちこち見ながら行くのだよ！」

「……計算があわないよ。あと十日分は？」

オーゴは両手を広げて宣言した。

「決まってる！　決まってるに決まってる！　あとの十日は都見学に費やすに決まってるさ！」

部屋のむこうからそっとこちらに聞き耳をたてていたテルラポとゼケーが、自分たちも行く、となだれこんできた。

結局、畑や家畜の世話をするために、ビラハーグ夫妻が喜んで残り、ペボロは怪我が癒え次第、追いかけることになった。テルラポは様々な香辛料を買うことを楽しみにし、ゼケーは都で流行のカフタを見るのを夢にみた。十日ですますといった準備はたった二日でできてしまい、四人ははやる気持ちを抑えきれなくなって三日めに出立することに決まった。

オーゴは館まわりに厳重な魔法をかけ、よそ者が入りこまないようにした。

「爪先をちょっと入れただけで、そいつは身体中が凍えてしまうだろう。なに、死にはしない。柵から離れれば回復するよ」

四人は徒歩で北に進んだ。二日めにはテルの港町に泊まり、〈青頭湿原〉の端に沿ってさらに北へとむかう。その夜は湿った空地で野宿をした。オーゴが湿気をとりはらってくれたので、火は頼もしく赤々と燃え、テルラポが放りこんだ香草の煙で蚊の大群も退いた。旅には、チャギも同行した。館の庭でシトルフィが別れを告げると、不服を示して首をぶんぶんとふり、それからはどこへ行こうとも決して離れなかったのだ。

四日めの朝遅く、彼らはロベリーの丸太小屋にたどりついた。ペボロから必ず寄ってくれと言われていたのだ。

オーゴが扉を叩こうと拳《こぶし》をあげた瞬間、扉は内側からひらき、細くてまっすぐに伸びた首をした老婦人があらわれた。彼女のカフタの胸に刺繡《ししゅう》された白金の花模様が、高く昇った陽の光に燃えあがった。オーゴが用件を伝えているあいだにも、その明るい水色の目がシトルフィとチャギの上にとまった。喜びのまじった驚きの声があがり、一行はときをおかずに招じ入れられ、十数呼吸後には、ひんやりとして乾いた居間の床に荷物をおいて椅子に座っていた。チャギは厩《うまや》の匂いをかぎつけて、さっさと馬たちに会いにいってしまった。

大きい卓の上に、ありあわせのパンやチーズ、葡萄《ぶどう》酒の水差しを並べるあいだ、ロベリーは微笑みながらオーゴがしゃべるのを聞いていた。オーゴは一行を紹介し、シトルフィとの出会いを語り、ペボロが館で静養していて何の心配もないことを説明した。それを聞くとロベリーの肩からすっかり力がぬけるのがわかった。

「ペポロは無事だったのね！　良かった！」

すすめられるままに食事をしながら、今度はシトルフィが、〈島〉が沈んだいきさつを話し、『誓いの書』をロベリーに渡した。

ロベリーはその表紙をそっと愛おしむようになで、しばらく黙っていたが、やがて毅然と顎をあげて言った。

「セパター王子のしたことは決して許せるものではありません。わたくしは、大フォトの王宮裁判にかけるべきと思います」

「王宮裁判……？」

首を傾げたシトルフィに、オーゴが説明した。

「連合王国の国王たちと大王で構成される審判制度だよ。国の重大事件のときにひらかれる」

まさに重大事件だ、と思う一方で、世界への幕が突然あいたようで、シトルフィはとまどった。

「シトルフィ、あなたはそこで証言をしなければなりません。王たち——おそらく十四王国中の三分の二の王が集まるでしょう——の居並ぶ前で、今わたくしに話したことを証言してほしいのです。勇気のいることだけど、〈島〉のため、亡くなったジャファル氏族のために、やってはくれませんか」

とまどいはすぐに消えた。自分の両親、ネイダルの両親、それにヴィニダルのことを思ったら、ちぢこまってなどいられない。大きく頷くと、ロベリーも首肯して、さらに言った。

「この『誓いの書』を証拠としましょう。それから、各国で調査をつづけている氏族の者たちに、セパター王子の動向をうかがわせましょう。『家系図』を手に入れたのなら、誰かに自慢しているかもしれず、あるいは高額で取引したかもしれませんからね。もしそういうことが明らかになったら、証拠として有力になると思います」

「もし……セパター王子が裁かれたら……いいえ、そもそも王子を裁判にかけるなんて、できるのでしょうか」

シトルフィの疑問に、ロベリーは薄く笑って、

「王宮裁判はそのためにあるのですよ。王たりといえども、私欲のために人を殺せば裁かれる。その正義がとおればこそ、連合王国はなりたっているのです」

するとオーゴが尋ねた。

「どんな罰が科せられるのでしょうか。ヨルク王国のハーチバン王が、国民十数人の殺戮にかかわったとされた裁判では、王は私財没収のうえ、牢獄に十年間つながれましたが」

「二千人あまりを〈島〉とともに沈めた罪を、王たちがどううけとるかによりましょうが、ハーチバン王より重い罰になることは確かでしょうね」

テルラポが横を向いてそっと呟いた。

「あたしたち普通の民が、もし人を殺したら、即刻死刑なのにね」

ロベリーにはちゃんと聞こえていたようだ。

「権力と財を持つ人たちは、自分たちは生命の重さが違うと思っているのですよ」

その日一日はゆっくり休んで、次の日ロベリーを加えた一行は、五頭の馬に乗ってフォトをめざした。シトルフィはチャギを自分の前鞍に抱いて座らせようとしたが、チャギはひとしきり暴れたあとで、自分の立ち位置を決めた。それは「ヤギの木」に立つとき同様に、馬の上に立つという姿勢だった。鞍の後ろのそった部分に前足をのせ、後ろ足はシトルフィの腰とふれ

る部分に置き、つまりはまるきり後ろ向きの姿勢で、ゆらゆらゆれる馬上に、上手に均衡を保っているのだった。

憎きセパターの国、サージの領土を横切り、ネルの町から北西へ進み、〈白牙川〉を船で下った。平底の幅のある船は、馬も客もたくさん乗せて大河を行き、マケマ、マケモという町をすぎた。一行は、七日後、都フォトに到着した。

白い煉瓦《れんが》の四角い家々のあいだをとおりぬけ、香辛料の匂いに満ちた騒がしい市場を幾つかかすめ、一本一本種類の違う木の密生している「公園」を横目に大通りを横切った。なだらかな坂の上に、王宮の長い棟が見えたものの、ロベリーはそちらには行かず、ジオラスト教の神殿や塔がひしめきあっている小道をたどり、大きな広場へ出た。

そこは、他の広場とは趣を異にしていた。露店や移動商店や屋台もなく、ただ広々として地面は白煉瓦で舗装されていた。行き交う人々は多くなく、一行は悠々と馬を進めていった。

やがてシトルフィは、その白い広場が広場などではなく、やたらに場所をとった円形の遊歩道であることに気がついた。というのも、ロベリーは軽いだく足でぐるっと一周して、円の中心にかたまってそびえる五つの塔を、全方向からながめさせたのだ。塔は見る角度によって青や水色になったり、緑や黄緑、あるいは橙《だいだい》や深紅に変化した。シトルフィには想像もできない、ひどく珍しい材質でできた塔だった。そうして、そばに寄ればそれが実体だとわかるが、少し離れて遊歩道の中央あたりに退くと、まるで水晶の中の虹のように光の散らばりに変化して、形も存在もひどくあやふやなものになってしまうのだ。

「……魔法がかかっている……？」

シトルフィは正面に戻ったとき、確かめるようにロベリーに尋ねた。すると脇からオーゴが、かわりに答えた。

「四人の魔道師たちの住居だ……〈黄金緑柱石の塔〉……」

畏怖《いふ》にうたれたように見あげるオーゴの言葉に、ロベリーは微笑を口元に刻んで首をふった。

「巷間《こうかん》では四人とよく言われますがね。四百人ですよ。〈久遠《くおん》の島〉を造った魔道師たちの住居でした。全員がもう亡くなりました。さすがに千年もたてば、ね。今は彼らの業績の展示館とわれら氏族の宿泊所に変わっています。……それから当時の魔道師たちの後継者と学生たちの住居。建てられた当初の魔法が、衰えることなく五つの塔を護っています。劣化せず、朽ちることなく、千年前と同じように」

ロベリーは馬首を正面の門にむけた。門があるのも、近づかなければわからなかった。その下をくぐるとき、シトルフィは数多の視線に身体の中までさぐられているような、落ちつかない気分になった。自分がばらばらに分かれて宙を漂っているようなおかしな感覚を味わったあと、前庭に出た。

すでに前庭では、シトルフィと同じ世代の若い馬丁たちが待っていて、馬とチャギの面倒を見るために馬房につれていった。塔と塔のあいだには、背の低い棟が幾つもうずくまり、ナツメヤシの木立が心地良さそうな日陰を落としている。あたりには、熟成した夏の香りが満ちていたものの、まもなく、晩夏の色褪せた香りに変わる予兆を秘めていた。

塔と塔のあいだには花壇が広がっており――あとでシトルフィは塔の最上階から見はるかして気づいたのだが、五つの塔はちょうど星の印の頂点に位置を決めていた――、紫のヤグルマソウや薄桃色のコエンドロ、紅にうつむくヒレハリソウ、黄色と白のテンジクアオイが最後の花期を迎えていた。その上に木漏れ陽が散らついているのだった。

一行は、白光に黄玉の輝きを内包している塔に入った。玄関前の張り出し屋根を支えるのは、白い磨き石で造られた女性の彫刻だった。身をくねらせて石屋根をもちあげているそのなまめかしい二人は、シトルフィの数倍の背丈があった。思わず立ちどまって見あげていると、先に行ったロベリーが戻ってきて教えた。

「千年前は、このような意匠でも許されていたのです。昔は自由奔放な気風だったのね。今、これを造ろうとしたら、ジオラスト教の神官たちが黙っていないでしょう。神様は『楽しめ』と申されているのに、神官たちはその解釈を狭い枠内に規定しています。何でも許したら、自分たちの立場があやうくなるとでもいうように。そんなことはないのにね」

玄関から一歩中へ入って、再びシトルフィは立ちどまった。オーゴの館も贅沢《ぜいたく》だと思っていたが、塔の内部は、オーゴの館を田舎じみた質素なものに感じさせた。

広い床面にはやさしい木肌色の磨き石が敷きつめられて、その上を歩くとぼんやりした影がうつろっていく。玄関前で見た彫刻の女性たちよりはひとまわり細く、自然体で立つ柱が数十本、開放感のある高い天井まで伸びていた。柱と柱のあいだにはステンドグラスの窓がはめこまれている。高い天井は波のような互い違いの曲線がいりくんで、はてしない蒼穹を模し、くすんだ銅色の大きな円形燭台が吊り下がっている。燭台からは碧玉《へきぎょく》や紅玉、硬玉や青玉といった宝石をつらねた飾りがぶら下がり、幾十本もの太い蜜蠟《みつろう》の灯にきらきらと輝いていた。そうして信じられないことに、この一階はただ通りすぎるだけの場所なのだった。

広い階段を登る途中にも、驚きは満ちていた。手すりには唐草模様が施されていたし、壁には壁龕《へきがん》が設けられ、織物の切れ端や巻物や、むこうが見えるほど薄い仔牛皮紙が飾ってあった。階《きざはし》の端には、天覧石の薄片がはめこまれていた。

二階は中央に吹きぬけの広間があり、天井からは、色硝子《ガラス》を通したやわらかい光が射していた。詰め物をした長椅子が並べられており、

「〈外〉に出たジャファル氏族が会合をするときに、ここへ集ってくるのですよ」

とロベリーは半ば誇らしげに、半ば待ちきれないふうに、目を輝かせた。

広間のまわりは最上階まで回廊がめぐって、扉が百もついているだろうか。ロベリーは一人に一つずつ扉をあてがい、一休みするように言った。

「昔、魔道師たちが住んでいたときと変わらないようになっています。この宿は、快適さにおいて、王様が望んでも望めないほどと保証しますよ」

シトルフィは部屋に入る前に、いつネイダルに会えるのか訊こうとした。しかしふりかえったときには、ロベリーはさっさと自室の扉を閉めてしまっていた。考えてみれば、この長旅で、老婦人が消耗していないはずがない。ずっと自分のことばかりで、先導してくれたロベリーが目の下に隈をつくっていたのに、気遣い一つしなかった。うしろめたさを感じつつ扉をあけて、

シトルフィはまた立ちつくした。

明るいがまぶしくないやさしい光が、硝子をはめた大きな窓から射しこんで、木肌色の床ややわらかそうな寝台や、控えめな彫刻を入れた長櫃《ながびつ》を照らしていた。他に二脚の肘かけ椅子がクッションを抱えて客人を待つようだった。壁際にある大きな机の上には、上等な羊皮紙が重ねられ、色インクの壺が二十種類近く整列していた。

一方の壁に、これまた意匠をこらした優雅な扉があったので、そっとあけてみた。石のアヒルの口から常に水が流れだしている洗面所と厠があらわれた。その奥には、雪花石膏《アラバスター》の板壁で区切られた脱衣所と、湯気をあげている風呂があった。

〈島〉にいるときには、共同風呂をときどき使っていた。そこでは氏族もそうでない人々も一緒で、作物の出来や羊の健康などに話の花を咲かせたものだった。突然、カラン麦畑の香ばしさと羊たちの鳴き声、婆様が紡ぐ糸車の回る様子がよみがえってきて、シトルフィは脱衣所に大股で踏み入った。荷物をおろし、ゼケーが仕立ててくれたジェラバを脱ぎすて、大理石造りの湯の中に身を沈めれば、たちまちあたりに紫《むらさき》洗《あら》い花《ばな》の香りがたちこめる。手足を存分にのばしてつかっていると、ひとりでに石鹼の泡に包まれた。オーゴの館や旅の途中では、川や貯水池で水浴びしていたものの、やはり風呂は違う。疲れがぬけていき、心地良いだるさにとってかわられていく。お婆の糸車が、毛玉を糸にしていく夢を見ながらうとうとしたらしい。思わず湯を飲みそうになって、はっと目覚めた。

石鹼の泡は消えて、熱めの湯に変わっていた。至福のときの仕上げは、脱衣所に用意された絹のカフタだった。淡い黄色で何の飾りもない、部屋着のような質素なものだったが、肌によりそう心地良さがあった。

居間に戻ると、荷物は長櫃の上に広げられ、『誓いの書』は書き物机の上におさまっていた。椅子の前の小卓には、レンズ豆のスープが湯気をたて、チーズを巻いた種なしパン《ザルル》と濃くて甘い薄荷《はっか》茶が並べてあった。長風呂のあとの軽い食事だったが、シトルフィはすっかり満たされた。

椅子の上でいつのまにかまた眠ってしまった。目覚めると、大きな窓の外は夕暮れており、細い三日月が斜めにひっかかっていた。

長櫃の上の荷物には、脱ぎすてたジェラバが洗濯されて戻ってきていた。卓上の昼食は姿を消し、二つの燭台に太い蠟燭が炎をあげていた。

いろいろと思いめぐらせて、ようやくシトルフィは、「王も望めない」とロベリーがほのめかした真実にたどりついた。千年前の魔道師たちが、四百人の魔力を結集させて創りあげたこの塔自体に魔法がかかっているのだ。

洗濯も食事も風呂の湯も、魔法で創られた幻のようなものではない。どこかに両手をまっ赤にして泡だらけの桶を使う女たちがおり、どこかに熱くした鍋に油を入れ、切った玉葱をいためる料理人がいるはずだった。ただそれらを運ぶ力——空間を瞬時に移動させるのか？——や、料理や風呂を熱いままにしておく力がはたらいているらしい。〈島〉を造った四百人は、一体どれだけの魔力を有していたのだろう。

何かが軽くぶつかったような音がしたあと、扉がゆっくりとひらいた。シトルフィが立ちあがって戸口まで出てみると、同じように回廊に仲間たちがあらわれるところだった。それまで聞こえなかった騒音が耳をうった。大勢の人声、足音、食器の鳴る音。それから食事の匂い。手すりに寄って見おろせば、来たとき整然と並べられていた椅子は、従者さながらに食卓のまわりにかしずいており、その三分の一ほどが埋まっていた。山盛りの大皿が幾つも並び、水差しは蠟燭の灯りに輝いていた。テルラポが腹を上下にゆすりながら言った。

「ここの料理があたしのよりうまかったなら、さっそく厨房《ちゆうぼう》に行って教えを乞うことにするよ」

しきりに襟元を気にして新しい服の着心地が良すぎると不平を言うゼケーと、すっかり満面の笑みのオーゴも、彼女のあとについて階をおりていく。シトルフィは絹のカフタの裾がやたらひらひらしてつまずきそうになるのに気をとられつつ、あとにつづいた。

三十人ほどがめいめい好きな場所に陣どって、料理を口に運び、話をし、笑ったり憤ったりしていたが、彼らがおりていくとざわめきは次第に小さくなり、しまいにはしんと静かになった。

「誰だ、歪《いびつ》な豆を放りこんだのは！」

奥の方で男が怒鳴り、忍び笑いが広がった。敵意のある視線に逃げだしたくなったとき、オーゴが肩をゆすって一歩前へ出た。

「お初にお目にかかる、ジャファル氏族の方々よ。わたしはオルゴストラ、水の魔道師だ。歪な豆と言われるのはちと心外な」

怒鳴った男のそばで、水差しから水が噴きだした。慌ててとびのく顔面にぴしゃりとかかる。悲鳴と笑いと喚き声がまざるのへ、食卓のすべての水差しから水が噴水のようにたちあがり、頭上で丸く凍りついたかと思うや、幾百片もの氷の欠片に変じて食卓につきささった。

全員が身動きできず、目を見ひらく。その静寂の中で、テルラポが手を打ち鳴らし、

「さすがオーゴ。料理をよけてつきさしたわね」

オーゴが軽く手をふると、氷片は、一つ残らず水差しの中に硬い音をたててとびこみ、あっというまに水に戻った。彼は変わらない笑みをうかべてわずかに頭を傾けた。

「大変不調法なことをいたしましたな。ま、気にせず食事をおつづけください」

沈黙の中、彼は仲間を招いて一つの食卓にすわり、大皿から料理をとり分けはじめた。テルラポが皿をうけとりながらささやく。

「さっすが、経験豊富な魔道師さん！」

「何の何の。手妻のごまかしにすぎんよ」

同じ卓の反対側にいた男女二人が、自分の皿を持ってそばにやってきた。

「どうも。あたしエスニー。こっちはジュング。二人ともジャファル氏族よ」

女の方は三十前後、男の方はもう少し年上だろうか。

「ジャファル氏族なのは知っています」

とオーゴが頷くと、とびきりの冗談でも聞いたかのように、エスニーはけらけらと笑った。ジュングの方は顔を赤くしてうつむいている。随分な人見知りのようだ。

「氏族の誇りにこりかたまっちゃった年寄りが、失礼なことを言ってごめんなさいね。〈島〉が沈んじゃってこっち、『自分たちは特別だ思想』がはびこっちゃってるのよ。嘆かわしいったら」

鼻のまわりにそばかすの浮いた愛嬌たっぷりの顔をしかめてみせる。それから突然シトルフィの方をむいて、

「あたしあなたを知ってるわ。もちろんもっと小さかったけれど、よくデザーの家に出入りしていたんじゃなかった？　ネイダルと仲良しさんよね」

シトルフィの方はさっぱり覚えがないのだが、あの頃はネイダルとヴィニダルだけが世界だったのだから仕方がない。

「ネイダルに会いにきたんですけど、彼はここにはいない？」

「彼は忙しいのよ、ダルジリアにこき使われているから」

そう言ってエスニーはまたけらけらと笑う。ここでようやくジュングが頭をあげ、

「あれ、そ、それじゃ」

と指をさした。

「し、〈島〉から、に、逃げた女の子って、きみ？」

「あら、そういえばそうね。あなた、〈島〉の生き残りなの？」

それまで聞き耳をたてていた周囲がどよめいた。たちまち大勢が彼らの卓におしよせ、口々に質問を浴びせてよこす。シトルフィが答えきれずに目を白黒させていると、背後でロベリー

の声がした。

「はい、はい、みんな、彼女を困らせない。説明をするから席について。静かにして。質問はあとで。順番に。さあ、座って座って」

ぶつくさ言いながらもめいめい席につくと、

「お客人はどうぞ召しあがれ。そのあいだにわたくしが話しますから」

料理をすすめる。

皿の上にのったのは、食べつけない珍しいものばかりだった。香辛料をまぶした厚切りの豚肉は風味が良く、白っぽいイモというものは、ほくほくした食感で、バターをぬって口に入れれば次々に欲しくなった。ワインソースをかけた新鮮な温野菜は食べただけで元気になった。ウイキョウをつめた青魚は香わしく、ビワ、イチジク、数種のベリー類、桃などの果物は果汁たっぷりだった。

夢中になって舌鼓をうっているあいだに、ロベリーは〈島〉が沈んだわけと、シトルフィの逃避行を話し、質問をうけつけていた。質問を投げかける人々の口調は、答えを聞くに従って憤懣と激昂が増していき、シトルフィたちも食事をするどころではなくなっていた。

いつのまにかロベリーの手の上に、『誓いの書』がのっていた。

「この一冊だけでも救いだし、わたくしたちに戻してくれただけでも、ジャファル氏族はシトルフィたちに、心から感謝を捧げなければならないと思いますよ」

溜息が聞こえ、打ち沈んだ空気が生まれた。

「……で、おれたちはどうするべきなんだ？」

歪な豆、とわめいた同じ声が、怒鳴った。

「セパターを糾弾するのか？」

「わたくしの考えを述べるのなら、セパターを王宮裁判にかけるべきだと思うのです」

ざわめきが広がった。すぐに、もちろんそうだ、と賛同の呟きも聞こえてきた。彼はそれだけのことをしたのだから、と数人が頷き、彼を処刑しろ、と過激な発言を叫ぶ者も出てきた。

「で、でも……さ、裁判に……た、耐えうるかな？」

喧噪の合間に一瞬あいた静けさに、ジュングの呟きが響いた。皆がはっと息をつめ、呟いた本人はたちまちまっ赤になった。

「彼の言うとおりだ。証拠が『誓いの書』とその女の子の言い分だけじゃ、相手はいくらでも言い逃れできる」

誰かが早口で言った。ロベリーは頷いて、

「わたくしもそう思います。ですが、シトルフィの言うことには、セパターは家系図を手に入れたとか。噂では、手に入れたものを書架の奥にしまいこんで満足することは少ないようです。権力者や財のある者に売ったり贈与したり、見せびらかしたりが常のようです。そうしたことを調べあげれば、充分な証拠となりえましょう。ですからわたくしたちは、明日からそれにとりかかりましょう」

「あたしとジュング、やります！」

エスニーがまっ先に手を挙げた。するとそれにつられたように、他に五、六人も挙手した。都についたらすぐに、訴えでるものと期待していたシトルフィは、落胆を隠せなかった。

「証拠集めってどのくらいかかるの？」

そっとオーゴに尋ねると、彼はかすかに首をふって、

「さあ。一月《ひとつき》はいるだろうな」

そんなに待てない、と叫びだすのをぐっとこらえた。二千人を殺し、〈久遠の島〉を滅ぼした男を罰するのに、どうしてこんな我慢を強いられるのだろう。不公平だ、と思ったが、シトルフィは口をひき結んだ。ものの姿形をあらわすために、まっ白な羊皮紙にあらゆる可能性をさぐることを思いだした。空白にたった一本の正しくうつくしい線を描く。それが、誤りのない一線だと確信して描けるようになるまで、何十枚、何百枚の紙に何千本、何万本の線をひいただろう。ものごとは小さな積み重ねで形をなしていく。一月の準備がいるのであれば、一月待たねばならない。

描くことを考えて、シトルフィの気持ちは少し落ちついた。部屋に戻って、持ってきた道具類を並べると、明るい蠟燭の灯の下で、ネイダルの顔を描いた。彼が船に乗る直前の顔と、一年以上たった今の顔。少しおとなになって、表情もひきしまっただろう。髭が生えたかもしれない。無垢であった笑顔は今も無垢のままだろうか、それとも世間ずれした狡いものに変わってしまっただろうか。

想像をたくましくしてあれやこれやと描きちらし、気がつくと夜明けを迎えていた。一眠り

して起きてみれば、陽はすでに高く、あけた窓からは、かすかな潮の香りが漂ってきた。軽食を終えて仲間たちの部屋を順に訪れたが、三人ともいなかった。とおりかかった女が、それぞれ都見物に出かけたと教えてくれた。

頭の中で何かがひらめき、さっき窓から見えた王宮の丘を訪れようと思った。あのどこかにネイダルがいるはず。忙しくて出てこられないというのなら、こっちから行けばいいんだわ。

シトルフィは一旦部屋に戻り、髪を整えた。昨日から着っぱなしのカフタには皺《しわ》一つなく、おろしたてのように輝いていたが、ゼケーに仕立ててもらったカフタに着がえた。刺繍とビーズがふんだんにある短沓《バブーシュ》をはき、オーゴから預けられた幾許かの銅貨の小袋を帯にたばさみ、階下へおりた。

途中でロベリーに出会った。彼女は、後ろにぞろぞろとついてくる若者たちに、どこへ行って何をするか、歩きながら指示を出していた。

「シトルフィ、どこへ？」

指示の合間に視線をむけられた。シトルフィは大股で通りすぎながら、正直に答えた。

「王宮のネイダルのところ」

背中にひきとめる言葉がかかるかと思いきや、一呼吸の沈黙のあと、ロベリーは指示に戻った。シトルフィの口角がひとりでにあがり、歩調はさらに速まった。

王宮庁舎への道は容易に見つかった。大勢の官僚、官僚見習い、書類の束や巻物をかかえた書記らしい男女が、野菜や果物を山盛りにした荷馬車のあいだをせかせかと渡っていく。それは、川の流れにも似て、とどめることができないような光景だった。

シトルフィはぶつからないよう、邪魔にならないように気を配って隅の方を歩いたが、庁舎の入口につくまでに冷汗をびっしょりかいていた。四棟ある庁舎はどれも大きく長く、窓だらけだったが、一番手前の棟の、五つもある玄関を、最も多くの人々が行き来するのを見て、そこが官僚たちの仕事場だと見当をつけた。とすれば、書記たちがいるのもそこに違いない。

人の流れの中に入っていくには、勇気が必要だった。それでも彼女は一歩を踏みだし、にきび面の見習い官僚と初老の伝令のあいだにはさまって、敷居をくぐった。廊下は左右にまっすぐのびており、扉のない部屋がずらりと並んでいた。にきび面と伝令の歩みにそってしばらく進んだ。誰も彼女を見とがめず、誰何《すいか》もなかった。皆自分の仕事に忙しく、他人をかまっている暇はない、ということか。異質な者が入ってくるはずもないと思いこんでいるのかもしれない。

シトルフィは足どりをゆるめて廊下の端にさりげなく寄った。にきび面はまっすぐ進み、伝令は戸口の一つに吸いこまれていく。人々の足音が、鳥が木をつつくように聞こえてきて、頭がぐるぐるしはじめた。背を壁につけて目をとじていると、

「ちょっと、あなた、大丈夫なの？」

女の声がした。四十すぎの顎の細い女がのぞきこんでいた。

「少し……人酔いしちゃって……」

女は太い眉をしかめる。

「なに？　書記志望者？　ならそこの階段を登って就職受付に――」

「いいえ！　人に会いにきたんです」

壁から背中をはがして、シトルフィはまっすぐに立った。しゃっきりしろと自分を叱咤《しった》して、

「王宮書記の幼馴染みに、会いに来たんです。エルズ王国からはるばる」

女の目をまっすぐにのぞきこむ。女は、ああ、そう、ととまどったようにまばたきした。

「それは随分遠くから……。ではどうしたって会いたいわよね。本当はあまり推奨されていないんだけど、そういう事情なら内緒で会わせてあげたいと思うじゃない。あたしはカリンニ、王宮書記だよ。あんたの会いたい人はなんていう名前？」

「わたしはシトルフィ。〈久遠の島〉から来ました。会いたいのは……ネイダル、という名前です。ああ……この人」

帯にたばさんできた羊皮紙を広げて見せた。こんなこともあるかとネイダルの肖像――一年前のものと現在こうであろうかと想像したもの――をもってきたのだった。

カリンニは絵を一目見て感嘆した。気難しそうに下がっていた口角がもちあがった。

「上手ねえ。あなた、すごい才能があるのねぇ。これが絵でなくて文字だったら、即座に書記室にひっぱっていくところだ」

「御存知ですか？　ネイダルっていうんです」

カリンニの褒め言葉など、どうでもいいシトルフィは、肝心な点をくりかえした。しかしカリンニは質問には答えず、にやにやしたまま別の問いを発した。

「あなた、字は？　読める？　書ける？」

「ある程度は読めます。書けないけど――」

「何語？　フォト語だけ？」

「フォト語、コンスル語、マードラ語、くらい――あの、わたし、書記になる気ありませんから。ネイダルに会いたいだけなんです！」

カリンニはとうとう笑みを顔中に広げた。

「わかった、わかった。じらして悪かったね。ネイダルとは仕事仲間だよ。こっちおいで、案内してあげる」

カリンニはそう言うと、シトルフィが来た方向へひきかえしはじめた。慌ててその隣に並び、歩調を必死であわせる。

「ネイダルは優秀な書記に育ったよ。はじめのうちは、人に物を尋ねることもろくにできなかったけどね」

「ああ、それは……わかるような気がします」

「彼を鍛えあげたのは、あたしたち仲間だけど、優秀な書記になれたのは、もともと培われていた素地と本人の努力と素直さかもね」

「素直さ……というより、単純さ……？」

「ま、ダルジリア様の強引で厳しい教育の賜《たまもの》ともいえるかも。彼は今じゃ一等書記官、ダルジリア様の右腕で、国王への直接報告を許される十人のうちの一人に出世しているよ」

シトルフィは息を呑んだ。足がとまる。その腕をカリンニがひっぱって、再び歩かせる。

「わたし……帰ります。馬鹿だった。昔のネイダルがいると思って——」

「ネイダルはネイダルだよ。怖気づきなさんな。はるばる旅してきたのは、彼の地位や肩書きに会うためじゃないだろ?」

そう言われて、シトルフィは頷いたのだった。

カリンニがつれていったのは、渡り廊下を渡った別の棟だった。シトルフィには前の棟とさっぱり区別がつかなかったが、人通りは少なくなっていた。人のかわりに袋のような嘴《くちばし》を横に広げた金色伽藍《がらん》鳥が、低空飛行しており、あやうくぶつかりそうになると、器用に人間をよけていく。シトルフィは目を白黒させた。

一つの部屋の前で立ちどまったカリンニは、首だけつっこんで小声で何か言った。そしてすぐにまた進み、階段を登ったが、シトルフィはさっきの部屋から数人の男女がついてくることに気がついた。皆、興味津々といった顔つきで、こそこそと何かを企むふうだった。ネイダルに会えると気がせいていた彼女は、おかしいとは思ったものの、それほど気にもとめなかった。

階段上の奥まった一室の大きな入口の前でカリンニは足を止めた。そこにだけは、青い天鵞絨《ビロード》の布扉がついており、カリンニはそれを中央で分けて、頭を入れた。すぐにシトルフィにむきなおると、にんまりとして入るように促した。

「さあ、ネイダルはこの中だよ。お行き」

後ろについてきた男女——どうやら皆、書記仲間らしい——も、期待感をあらわにして待っている。酒の肴にされているような気もしたが、ネイダルに会うのが先だった。

布扉をかきわけて一歩踏みこめば、書類や文書や書物や巻物が散乱した大卓があらわれた。その奥にまた別の大きな書き物机があったが、椅子は空だった。その主は今、四角く切られただけの窓に顔をむけて、外をながめていた。

背がのびた、とシトルフィは思った。〈島〉を出るときは彼女よりほんの少し高かっただけなのに、今では手のひら一つ分高くなってしまっている。肩幅も広くなったみたい。深い青のカフタを着て、帯は銀だが、さりげない上等さを示している。黒い髪は軽く波うって肩すれすれまでのび、夜の海の波を思わせる。窓からは噴水のたえまない音と、潮の香り、オレンジの匂いがそよ風に乗って入ってくる。

ネイダルは大きく一呼吸し、激務に再びむかいあうためにふりむいた。

シトルフィは微笑と不安を唇に刻み、黙って待った。

ネイダルの目——真夜中のような目——が大きく見ひらかれ、息を呑む音が聞こえた。二呼吸の間ののち、彼はゆっくりと机をまわってきた。やおら大股に最後の数歩を縮めると、シトルフィは直後に、ネイダルの腕に抱かれていた。肉桂《にっけい》と丁字《ちょうじ》の匂いがした。

「きみを失ったと思った……」

震える声は、覚えているより低くなっていた。

それまでおしこめていたすべてのものが一気に胸にこみあげてきた。シトルフィはこらえようとしたが、こみあげてきたものが唇からあふれだした。

「ネイダル……ああ、ネイダル！」

「すべてを失ったと思った。けれど、きみだけは戻ってきてくれた。ぼくの手の中に帰ってきた……」

ネイダルも、ささやきながら泣いていた。どれほど長いあいだ抱きあっていただろう。シトルフィの中にわだかまっていたものの半分は、涙で洗い流されたようだった。ネイダルが心の底に沈めていたものの半分も、同様だったろう。

やがて二人は泣きはらした目蓋《まぶた》で互いを見つめあい、少しはにかんで身体をはなした。するとそのときを待っていたように、布扉がひらき、ぞろぞろと書記たちが入ってきた。ネイダルは仲間たち一人ひとりをシトルフィにひきあわせた。カリンニ、ゼハーズ、モルマル、シーラ、セバスト、そしてポパット。

ネイダルの仕事ぶりや性格について、それぞれがシトルフィに言いつけるような口調で披露し、ネイダルは笑いながら否定したり訂正したりした。

「いや、おまえ、確かにあのとき泣きべそをかいていたぞ！」

ゼハーズが初日の様子をからかった直後に、皆の後ろで厳しい声が轟《とどろ》いた。

「これは何の騒ぎですか」

書記たちはもごもごと口の中で言い訳をして、あっというまにいなくなった。

「ダルジリア」

頰をかすかに赤くしたネイダルが、はずんだ声を出した。

「ダルジリア、シトルフィだよ。シトルフィ、覚えているかな。ぼくの姉さんだ」

目尻をつりあげんばかりだったダルジリアは、はっとしてわずかに表情をゆるめた。

「シトルフィ。〈島〉から『誓いの書』を救ってくれた、あの、シトルフィ……？　昨日、ロベリーの使いの者から、報告をうけましたよ。……サージ国の馬鹿王子が何をしでかしたかも」

彼女の両手をしっかりと握り、

「よくここまで来ましたね。わたしもジャファル氏族の一人として、歓迎します。長い旅だったでしょう。疲れていませんか？」

さらに肩を抱くようにして、

「こちらへいらっしゃい。わたしの部屋に、熱い香茶と甘い菓子を用意させましょう。あなたの口から、実際何があったのか、しっかり聞きたいわ」

とつれ去ろうとする。ネイダルが慌てて駆けよった。

「姉さん、ぼくのシトルフィだ」

それを横目で一瞥したダルジリアは鼻で笑う。

「また、子どものようなことを」

「〈島〉で何があったのか、ぼくも聞く権利がある」

「あなたには仕事が山ほどあるでしょ」

「そんなの、その気になれば一刻で終わらせられるよ。姉さん、こういうときまで、つまらない意地悪しなくたっていいと思うんだけど」

ダルジリアの細い片眉があがった。

「おや、わたしにそういうことを言うの」

「他の誰も言わないだろ?」

かすかな笑みが面《おもて》をさざ波のように走った。仕方がないわね、と彼女は譲歩した。

「いいわ、いらっしゃい」

シトルフィと並んで歩きながら暴露した。

「ここに来たときと大違い。わたしの顔色をうかがってびくついていたくせに。今じゃ大きな顔でご意見番よ」

それに抗議するネイダルの声を聞きながら、シトルフィはまた泣きそうになったが、それはさっきのつきあげられるような悲しみのためではなかった。

12

窓の外を、北から戻ってきたコウノトリが鳴きかわしていった。サボテン王子セパターは、大卓の上に四冊の本を並べて比較しており、夏の終わりが冬のはじまりになったことにも、ろくに注意を払っていなかった。

書物は四冊、いずれも表紙に華麗な装飾を施された逸品で、滅多に手に入る代物ではない。内容はどうでもよかった。どうせ相手は読んだりしない。彼自身も読まなかったし。さらに、中身も大したことはない。ヨルク王国の小地主が書かせた半生記とか、ジオラスト教の経典解釈研究とか、パルパジの洞窟に半月とじこめられた男の手記とか。だが、注文主はいずれも金満家であったらしく、装幀には金を惜しまなかったようだ。すべて革表紙で、浮彫や打飾りがあり、金箔をはったもの、宝石や貝を埋めこんだもの、と、表紙だけでも売れそうだった。

しかしセパターの目的は金ではないし、うけとる相手の目的も金ではない。書物を所有すること自体が、知識階級の証であり、余裕のある暮らしぶりをひけらかすことになる。その本を手に入れているということが持ち主に箔をつけ、権力を裏打ちするのだ。

セパターは青と黒に彩られ、中央に火瑪瑙《めのう》がはめこまれた一冊をとりあげた。火瑪瑙はその中心部に、鮮緑や金や真紅の炎を木漏れ陽のようにちらつかせている。

それはグァージ王への贈り物にしようと決めていた。グァージ王は中央フォトの君主——その身分はセパターとは比べものにならない——で、各小王国の国王や宰相や世継ぎたちとのつながりが深い。精力的で頭の回転が速く、狡猾《こうかつ》な一方、社交術にも長《た》けている。セパターよりも年は若く、二十五になったかならないかだが、早くから頭角をあらわし、〈フォトの黒サイ〉と呼ばれて久しい。セパターは三年以上前からグァージ王に贈り物を重ね、王は見返りに大フォトの官僚に口利きをしたり、他の王たちへ彼の評判を吹きこんだりしてくれている。

その官僚の数人から、セパターが〈久遠《くおん》の島〉の沈没にかかわっているという疑いで訴えられそうだと報せがあった。訴えているのはジャファル氏族百人、数々の証拠がそろっているという。証拠の一つは、セパターが大フォトの何人かに氏族の家系図を所有している自慢話をしたこと、もう一つは生き残った少女の証言と『誓いの書』。

魔道師のチュロクーが、この頃サージの町に見慣れない男女が出入りして、セパターについて嗅ぎまわっているようだ、と忠告したのはいつだったか。各国の王宮や大フォトの権力者を、本という網でからめとった、その網からもれた誰かが逆恨みして、セパターの弱みを嗅ぎまわっているのだろうと気にもとめなかったのだが。

ジャファル氏族とは。

それに、あの金の髪の少女。

逆巻く波に乗って舟の上で仁王立ちになり、彼を睨みつけていた粗野な田舎娘の姿が、なぜか明瞭によみがえってくる。

普通であれば、一介の少女の言うことなど証拠にもならない。だが、相手がジャファル氏族となれば、裁判にもちこまれる可能性は高かった。

各国の王たちの面前で糾弾されるなど、御免だ。居並ぶ王たちの厳しい視線にさらされて、弁明をする自身を思い描き、身ぶるいした。罪人よろしくひきだされて裁かれるなど、想像したくもない。

達者な口と、同情を誘う態度で、王たちを言いくるめる自信はある。だが、その場に立つこと自体に、大きな屈辱を感じる。「被告」なぞと呼ばれるのは我慢ならない。そうして、いくら彼が熱弁をふるい、身の潔白を言いたてても、なかなか疑いを捨てない王たちが存在するのも、少し考えればわかりきったことだ。

敵にまわるのは、〈島〉を所有していたエルズ王国の王を筆頭に、エルズの近隣諸国のヨルク、南フォト、スコールド小王国、アイリア王国、アナリア王国の王たちだ。裁判に〈辺境〉の長は出席しないだろう。〈辺境〉の長は、代々独立領をうたい、口も出さなければ干渉も許さない姿勢を貫いているからだ。としても、十三諸国のうち六国がセパターが有罪であることを決めつけるのであれば、裁判そのものの行方はひどく不利といえそうだった。

彼はもう一冊、金と銀の蔦《つた》模様がからみあっている本も選んだ。グァージ王の知りあいの有力者にも贈ろう。大王自身が、裁判開廷を許可しないように。裁判そのものがなくなれば、セパターは頭を昂然とそらして生きていける。

彼は家令を呼び、自分は潔白であり、王子という身分である以上、出廷する義務はない、大王にもとりなしをしてくれ、と書いた嘆願書とともに、二冊をそれぞれに送付するように指示した。

さらに、魔道師のチュロクーを呼んだ。魔道師は、かすかな衣ずれとともに図書室に入ってきたが、それは乾いた骨同士がこすれあってたてる物音に聞こえた。扉を閉めさせ、そばに立たせ、セパターはほとんど囁《ささや》き声で命じた。

「大フォトの〈黄金緑柱石の塔《ハイライアダルル》〉に『誓いの書』があるそうだ。盗みだせるかな?」

「〈四人の魔道師の塔〉ですかな。難題ですな。……しかし、本にまつわることであれば、このチュロクーに不可能はござらんよ。ゆるゆると策を練って——」

「時間がないんだよ。十日後か半月後か、ぼくは大フォトに呼びだされるかもしれないのでね。呼びだされても時間稼ぎをして、何とか先延ばしにするつもりだけど。でもできれば、呼びだされる証拠となる品が消え失せてしまうのが一番いいな。それで、いつのまにかぼくの図書室に無傷でおさまっていたら、とても満足だよ」

チュロクーの骸骨めいた顔が、両側から圧迫されたかのように、さらに細くなった。

「大急ぎはわたしの得意とするところではないが……まあ、やってみるとしましょう」

「頼むよ。頼りになるのはきみだけなんだから。……それからもう一つ、いいかな。一緒に暗殺者を一人、つれていってくれないか」

暗殺者、という言葉を聞いても、魔道師はさすがに眉一つ動かさなかった。

「あなた様が暗殺者にも伝手《つて》があるとは、はじめて知りましたな」

「ヴァージ王に紹介を頼んだのだよ。本を贈ると、こういうこともできる。その男はアナリアのネルの町で待っているはずなんだ。彼も〈塔〉に潜入させてね、助けてやってほしい。……確かに仕事が終えられるように」

「では、わたしにも、誰を殺すのか教えてもらえませんと。完全を期したいのであれば」

セパターの顔つきが一瞬、醜く獰猛《どうもう》になった。すぐにもとの愛嬌たっぷりの好青年に戻ったが。彼は淡々とした口調で言った。

「金の髪のひどく目だつ少女だよ。年は十五か十六くらい。会えばすぐにわかると思うよ。名前は……何といったかな……シタル……シーラ……いや、シトランとか何とか」

「金の髪の少女など、巷《ちまた》にたくさんおりますがね」

「〈塔〉に住んでいるとしたら、一人か二人だろう」

「で……？　どのように殺させるのですか？」

「できれば事故にみせかけたいね。それが無理であれば、仕方がない。とにかく彼女の口を封じられればいい。事が終わったら、暗殺者をつれて戻ってほしい。ああいう連中にはたんまり金をくれてやれば、ほとぼりがさめるまでは世の中の表に出ないことを心得ている」

チュロクーは炯々《けいけい》と目を光らせて頷いた。

「お任せあれ」

骨がこすれあう音をたてて、魔道師が退出した。

セパターは二冊分の空いた卓を眺め、打つだけの手は打った、と思った。

彼は、〈島〉を沈めて、二千人あまり人々を死なせたことを、それほどひどいことだと感じていなかった。家系図を手に入れたことで有頂天になっていた。図書室に家系図がおさまり、いつでも眺められるのは気分がいい。彼は欲しいものを手に入れる。そのための障害をただとりのぞいただけだと信じていた。しかし、一方では、『誓いの書』と少女を逃したことで怒り狂ってもいた。なんとしても『誓いの書』を手に入れなければ気がすまなかった。

外では、冬のはじまりを告げる雨が音をたててふりはじめていた。

アラバスターをはめこんだ窓の外で、突然、前ぶれもなく稲光《いなびかり》が走り、世界を切り裂いた。寸暇をおかずに雷鳴が轟《とどろ》いた。セパターはとびあがって、思わず手にしていた巻物を放りだした。さらなる稲光と雷が響きわたり、窓が激しく震えたかと思うや、大きな罅《ひび》割れができた。次なる光がほとばしり、木をひき裂くような轟音《ごうおん》が襲ってきた。閃光《せんこう》に目がくらんだ直後に、地響きと建物のゆれを感じた。隣接する塔に落雷があったのだ、と悟った。その直後、アラバスターの窓が粉々に砕け、室内に飛び散った。

かかえた頭をおこしたとき、信じられない光景を目にした。石の破片が、絨毯《じゆうたん》やタペストリーにつきささっていた。ありえない話だった。アラバスターはもろい石だ。雷音で砕け散るほどにもろい。それなのに、ナイフの先の形になってつきささるとは一体どうしたことだろう。よろめきつつ立ちあがり、タペストリーからひきぬこうとしたが、意に反してなかなか抜けなかった。それほど深くつきささっているにもかかわらず、指のあいだで塩のように崩れていく。背筋が冷たくなった。もし、立っている位置がもう少し窓際だったら、セパターは針鼠《はりねずみ》になっていただろう。

突然、塔から噴きあがった火柱に思考が中断された。破れた窓のむこうに、男たちが右往左往しているのが見える。塔の屋根が雷の一撃で吹きとび、むきだしになった梁《はり》から火の粉が噴きだしていた。

セパターは我しらず、部屋の戸口まで後退りした。——火の神ジオラストは、雷の一撃で罪人を裁く。神官たちがさも怖ろしげに脅すのを思いだしたのだった。

再び稲光が走り、彼の目を射た。思わず目をつぶったものの、その光は彼の頭の中でもひらめき、首の骨をとおって背骨から腰骨まで貫く。全身に金と黒の火花が散り、腰が砕ける。尻もちをつき、廊下に転がりでた。直後に、みぞおちのあたりに不快感が生まれ、とどめる間もなく、床の上に吐いた。涙と涎《よだれ》で顔を濡らし、全身をわななかせながら、床にへたりこむ。すぐまた吐気が襲ってきて、四つん這いになる。嘔吐《おうと》物の嫌な臭いが満ちて、よろめきながら廊下の窓をあけ、肩で喘ぎつつ座りこんだ。

そのときから彼は、物陰を怖れるようになった。

雷を怖れ、嵐の気配があれば、窓から遠ざかって暖炉の前にちぢこまった。昼でも灯りをたやさず、闇を退けようとした。そして吐く。天がもたらした稲光を身体の外に出そうとする。光だと？　そんなもの、踏みつぶせ。幕をかけろ。そうすれば恐怖を感じずにすむ、と、退けたはずの闇が、真紅の口をあいて嘲《あざけ》り、そそのかす。

やがて、その闇を退けることはかなわないのだ、と気がつく。家具の隣やタペストリーの陰、部屋の隅にわだかまる闇は、蠟燭《ろうそく》や暖炉の灯りで退けられよう。だが、嘲笑《ちょうしょう》し、そそのかし、彼を彼たらしめようとする闇は、彼の内側にあり、彼が殺した人々の生命の分だけ、日々増殖していくのだ。彼が良心を否定し、おのれを正当化するたびに、新たな闇が生まれ、ふくらみ、次の闇を生もうとする。稲光があらわにした胸の中の良心を吐けば楽になる。だが、闇に喰われていく領域の方がはるかに大きくなっていく。

目の裏側を侵食する闇は、やがて彼のすべてを侵していくだろう。本能的に、それに気づいてはいるものの、どうすることもできない。助かる道などない。ただ、進んでいくしかない。決してしてはならないことをしたとようやく認めたとしても、もう遅い。だから彼は、最後の手段として、残った自尊心をかき集め、おのれを鎧《よろ》うのだ。ぼくは何も悪くない。「楽しめ」と火の神が命じられたとおり、望みを追求しているだけなのだ。ぼくは何も悪くない。

13

北のコンスルやイスリルからすれば、都フォトの冬は冬とも言えないらしい。湿っていて、ときおり雨がふる。日中は暖かいが、夜になると急に寒くなる。

魔道師チュロクーは、主人《あるじ》セパターの命令に従って都へやってきたが、命令を果たす前からこの気候にはうんざりしていた。浮気女のように、一日で表情を変える都が嫌いだった。昼は陽気な良妻を装っているが、夜は冷たくとりつくしまのない女になる。

うんざりするのは気候ばかりではない。サージの町を出ようとしたときに、ケルカーがついてきたのだ。ケルカーは、『誓いの書』を持った少女を追いかけていき、姫山羊にさんざん蹴られ踏んづけられ、近くの村で手当をうけて、ようやく戻ってきた雇兵《こへい》である。もう一人の方は、どこへ行ったものか、いまだに姿をあらわさない。小娘一人に大のおとなが何を手こずっているのだと、セパターは激怒した。そのときの罵詈《ばり》雑言《ぞうごん》は聞くに耐えないものだった。しかしケルカーは、名誉を挽回するためについてきたのではないらしい。小娘に対する復讐心をふつふつとたぎらせて、旅の夜、酒が入ると必ず怨嗟《えんさ》と憎悪を吐きちらすのだった。

さらにもう一人、ネルの町で合流した暗殺者にもうんざりしている。男ではなく、〈ワニ〉

と名乗る三十代前半の女だった。砂色の髪をおさげにして、身体つきも少女のように細いが、突然喚きだしたり、物にあたったりする。心の歪みがあらわれているのではないかとチュロクーは深読みしている。それに、話しかけても返事をしないし、むこうから話をすることもない。旅のある晩、たまたま野宿せざるをえなくなったときなど、いつのまにかいなくなって翌朝、血まみれになって帰ってきた。本人は、野生の鹿をしとめたのだと一言だけ説明したが、獲物の肉の一片ももたず、それからしばらくは苛だつことがなかった。〈ワニ〉が殺すために殺し、獲物を放置してきたのではないか、はたして獲物は本当に鹿だったのか、と想像すると、怖気《おぞけ》が走った。そしてそのあとの落ちつき払った様子には、何やら不気味なものを感じた。そこには、ただ獣を殺すということの異常さがあった。獣は肉になるべき、そして毛皮や道具になるべきなのに。

早いところ仕事を終えて、この二人と別れたかった。

都へついた次の日には、〈魔道師の塔〉の場所をつきとめた。ただ出入口が五ヶ所もあるので、『誓いの書』があるのがどの塔なのか特定できず、十日あまりをむなしくすごした。

ケルカーが下働きの少年をつかまえて買収し、ようやく、本も小娘も、同じ一つの塔の中だとつきとめた。

「よし。わたしは中に入って書をさがす。おまえたち二人は外で娘が出てくるのを見張れ」

「あれはおれの獲物だ」

ケルカーが歯茎をむきだして、〈ワニ〉を威嚇《いかく》する。

「この剣で切り刻んで思いしらせてやらなけりゃ、気がすまねえ。そのあとでおまえにくれてやる。刺すなり首を絞めるなりすればいい」

〈ワニ〉は石ころでも見るようにケルカーを見かえした。が、何も言わなかったので、ケルカーは了解をとったと解釈したようだった。

その日は寒いがからりと晴れていた。午前の中頃に、人々がぞろぞろと出てきて、それぞれに散っていくのが見えたが、目だつ金の髪はいなかった。またしばらくして十数人が出ていくのをながめていると、

「おい、いつまで待つんだ。中に入ってさがそうぜ」

しびれをきらしたケルカーが、肩を怒らせて近づいてきた。

「なるべく中に人がいない方がいいと、昨日教えただろうが。気の短いやつめ」

「小僧の話じゃ、飯どき以外は皆、ほとんど出ているか、部屋にこもっているかだってよ。もう行こうぜ」

早口で嚙みつくように言う。部屋にこもっていたら、どの部屋なのか一々さぐりを入れなければならないだろう、と口にしようとしたとき、〈ワニ〉が三馬身離れたところで、すっと背をのばした。突然、全身が刀身になったかのような剣呑《けんのん》さに、思わずその視線をたどったケルカーが、おっと、と呟く。

「あれだ、あれ!……おい、手を出すなよ。おれの後ろについてこい」

ケルカーが〈ワニ〉に囁《ささや》いて、歩きだした。チュロクーは、塔から出てきた少女のあとを、間をおいてついていく彼らを見送った。少女は一人だ。確かに金の髪が陽に輝いてひどく目だつ。

それからまたしばらく、チュロクーは待った。塔はそのあとも二回ほど男女を吐きだして、以後は、貝のように沈黙した。陽は高く昇りつめ、青空に常緑樹がくすんだ色の葉をひるがえした。鳥の声一つしない。遠く町並みのざわめきが伝わってくるだけだ。

今こそ、と、チュロクーは素早く動いた。今日の彼はさすがに魔道師の長衣を脱ぎすて、灰色の頭巾つき長普段着《ジェラバ》をまとっている。いかにも用ありげに塔に近づき誰もいない門をくぐった。魔法の塔の噂は市場で聞きだしていた。門をくぐるとき、目に見えない誰かにさぐられるような不快感があるので、悪意のある者は入れないのだという。チュロクーは自身を暗示にかけた。わたしは『誓いの書』を一目見たくてやってきた本の研究者だ。あながち嘘ではない。真実も少しはまじっている。案の定、肌が少々ちりちりしたものの、放りだされることはなかった。二人の門番が、彼が呼びだした影に誘いだされて持ち場を離れたその隙に、目当ての塔にするりと入りこむ。

本の魔道師と自称するチュロクーは、二つの魔法を使うことができる。一つは、題名さえわかれば、いかなる本でもそのありかをつきとめられる力、もう一つは手にした本の登場人物の影を呼びだすことができる力だった。架空の人物であれば、ただ幽霊のような影となってあらわれてやがて消え去るが、実在した故人であれば、死をまとった影となる。これを吸いこんだりすれば、具合が悪くなり、チュロクーの呪文次第で死に至らしめることもできる。しかし影の移動方向を制御するのがなかなか難しく、長い魔道師人生の中で実際に使ったのは、二度だけだった。

『誓いの書』は、三階の回廊正面の部屋にしまわれてある。そこは老女が一人で使っているらしい。もし室内にいたら、殴りつけて黙らせてしまおう。本を手に入れさえすればこっちのものだ。

豪奢《ごうしゃ》な広間になっている。一階を横切り、足早に二階へと階《きざはし》を登る。長卓やら椅子が散らばる広間には、数人ほどがいすわって小声で話をしている。チュロクーは用心深く、しかし堂々と回廊へあがっていった。常に誰かが動き、出入りするこのような場所では、人は滅多に視線を移したりしない。ちらりと見られることはあっても、自信ありげに、ここにいて当然というふうにふるまっていれば、怪しいとは思われない。よしんば、異状を告げる直感がひらめいても、理性がその火の粉を消し去ってしまうのだ。

チュロクーは三階まで登り、ぐるりを見渡しながら息を整えた。膝が痛みを訴え、心の臓はすさまじい速さの鼓動を刻む。冷汗のしたたる眉毛の下で、目的の部屋を見つけた。口でせわしなく息をしながら近づき、へばりついた扉のむこうの物音を聞こうとする。数呼吸待ったが、耳に響くのは自分の拍動ばかり。町の薬屋でジギタリスを求めなくては。脈が駆け足になったり跳躍したりしている。

あたりに人影がないのを確かめて、するりと中へ入る。直後に、どこかの扉が無造作にあくのが聞こえたが、見られてはいないと確信する。

室内は整っていた。寝台が一つ、卓が二つ、椅子も二つ。長櫃《ながびつ》が二つ、小物箪笥《だんす》が一つ。目当ての『誓いの書』は張り出し窓の隣の壁龕《へきがん》におさめられていた。アラバスターで囲われた小さなそのへこみには、他にも小ぶりの巻物や文鎮がおいてある。

チュロクーは『誓いの書』を手にとった。千年を経たとは思えないつややかな革の表紙。背表紙もしっかりしている。綴じ紐は少しのゆるみもない。かがり糸が二重にまきつけられている証拠だ。上等の代物で、しかも、古本らしい黴《かび》臭さは微塵《みじん》もない。一枚、二枚と適当なところをめくってみれば、筆跡の異なる黒々とした文字がつらなっている。鼻を近づけて嗅いでみたところ、新しい羊皮紙の匂いしかしない。魔法のかかった紙に、彼の知らない種類のインクを使っているようだ。

わたしの知らない、だと⁉

チュロクーは少しばかり憤然とする。本についてあらゆることを知っているのが、魔道師チュロクーの真骨頂なのだ。だが憤りは束の間に去り、彼は自分を慰める。まあよかろうて。このインクが安価な没食子《もっしょくし》インクでないと看破できる者もそうおるまい。インク壺におさまっているあいだは鮮やかな青で、紙の上に結着すると次第に黒さをましていくインクであると気づく者は。わしだから気がついた。どうだ、大したものだろうて。

頁も、いくら繰ってもなくならない。重さは千年の人々の名をつらねているほどには重くない。やはり四人の魔道師たちの力がこもった本なのだ。

　頭蓋骨の奥の方でささやくものがある。

　こんなすばらしいものを、真の価値もわからず、めくってみようとさえしないセパターに手渡すというのか？　影の権力者を気どって、最近はとみに鼻もちならない男になりさがっているあやつに？

　千年分の誓いがどれだけの魔力を秘めているのか、あの男にはわからないだろう。使いようによっては――使えるのはわしくらいじゃ――とてつもない支配を手に入れることができよう。大フォトの王とマードラの神官王を下働きにして、コンスル帝国もイスリル帝国もあわせて君臨できるほど。――だが、わたしにその「とき」が残されているか？

　もっと若くて活力に満ちていれば、野望を実現しようと企みをめぐらせたかもしれない。しかし、どんな薬や魔法を施しても、この老いだけは、黒黴のごとく身を侵食してくる。膝が痛み、耳鳴りがし、階をあがっただけで息切れするのでは、フォトとマードラを混乱に陥《おとしい》れ、この世をわがものと勘違いしている輩を慌てさせるのがせいぜいというところか。分不相応の望みを抱くでない。夢を捨て去ったからこそ、ここまで生きのびてきたのだ。

　チュロクーは本を抱えてふりむいた。ふりむいてはじめて、太った男が目を丸くして戸口に立っているのに気がついた。

「何者だ、きみは」

　芋虫のような指をつきつけてくる。

「その本をどうするつもりかな。戻してくれないか」

チュロクーは逡巡した。戸口を幅広い男がさえぎってしまっていては、骨と皮の彼が体当りしたとしても、はねかえされそうだった。しかも、他に出入口はない。

彼はとっさに『誓いの書』に目を落とし、そこに記されている新郎新婦の名を読みとって、渾身の魔力をこめた呪文を唱えた。するとたちまち、靄《もや》状の人影があらわれて、太った男に肉薄した。男は思いのほか敏捷にとびのいたが、死者の香りを吸ったせいで咳きこんだ。チュロクーは、その隙に脇を駆けぬけるつもりだったが、思っていたよりもおのれの身体の動きが鈍かった。男の丸々とした片手が彼の帯をつかんだ。つんのめり、ふり放そうともがいて、二人ともども廊下に飛びだし、横倒しに倒れた。

「誰か来てくれっ。ロベリー、曲者だっ。ゼケー、テルラポ、助けてくれっ」

男が叫ぶ。チュロクーは這いずってその手を逃れようとする。

靄状の人影が、男の上にのしかかろうとしている。男は悪態をつき、手をふりまわしている。ようやく四つん這いからおきあがったチュロクーの目前に、老女が立ちはだかっていた。

「本を、返しなさい」

両手をカマキリのようにふりあげて迫ってくるのへ、名前を口にすれば、二人のあいだに別の夫婦の幻があらわれる。老女ははっと息を呑んで立ちどまる。その後ろに、どやどやと数人が駆けつけて、老女をかばうように大柄な女が腕をふりまわし、小柄な男が、手にした裁ち鋏《ばさみ》で切りつける。幽霊は乾いた木屑のようにばらばらになりながらも、皆を咳きこませる。

チュロクーは彼らと幻をおしのけ、息をとめて階段の方へとむかった。背後でさっきの太った男の声がし——何と、呪文らしい。あやつも魔道師か——、踵《かかと》が急に重くなったと感じた直後、ばったりと前のめりに倒れた。本が床をすべっていく。再び呪文が聞こえ、足の感覚がなくなる。膝が凍りついたためだとわかって愕然とする。若い女が本をとりあげ、大勢がいまやおしよせて、彼の肩やら背中やらをおさえつける。

口々に名前を言えだの、誰に頼まれた、だの、目的はこの本か、それとも誰かの命令か、と喚くのが、まるで遠い世界のようだ。両脇を支えられて起こされ、老女が何やら尋ねるが、チュロクーはぼうっとして彼女を見つめかえすだけ。頭がくらくらし、心の臓が不規則に跳びはね、胸がぎゅうっと締めつけられる。

皆の関心は、息を切らして汗だくの、今にも気を失いそうな老人より、『誓いの書』にむいていた。口々に喚いて頁を繰りながら、本が傷つけられていないかを確かめている。その間、二人の若者によって彼は、ひとまず同じ階の物置部屋にとじこめられた。手足を縛られて、箒《ほうき》やモップと一緒に暗い空間におさまっていると、荒い息が徐々に静まり、汗もひいていく。耳鳴りはつづいているがさっきよりはよほどましだ。

落ちついてしばらくしてから、両手足を縛っている紐をなんとか緩めようともがいた。そのとき、ひときわ濃い闇の塊に気づき、ぎょっとした。さっき呼びだした死者の幻が一体、いつのまにかそばに立っている。しまった。自ら掘った墓穴にはまりこんだと、即座に悟った。魔法に失敗すれば、呪いがおのれにかえってくるのは、魔道師のさだめだ。『誓いの書』から生まれた死者でなければ、こんなことにはならなかっただろう。結婚と氏族の血と千年の時間。それがどれほど大きな魔力を生むことか。はねかえってくる呪いは死、のみか。呪いの掟を知りすぎているほど知っているチュロクーは、おのれの運命が極まったのがわかった。

チュロクーは暗闇に目を閉じた。逃れるすべはない。〈島〉を沈めるのに同意した――そそのかした――のは自分だった。セパターといっしょになって二千人の生命を滅ぼしたのだった。とすれば、おぬし、ファムベリとロッカの息子アッサモンの死の影よ、おぬしの息でわたしが死ぬのも当然の報いか。ふん、二千人に対してはかなり割のいい取引だ。

おお、だが、おぬし、仇を討ったあと、そのまま消え去るな。せめて同族に、おぬしの子孫たちに、『誓いの書』の秘めたる力とそれを使う方法を囁きかけてから消えるがいい。それで少しは、このわしの借りもかえせよう。

チュロクーはそう語りかけた。それから、覚悟を決めて、死者の靄を深く深く吸いこんだ。


傭兵のケルカーは、小娘を追って市《いち》の中につっこんだ。香ばしい匂いをさせている串肉屋や鍋や薬缶をつるしている鋳掛け屋、色とりどりの布地の店、貝殻や石や硝子《ガラス》の玉をつらねた装飾品を商う店には目もくれず、娘はひなびて暗い一軒に入っていった。それはちゃんと扉のついた店で、看板には巻物の絵が記されていた。中をのぞきこもうにも、扉はぴったりと閉まり、窓には板戸がおりていた。踏みこんで娘をつかまえようかとも考えたが、商店主や他の客がいたら面倒なことになる。行き交う通行人に怪しまれないよう、少し離れて行ったり来たりしな

ネルの町で合流したときから、〈ワニ〉はいつのまにか姿を消していた。まずい飯もうまい飯も同じように食べ、薄気味の悪い女だった。口数少なく、表情をめったに変えない。ケルカーの冗談に笑いもしない。ただ、突然わめきだし、手あたり次第に物を投げはじめる。

チュロクーに聞いたところでは、セパターが雇ったわけではなく、セパターの取引相手の中央フォトの王の手の者だという。

「セパターはわしには暗殺者を男と言った。だが男ではなかった。つまり何者が合流するのか、セパター自身知らなかったということよ。で、セパターに力を貸してくれる有力者がいるとしたら、そりゃグァージ王だろう。あの王も一筋縄ではいかぬらしい。暗殺者を幾人か抱えているという噂は昔からあったからな」

ケルカーにはそんなことはどうでもいい。上の方でどんな駆け引きがおこなわれようと、彼には関係がない。〈ワニ〉が彼の邪魔をしなければ、それでよかった。

小娘が出てきた。あの金の髪は雑踏の中でも目につく。金の髪の女は少ないし、特別に輝いて彼をひきよせる。

娘ははずむような足どりで市をぬけ、王宮庁舎への大通りに入った。人通りは少なくなり、サヘルの樹が緑陰をおとしている。ケルカーは樹の陰から陰へと何気なさを装って追跡する。庁舎のてっぺんが丘の上に見えてきた。中へ入られたら面倒なことになる。あたりに人がいなくなるのを待って、路上で襲うのがよさそうだった。少しずつ距離をつめていき、二馬身まで近づいた。驢馬《ろば》に乗った老人が娘とすれちがい、羊の群れを追いたてる少年が追いこしていく。娘は立ちどまっていた。やせた羊の最後の一匹が、彼女の足元をぬけていく。彼女は誰かの名を呼んだ。笑いを含んだ声で。

ケルカーは樹の陰から出て、大股だがゆっくりと近づいていった。娘はむこうむきになって、若い黒髪の男と相対している。背中を襲うのにケルカーは何の呵責《かしやく》も感じない。あの小娘に与えられた屈辱は、卑怯だの低劣だのという誹《そし》り以上に彼をさいなむ。

近づきながら剣をぬく。その音に娘がふりむく。が、もう遅い。剣の刃があと一歩でその肩をとらえる。

ふりあげた腕をおろそうとした。娘がつきとばされ、黒髪の男の姿が視界にとびこんできた。肘が剣の柄にあたり、太刀筋がそれた。ケルカーはおめきながら二の太刀をふるったが、空を切った。男の頭がみぞおちに入り、息がつまった。踏みつぶされた蛙《かえる》のような声とともに、思わず二、三歩後退した。その踵を男の足が払う。足裏が天をむき、尻もちをつく。それでも彼は剣をふりまわし、男が再び懐《ふところ》に入るのを防いだ。

小娘が助けを呼んでいる。まずい。人が集まってきたら、次の機会はなくなる。ケルカーは素早く四つん這いになり、男に一太刀くれるふりをしてからその場を逃げだした。走りながら剣を捨て、鞘を放り投げ、追ってこないとわかると走るのをやめた。

市の端までさりげない歩調を保って進み、息を整えたが、内心では地団駄を踏んでいた。何だあの男は、と切歯扼腕《せつしやくわん》する。ケルカーは凄腕というほどではないにしろ、雇兵として十何年やってきた男だ。実際戦場に立ったことはないが、荒くれどもの喧嘩にとびこみ、数人を叩き伏せたり、要人の警護中に襲ってきた者を返り討ちにしたことも何度かある。場数を踏んで、それなりの技はあるはずだった。それをあの若造、いとも簡単に防ぎ、反撃してきた。どういうことだ。

彼は首をふりつつ人ごみの中に足を踏み入れた。と、脇をひっぱられ、ふりむくと〈ワニ〉の歪んだ顔があった。どこへ行っていたんだ、と言いかけて胸に鋭い痛みを感じた。肋骨の下に短剣の柄がつきだしていた。ケルカーは信じられない思いで、刃が、自分の身体に埋まっているのを目にしていた。

「邪魔をするな、阿呆」

〈ワニ〉は身体をよせてきてそう囁くと、直後には雑踏に紛れ、姿を消した。

ケルカーは焦って短剣の柄をつかみ、ひきぬいた。たちまち血飛沫《しぶき》があがった。あふれでる自分の血を見ながら、これは何の冗談だろう、といぶかった。死がこんなに不意に、やってくるとは。それは、自分ではなく、他の者たちの運命だとばかり思っていたのだが。

悲鳴と怒号が渦巻くなかに、彼は倒れ伏していった。

小娘についていけば、何喰わぬ顔で王宮庁舎に入りこめたのに、あの雇兵が大道で剣など抜いたばっかりに、当初の計画は使えなくなってしまった。〈ワニ〉は苛々と次の手を考える一方、まったく表情にはあらわさずに、市の中を流れていく。チュロクーが看破したとおり、彼女の雇い主は中央フォトの王グァージだった。彼のもとで働いて三年ほどになろうか。

グァージ王は、前回の連合会議で大王の座を三人の候補と争って現王に敗れた。それがよほど悔しかったのだろう、此の度、セパターから暗殺者の手配を頼まれたとき、〈ワニ〉をつかわし「大王を殺せ」と命令した。現王がいなくなれば、フォト連合王国の玉座に座るのはグァージ王である。就座後、幾つかの死についてあれこれ疑問が囁かれても、権力で踏みつぶそうというのだ。

少女の暗殺は、ほんのついでのつもりの王と〈ワニ〉である。セパターなどという小魚は、歯牙《しが》にもかけない。稀覯本《きこうぼん》を何冊か賄賂《わいろ》がわりにもらっても、それに応える義務はないと、内心では考えている。誠実さなどというものを、二人はもちあわせていないのだった。

今日のことで、少女の身辺は警戒が厳しくなるだろう。ジャファル氏族ががっちり周りをかためて、油断しないだろう。気のゆるみが出るには、数週間のときが必要だ。

それであれば、と〈ワニ〉は標的を移すことにした。王が先、少女があと、だ。

王宮の中に入るには、いくらでも手はある。少し手間がかかるにしろ。思いどおりにならなかったのには苛々するが、〈ワニ〉は泥沼でじっと獲物を待つことには長けている。

14

王宮裁判は第三棟の大広間でおこなわれる。フォト連合王国の大王を選ぶときと、王宮裁判のときしか使われない大広間で、床も壁も天井も濃茶の石の、何となく圧迫感を与える部屋だった。壁や柱の装飾も、荘厳な直線と幾何学模様が施されて、心をひきしめよと戒めているかのようだ。

シトルフィは、ネイダルとオーゴに両脇をかためられて入室した。その後ろにはロベリーを先頭に、ジャファル氏族の三十人がつづいている。原告は氏族の百人であったが、上限が三十五人という規則だったので、やむなく絞らざるをえなかったのだ。

大広間の正面奥には、一段高いところに連合王国大王の玉座がしつらえてあり、その両脇からゆるい弧を描いて国王たちの玉座が並んでいる。一大事件の大きな裁判のときは、十三諸国のうち少なくとも十の玉座が並ぶというのだが、今日は八つだけだ。そのうちの六国は、こちらの味方だと聞いている。残り二国はセパターの国サージの王のものと、中央フォト国のグァージ王だ。

昨夜、ダルジリアとロベリー二人に励まされたことを反芻《はんすう》しながら歩をすすめるシトルフィだった。

「セパターの身辺を洗った五人が、あなたの証言を裏づけするわ」

ロベリーはそううけあった。ダルジリアは、

「どれほどセパターが口達者で他人を操る術に長けていようと、そしてどれだけサージ国王が他の王たちをときふせようと熱弁をふるっても、これだけ証人がいるのだから、有罪はかちとれる。グァージ王がどちらにつくかわからない。彼は前回の大王候補でもあり、味方の六国をあわせたより大きな権力を持っている。彼が味方してくれれば裁決はあっというまでしょう。ただ、彼はセパターとは近しくしているというから、そう簡単にはいかないと思うわ。だからシトルフィ、セパターがどんなひどいことをしたのか、あなたがその目で見たことをしっかり訴えなければならないのよ」

ネイダルとオーゴがそばにいてくれても、身体中が緊張して、心の臓の鼓動が耳まで響く。王たちの前でうまく語れるだろうかと、めまいまでしてくる。

玉座が弧を描くその下に、原告側の長椅子と被告側の長椅子がむかいあって並んでいた。王たちの直前で、敵と相対しなければならないことに気づき、シトルフィの鼓動はますます速くなった。悪いことに、セパターはすでに入室していた。シトルフィを目にとめると、薄笑いをうかべて軽く頷き、被告席の真中に悪びれることなく座った。大柄な雇兵《こへい》たち四人と家令を従えて、じろじろと彼女をながめまわしてくる。ぎくしゃくと歩むシトルフィに気がついたオーゴが、セパターの正面に座ってくれた。彼女はその背を盾にして、すぐ後ろにネイダルと並ん

で座り、周囲をジャファル氏族がかためた。

オーゴがじっとセパターを見つめていたが、やおら口をひらいた。

「あなたの魔道師がどうなったか、心配ではない？」

セパターは薄笑いをうかべた顔を少しも変えずに応えた。

「ぼくの魔道師？　何のことやら」

「あなたが送りだして以来、帰っていないでしょう？　彼は『誓いの書』奪取に失敗して、わたしたちの捕虜になっているよ。あなたがしたことをいろいろと教えてくれた」

実際はオーゴに術を破られて、もう死んでしまっているが。シトルフィを襲った雇兵と、同じ計画の一部だったらしいと、〈塔〉に避難してからわかった。

「あなたは平気で汚いやり方をする男だね」

それに対してセパターはせせら笑う。

「そんな魔道師など、ぼくは会ったこともないね。きみの話は嘘っぱちだろう。もしそれが本当だったとしたら、証人席に座っているはずだもの」

「あなたは雇兵をシトルフィにさしむけた。今あなたの後ろに座っている男たちと同じような種類の人間を。自分の罪を悔いもせず、証人を始末しようとした」

「さっぱりわからない。身に覚えのないことだよ」

するとオーゴは視線を彼の背後に移した。

「きみたち。セパターにいくらで雇われたのか知らないがね。命あっての物種だよ。ここにいるこの男は、自分に不利だと思えば躊躇《ちゅうちょ》なく人を殺す。きみたちの仲間も殺されたよ。市場で刺されて即死だった。彼は二つの顔を持つ男だ。信用しちゃいけない。いくら金を積まれようと、死んでしまっては終わりだ。そうは思わないかい？」

「おい、でぶ、その口をとじないと太い腹を裂いてやるぞ」

血の気の多い一人が、やおら立ちあがって剣をぬいた。氏族のあいだから、悲鳴とどよめきがあがった。その直後に、剣はぴしぴしと音をたてて凍りつき、思わず雇兵が床に投げだすと、粉々に砕け散った。

「何の騒ぎですかっ」

玉座の端にあらわれた書記の声が響いた。ロベリーが立ちあがって、雇兵たちを指さした。

「裁きの場に剣を持ちこむなど、許されるのでしょうか」

書記はポパットだったが、大広間を見渡して、原告側と玉座のあいだの自分の席にゆっくりと座ってから答えた。

「裁きの場で暴力をふるうことは許されません。だが、武器の所持、魔道師の同席は禁じられておりません。……皆さん、落ちついて。裁判がはじまるのですよ。静粛に」

原告側は渋々席に腰をおろし、雇兵たちとセパターは、オーゴを睨みながらふんぞりかえった。

王宮書記は単なる書記ではない。あらゆることを広く知る者たちであり、特に王宮裁判の書記資格を有する者は、法に精通しており、裁判中、王たちに法的助言をする義務を負っているのだ。

　まもなく脇扉がひらいて、八つの王国の王たちが次々に座を占めていった。老いた王、年若い王、男盛りの王、鳥に似ている王、昆虫を彷彿《ほうふつ》とさせる王、と横に並ぶと、なるほどこれは只事ではない。シトルフィは空唾をのみこみ、手の先が冷たくなるのを感じた。すると、ネイダルがそっと手を重ねてくれる。彼の手も冷たいので、同じ思いをしているのだとわかって少し緊張がほぐれる。

　最後に大王よりの席に腰をおろしたのが、中央フォトの君主だろう。〈フォトの黒サイ〉と呼称される若いグァージ王は、中肉中背だが、褐色の肌をつやつやと光らせ、豊かな黒髪に凜《り》凜《り》しい眉、黒々とした頬髯をもっている。炯々《けいけい》とした両眼は、明らかに他の王たちと違う。精力的で押しが強くどんな小さなことでも見逃さず、すべてを手中におさめる類の人間に思われた。

「一度息を止めて、シトルフィ」

　ネイダルが囁《ささや》く。

「それから大きく吐いて。ゆっくり息を吸って。そう、もう一度。大丈夫、きみならやれるから」

　震える手をぎゅっと握ってくれる。

　一同はしばらく待った。衣ずれひとつ聞こえない静寂がつづいた。ときがすぎるあいだに、セパターの姿勢が崩れ、その口元には再び薄笑いがうかんだ。

「王はどうしたんだ?」

氏族の誰かが囁いた。

「もうおでましになってもいいのに」

大王は玉座の後背にある布扉からあらわれるはずだった。ところが、中央の玉座はまだ空のままだ。王国の主たちが着座してまもなくおでましになると聞いていたのに、待ち時間がいくらなんでも長くはないか?

ざわめきが大きくなり、王たちも顔を見あわせている。泰然としてゆるぎないのは、グァージ王だけ。ポパットもフクロウのように頭を回して、布扉と脇扉を交互に見ている。セパターの薄笑いが深くなったような気がする。

布扉がひらいた。大王があらわれた。ざわめきは徐々に静まり、一同、居住まいを正した。だが大王は玉座の後ろに直立不動のまま、宙を凝視している。皆がとまどい、顔を見あわせた。グァージ王とアイリア王国の王が同時に立ちあがって大股に近より、問いかけようとした刹那《せつな》、大王の身体は斜めに傾ぎ、したたかに顎を玉座の縁にうちつけたあと、床に転がった。鋭い悲鳴があがったのは、その背に深々と剣がつきたっていたからだ。

人々の動きが止まり、一呼吸分の沈黙の最中に、布扉に誰かの手がかかった。手につづいてダルジリアの顔があらわれたが、何かに驚愕したまま凍りついているかのように見えた。彼女もそのままそこに倒れ、大広間はたちまち大混乱におちいった。

王たちが叫び、ポパットが怒鳴り、ロベリーと何人かが壇上に駆けあがった。オーゴは見かけによらない身軽さで長椅子をのりこえてシトルフィのそばに立ち、ネイダルは姉のところへ駆けつけた。布扉のむこうに王たちが入っていき、まもなく誰かが大声で報告した。

「こっちにも倒れています！　あと二人！」

すると、大王のそばにひざまずいていたグァージが立ちあがった。

「怪我人を運べ！　薬師と治療魔道師を呼べ！　裁判は延期だ！　原告被告とも、追って沙汰あるまで待機するべし！」

セパターはゆっくりと立ちあがった。首を少し傾けて表敬の挨拶をすると、グァージ王はかすかに頷いたようだ。肩をそびやかしてシトルフィたちにふりかえり、隠すことのできない笑みをうかべて、セパターは言った。

「不測の事態がおこったね」

してやったり、と表情が物語っていた。このことに彼が深くかかわっているのは明らかだった。

「きみたちは家に帰った方がいいね。……おっと、失礼、帰る家はなくなったのだった。もう裁判はひらかれないと思うよ。気の毒だけど」

言いたいことを言って、雇兵どもを従え、悠々と踵《きびす》をかえした。シトルフィは我慢できずにその背に叫んだ。

「人殺し！　火の神の火に焼かれてしまえ！」

セパターはふりかえりもせずに手のひらをひらひらさせて応え、出ていった。

ネイダルが戻ってきて、残っている氏族全員に聞こえるように言った。

「王、ダルジリア、小姓と侍女が一人ずつ、何者かに襲撃されたようだ。控えの間から廊下に出てくるあいだに次々に刺されたらしい」

息を呑む間に、誰かが囁き声で尋ねた。

「……容態は……？」

「小姓と侍女は死んだ。王とダルジリアも良くない。意識がない」

呻きと泣き声と溜息が漏れる。ネイダルは厳しい顔を崩すことなく指示を出す。

「全員〈塔〉に戻っていてくれ」

「セパターが仕組んだんじゃないの？」

エスニーが人々のあいだから顔をだして言った。おれも、わたしもそう思う、と次々に頭が頷く。

「あいつは人殺しよ、千人殺そうが二人殺そうがもう同じなんだわっ」

「王たちにそう言ってくれ、ネイダル！」

「あいつが手を回して裁判をひらけないようにしたに決まってる！」

ネイダルは皆落ちつけ、とたしなめた。

「皆、ダルジリア姉さんのことを考えてくれ。今、治療魔道師が必死になって救おうとしている。ダルジリアが回復するよう、祈ってほしい。祈りは力になるとぼくは思う。騒ぎたてず、彼女に心を注いでやってほしいんだ」

熱いものにつき動かされて、今にもはじけそうだった人々は、その言葉にはっとわれにかえった。シトルフィも彼らと全く同じだったので、ネイダルの、厳しい表情の下にあるものに気がついて、息を呑んだ。彼はまたしても、肉親を失うかもしれないのだ。怒りや憤りは今は脇においておくべきだった。ネイダルの言うとおりだ。

シトルフィはオーゴに護られながら、氏族たちとともに〈塔〉に帰った。留守番をしていた人々に何がおこったのかをヤルランが代表して話し、ネイダルの言葉を伝えた。それから二日間、〈塔〉は静まりかえっていた。皆、口数少なく、ただ心を一つにして、ダルジリアと王の回復を祈ったのだった。

三日後の朝、ネイダルとロベリーが帰ってきた。ネイダルはげっそりとやつれて顔色が悪く、ロベリーは落ちくぼんだ眼窩《がんか》のまわりをまっ黒にして、二人支えあうようによろめきながら広間にあらわれた。ちょうど静かな朝食をとろうとしていた時刻だったが、二人を見た者は次々にそっと立ちあがって無言で迎えた。

「夜明け前に亡くなった」

ネイダルが呟き、

「結局、意識は戻らなかったわ」

ロベリーがあとをひきとった。広間全体に灰色の重い幕がおおいかぶさってきたようだった。

「大王も昨夜遅くみまかった。結局、誰に殺されたのか、闇の中だ」

失意の溜息が広間に広がり、人々はうなだれた。誰かが罵《ののし》り、誰かが食卓を殴り、誰かがジオラストの神に毒づいた。

「王家と連合国に尽くしたので、ダルジリアは国の墓地に葬られる。ジオラスト教信者ではないので、火葬はされない。埋葬に立ちあえるのは五人。ぼくとロベリー、ヤルランが最も近しい血筋なので立ちあう。あとは部下のポパットと侍女のイクサラナだそうだ。明日の午後に」

「それで、あとは黙っているのか?」

怒りをおし殺した声で、ジュングが言った。

「だ……誰がやったか、わからない。……それですませるのか?」

くすぶっていた薪が火の粉を弾けさせるように、次々に同意の声があがった。

「セパターに決まっているじゃないか。やつが暗殺させたんだ。雇兵か誰かを金で動かして」

「やつの裁判はどうなるんだ。宙に浮くのか? それとも立ち消えになるのか?」

「こんなこと、許していいわけがないわ! 正義はどうなるの?」

と、ロベリーが近くの椅子にへたりこみ、皆は束の間、口をとじた。

「……次の大王が誰になるか、で裁判の行方も決まるわね」

「というと?」

「アイリア国王が大王になれば、裁判も忘れられずにひらかれるでしょうよ。中央フォトの王が大王になれば、おそらくうやむやにされてしまうでしょう。彼とセパターは太いつながりがあるだろうから。そして、おそらくは、グァージが玉座に座るでしょうね」

「ではわたくしたちは泣き寝入りですの？」

「〈島〉を沈められ、血族を殺されたのに？」

口々に喚き、叫び、互いに怒りをぶつけあって、大騒ぎになった。ロベリーは片手で額をおさえ、うつむいたきりだ。

「ちょっとちょっと、あんたたち」

見るに見かねたテルラポが大声を響かせた。

「ロベリーもネイダルも疲れきっているんだよ。明日の埋葬までそっとしといてやろうって思いやりはないのかい？」

ゼケーも、

「休ませておあげなさい。そのあいだに、どうすれば一番いいのか、それぞれに考えようじゃありませんか」

と言った。その正論に、ふりあげた拳《こぶし》がそっとおろされ、つりあがっていた目に冷静さが戻り、がなりたてていた口がとじられた。そこへオーゴがつけ足した。

「各自、扉をしっかり閉めて、鍵をかけた方がいい。暗殺者はつかまっていないんだ。用心するにこしたことはない」

その言葉で一同は、急にあたりを見渡し、肩をすぼめながらそれぞれの部屋に戻っていった。

シトルフィは塔の中で五日をすごした。そのあいだに、大王とダルジリアと小姓と侍女の埋葬が順々におこなわれた。ネイダルたちはそのすべてに出席したものの、シトルフィはただ自分の一室にこもり、ぼんやりと外をながめたり、それまで描いていた羊皮紙をめくったりしていた。

心は定まらなかった。水面《みなも》に浮かんだ一枚の木の葉のように、あてどなく流れ、あるいは奔流にもてあそばれて憎しみに溺れ、あるいは悲しみの淀みにとどまり、ときに投げやりに滝壺に身を投げた。何をする気もおきず、何をしたらいいのかわからず、何もできないと気づいて歯をくいしばる。

六日めの夕刻、ネイダルが食堂におりていこうと誘いにきた。食堂にはジャファル氏族の全員が集まっているという。階段の上でオーゴ、テルラポ、ゼケーの三人と合流した。

彼らは長椅子に腰かけて、氏族の人々がそれぞれに語るのを黙って聞いた。熱く正義を求める者、冷静に現状を分析する者、悲観的に将来を憂《うれ》える者、復讐を望む者。

ネイダルもロベリーもその日は一切発言せず、黙って耳を傾けていた。

ネイダルの顔からは屈託のない笑みが消え去っていた。苦痛に耐えてなおかつ微笑もうとする人特有の、寂しげな光が両目に宿っている。自分も同じ顔をしているのだろうかといぶかりつつ、何か大きな刃が彼ら全員の上にふるわれたように感じた。その、目に見えない刃は、一人ひとりの中にあった汚れのないものを切り裂いて去ってしまったらしい。悲しみと苦痛を残して。無力感と卑屈さをおしつけて。

夜明けまで話しあいはつづいた。結論は出なかったが、オーゴがそっと言うには、

「めいめいの考えをしゃべることが大事なのだよ。心の中に渦巻く想いを吐きだすことが」とのことだった。確かに、考えの違いを披瀝しあうことで、一族の絆は深まったようだ。いつのまにかシトルフィも、氏族の仲間としてうけいれられていた。いまや誰もが、彼女たちに目で挨拶した。そして、鬱屈《うっくつ》した雰囲気を少しでも晴らそうと、かつての〈島〉の様子や、厩《うまや》のまわりで毎日陽気にとびはねているチャギのことやら、オーゴの隠れ家やらを話題にした。そしてそうした会話をしているときだけは、シトルフィの顔からも、憂いの紗幕が剝がれおちて、無垢であったときのように晴れ晴れとするのだった。

誰が何を主張したわけでもなかったが、次期大王が決まるまでは待とうという暗黙の了解が漂いはじめていた。それがいつになるのか、誰にもはっきりしたことは言えなかったが、少なくとも一月《ひとつき》は空座がつづくだろうと思われた。待機の空気が広がるにつれ、人々は落ちつかなくなり、一人また一人と〈塔〉を去り、パルパジの洞窟都市や東フォトへと帰っていった。

「帰るところがあるやつらはいいさ」

ときおり葡萄《ぶどう》酒を飲みすぎたヤルランが、ネイダルにからむ。

「おれたちはどこに行きゃいい。ダルジリアの家に住むか？　御免だね。あんな辛気臭いところ。それにフォトの町は嫌いなんだ。騒がしくて埃っぽくて暑くて臭い。ロベリーみたいに湿地のそばに小屋を建てるか？　蚊がぶんぶんしてしゃべる相手もいないところ。はっ！　おれはそうさ、根なし草だ。だけどそれはいったい誰のせいだ」

半月もすると、残るのは二十数人となった。その大半が、セパターに罪をつぐなわせるのをあきらめきれない者ばかりだった。

夏が終わり、冬が来た。その年の冬は、雷雨と突然の寒気からはじまった。新しい王が玉座に座ったのは長雨がやんだ一月後で、氏族はさっそくセパターの再審とダルジリアの死の真相解明要求を提出した。回答がもたらされたのはさらに一月後、海から吹きつける強風の中、二通の書簡を携えた使者によってだった。

ロベリーは皆の前でそれを読んだ。

一通めは要求に対する回答で、新グァージ大王は、三年をさかのぼって、なされた犯罪に対する恩赦を決定したというものだった。これは、大王が、大きな権力を握ったというしるしだった。他の者に有無をいわせないほどの絶大なる権力を。

二通めはさらに大きな衝撃をもたらした。

「ジャファル氏族は半月のうちに〈塔〉をあけわたし、大フォトより立ち去ること。これに従わなかった者は、騒擾罪と反逆罪に問われるであろう。そして余は、この二つの罪を見すごすことはないと宣言する」

がっくりとうなだれて座りこむ者、大声をあげて抗議する者、ただただロベリーのように瞑《めい》目《もく》して立ちすくむ者。ネイダルは髪をかきむしり、シトルフィは目に涙をためて唇を嚙んだ。

「結局、金と権力をもつやつが、すべて自分の思いどおりにするというわけだ」

正義を叫んでやまなかったトリンという若者が、顔を真紅に染めて吐きだすように言い、顎鬚の細身の男が、

「わしはこれを怖れておったんじゃ」

と呟いて首をふった。

「もはやこれまで」

「冗談じゃないわ。あきらめたりしないわよ」

エスニーが白鬚の男につめより、そうだそうだと数人が同意する。ジュングもわなわなと震えて怒鳴った。

「ジャ……ジャファル氏族は、こ、こんな、仕打ちに、黙っていないぞ」

同意する声がおもに若者たちのあいだからあがった。白鬚の男は大きく息を吐いた。

「やるのならおまえたちだけでやるがいい。わしはもう年だ。邪魔はせぬが加担もせぬ」

「やるって何を⁉」

ロベリーがかっと目を見ひらいた。若者たちを見まわして弾劾するかのような口調で、

「血なまぐさいことをしようというのですか？　暴力に訴えようというのですか？」

「あっちが先にやりはじめたことよ。どうしてやりかえしてはいけないの？　あたしたち、ここにいる一人ひとりが、〈島〉で武芸を磨いたのは何のため？」

エスニーが歯をむきだした。ロベリーは言いかえす。

「身を護るために、そして本を護るために身につけた技ですよ！　人を傷つけたり殺《あや》めたりするためではない。──それが、セパターのような悪人相手でも！」

「あれは、生かしておいていい相手ではないわっ」

「それは神が決めることだ。人が人の生死を決めるなど――」

「神は何もしてくれはしない！　それにどの神のこと？　ジオラスト教など誰も信じていないのに――」

それまで黙って聞いていたオーゴが、大きな腹をゆすった。

「ああ……ええ……ちょっといいかな？　ぼくは氏族ではないけれど、だからこそ客観的にものを見ることができると思うんだ。で、そのぼくの意見、みんな聞いてくれるか？」

山犬のように吠えあっていた一同は、渋々ひきさがった。

「ジャファル氏族の結束のかたさはすごいと思う。だからこそ、グァージ大王もきみたちを怖れるのだろう。ならばどうだろう、一旦、ここで結束を解くというのは」

ジュングが眉をひそめた。

「ど、どういうこと？」

「めいめい好きなようにやるってことさ。自己責任で。全員一致で動かない、それぞれがそれぞれの道を行く。氏族を護るには首を傾げる方法だけど、様々な方向にのびる様々な枝があってもいいのではないかな？　枯れるのもあり、花咲かせるものもあり、で。そのどれかに実がなって落ちて新しい芽が吹いたら、それで氏族はつづいていくだろう？　枝は多様であればあるほど可能性は大きくなると思うのだけど」

皆はしばらく顔を見あわせていた。一匹のカナブンが、どこからまぎれこんだのか、羽音を鳴らして頭の上を飛びまわっていた。長い沈黙のあと、ロベリーが疲れきった声で言った。

「そうね。氏族の掟を護らなければならない理由だった〈島〉はすでにないのだから。……オーゴの言うとおりかもしれない」

それに異を唱える者はいなかった。迷った顔つきの者はあっても。

「じゃ、好きにさせてもらうわ」

エスニーが肩をゆすったあと、きっぱりと言った。

「あたしは仇をとる。ジュング、行くわよ」

ジュングが目礼してエスニーのあとについていくと、おもだった若者たちもぞろぞろと従った。ネイダルとシトルフィは顔を見あわせ、一瞬遅れてから立ちあがった。ロベリーが悲しそうに首をふり、オーゴがひきとめようと手をのばしかけた。

ちょうどそのとき、頭の上をぶんぶん飛びまわっていたカナブンが、ネイダルの額に衝突した。二度、三度、とぶちあたったので、彼は立ちどまり、苦笑しながら片手でつかまえようとした。昆虫はその手を上手にかわして、彼があきらめると、空中でしばらく停止した。まるでからかっているみたい、とシトルフィが忍び笑いをもらした直後、カナブンはたちまち大きくふくらんだ。目をしばたたくあいだに、それはペボロの姿となった。

彼は膝の下を叩いて埃をおとしてからおきあがった。

「治るまで思ったよりも時間がかかりまして。遅くなりましたな」

そう彼が挨拶したのはロベリーに対してだった。ロベリーは彼に歩みよると、その両手を包みこむように握った。

「カナブンの姿で旅をしたのかい。大変だったろう」

オーゴがねぎらうと、ペボロはくしゃくしゃになった髪をなでつけながら言った。

「鳥になったり、虫になったり、あなたのところの竜のまねをしたりしてきましたよ。もう二度と天敵に襲われたりしないように、充分注意して。いや、なかなか疲れますね」

「……竜？　彼……戻ってきたのかい？」

「ビラハーグの言うのには、はじめはとても小さかったとか。ああ、それで、彼、あなたに戻ってきてほしいと思っていますよ。あの巨体をぜひとも見せたい、と。それからあなたの羊たちを食べないように言いきかせてほしいと言っていました」

「それは大変だ……！　羊たちを食べられる前に戻らなくては」

オーゴがうろたえるふりをした。口では大変だ、と言いながら、どこかおもしろがっている響きがあった。彼はにこやかなままで、周囲を見まわした。

「ぼくの隠れ家は、ロベリーの家よりさらに東にあるのですが、とても居心地の良い場所です。どうです、行くあてがないのであれば、ぼくのところに来ませんか。五人や十人、充分に養えますよ」

囲みの外側に遠慮していたゼケーとテルラポが口添えする。

「あたしらも同じようにかくまってもらったんだよ。料理を手伝ってくれる人がいたらうれしいね」

「年をとっても、機織りや裁縫はできるでしょう？　わたしの仕立て仕事の助手を募集しますよ」

「……本当に行っていいのかね」

白鬚の男が確かめ、途方にくれた顔をしていた初老の男女が、すがるようにオーゴを見あげた。オーゴは満面に笑みをうかべ、両腕を大きく広げてみせた。

「ぼくの懐《ふところ》はほら、こんなに広いんです。大丈夫ですよ！」

彼らはさっそく、旅の準備に立ちあがった。シトルフィはオーゴの腕にふれて謝った。

「わたしは行けない。ごめんなさい。そして今まで助けてくれてありがとう」

オーゴは彼女の手の甲を軽く叩いた。

「謝ることはないのだよ、シトルフィ。これは、ぼくらがそうすると決めてしたことだ。それに、楽しませてもらったしね。でも、きみはどうするつもりなの？　彼らと」

と、若者たちが去った方に頭を傾けて、

「一緒に復讐に人生を捧げるつもりなのかい？」

シトルフィによりそうように、そっとネイダルがそばに立った。ロベリー、ペボロ、ヤルラン、ゼケー、テルラポの五人が黙って答えを待ちうけている。シトルフィとネイダルのどちらかが決意したことが、二人の決定になるだろう。そして二人は、仇をとろうと思いつめていたが、オーゴに言われた「人生を捧げる」という一言に、突然重さを意識したのだった。自分の投げた石が波紋をつくって同心円状に彼女をゆすぶっていると知ったオーゴは、低くゆったりとした口調で言いきかせるように語った。

「いいかい、シトルフィ。それからネイダル。人生は短い。魔道師にでもならなければ、きみたちの時間はあと三十年かそこらだ。長いように思えても、三十年などあっというまだ。夢中になっているあいだにすぎさって、気がつけば棺桶の中だ。そう、夢中になれる何かに没頭できれば、その三十年はとても有意義なものとなるだろう。棺の中でいい一生を送ったと満足できれば、生きた甲斐もあるというもの。だからさ、きみたちが本当に復讐に夢中になれるのだとしたら、誰もひきとめはしない。だが本当にそうか？　他にしたいことがあるのではないか？　きみたちは、〈島〉の若者で、〈島〉の保持していた世界中の文化を浴びて育った希有な存在だ。身にしみているそれらは、宝だと思う。その宝を身の内にとじこめて、復讐だけを求めてはたしていいものか？　シトルフィ、きみのなかでは熱い何かが出してくれとせっついているのではないか？　トンボの羽の筋模様のうつくしさや、竜の目の奥にきらめく金と黒の闇をあらわしたい、それがきみの願いだろう？　ネイダルはどうだい。文字ときみは切りはなせるものなのか？　王宮庁舎で培った技能を投げすてて、憎しみの渦にとびこめるものなのかい？」

二人は胸を衝かれて、何も言えなかった。オーゴは肉づきのいい頰をゆらして頷き、さらにつづけた。

「憎悪、恨み、怒りは消えることがない。セパターに復讐したら、溜飲は下がるだろうし、怒りもおさまるかもしれない。しかし、憎しみや恨みは暗黒の樹から生みだされた黒い種のように、きみたちの心の奥底に落ちて転がり、ありつづけるだろう。なぜなら、セパターが死んだとしても、彼が思ったことや考え方やしたこと自体への憎しみや恨みや怒りは、消えないからだよ。正義とはほど遠いそれらを、きみたちは決して赦すことができないからだよ」

いまや、そこにいる全員がオーゴの話に耳を傾けていた。

「消すことのできない闇の感情をどうするか。脇によけておきたまえ。心の奥底に転がしておきたまえ。支配され、翻弄《ほんろう》されることはない。そうして、真に自分がなしたいこと、すべきことをするために、人生を使うのだ。もし、世の中に流れというものがあって、正しい方向に流れていくのだとすれば、いつか必ず、きみたちのなすべきこととそれが交わることもあるだろう。復讐するべきであれば、そのときが必ずやってくるだろう。短い三十年だ、待ってもいいのではないかい?」

上の階のどこかの部屋で、扉が大きな音をたててしまった。一陣の風が吹きおろしてきて蠟《ろう》燭《そく》の火をゆらめかせた。雨と雷の匂いが空中に漂った。

ペボロが咳払いした。

「いいですか。……〈島〉の方々は、書物と一緒にくらしてきた。いわば、書物と切りはなせない生き方をしてはじめて、幸福感を得るのだと思います」

彼はロベリーと目をあわせながら言った。

「ネイダル様は文字を書かれる。シトルフィは絵をものする。とすれば、お二人は、書物にかかわることをすべきなのではありませんか?」

ヤルランが唸るように言った。

「護るべき本は、すべて海に沈んだ」

「ならば、自分たちで作るというのは、どうでしょう」

ネイダルの目に輝きが戻った。彼は誰にともなく尋ねた。

「本を、作る……？」

シトルフィの胸の中でも、明るい何かが小さくはじけた。

〈島〉の〈匐竜樹《ふくりゅうじゅ》〉の枝先からぶらさがっていた数々のうつくしい本が目蓋《まぶた》の裏によみがえってきた。びっしりと書きこまれた黒々とした文字が、整然と秩序を示している。ところどころで大きな飾り文字が、赤やら青やら金やら緑の歌を歌っている。本文と飾り文字は対照的で、その均衡がまた心地良い。上下左右の大きな余白には、カラン麦の袋をつんだ荷車を喜んで牽く驢馬《ろば》や、木の上でのんびりそれをひやかしている七色の翼の鳩や、垂れ下がる蔓《つる》にしがみついて必死の小猫やらが生き生きと書かれている。

「でも、どうやって？」

ヤルランの質問が、シトルフィを我にかえした。するとそれまで黙していたロベリーがそっと答えた。

「パドゥキアに行けば、本が書けるわ」

ペボロも頷いた。

「写本工房がたくさんあって、技術が確立しています。受注で新しい本も出すとか。乾いた土地ですが、緑豊かですごしやすい、いい場所ですよ」

「写本工房って……これから徒弟になるっていうのかい？」

ヤルランがネイダルとシトルフィを示して、無理だとほのめかした。徒弟としては年をくいすぎているというのだ。普通は早ければ九、十歳くらいから、遅くても十三歳には親方について修業しなければならない。

「なに、下地があるんです、すぐに追いつけますよ」

ゼケーが職人の経験でそう言い、さらにつづけて、

「わたしが親方だったら喜んで雇いますね。公文書を作っていた書記と、アヒルとサギの脚の違いを描ける挿絵画家。ちょっと訓練すれば戦力になるものを放っておくのは、馬鹿ですよ」

それを聞いたネイダルとシトルフィは、顔を見あわせ、二人同時に言った。

「行くよ」

「行きたい！」

15

頭上で猿の吠える声が響く。けたたましいその警戒音は、なるべく静かに歩こうとしているヴィニダルが原因ではなかった。ダダメカとの密林行で、彼は、猿たちや大蛇や、木の股に隠れてねそべっている黒ヒョウたちの注意をひかない歩き方を学んでいたから、この騒ぎは追っ手の侵入によるものだ。彼は足を速め、〈ワニの木〉のあいだをくぐりぬけ、よりかかってくるシダ類を邪険《じゃけん》にはらいのけ、大きな水たまりの水をはねかし、拳《こぶし》大もある赤と黒の蜘蛛《くも》が寝台ほどの巣をはっている下をかろうじてすりぬけた。猿たちが木々をゆるがして去っていく。

いっときの嵐がすぎると、後方に、藪《やぶ》をかきわける音がかすかに聞こえてきた。

パドゥキアに行け、とバリニウスの首に言われたが、ヴィニダルの進む方向はまったくの逆だった。マードラの都からパドゥキアへ通じる道はなく、まっすぐ北東へむかえば〈日没山脈〉のはてしない山岳地帯が行手をはばむ。山々が複雑に重なりあい、尾根もいりくみ、深い谷や、ぬけだせない森林地帯が広がる。ヴィニダルは頭の中の地図をたどって、逆方向の〈竜吠川〉を南へ下り、〈日没山脈〉が死に、〈夜闇高原〉が生まれる、その、細い狭間を北上しようと思ったのだった。そこなら比較的平坦な荒野を進めるだろう。高原はやがて落ちこんで、ファナクまでつづく砂漠と変わり、オアシスからオアシスへとたどってパドゥキアへ行きつくことができそうだった。

それはともかくとして、今はまず追っ手をまくことに専念しなければ。ヴィニダルは倒木をのりこえ、からまりあう蔓《つる》のあいだを無理矢理とおりぬけた。鉈《なた》や手斧があればずっと楽になっただろう。だが持っているのは短刀とナイフだけで、とうてい密林を切りひらくには力不足だ。

やがて、ギキギキの木や〈ワニの木〉のあいだから、川音が響いてきた。ヴィニダルは急坂をおりていく。草の根につかまり、垂れ下がる寄生植物の蔓に頼り、足をすべらせ、尻もちをつきながら、ヒョウでも尻ごみするのではないかと思われる斜面をじりじりと下っていった。川面が葉のむこうに白く輝いているのが見えた。

崖の上に人声がした。川音にまぎれてよく聞きとれないが、ヴィニダルのつけた足跡か折れた枝を見つけたらしい。彼はさらに急いで下り、あやうく頭から転げ落ちそうになった。必死でつかみとった木の枝は、ワニの鱗《うろこ》のような樹皮をもっていて、手のひらに擦過傷を負わせた。それでもとっさに、それを片腕にまきつけて、かろうじて踏みとどまる。

目の前には悠々と流れる〈竜吠川〉が、夏空を映してきらめいていた。ヴィニダルは頭上をふりあおぎ、人声と足音が少しずつ近づいてくるのを肌で感じた。彼の計画では、川岸で船を見つけるか、自分で筏を組むかして、南下するはずだった。が、こんな斜面で追っ手が迫れば、どちらも無理だ。

緑がかった青い水面《みなも》は、渇水期であるにもかかわらず、大量の水をはらんで滔々《とうとう》と流れていく。

ためらっているあいだに、足音はすぐ近くに聞こえ、いたぞ、と叫ぶ声は耳元で怒鳴られたかのようだ。ヴィニダルは歯をくいしばった。大きな男の手がのびてきて、ちょうど腕環のところをつかまえた。直後にヴィニダルは木の枝をはなし、足で大地を蹴り、川に身をおどらせた。男の指のあいだから腕環がすべりぬけ、彼は〈竜吠川〉のすさまじい流れの中にのみこまれた。

奔流にもてあそばれるや、本能的につきあげてきた恐怖にとらわれ、思わず呼吸しようとして水を飲む。滅多やたらに四肢をふりまわし、さらに水を飲み、それでも何とか水面に顔を出す。

ようやく息ができたと思った直後、再び水中にひきずりこまれ、再び浮かびあがる。それを何度くりかえしただろう。少しずつ力が身体からぬけだしていき、死ぬものか、死んでたまるかと思う一方、もう駄目かもしれないと、諦観《ていかん》がちらりとひらめいた。

水は空の力できらめいていただけだった。水中は青くも黒くもなく、土砂や腐った木の根や苔や、死んだ虫や魚や獣の残骸をともに運んで、汚濁の極みだった。ああ、ぼくも川に運ばれて死の一部になるのだな、と悟ったヴィニダルは、とうとう全身の力をぬいた。大きな力に運ばれていくのだ、延々とどこまでも、南へ、さらに南へ。肉が削られ、骨がばらけてもなお。

父と母が待っているところへ行けるのだろうか。それとも真の闇さえ感知できない全くの無になるのだろうか。そこへ考えが漂っていったとき、はじめに感じた恐怖が、彼をわしづかみにした。

全《まった》けき無のことを考えると、悔しさで全身が震えた。こんなところで死んでたまるか。セパターが生き残り、ジャファル氏族が滅びていくなんて、そんなことを許していいものか。それに、ぼくにはまだまだやりたいことが残っているんだ。無数の色彩と形を、この世に送りだしたくてたまらないのに。組みあわせた模様と調合した色合いをいくら試しても足りないのに。

彼は弱々しくもがき、最後の抵抗を試みた。

——われの腹の中で何やらいろいろと、おもしろい考えをめぐらせているのは誰ぞ。

川が興がる声がした。

——死の恐怖。生への執着。それからあきらめ。そは珍しゅうもない。されど加えて死の希望、無への反発、未練がましく腹だたしくと次々に入れかわる思いは石硝子《ガラス》の破片めいていておもしろい。そちは誰ぞ。なになに。ハッファベルとデザーの七番めの子、デザーもニルギとブランカの七番めの子で、ニルギも七番めに生まれた、とな。ほほう、ほほう。

ヴィニダルは目をしばたたいた。川が、ぼくの頭の中の家系図を広げて読んでいる。現物の第一巻の方は、岩のあいだからとりだして合財袋の底にしまったのだった。すっかり黴《か》びてくっついて、どうしようもないくらいに損じていたのだけれど。

——七番めの子の七番めの子の七番めの子。珍しい生まれじゃのう。

水中でくるりと身体を回転させて、ヴィニダルは逆に尋ねた。

「そういうあなたは、誰？」

もう苦しくなかった。流されてはいたが、おのれを御することができた。

――われは川。われは水。われは霧にして雲。つまるところ、われは――

「竜、か」

――そう呼ばれもする。

菫青色《きんせい》の水の欠片がきらめいて沈んだ。ヴィニダルは一瞬それが、水底に潜む石だと思い、次の瞬間には水面にはじける太陽の輝きだと思った。だがすぐに、竜の瞳を見たのだと悟った。

――こういう言い伝えを知っているか、七番めの子は砂粒の中に真理を読みとる。七番めの子の七番めの子は光の中に暗黒の存在を知る。七番めの子の七番めの子のさらに七番めの子は暗黒と光とを結びつけ、星の中の源を体得する。

「あなたが何を言っているのか、ぼくにはさっぱりわからない」

――そちはまだ幼い。生まれたばかり。その身体で呼吸し、感じとることがまだまだ多そうじゃの。うむ、死ぬにはちと早すぎる。ならば、どれ、手助けをしてやろうかい。竜に呑まれて吐きだされれば、身体と心に刻まれよう。砂粒の真理、光と暗黒、そして星の中の源へとつづく、一本の道が。白鳥の示す無窮《むきゅう》を体感すれば、そちは世界を生みだす力と手をとりあって生きていくことができるようになろうぞ。

ぼくはもう十二歳だ、生まれたばかりじゃない、それにもっとよくわかる話をしてくれ、と喚こうとした。が、怒濤《どとう》となっておしよせた水に口をふさがれ、もんどりうって、その衝撃に半ば目をまわした。それまでの水流など小川のせせらぎにしか思えないほどの奔流に転がされ、おし流されて、彼は渓谷を下っていった。

川音が急に高くなりはじめた。耳元でごうごういう流れの音に、別の轟《とどろ》きが重なった。彼は頭を先にして流されていったが、ときおり背中や後頭部に岩の先や石がこすれることがあり、浅くなりはじめたのだろうか、もしかしたら足が立つのではないだろうかと思った。しかし竜の速さに足が立つはずもなく、どんどん大きくなってくる轟きを不思議に感じつつ、ただただ流されていった。そうして突然、彼は竜の口から吐きだされた。

わずかな時間、彼はまっ白な宙に浮いていた。何もないただ白い空間にあって、ああ、これが死というものかと嗟嘆《さたん》する一方で、まるで他人事のように静かに眺めている。そうしてその刹那《せつな》がすぎさったとき、彼は、途切れることなく爆音を轟かせている白銀の滝を見おろしていた。すぐに、落下がはじまった。巨大な滝とともに落ちていく。頭から落ちていくにもかかわらず、恐怖は微塵《みじん》も感じなかった。一馬身もはなれていない目の前を、風をまきおこしながら白銀の水が一緒に落ちていく。水飛沫《しぶき》が全身を洗っていく。彼は胸につきあげてきたものを吐きだした。それは、歓喜の叫びだった。

叫びは一筋の煙さながらに尾をひき、彼が滝壺に沈むまでつづいた。泡だつ翠の水中から顔をだし、笑いながら水を飲み、水を飲んでは笑った。

水は彼を落下の中心からおしだして、ゆっくりと浅瀬に導いた。彼は、いまだくすくすと笑いながらよろめきつつ立ちあがり、草むした岸辺にあがっていった。

荷物はほとんど合財袋の中で水びたしになっていた。火打石などの道具類や衣類は、陽光のあたる石の上や茂みに広げて乾かした。食物はほとんどだめになっていた。家系図はぼろぼろで、そっともちあげた指のあいだで朽ち木のように崩れて、川に流れていった。着ていたものをすべて脱いで大岩の上に寝ころび、しばらく滝の音を聞いた。

〈マードラの大瀑布〉だ、と突然記憶がよみがえった。密林の中を延々とまがりくねりながら南下していく〈竜吠川〉において、最も危険で最も荘厳な名所。

ヴィニダルは上半身をおこして、奔《はし》る白銀を見つめた。圧倒的な力を誇示し、あらゆる汚濁を抱えて流れおちながらも、延々と途切れることのないその姿は、彼の背骨の中にえもいわれぬ何かをもたらしていた。それは、水中でほんの束の間ひらめいた、菫青石に似た竜の瞳そのものであり、彼をおし流しつづけた力でもあった。

太陽が滝の上から西の方へ傾きはじめたころには、道具類も衣類もすっかり乾いた。ヴィニダルは身支度をし、水袋をいっぱいに満たし、短刀を手に密林に分けいっていった。

はじめの日は、蛙《かえる》や小さい蛇をつかまえ、猿が落とした木の実を拾い食いして糊口《ここう》をしのいだ。

次の日には、よくしなるが頑丈な枝と細めの蔓で、小さな投石器を作り、葉のあいだで得意げに羽を広げ、歌をうたっている鳥を数羽、固い木の実でうちおとした。得られた肉はわずかだったが、その鮮やかな赤い羽根で矢を、太めの枝で弓を作った。そのおかげで、警戒心が少なく、あたりに威張りちらしている大きな黒い鳥をしとめることができるようになった。

五日ほど密林を進むと、〈夜闇高原〉のとば口にたどりついた。そのときには、川に落ちる前よりも物持ちになっていた。投石器、弓矢、罠用の蔓と太い蔓を一巻きずつ。ヘラフの葉に包んだ肉が二食分。ギキギキの葉が少しと日持ちのしない木の実が一袋分。

彼は乾いた地面のまばらな草の上で火を焚き、木の実を食べ、セオルにくるまって寝た。

翌日からだらだらとした長い坂を登りはじめた。密林の植物は遠ざかり、赤い土といくらかの常緑樹と広葉樹の斜面に変化していく。下生えに見えかくれするごく細い獣道を東にたどって、〈夜闇高原〉のまっただ中に踏みこんでいった。

密林の蒸し暑さと息苦しさからまぬがれたヴィニダルの足は、はじめのうちははかどった。頭の中の地図では、八日ほど東に進んでからまっすぐ北上すれば、いずれパドゥキアにぶちあたるはずだった。〈夜闇高原〉はその名のとおり、次第に鬱蒼《うっそう》とした森を広げて、昼なお暗い奥まった貌《かお》を見せはじめた。

太い黒々とした幹と幹のあいだがせばまり、根と根がからみあい、下生えが苔むした倒木を隠して、いつのまにか獣道も消え失せた。大きくはりだして縄張り争いをしている枝からは、だらしなく脱けおちかかっている水牛の毛のような汚らしいシダや寄生植物が垂れていた。耳障りに鳴く鳥、ひそかに動き回る山猫か何かの気配がヴィニダルの神経を逆なでした。

ときおり陽光が枝のあいだから漏れ射してきて、闇の中にもりあがった根や木の瘤《こぶ》を金のように燃えあがらせた。するとヴィニダルは、土と草と木しかないと思いこんでいたそれらの隙間に、薄紅や雪白の色をした小さな花々がひっそりと咲いていることに気づくのだった。

何日かに一度、木々が途切れて草地や岩場があらわれた。そうしたときにはためらうことなくまる一日そこですごし、罠をしかけ、水を補給し、火を焚いた。罠にはウサギやリスがよくかかり、小川や小さな沼では魚が獲れた。

陽射しは鋭く肌を刺すようだったが、風はだんだん冷たくなっていった。夏が終わるにはまだ数ヶ月あるはずだったので、ヴィニダルは自分が北上しつつあるのだと判断した。あと一月《ひとつき》も進めば、パドゥキアの近くまでたどりつけそうだった。

少し気分が昂って、彼は大股で元気よく進んだ。何でもできそうな気がして、どんな困難をものりこえられそうだった。パドゥキアへ行きついたら、一番評判の高い親方を師匠としよう。指が飾り文字を描きたくてうずうずしている。頭の中では〈マードラの大瀑布〉の白銀の勢いと、密林の、いかにも隠しごとをしているような濃い緑の葉がからまりあって、複雑な模様を形づくりはじめていた。

着いたらすぐに、ネイダルに手紙を書こう。大フォトの都まで手紙が着くまで何ヶ月かかかるとしても、彼が生きていることを知ったら、きっと大喜びで会いに来てくれるに違いない。

半ば上の空で足を運んだせいだろう。突然彼は体勢を崩した。左足が、あるはずの地面をとらえなかったのだ。あっ、と小さな叫びをあげて両手をのばしたが、爪は赤土を削り、身体は小枝や下生えを折りながらずるずるとすべっていった。はてしなく長い距離を落ちたと思った。最後に尻もちをついて転がり、小川に濡れながら四つん這いのまま見あげれば、ほんの一馬身ほど上に、黒々とした梢《こずえ》とわずかにのぞいている青空があった。

彼は水をしたたらせて立ちあがり、踏みぬいた崖を見あげた。頭から落ちたら、この高さでも大怪我をしていたかもしれない。崖はほとんど垂直だった。あらゆるものに必死にしがみついたおかげで、かすり傷ですんだらしい。

登り口を探したが、崖は延々とつづいているようだった。しばらく迷った末、小川が流れ下っていく方向に進むことにした。そちらが北のようだと思ったからだ。両側を尾根の壁にして、心地良い水音をたてている。〈竜吠川〉の爆音に比べたら何とおとなしいことか。そうして彼は、山をあなどったのだった。

小川は少しずつ斜面の水を集め、幅広い渓谷に変じていった。ヴィニダルは石や岩だらけの岸辺を歩き、ときには水の中を進んだ。夜は大岩の上で横になったが、影が跳躍する不穏な夢ばかり見て、休んだ気がしなかった。

川はまがりくねって流れ、次の日の昼にヴィニダルは、方向がわからなくなったことを認めないわけにはいかなくなった。頭の上に広がる青空は、太陽が右手後ろにあると告げていた。そうすると、川は東に流れているということだ。ところがしばらく行くと、わずかに傾いた太陽は左手の樹冠から、からかうように光の手をひらひらさせるのだった。

午後遅くに、とうとう彼は立ちどまった。岸辺近い石の上でくるぶしまで水につかり、束の間空をぐるりと見まわした。軽いめまいをおぼえて目をとじ、まわる景色がおさまるのを待った。

ゆっくりと息を吐いて、川岸を観察した。大岩や小石を転がした岸辺は、彼の腰幅ほどもなく、相変わらず垂直に近い斜面が壁をつくっている。だが、どうにかして斜面の上に登らなければならない。川はこれから先、どんどん深みをましていくだろう。このまま川に従っていったら、どこへつれていかれるのか、わかったものではない。

一筋の陽光がむこう岸でひとつかみの炎をあげているのが見えた。それはほんの刹那のことで、炎はすぐにかき消えてしまった。

彼は川を横切って近づいてみた。苔でぬるぬるした急流の中の石を、足の指でしっかりととらえて、橙《だいだい》色の花をたわわにつけている蔓植物のそばまで行った。炎と見まごうたのはその花だった。熊蜂がぶんぶんいうのにかまわず、蔓をかきわけると、足の幅ほどの踏みかためられたごくごく細い道があらわれた。

山羊か、小型の鹿が、水を飲みにくるための道だろう。猪や熊たちでは、こんな繊細な行き来をするはずもない。山羊の道を登れるだろうか、とヴィニダルはちらりと考えた。だが踏み分け道が一筋でもあるのであれば、それをたどっていく方が、川とともにいくよりも賢い選択のように思われた。彼は足元に手をのばして、赤子の頭より少し小さめの凹凸のある石を拾いあげた。肩にまるめてかけていた蔓の先をその石と結びつけた。石を合財袋の上に重ねて背負うと――大した重さではない、ちょっと重しがついたほどだ――山羊道にとりかかった。

崖に刻まれた道は、急に百八十度転換することもしばしばだった。ヴィニダルだから進めたが、おとなでは無理だったろう。それでも見失うことも何度かあり、彼はそのたびに石をくくりつけた蔓をはりだしている木の幹や枝に投げてからませ、それをたぐって登り、新しい道を見つけるのだった。

とうとう崖の上まで登りきった。身体中が震え、息があがり、目は涙でかすんだ。そのうるんだ目で、彼は低い尾根の頂上にいるのを見てとった。足元から一旦沈んで谷をつくった大地は、再びもちあがって別の尾根に変化していく。尾根と尾根のあいだに、さっき岸辺に見た花と同じ色の炎をあげて、太陽が沈んでいく。ではあっちが西なのだ。右をむくと、同じような尾根がどこまでもつづいていた。東側も青黒い影となりつつある樹海で埋めつくされている。彼は拳で涙をぬぐった。すっかり迷ったと認めざるをえなかった。〈夜闇高原〉のどこかにいることは確かだ、と自分に言いきかせた。だから北の方にパドゥキアがある。ただ、闇雲に北上してはだめだ。一旦東へむかってからでなければ、奥深くはてしのない〈日没山脈〉にはまりこんで、一生さまようことにもなりかねない。

東へ進もう、と決めた。平地の街道を五日行く距離だけ。森の中では十日かかるだろう。十日東進して、そのあと北に方向転換する。山岳地帯に入りこみそうになったなら、また東に進路を変えよう。

やるべきことを決めると、少し心が落ちついた。大丈夫だ、と自分に言いきかせる。冬が来る前にここをぬけだせる。だから気持ちを平らにしていこう。はしゃぐのも自信過剰も落ちこむのもなしだ。日々、進むことだけを考える。どこに危険がひそんでいるのかわからない。油断しないで行こう。

深い森で唯一救われたのは、餓えることはなさそうだということだった。小型の鹿をしとめ、藪かげに実る黒イチゴやスグリを口にした。尾根から尾根に渡るときに、突然あらわれる沼や泉には、蛙《かえる》や魚がいた。人への警戒心が薄い獣を生きるために屠っても、ヴィニダルは良心の呵責《かしやく》など覚えなかった。そんなものは、森をさまよったことのない人間の、思いあがりから生まれたたわごとだった。機会を逃さない。食えるものは口に入れる。感覚を研ぎすまして、獲物を追うと同時に自分が獲物にならないようにする。

ときおり無性に、香ばしいカラン麦のパンが食べたくなった。葡萄《ぶどう》酒の甘酸っぱく苦い味を思いだした。ニンニクをきかせた茄子《ナス》とナツメヤシの炒め物が恋しくなった。そういうときは、木の根元をのぞきこんで、図鑑で見たキノコをさがし、枝にからまる細い蔓の先になる黒いブドウをつまんだ。キノコはあぶると独特の匂いがして、パンとは比べものにならなかったが、食感だけはそっくりだった。黒ブドウはやたら酸っぱく、種ばかりで吐きだしてしまった。

ヴィニダルの目つきは険しくなり、全身にはぎすぎすして攻撃的な気配が漂った。寝つけない夜には、指のあいだで崩れていった家系図のことを思い、最初からジャファル氏族の名前を呟いた。最初の二人、キリンギとタズ、その子らのファムベリ、シュージャ、ニンムギ、チアジェ、リャウギ。ファムベリはロッカと結婚し七人の子をなした。その子らは……一人ひとりの名をあげていくうちに、百人めか千人めかで眠りが訪れる。翌晩は、そのつづきからはじめる。さらにその次の晩も。彼が声をだすのはこのときばかりで、はじめのうちはしゃがれ声だった。七千人をこすころには、その声は、なめらかで低いおとなの男の声に変わっていった。

行けども行けども樹海は尽きず、とうとう夏が去った。木々の葉が一斉に燃えたつような紅にそまったのには驚いた。彼がリンゴを知っていたならば、リンゴのような赤と表現したかもしれない。彼が驚いたのはさらに、その木の葉が風が吹くたびに宙を舞い、あるいは静けさの中に何の前ぶれもなくひらりと落ちてくることだった。

それでようやく、これが「秋」だと気がついた。よみがえってきた本の記憶では、フォトより北の国々には、夏と冬のあいだに「春」「秋」という季節があって、変化のときへの準備をさせるのだ。「秋」はキノコが多生し、草花は枯れはじめ、大気は冷たさを増す。湿気が多く、日はどんどん短くなり、夜が長くなる。冬へ変わるのは徐々にであり、やがて地方によっては雪がふる。北上すればするほど、その変化は顕著《けんちょ》になる。熊は冬眠するが、狼が跋扈《ばっこ》する。ヒヨウはいない。猿もいない。蛇も蛙も土の中。ウサギは元気になり、リスは穴ごもりする。狐という狼の親戚も出没するが、気をつけるべきは狼の群れ。それからひっそりと歩みよってきなり襲ってくるゴルディ虎。

ここは、そういう土地だ。

前にもまして、死がすぐ隣を歩く。その瞳にとらえられないように、身をかたくし、心をとざして歩く。東へ行き、北へむかうと決めたものの、〈夜闇高原〉は意のままになってはくれなかった。どうにも進むことができなくて、何度も半日や一日、ときには二日もあともどりするはめになった。行程ははかどらず、うるわしい秋は老いさらばえ、あっというまに冬が来た。

ウサギやリスや狐の毛を鹿の骨と腱で繕った胴着を着て、野豚の皮を袋状にして中に枯葉を入れた靴をはき、すり傷と打ち身だらけの身体を動かしていく。あきらめたら終わりだとわかっていた。心がくじけそうになったときには、家系図の名前を唱え、ネイダルの笑顔を支えにした。その笑顔でさえ、遠い過去となってかすみはじめていたが。氏族全員の名前を五巡し、ヴィニダル、と自身の名でしめくくったとき、雪がふりはじめた。

〈夜闇高原〉でも雪がふるのは、中央部の最も天に近い一帯か、〈日没山脈〉と重なりあう一帯だと記憶が教えた。〈日没山脈〉に近づきすぎたのなら、山々に呑まれてしまう危険性がある。できるだけ東へ行こう。東へ、東へ、東へ。すると、尾根の勾配はなだらかになり、ところどころ樹海が途切れて、雪の平原もあらわれるようになった。

ある朝、彼はほんの少しもりあがった森の際から、そうした平原に足を踏みだそうとしていた。と、何やら物音がして、右手下方から黒っぽい影がとびだしてきた。鹿だった。まだ若い一歳仔か、後ろ脚を怪我している。雪原をかきわけて必死に何かから逃げようとしている。ヴィニダルは素早く弓を構えた。距離は十馬身もない。ためらわずに矢を放つ。つづけざまに三射。一本は鹿の頭すれすれを、もう一本は首の横をかすめて落ちた。三本めが胴体に斜めに命中した。しかしその痛みも感じないのか、鹿は夢中で駆けていく。ヴィニダルが追いかけようと森から出たとき、黒い狼が視界に入ってきた。たった一頭、あとにつづく仲間はいない。遠目でも、毛並の悪さがわかる老狼だった。

狼は家族で狩りをする。まれにはぐれ狼がいて、それは、老いたか、家族をつくれなかった雄と決まっていた。そうした一頭が、若い鹿を狙って追いかけてきたのだろうと思われた。

若鹿を老狼が追いかけ、老狼をヴィニダルが追いかけた。なぜそんなことをしたのか、あとになってふりかえってみたとき、ヴィニダルにも答えは出せなかった。おそらく生まれてはじめて見た野生の荒々しさに心ひかれたのだろう。あるいは狼も孤独、彼も孤独であったせいか。

雪は膝下まであり、上で見て想像していたよりも歩きづらかった。狼と彼との距離はどんどんひらいていき、とうとうその姿は見えなくなってしまった。

しかし、足跡はある。鹿の、重い身体が雪を踏みつけた深いあとに、狼の機敏な四肢がかきまぜた、明確なしるし。ヴィニダルはそのあとをたどっていった。

一歩一歩行くうちに、夢の中にいるように意識がぼんやりしていった。かき乱された雪と白い平原と白い空、それらを遠まきに見守る、葉を落とした骨のような木々。気がつくと日が暮れかかっていた。あたりは薄紫色に沈みはじめ、雪はしまり、歩きやすくなっていた。

薄闇の中にも、雪上に散らばる血の色と鹿の毛や皮の端は見てとれた。狼はここでとどめをさし、少し食べてからむこうの森の際にひきずっていったようだ。ヴィニダルは獣の姿を一目見たい一心で、そのあとを追った。

唸り声が聞こえた。横たわる鹿の上に半ばおおいかぶさるようにして、狼がこちらを睨みつけていた。唇がまくれあがり、鋭く白い牙があらわれる。血まみれの鼻面の上で、つりあがった黄色い目が爛々《らんらん》と光っていた。耳が後ろに倒れ、毛が逆だっていた。ヴィニダルはまだ半ば夢に浸っているような心もちで、一歩前に出た。その不用意な動きが、狼を刺激するとは思ってもいなかったのだ。

短い咆哮《ほうこう》が耳をうち、黒い影におおわれたと感じた直後、彼は地面にうち倒され、白い牙が鼻先にひらめくのを見た。血と肉と獣の腐臭が迫ってきた。とっさに肘をつきあげ、横に転がらなければ、顔の半分を失っていたかもしれない。それでも腕のどこかを喰いちぎられた激痛に、絶叫した。

とどめをさそうと肉薄してきた狼は、その叫びのもつ拒否の魔力に殴られ、ぎゃんと悲鳴をあげてとびのいた。ヴィニダルはさらに叫び、狼は棒で打たれでもしたようにとびあがった。歯をむきだして彼がもう一度喚くと、狼はこそこそと逃げだした。

彼は雪の上に半身をおこした。左肘の少し上から出血していた。右手で雪をすくい、傷におしあてる。ふれた感触では、大したことはないらしい。皮と肉をほんの少し、嚙みちぎられた程度にすぎない。なのに、身体の方は襲われた衝撃にひどく震え、頭から血の気が失せていく。彼は再び雪の上に横たわった。がちがちと歯を鳴らし、たえまない痛みにぎゅっと目をつむり、荒い呼吸をくりかえす。

朦朧《もうろう》とした頭で、馬鹿だった、と自身を罵《ののし》った。彼が何に心ひかれたかなど、狼が頓着するはずもない。同じ孤独の身であるなど、狼が気にするはずもない。あれは猛獣であり、野生のものであり、大自然の申し子なのだから。

しばらくすると、痛みがましになり、血もとまったようだった。震えは残っていたが、それは身体が冷えきったせいもあった。このままでは凍えてしまう。おきあがろうとした。ところが身体がいうことをきかない。恐慌が耳の下まで駆けあがってきた。落ちつけ、一つ一つだ。

右足をあげようとした。三度めの試みでようやく動いた。今度は左足だ。よし、あがった。膝をたて、両腕をばたつかせ、首をもちあげる。ようやく上半身を横に傾けて手をつき、喘ぎながらもよろめき立つ。

寸暇の油断が死を招く、と自分に言いきかせた。生きのびたいのなら、片時も気を許すな。

狼がやむをえず見捨てていった鹿に近づいた。内臓とその近くの肉が食べられていた。狼も腹いっぱいになったようだった。

ヴィニダルは雪を掘って生木を敷きつめ、火床を作った。木の皮をはいだ焚きつけに薪を重ねて火をつければ、香わしい煙と楽しげな音が静寂を追い払う。毛皮を敷いて腰をおろし、傷の手当をした。狂狼ではなかったようだから、病気をもらった心配はしなくてもよさそうだったが、念のためギキギキの葉を嚙んだ。大して効果は期待できないとしても、何もないよりはましだろう。血がとまってみれば、わずかな傷だった。とはいえ、痛みはぶりかえしてきたし、肉がもりあがって皮膚がとじるまでには一、二ヶ月はかかりそうだ。軟膏《なんこう》を塗り、下着をひき裂いて包帯にした。

さらに薪をくべ、鹿肉をあぶって食べた。狼の上前をはねた人間などそう多くはいないだろうな、と思ってにやりとした。だが彼も一矢射たのだ。あの老狼が追いつけたのも、そのおかげかもしれないじゃないか。

腹がくちくなると、どっと疲れと眠気がやってきた。しかし彼がそれに身を任せたのは、鹿皮と肉をさばき分けて雪の中に埋め、薪を炉のそばに山とつんでからだった。毛皮の上に横たわり、梢のあいだにまたたく無数の星々をながめているうちに眠りについた。

何かの気配で目が覚めた。弓矢をひきよせナイフをぬいた。薪をくべて、熾《おき》に炎を吐かせる。炉床のむこう、木々の根元にうずくまっているものがあった。さっきの狼だろうか。だが、火に反射する獣の青白い目はなかった。

彼はさらに薪をくべた。大きな炎がたちあがり、束の間周囲を明るく照らした。正体のしれないそのものは、たちまち身を翻《ひるがえ》して駆け去り、あとには火と雪明かりと木々がおとす藍色の影ばかりとなった。イタチか、グズリか、なんにせよ狼ほど大きくはない野生の何かのようだった。

ヴィニダルは膝を顎の下にひきよせて、火を見つめた。また眠気がやってきて、彼は薄目をあけたままうとうとした。薪の上で躍る炎はいっときとして休まず、二度と同じ形を見せなかった。形定まるものばかりのこの地上に、生き物でもないのにゆれ動き、変化《へんげ》し、ときに慰めとなり、ときに脅威ともなる。ふれようとすれば狼のごとくに嚙みつくが、そばにあれば心強い友となる。そしてその流れる様は、水にも似ている。炎は目の奥に焼きつき、頭の中にしみいって、〈竜吠川〉の水にきらめきをもたらした。水晶を通した七色の光となって、彼の心に住みついた。

切り裂くようなタカの声にはっと身をおこすと、すでに朝だった。空には薄雲がかかっていたものの、まだ雪はおちてきてはいない。

ヴィニダルは〈久遠《くおん》の島〉の夏を夢にみていたのだが、毛皮を払うのと同時に、それらを払いおとし、灰の中に入れておいた鹿肉を嚙みながら荷をまとめた。狼に襲われた恐怖と衝撃は去っていた。これからは闇をあなどるまい、獣をあなどるまい。

昨日鹿を追いかけた平原を去り、東へ。気候がもっと寒くなるか、もう少し暖かくなるかして、歩きやすくなったら北へ転換しよう。背負った袋の中には、ずっしりと鹿肉が入り、腐らない限り十日は食べられそうだ。食料があり、身体もきく。足元に気をつけ、周囲に注意をし、自然に属するものを二度とあなどらずに行け。孤独は友。静寂は師。

〈夜闇高原〉の冬は、良くも悪くもならない慢性の病のようだった。雪がとけるほど暖かくもならず、すべて凍りついて渡っていけるほど寒気厳しくもならなかった。道行きは難儀して、ヴィニダルは常に凍え、震え、餓えていた。

ある夕刻、ゴルディ虎に追われた。木の上に逃げ、唸りながら徘徊《はいかい》する猛獣の声を聞きつつ、一晩をすごさざるをえなくなった。凍えきった夜明け、葉を落とした木々のかなたに、うっすらとたなびく煙を目にした。その方角をしっかり頭に刻みつけて、枝に片腕をまきつけつつ、合財袋から何とか羊皮紙の切れ端と携帯インクとペンをとりだした。木の幹を机がわりにして、簡単な忌避の護符を描いた。三角形二つを上下逆にしてあわせた星形の頂点と頂点を線で結び、中を黒くぬった。中央には一つ目を描き、白目のところを黒くぬった。虎は、いよいよ幹に前脚をかけ、重い身体で登ってこようとしている。獣にも効果がありますようにと祈りながら、乾いた護符を虎の上に落とした。うまい具合に額にあたった。虎はいぶかしんでいるような、咳きこむような妙な喉声を出して幹から離れた。身を翻してえずきながら、森の奥深くに消え去っていった。物音が聞こえなくなってもしばらく待ってから、木をおりて煙が見えた方向へ速足で歩きだした。

くるぶしをおおうほどの雪は、湿っていて一歩ごとに沈みこみ、煙の匂いが漂うあたりまで行きつくのに半日もかかった。

ようやくさがしあてたその場所は、木々を打ち払った平地になっていた。今にも横倒しになりそうな納屋を、母屋が支えていた。母屋も、柱と柱のあいだを枝でふさいだばかりの雑な造りで、屋根の草が雪の重みで垂れ下がっているのが、扉のない戸口からまる見えだった。これに比べたらダダメカの小屋だって上等な方だ。

唯一の色彩ともいえる真紅の炎が、小さな竈《かまど》の中で躍っていた。竈の前には二人の老人が石を椅子がわりにして座り、身じろぎひとつしないでヴィニダルを凝視していた。

用心深く挨拶の声をかけると、灰色のフクロウめいた老爺が、しゃがれ声で、何の用だ、と尋ねた。道に迷ってしまったのだ、と答えると、もう片方の、こちらは小熊のような老婆が、わずかに口元をゆるめた。

「道に迷った、とな。道もないところで迷うとは、器用なことで」

ヴィニダルは目をしばたたいた。何ヶ月ぶりかの人声に、こめかみを殴られたようだった。そしてその言葉に皮肉な諧謔《かいぎゃく》が含まれていることに気づくのにもしばらくかかった。

それから火にあたらせてもらい、ぽつりぽつりと話をし——あたりさわりのない気候や森の様子など——互いに相手が何者なのか見極めようとした。

この二人の老人が自分に害をなすなどとは思いもしなかったが、冬と森を相手に戦ってきたヴィニダルの心はすっかり頑なになってしまっていた。彼は最小限の話だけをした。もう何ヶ月も森の中をさまよっていること、パドゥキアへ行きたいのだということ。老人は顔を見あわせて、

「パドゥキア？　聞いたことがねぇなぁ」

「そりゃどこの村じゃ」

と首を傾げるのみだった。

「それなら、砂漠は御存知ですか。どっちの方向か、くらいは」

「おう、わしら、三十年も前に砂漠から来たんだ」

「いんや、イッポル、三十年前じゃねぇ、四十年前じゃ」

「どっちでもおんなじだ、ターメ。三十年だろうが四十年だろうが。砂漠はな、あっちだ。わしらはあっちから来た」

と、彼が来た方向を指す。雲の後ろの太陽の位置から、おおよそ北東と見当がついた。礼を言って立ち去ろうとすると、ターメ婆さんがどこへ行く、と声をかける。

「そんななりじゃ、砂漠に行きつく前に凍え死ぬわ。どれ、こっちへ来てみぃ。冬のな、雪ん中を行くコツを教えたげよう」

「凍え死ぬ前に、指の一本二本、凍傷でやられるのが嫌なら、言うことをきくんだな」

イッポル爺も頷いた。

二人から一日に一度、寝る前に、濡らした布をかたくしぼって全身をふくことを教わった。草で編んだ上靴を三足もらった。これを、普通の靴の上にはき、隙間に藁《わら》をつめると凍えないのだ。草で編んだ笠とセオルももらった。雪のふる日にまとっていれば、濡れることがない。さらに、縄で作った平べったい形をしたものももらった。足にくくりつけて歩けば雪に沈むことがないそうだ。

水袋には山葡萄を醸《かも》した酒を入れてもらい、夏のあいだにとりためていた果物や魚を干したものまで譲りうけた。

おびえた鹿のようだったヴィニダルも、二人のすすめでさすがにしばらく留まることにした。泊まってみてわかったのだが、風と雪が吹きこむ小屋の中は、外より幾分ましなだけだった。

翌朝、近場の数ヶ所にウサギ罠をしかけたあと、イッポルの斧をかりて幾本か木を切り倒した。そのあと、十日ほどかけて、小屋の修復と補強をし、保全の護符をはりつけた。たくさんのウサギをさばけば、老人二人は燻製《くんせい》づくりにいそしんだ。小屋も、吹雪が吹きこまなくなった。

二人の老人のもとから出発したあと、一月《ひとつき》以上森の中を北東に進んだ。高地から低地へとおりていくにつれて、雪が少なくなっていき、暖かい風と冷たい風がよりあわさった縄のように肌に感じられるようになった。そうしてある日のこと、〈夜闇高原〉は突然終わりを告げた。

大きな刃で切りおとされたような断崖の先には、白茶けた砂漠が地平線までつづいていた。ファナクと地つづきの広大な大地には、

「何もないようにみえて、実にいろんなものがある」

とイッポルが教えてくれていた。

「まっすぐ下へ、三日も掘れば、水がわくし、砂の中にはサソリもいるが、食べられるトカゲもひそんでいる」

狩りの仕方を教わり、オアシスが点在していることも聞いた。それは知っている、と思うこともあったが、ヴィニダルは黙って耳を傾けた。四十年以上前、二人は香辛料や雑貨をラクダにつんで、オアシスからオアシスへと渡り歩く生活をしていたのだ。書物から得る知識以上の細々《こまごま》とした生活の知恵を身につけていた。ターメが、とある村の長に横恋慕されなければ、ずっとその暮らしをつづけていただろう。

「オアシスからオアシスへと、噂や命令は砂嵐のように駆けめぐる。オアシス中からそっぽをむかれれば、砂漠からはなれるしかわしらにゃできなかった」

だって、あなた方二人は何もしていないのに。悪いのは横恋慕した長だろうに、と以前であれば憤ったヴィニダルだろう。今は、口をとじてただ頷いた。正義が晴ればれとした端正な笑顔を見せることは、めったにないのだと身にしみていた。

砂漠に比べれば、森の中の暮らしは贅沢《ぜいたく》ではないが、豊かだ、とイッポルはつけ加えた。

確かにまちがってはいない、とヴィニダルは崖から下る道をたどりながら、彼らのことを考えていた。若いうちは良かった、と二人の暮らしは物語っていた。森のめぐみは尽きることがないし、身体が動くうちは何でもできただろう。だが、年を重ねていけば、できなくなることも増えていく道理で、そうなったときそこがオアシスであったならば、誰かが助けてくれる。

大岩に手をついてその縁をまわりこみながら、ヴィニダルは十日あまりの二人との関わりを反芻《はんすう》した。太陽が砂漠を焦がしている最中、やっと崖をおりきって、砂の中に両足をつっこんだ。

一月以上前は雪の中だったのだ、とふりかえり、前進すべき砂の丘に目を戻した。砂の匂いのする風が、額をひとなでしていった。彼は卒然と、真実を悟った。

ぼくは独りだけれど、ときには人の助けがいる。

合財袋をゆすりあげた。マードラでもらったセオルを頭からかぶった。老人二人から渡された砂漠仕様の服に着がえ、頼もしい水袋の中の水音を聞きながら、一歩を踏みだした。

半日にして、砂漠は昼歩くには暑すぎると痛感した。砂丘の北側の日陰に身をよせて、太陽をやりすごし、長い影ができる頃に再び歩きだした。じりじり背中を焼く陽光がやっと没したかと思うと、すぐに夜がやってきた。まるで藍色の網を投げかけられたようだった。その網の穴が輝きはじめ、やがて天に光の流れができあがっていく。同時に大気がどんどん冷えていく。まるで天の光が大地を凍らせようとでもしているかのようだ。

未明、疲れきった足をひきずり、白い息を吐きながら、はたして砂漠を縦断できるのだろうかといぶかっていると、額に何かがあたった。全く思ってもいなかったのでしたたかにぶつかり、目蓋《まぶた》の裏で橙と赤の星が破裂した。片手で額をおさえ、もう片手でさぐると、何やら冷たくざらついた感触をおぼえた。

ようやく目をあけてみれば、灰色砂岩の建物が屹立していた。半ば崩れたてっぺんが、星々の流れをさえぎっている。小さな窓が黒々と闇をたたえて、静寂の中にうずくまっている。まだ額をさすりながらも、ヴィニダルはその周囲をゆっくりまわってみた。一片が二馬身ほどの六角形をした壁は、高さが四馬身もあろうか。一つだけ小さな入口らしきものが砂に半ば埋もれている。

ヴィニダルは砂漠リスのように砂をかきだして、内部にすべりこんだ。真っ暗闇の中で手さぐりで、小さなカンテラをとりだして火を入れた。森の老人からもらったものだ。老人は、砂漠の中に点在する遺跡についても語ってくれた。大昔オアシスだったところには、裕福な商人が居をかまえ、栄を誇ったという。あるいは盗賊の一味が、王にも及ばぬ暮らしをしていた。地下水流の流れが変化し、オアシスの水源が涸れ、見捨てられた町が遺跡となった。

これはそのうちの一つだろうか。

それにしては狭かった。掲げた灯りは細長い小部屋を浮かびあがらせていた。まるで長櫃《ながびつ》の中にいるような感覚に襲われた。二歩進むと、直角に曲がった。さらにその先には、行き止まりの小部屋と枝分かれした廊下が待ちうけていた。狭い部屋であったはずなのに、理屈にあわなかったが、ヴィニダルは頭の中に飾り文字を描くがごとく、この迷路を刻みこんで進んだ。進んでは戻り、戻っては選び、曲がり、曲がっては進む。窓から夜明けの光が射しこみ、すぐに昼になり、夕刻に変化し、夜となった。空腹も喉の渇きも感じず、ときの流れさえ外のものだった。階《きざはし》を使った記憶はないのに、いつのまにか最上階に至っていた。それも、三日後か、四日後か。

そこには六方に窓があり、外が見えた。外ではめまぐるしく昼と夜が入れかわっていた。見ていると頭がくらくらしてくるので、急いで目をそらす。部屋の中央には一羽の白い鳥が嘴《くちばし》を天井にむけ、細く長い首をのばしていた。

ヴィニダルはおそるおそるその背にふれた。冷たく、かたい。見た目はまるで生きているようなのに、触感は石だった。魔法がかかっている、と悟った直後、指がひとりでに動いて翼の先にふれた。気がつくと、羽根の一枚を手の中に握っていた。

羽根は本物であった。ペンにするのにちょうど良い大きさで、長さもちょうどいい軸がついている。まじまじとそれをながめているうちに、指先がむずむずしてきた。合財袋をおろした。ナイフで羽根の軸先を斜めに切りおとし、中央に溝を刻んだ。本来なら羽根の方は切りおとしてしまうのだが、純白のなめらかなふれ心地は、砂漠の砂で粗く削られた気持ちを慰めてくれるようで、つけたままにした。

線を描きたい衝動につきあげられて合財袋をのぞきこみ、驚いて逆さにふった。羊皮紙とインクがなくなっている。火打石や道具類は残っているのに、紙とインクだけが見あたらない。

ヴィニダルは意気消沈してうなだれ、鳥の首にそっとふれた。ぼくは何も持たない。失ってしまったものは数多あるのに、ぼくが持つことを許されたのは、描きたいというこの欲求だけなんだ。両親たちの顔も声もいまやおぼろにかすんで、はるかかなたにあるようだ。〈島〉の〈匐竜樹《ふくりゅうじゅ》〉の梢からふりそそぐ金の陽光だけはまだ覚えているけれど。マードラののっぺりした白い空が上塗りされ、死者の呪いと黒い首が整列している。

溜息をついて白鳥の首から手をはなした。そのとき、それはおこった。

足元の床が突然消え失せ、六方の壁も、せわしなく光と影を紡ぐ昼と夜もなくなった。彼はただ独り、暗黒の虚空に浮かんでいた。思わず鳥の首にしがみついたが、鳥はたちまち彼の腕の中で砕け散り、闇に飛び散っていった。直後に、幾百億、幾兆もの光が生まれた。

呆然と佇《たたず》む中に、光は互いに身をよせあって大きな扁平《へんぺい》の楕円の渦をなし、風に吹かれて幾つもの尾をたなびかせはじめた。気がつけば、目もくらむほどの白光に輝く同じような渦が、周囲に数えきれないほど浮いているのだった。ヴィニダルはその旋回する星々が、語られない掟を抱いているのを感じた。その掟には、星同士の衝突でおこる混乱や、すべてをのみこんでしまう暗黒がひきおこす混沌さえも含まれているのだった。

まだ、あのペンを握っていることにそのとき気がついた。足元に、半馬身四方の闇の広がりが、彼を待っていた。彼はひざまずき、近くの星に浸したペン先をその闇の羊皮紙につけた。ヒナギクのような光が、彼の手の動きに沿って線を生んでいく。白銀の星がゆっくりと近づいてきたので、今度はそれにペン先をつけて、銀の線を描いてみる。薔薇《ばら》色、青空の青、雪解け水の翡翠《ひすい》色、タンポポの黄色、夕陽に映える雲の紫、密林の深い緑、鮮やかな鳥の羽根の赤、滝の白、海原の青、砂漠の金、羊毛の灰色。ありとあらゆる星々の色が、彼の手の先で、線になり形をなし、意匠をあらわす。閉じた世界の秩序の中に、秩序を凌駕《りょうが》する美があらわれていく。その中に、家系図に記されたすべての人々の頭文字がはめこまれ、〈島〉に生きた羊や牛や鳥や虫、すべての生物の姿が模様となって写しとられ、草花も雲の形も岩の形も描きだされていった。ヴィニダルは気づきもしなかったが、その作業は彼を子どもからおとなへと変化させていったのだった。

最後に、中央の暗黒を〈翫竜樹〉の木漏れ陽色に染めあげると、一枚の大きな護符が完成していた。

それは燦然《さんぜん》と魔力を輝かせ、前触れもなく、目から心の中へと飛びこんできた。

黒い木が身もだえしてきしんだ悲鳴をあげ、大きくねじれた。銀の葉がひるがえって無数の星々に変わり、黒い幹と枝は、暗黒の一筋を残して、白い鳥の首を思わせる幹と枝に変化した。

――七番めの子の七番めの子のさらに七番めの子は。暗黒と光とを結びつけ、星の中の源を体得する。

滝の竜の声が幹の中心から轟いた。彼はまさに、滝を落下するときと同じ歓喜の絶叫をあげて、落ちていった。黄金の渦を巻いた滝壺が待ちうけていた。呑まれる、と思った直後に、ひどく硬いものに額をうちつけ、稲光《いなびかり》が縦横に走った。

しばらくしてから気がつくと、砂の中に埋もれていた。夜空の星はじっととどまったままだった。風が流れていった。

やがて、足音がして、影が星々の光をさえぎった。

「おい、大丈夫か？　干からびていないか？」

その背後で鈴の音やラクダの唸り、人の笑い声が響いた。

戻ってきたのか、と思った。崩れおちる砂の中で、何とか上半身を起こした。片手に、いまだ白鳥のペンを握っていることに気がつき、呆けたように天を仰いだ。

「一人か？　一緒に行くか？」

がっしりした輪郭《りんかく》の男が、腰に両手をあてて尋ねた。

ヴィニダルは少しのあいだ口ごもり、それからまた身動きして砂を崩した。ようやく乾いた喉を動かして、しゃがれた声で答えた。

「一人だ。一緒に行く。パドゥキアまで」

16

緑なす原野を進み、幾つもの川を渡り、厳《いかめ》しい城塞さながらの玄武岩の岩場をよじ登る。森をぬけ、獣道をたどり、山の斜面に刻まれた隘路《あいろ》を踏破し、安山岩をくりぬいたひどく長い隧《すい》道《どう》をおりていけば、ようやくのこと、パドゥキアの敷石で舗装された大通りに吐きだされる。ネイダルとシトルフィは思わず立ちどまって、パドゥキアの町並みに目をみはった。まっすぐ走る大通りは幅が五馬身もあろうか。中央部と両端にはフォト人の肌より薄めの色をした幹の太い木木が、並木としてうえられている。その枝ぶりから、乳香の木かと思われる。木の下には露店が並び、生活に必要なありとあらゆる物を売っているようだ。鼻をつく香辛料の匂いが漂い、肉をいためる景気のいい音が、ざわめきや呼びこみの声にまじって聞こえてくる。

失礼、と声をかけられてふりかえれば、背中いっぱいに荷を背負った人々がもう後ろに列を作っている。隧道の出口をふさいでいたと気づいて、慌ててよけた。続々と町に入っていくのは、行商人や隊商の列だ。ラクダの一頭が嘲《あざけ》るように頭をふりたてて、唾をとばしていく。

それでも二人は動くことができなかった。大通りの両側が、天まで届きそうなほど高い崖になっていたからだ。しかもその崖には、建物につきものの円柱やら飾り屋根やら玄関やら出窓やらが刻まれている。

「これは……どういう……？」

シトルフィが吐息とともに思わず呟く。

「ただ話に聞くのと自分の目で見るのとは大違いだな」

ネイダルは唸るように答えた。

「パドゥキアでは岩壁を槌と鑿《のみ》で掘って削って家を造ると聞いていた。ぼくは洞穴のようなものが無数にあるのだと思っていたが、これは——まさしく、都、だね」

七階建ての巨大な集合住宅といってもいい。円柱にはコンスル式の飾りが施され、飾屋根には浮彫が刻まれ、葡萄《ぶどう》の蔓《つる》と葉をまとった裸の男女が、この世の栄華を寿《ことほ》いで踊っている。窓という窓からは、真紅や青の花がもりこぼれるように咲き誇っている。

「大昔は渓谷だったのだろう。見てごらん、岩には筋がついているだろう？　水が流れて刻んだあとだよ」

「あんなに高くまで水が来ていたの？　その水はどこへ行ったの？　また洪水になることはないの？」

シトルフィが心配するのも無理はない。その答えをネイダルは知らない。だが、彼は安心させるように笑った。

「この大通りの先は砂漠だと聞いた。多分、水はすべて、砂漠に吸いつくされたのだろう」

朝早い太陽に、西側の崖が照らされた。ちょうど最上階にある神殿らしき建物が、ひらいた薔薇《ばら》の花のように輝いた。燃えあがる黄金の薔薇。

二人は息を呑んでそのきらめきを見つめていた。

大通りに出てしまっていたチャギが、駆け戻ってきて、催促するように二人を見あげた。山間部を旅するあいだ、この姫山羊は道案内をつとめこそすれ、決して足手まといにはならなかった。シトルフィは敬意と愛着をこめて、はいはい、と返事をして、チャギが食べたがっている野菜売りの方に歩いていった。

ネイダルは今まで気づかなかった物音をとらえ、背中の荷をゆすりあげた。ときを告げるくぐもった鶏の声は、どこか家の中で鳴いているものか。豚や羊が崖の道を原野につれだされる喧噪も響いてくる。それから槌の音があちこちにこだましはじめた。街のいたるところで岩がうがたれ、新しい家が造られているのだ。

風は冷たく乾いている。昇ったばかりの陽はまだおとなしい。しかし、昼が近づくにつれ、まるで人が変わったように、容赦なくじりじりと照りつけてくるだろう。水の匂いと埃の匂い、炊《かしき》の煙の匂いや、鉄鍋でいためた玉葱とニンニクの匂いがまじりあって漂ってくる。

ネイダルは、買ってもらったニンジンの葉をチャギが食べおえるのを待ちながら、これから訪れるニューカイ親方の工房の場所を思いだしていた。

「フォトの方向、つまり西側の隧道から出て大通り左側、並木が途切れたところから第二階層にあがって右側四番目の戸口」

どうしても頭の中の印象があやふやで想像できなかったので、無理矢理言葉だけで覚えてきたのだったが、今こうして大通りに立ってみると、なるほどずっと先のあたりに並木が一旦途切れているところがあるようだ。

チャギがまだ口を動かしながらも頭をあげたので、ネイダルは歩きはじめた。これから砂漠へのりだそうという隊商が、鈴の音を鳴らしながら、ゆっくりと進んでいく。その横を速足ですりぬけて、第二階層に至るとみられる階段の下にやってきた。これもまた、岩を削って造りあげた階《きざはし》だった。膝の脇をチャギがかすめるようにして、楽々と登っていく。苦笑しながらあとをついていく。

階はからりと晴れた青空までつづいているように思われた。ネイダルは一階分をあがって右に折れ、戸口を数えながら進んだ。花々の咲きこぼれる窓枠にまで細かい浮彫が装飾されているのに驚きながら、鑿の看板――大工か木工細工師か、あるいは岩掘りか――、蠟燭《ろうそく》の看板、針と糸の看板の下をすぎた。ポパットが教えてくれたのは道順と看板の特徴だったが、四つめにそれを見つけた。首を傾げたフクロウが、鋭い爪のあいだに本をひらいている。フクロウの瞳は深い思索にふけっているかのように見えた。

「やっとついた」

シトルフィが頰を上気させながら、看板を見あげた。ネイダルは頷きながら、チャギの首輪に紐をつけて窓際に生えている木に結んだ。

玄関には白木の扉がついており、二人は訪《おとな》いを告げてからそっとあけた。本の匂いが漂ってくる。左右に広い間口で待っていると、奥から少しばかり肉づきのいい中年の男が、少しがに股であらわれた。

ポパットからの紹介状を渡しながら用件を述べると、樽のような形の頭をしたこの男は、封蠟を爪ではがして書簡にさっと目を走らせた。鷲鼻でその羊皮紙の匂いを嗅いだあとで、まっすぐに二人を見つめ、

「わしがニューカイ親方だ」

と吠えるように言った。

「ポパットは相変わらずクソ真面目か？　おかたくて妥協しないか？」

二人が思わず顔を見あわせると、にやっとした。すると少しばかり前歯が突き出しているのが見てとれた。

「まっ、書記ってのは、そうでなきゃいかんさ。わしも昔はポパットと技術を競いあった書記仲間だった。しかし正確さを追求すればするほど、わしの指が異議を唱えてな。いや、そうは書きたくない、もっと自由に書きたい、工夫したいと主張しはじめてな。創造性。うん、そうだ、創造性がわしをつっつき、パドゥキアに至らしめた。おまえさんたちよりもう少し年をくった頃の話だ。まずはよく来た！　朝食はまだだろう。上の階に行ってジョワズに何か食べさせてもらえ」

そう言いながら先だって廊下から階を七階まであがり、中庭に面した厨房《ちゅうぼう》へと導くと、自分も一緒に二度めの朝ご飯をしたためたのだった。パンとバターとミルクという質素な食事だったが、皮がぱりっとしていながら、中身はみっしりとつまった北方風のパンをはじめて食して、

これほどうまいものはないように思われた。それに濃厚なバターをたっぷりつけて食べるのだ。ニューカイ親方が御相伴したくなるのも無理はない。

厨房は最上階に位置しており、中庭は屋上庭園と呼べるようなものだった。小さな窓からは、青空にゆれる様々な香草や月桂樹の枝が見えた。庭園と厨房には山から流れてくる水路が引いてあり、やさしげな水音がたえまなく響いてきていた。薄暗い部屋の石壁に、水のきらめきが映ってほのかな光が散る。香ばしいパンの匂いと薬用サルビアのきりっとした匂いがまざりあって、ここは旅や仕事の疲れをいやすのに最適な場所だった。

「うちの工房には写本師が五人、見習いが二人、他に製本師が四人いる。ジョワズはわしら夫婦と彼らの朝飯夕飯を用意してくれる」

舌鼓をうつあいだに、ニューカイ親方はそう言って料理人を紹介した。ジョワズは半ば腰の曲がった老人で、口数も少なく、むっつりしていたが、不機嫌なのではなく、ただそういう人柄なのだと思われた。

「うちは住みこみは雇っておらんのでな、宿は自分でさがしてくれ。おお、ジョワズ、ほれ、あの親方、何といったっけな。あんまりきついことを言うんで、また弟子が逃げだしたっていう親方」

「ムバーカ」

むこうをむいたままむっつりと答えるのへ、

「おっ、そうだ、そうだ、ここからすぐのところに、その逃げだしちまった弟子三人が住んでいた宿がある。今から行けば、まだ部屋があいているはずだ。安く貸してもらえるように、うまく交渉するんだぞ」

ごくりと喉を鳴らしてミルクを飲んだ。

「どれ、それじゃわが工房を案内する」

ニューカイ親方は遠慮のない足音をたてて厨房を出た。二人は慌ててあとを追う。

「パドゥキアは山間部に咲いた薔薇の花だろう。東西南北を交易でつなぐ町だ。東はテイデルスやイスリル、西はフォトと海から、香辛料や塩や絹が行き来する。北のコンスルからは建築技法、織物、鋳金技術がもたらされ、南のマードラからは薬草学や密林の珍しい果物や装飾品がやってくる。技術の保存や知識の共有、商談や契約のために多くの書記を必要とした。そこから書物作成が発展し、今ではパドゥキア自体が本という商品を吐きだす都になった」

蘊蓄《うんちく》を聞きながら一階下におりると、細長い廊下に沿って縦長の部屋が明かりとりの窓をそなえてのびていた。写字室だ、と親方は自慢げに腹をゆすった。窓の数と同じ七台の写字台が並び、そのうち二つに写本師が陣どっていた。廊下側には棚が作られ、

「羽根ペンとナイフ、砂、その他の小道具、羊皮紙、仔牛皮紙、ぼろ紙、インク、表紙用の革や木材の部屋、とつづく。おまえさんたちが一人前になったら、これらをすべて自由に使っていいぞ」

ネイダルは岩壁にうがたれた棚の中におさまっている数々の品に目を走らせた。これだけのものをそろえるのに、どれほどのときと財が必要だったのだろう。離れたところから一瞥した

だけでも、棚の中に重ねられ、めくれないように気をつけて保管されている羊皮紙の品質の良さがわかった。表紙にするために彫られ、浮彫を施され、磨きあげられた月桂樹の板の古さが感じられた。その板は、あまりにすばらしい出来だったので、それに見合う本があらわれず、長いあいだそこで待っているのかもしれない。

親方は再び歩きながら語りをつづける。

「パドゥキアには実に様々な手仕事の工房がある。写本工房だけで百近くあり、都中に散らばっている。ここでは、筆写と製本がおもな仕事になる。大抵受注品だが、工房の宣伝のために、親方が自分自身の企画で新しい書物を作ることもある」

ネイダルはそのようにして作られた本を、〈島〉で何冊も見たのを思いだした。製本者の矜持をかけて何年もの時間を費やした一冊一冊の、何とうつくしく、すばらしかったことか。きらびやかさを追求した一冊、整然とした様を誇る一冊、装幀もさることながら内容の新しさ、あるいは深さで群を抜く一冊。あの頃、こうした本を作ってみたい、と少なからず思ったことがよみがえった。

「写本工房が百軒近くあるとすれば、それを支える工房はその数倍はあるな。紙を作る工房、ペンを作る工房、インクを作る工房。表紙にはめこむ宝石を磨く工房もあれば、綴じ紐を専門に扱うところもある」

写字板に身をかがめている写本師たちを腕組みをして眺めながら、ニューカイ親方は二人に尋ねた。

「写本師に必要なのは何だと思う？」

大声に慣れているのだろう、写本師はどちらも平然と仕事をつづけている。

「謙虚さだ！　写本師は、本を作りだしているのは自分だと、ともすれば傲慢《ごうまん》になる。特にいい仕事をしたあとは、そう思いがちだ。だがな、誇りを持ちながら謙虚にならにゃあ、一人前とは言えん。写本師がやる仕事なんぞ、ほんの上っ面にすぎんのだ。そりゃ、辛くしんどく遅遅として進まないが、それだってやってあたりまえの仕事を黙々と積み重ねている、革なめしや製糸工房やインク作りの従工たちの努力があってこそのもんだ」

そいつを忘れてはいかん、と、二人にというよりむしろ写本師たちにむかって聞かせるように言って、さらに一階下へおりた。上階と同じ造りのそこでは、見習いたちが一人の写本師から指導されていた。ネイダルはポパットの教授を思いだして、どこも似たようなものだと微笑んだ。あの頃は、一々指摘されることに苛だち、自信を失い、反発していた。楽な学びはない。誰もが一度はとおる道だ。

さらに一階おりた三階は、製本作業場になっていた。書きおえた羊皮紙をしっかり二つに折るためのプレス機や、かがり台、革表紙に型おししたり、のりづけや彩色をしたりする作業台が幾つかあり、製本師たちが金槌を使ったり、折り丁をとじつけながら、花布《はなぎれ》と呼ばれる装飾を兼ねた糸を編んだりしていた。ここの道具棚には、型押し鏝《ごて》ややすり、金具、鋏《はさみ》、針、目打ちなどが、それぞれ数十種類、整然と並べられていた。脇目もふらずに作業に没頭しているのを目で見て肌で感じ、圧倒される思いがした。

二階は書斎と応接室と親方夫妻の居室になっているので、ただ説明を聞いて通りすぎ、一階の書庫におりた。風通しの窓が小さくいくつもあいている暗い室内には、数百の巻物と書籍が整然と分類されて保管されていた。おもに、書体や体裁、装幀の見本となるもの、よく出まわるものの原本などだった。埃一つ舞わず、黴臭《かび》くもないのは、親方の妻女による毎日の気配りのおかげのようだった。

ひととおり工房の中を見おえると、親方は明朝までの休みをくれた。

「とにかく宿を決めて身体を休めることだ。明日、またここへ来い」

工房前につないでいたチャギは、親方が厨房につれていってくれた。厨房から屋上庭園に放してもらい、そこですごすことになったのだった。

それから二人は教えられた宿にいき、値段の交渉をしたあと、二部屋をかりた。五階の、狭いが見晴らしのいいその部屋には、雨季のはじまりであるにもかかわらず、パドゥキア特有の乾いた風が吹きこんできた。

翌朝、約束どおりに二人が親方のところへ行くと、どこか近くで岩を叩く槌音がひっきりなしにしていた。親方はそれに負けない大声で、しばらくのあいだカラスの親方の工房へ行っていろと指示してきた。

二人は大通りのむこう側にある、カラスがインク壺に嘴《くちばし》をつっこんでいる青銅の看板の工房へと追いやられた。そこは写本工房ではなく、インクを製作する工房だった。

扉をくぐると、様々なインク壺を作業台の背後に並べた薄暗い店舗になっていて、かすかな石の匂いや金属臭が漂っていた。幾つかカンテラがぶら下がっており、棚の中の雄牛の角や土物の容器や水晶をくりぬいた高級な壺が、灯りに反射して、秘密めいた淡い光を放っていた。鼻の下から顎の先までで顔の半分を占めている初老の親方が、奥の作業台に腰かけていた。

カラスの親方は二人を一目見ると――何やら書き物をしていた手を一瞬だけ止めて、上目遣いに一瞥しただけ――、

「弟子が独りだちしちまってな。手が足りんのだ。さっそくやってくれ」

カラスそっくりのしわがれ声で言った。まごついていると、羽根を切りおとしたペンの頭が、ネイダルの左手を示した。

「ぼくたちは、ニューカイ親方に言われてきた写本師で――」

ネイダルが誰かとまちがわれていると思って口をひらくと、それにかぶせるようにしわがれ声がふってきた。

「ああ、ああ、写本師と名乗るにはちと早い。修業が足りん。まずはインクのことを学べ。仕事をしながら身体で覚えろ。わしらはみんなそうしてきた」

シトルフィが抗議しようと口をひらきかけたが、ネイダルが目顔でそれを抑えた。フォトの王宮のはじめの頃もそうだったのだ。まずは従え。

示された左手には木箱が二つ重ねておいてあった。ネイダルが一つ、シトルフィが一つ。それぞれにかかえる。すると、カラスの親方は、書き物をつづけながら左手の親指を天井にたててみせた。二人は作業台の横をとおって階段を登った。

二階には二馬身もある長机が、ジンベエザメのように伸びていた。その上には赤、青、黄、緑、白といった様々な色の石や土のかたまりが並べられ、小さな覚え書きめいた標識がついていた。鉛丹《えんたん》、藍銅鉱《らんどうこう》、黄土《おうど》、孔雀石《くじやく》、鉛白と読めるそれらはすべてインクの原材料だ。

石の上方には巻物が広げてあり、両端が巻き戻らないように青銅の文鎮でおさえられていた。石の種類にあわせて、どのように加工していくかが図とコンスル文字で説明されている。

二人が階下から持ってきた箱をあけると、ナイフ、木槌、かきまぜ棒といった道具類がぎっしりとつまっていた。ネイダルとシトルフィは、巻物の端に記されているとおり、石を削るためのより硬い台石をとりだした。それは、色合いが悪かったり小さな粒状の集まりだったりして、宝石として切り出せない青玉や紅玉でできていたが、何千回と石を削ってきたせいで、中央になめらかなへこみができていた。

反故紙《ほご》を敷いた上に台石を置き、ネイダルは藍銅鉱を、シトルフィは孔雀石を削った。巻物では、この二つはよく一緒になってとれるので、別々にするのに大変な労力がいると書いてあったが、カラスの親方は品質のいいものを求めてくれたらしく、二人はそれぞれにたやすく削ることができた。それでも長い時間をかけて、天の青色と夏の終わりの葉の緑色が小さな山を作るまで、二人は黙々と手を動かしつづけた。大通りに面した窓からは、乾いた微風と並木に透かされたやさしい光が入ってきた。町の喧噪はネイダルに、フォトの書記室を思いおこさせた。

ようやくある程度の量ができあがると、袋に入れて標識をつけて保管する。窓と反対側の棚に、小袋が重ねておいてあった。その中からシトルフィが二つを選び、袋の口をあけ、ネイダルが削った顔料を落としこむ。袋を縛る紐に、やはり用意されていた標識をくりつける。「天の青」「天の緑」と記したのは、ネイダルの創造ではなく、巻物にそう記すようにと書かれていたからだった。

「わたしならこれは『天の青』でいいけれど、こっちは『山の緑』って名づけるわ」

シトルフィは残念そうに呟いた。彼女の色彩感覚は描画の才能とともに著しく磨かれていたから、「天の緑」は許しがたい名称だったのだろう。

「きみ一人ならそれでいいけれどね。多くの写本師たちが多くのインク屋に勝手につけた名前で注文したら大変なことになるだろ？　こういうことはきちんと守らなきゃ」

ネイダルがにやにやしながらたしなめる。シトルフィは眉をあげてほんの少し首を傾げ、仕方がないわね、と呟いた。

小袋は、部屋の角で百もの抽斗《ひきだし》を有して鎮座する整理簞笥《だんす》におさめた。抽斗一つ一つにも標識がはりつけてあり、ネイダルでさえ何と読むのかわからない単語もたくさんあった。

その日は、岩顔料を削る作業におわれ、カラスの親方が仕事ぶりの確認にあがってきたときには、二人の腕はすっかりしびれてしまっていた。昼の光が薄れていく中で、親方は小さくなった岩絵の具のかたまりと抽斗の中を調べ、かすかに一度だけ頷いて、帰っていいぞと言った。

カラスがインク壺に嘴をつっこんでいる看板の下まで出てから、シトルフィは、何よあれ、と息まいた。

「一日中岩削りをして、ご苦労様もよくやったもないわけ？」

睫毛《まつげ》を逆立てて喚くのを、ネイダルはまたにやにやして見おろした。

「何よ、ネイダル」

「噛みつく相手はぼくじゃないだろ」

そう答えながらも、ますます笑みは深くなる。

「きみらしいと思ってさ。それにきみと一日中一緒に仕事できるなんて、実にすばらしいことだったよ」

一息おいてからシトルフィは、まあね、と頷いた。

「故郷から離れたこんなところで、こうして何不自由なく生きていられるのは、すばらしいことだわね。――でも！　カラスの親方のやり方はおかしいわよ！」

「おかしくないよ」

ネイダルは乳香の木の根元から大通りに一歩踏みだした。露店には灯りがともりはじめ、崖で区切られた空には上弦の月が浮かんでいる。涼風が人々のあいだを吹きぬけ、砂漠の砂の匂いがおしだされていく。雑踏を横切るあいだ、二人は黙っていたが、ニューカイ親方の工房の真下に至ってから、ネイダルはシトルフィの方にふりむいた。

「ぼくらは徒弟なんだ、シトルフィ。親方の言うことには逆らえない。ほら、ニューカイ親方も言ってたろ？『従え』ってさ。ぼくらは契約に縛られている。何年かの徒弟生活のあと、一人前になったら、好きなようにすればいい。枠というものがあってさ、まずは枠におさまることを学ぶんだ。それには、感謝とかねぎらいの言葉はついてこないんだよ。やってあたりまえ、できて当然。すばらしくできてから枠から手でも足でも出せばいい。それまでは、ちゃんと親方に従い、目と耳で吸収し、技術を磨かなきゃならない。ここはそういう世界なんだ」

シトルフィの唇が不満げにすぼまった。が、それは束の間のことで、彼女はすぐに微笑んだ。

「フォトの書記室で、そういう世界を経験してきたってわけね。わかった、ネイダルを信じる。こんな我慢、大したことじゃないものね」

さしのべられた手をネイダルはしっかりと握った。

「おなかすいた。ジョワズは晩ご飯、用意してくれてるかな」

「大変だ、早く行かないとニューカイ親方に全部食べられてしまうかも」

二人は階段を駆けあがり、冷やした麦酒と鶏の香味焼きと太ったカラン麦のパン、こってりしたチーズをぺろりと平らげた。ジョワズの目尻にほんの少し喜びの皺《しわ》が寄った。

それからの毎日、ほぼ一月のあいだ、二人はインク作りを学んだ。岩顔料を削ること、石黄を陽にさらして粉末にすること、毒物もあるので注意すること、植物を煮だして青、緑、朱の色を得ること。胆汁《たんじゅう》とサフランをまぜあわせれば、黄金のインクが得られることも。貴重な巻貝の内臓から抽出する皇帝紫は、布の染色には適しているが、インクとしては使えないことも。

作ったインク同士を調合して、独自の色を作りだすのには、シトルフィが夢中になった。同じ青でも材料と混合率で微妙に違いがでてくる。彼女はそれを反故紙に塗り、何と何をどれだけの割合でまぜたのかをネイダルが付記した。中にはぬった直後にはすばらしく鮮やかな海の青であったのに、しばらくたつとまっ黒に変色してしまうものもあり、二人はひどくがっかりした。ところが一日の終わりに、それを見たカラスの親方は、満足そうにこう言ったのだった。

「紫は王者の色と言われる。だがこの黒は、王者でさえうらやむ豪奢《ごうしゃ》の色だ」

そして二人に、こうした実験をつづけること、記録用の羊皮紙を上等な紙にしていいことを告げた。それは親方なりのねぎらいの言葉であった。顔を見あわせた二人の瞳は、勝利の灯に輝いた。

一月後、カラスの親方はやってきた二人をそのまま崖の上につれだした。階段を登りきって頂上に立つと、風がセオルをはためかせ、シトルフィの髪を蜘蛛《くも》の糸のようにきらめかせた。むかいあった二つの崖は、西の方に行くにつれてごつごつとした岩山となって合体して、さらに高い山脈につづいていた。東のはてはなだらかに砂漠へと落ちこんで、おりしも地平線では砂嵐がおこっていた。北と南も山、また山の重なりとなって、シトルフィの言う「山の緑」の背後に「山の青」の濃淡をつくっていた。

足元にはイバラの茂みが広がっているだけだったが、カラスの親方は率先してそれを刈りはじめた。イバラはまだ花をつける前であるらしく、かたい蕾を抱いて、襲撃者に刺《とげ》で抵抗した。二人は足首までのズボンをはくように言われていたが、今それが役だっていた。羊皮の長靴と長ズボンは、イバラの刺から彼らを守ってくれた。麻で編んだ手甲をつけて、二人は短い草刈り鎌でイバラを刈りとっていった。夏の匂いがたちのぼり、わずかな草の汁が手甲を染めた。背負ってきた空籠は、たちまちイバラでいっぱいになった。

「これをどうするのですか」

いつものように無言の答えがかえってくるかと思いきや、カラスの親方は上機嫌でしわがれ声を出した。

「数本ずつ束にして、陰干しにする。天候にもよるが、今年は雨がいつにもまして少ないから、十五日から二十日くらいですっかり乾くだろう」

「これ、インク作りと関係あるの？」

怖れ気もなくシトルフィが尋ねると、

「おお、それは言ってなかったか。これはな、最上級のインク作りの工程だ。没食子《もっしょくし》インクのように紙を傷める怖れもなく、光にも湿気にも強いインクができる。透明でうつくしく、艶のあるインクだ。だが、それを作るにはやたらに手がかかるってもんだ。おまえさんたちにはその全工程を経験させてやるからな、楽しみにしていろよ」

シトルフィは両目を上目蓋《まぶた》におしこんで呻いた。

「刺々を一つずつはがさなきゃならないんなら、お断りしたいな」

「そんなことはせんさ」

「木の皮をちまちまとはぎとるのも嫌だな」

「安心せい。おまえさんの爪が樹皮のアクでまっ黒になることはあるまいさ」

縛ったイバラの束が工房の三階の軒先でゆれているあいだ、二人は、安くはあがるが、カラスの親方の覚えがめでたくない没食子インクの調合を学んだ。クロヤニを含む木の瘤《こぶ》からとった没食子の粉末に、麦酒と緑礬《りょくばん》と雨水をまぜあわせて作るこのインクは、調合が微妙だった。

「この割合を正確にしないとな、写本師を泣かせることになる。比喩じゃない。本当に泣く。何十日もかけてようやく仕上げた本なのに、記したところからぼろぼろに腐っていってしまうのだ。それからな、馬鹿な司書や書記が、こいつで書いた本や書類を湿気の多い場所で保管するという考えなしをやってしまえば、同じようにぼろぼろになっちまう。棚の中で崩れた焼き菓子みたいになっているのを目にしたことがある。あれを見たときは、写本師でなくても泣きたくなったぞ」

二人は神妙にその話を心に留めおいた。気の毒な写本師。いや、写本師だけではない。インク作りの職人にとっても、恥以外の何ものでもない。

「だが、没食子インクは安くあがる。それに、ペン先でのインクのもちがよく、つまることが少ない。写本師は苛々せずにすむし、インク自体の保存は容易だ」

何十回と調合して、原料の割合と混ぜ方をしっかり頭にしみつかせた頃に、イバラの束が乾いた。予定より五日も早く、次の工程に入った。三階には木製の台が出され、ネイダルはその上でイバラを木槌で叩いた。叩くと樹皮がむけていき、樹液がしみだしてきた。それをシトルフィが手早く水桶につっこむ。日が暮れるまで働き、イバラの半分が五個の桶に入ったとき、シトルフィの両手は草の汁で茶色にそまり、ネイダルの手のひらにはたこが三つもできていた。

一週間後、樹液がとけた桶の水を大鍋に移し、火にかけた。これは屋上のさしかけ屋根の下でする作業だったので、シトルフィとネイダルは二人で桶をかついで階段を何度も往復しなければならなかった。

「これから先は水は足してはいかん。絶対にな」

とろ火で延々と煮つめていくので、交代で火の番をした。汗と煤にまみれ、喉の渇きと空腹に耐え、少しずつ濃さをましていく湯を見つめ、枝のあいだで一瞬たりとも同じ姿をとることのない炎に魅せられた。見習い書記の仕事は、正しい方向性をつかむまで焦りと苛だちと不満ばかりだったが、インク作りの仕事は忍耐と繊細な心配りと期待に満ちていた。ネイダルは、これからはインクを扱うにあたっては一滴たりとも無駄にしないぞ、と誓った。シトルフィは、

「インクを使うとき、作った人のことを思うことにする」

と呟いた。

三階にあった叩き台を持ってあがってきたカラスの親方が、残っていたイバラを叩き、鍋に足し入れた。半日も煮たあとで、古い樹皮を湯からとりだし、さらに新しい樹皮を加えていく。ネイダルはイバラを煮る臭いなのか、自分の体臭なのかわからないくらいにどっちも臭っているという事実を、ぼんやりと意識した。

「今年は雨風がないんで助かる」

カラスの親方は腰をのばして、さしかけ屋根の板の隙間から見える星空を仰いだ。

「昨年は途中で大雨があってな。鍋を厨房に移さなければならんかった。婆さんに小言を言われっぱなしだった」

親方の妻は口数が少ないうえ、滅多に姿を見せなかった。ネイダルには灰色の人影めいた存

在としてあるのみだったが、その奥方が小言を言うのでは、きっとねちねちとしつこいのだろうな、と思った。

湯は少しずつ濃さを増して、半透明の金茶色になり、量は最初の三分の一ほどに煮つまった。二人で大鍋を傾けて、調理で使うほどの大きさの鍋に移しかえ、さらに煮つめていく。イバラの樹皮はこの時点でとりだしてしまう。湯が半量になったあたりで、カラスの親方は、杯に入れた赤い液体を注ぎ足した。鼻がきかなくなったネイダルにも、葡萄酒の匂いはわかった。親方はかきまぜたあとで、別の小さな鍋に、その樹液を分けるように二人に指示した。自分はその間に、幾つかの小さな竈《かまど》に火をつめた。小鍋を火にかけてさらに煮つめる。まもなく表面に薄い膜ができると、火からおろして陽あたりのいい床の上に並べた。

「これでやっとできあがった」

シトルフィがぐったりと床に足を投げだして座ると、親方はせせら笑った。

「まだまだ」

「まだあるんですか」

ネイダルは思わず叫び、シトルフィと疲れきった視線をあわせる。

「一休みしたらな、厨房から猫をかりてきてくれ」

「猫、ですか」

「三毛と灰色毛の二匹な。トラとクロは喧嘩するからだめだぞ」

おっとりした三毛と灰色毛を屋上につれてくると、親方はようやく二人に休みをくれた。

「明日の夕方までに来ればいい。猫が何をするかって？　鳥どもをよせつけないように決まっておるだろうが。フンでも落とされたら台なしだ」

二人は何日ぶりかで宿に帰り、夢も見ずに眠った。

言われたとおり、翌夕に屋上に行くと、カラスの親方は分厚い羊皮紙で作った袋を二人に渡した。

「一袋に小鍋一つずつ、上澄みを入れるんだ。気をつけてやれよ。せっかく分離した沈殿物を混ぜないように、慎重にな」

羊皮紙といえど紙、そして注ぐのは液体である。袋から水がしみだしてくる。それにはかまうな、気にするなと言われて作業をつづけた。紐で口をとじて、さしかけ小屋の軒につるす。全部で七袋できた。

「ではまた明日」

拍子ぬけした二人は顔を見あわせ、どちらともなくこれをどうするのかと尋ねた。

「このままつるしておく。すっかり乾くまで、な。こういうのはパドゥキアに限る。乾いた風とお陽様がいい仕事をしてくれるんだ」

羊皮紙の袋の中身がすっかり乾くまで、二人はインクの見本帳を作ったり、工房覚え書きを読んだりしてすごした。工房覚え書きは、秘録帖とでも言うべきもので、その工房独自のインクの調合や製作方法のみならず、気をつけるべき事項についても言及されていた。水銀、辰砂《しんしゃ》、硫黄《いおう》、鉛丹といった、おもに赤色インクを作る際に原料とされるものには、毒性があり、決して素手で扱ってはならないし、なめたり吸いこんだりするのはもってのほか。ものによって、あるいは人によって蕁麻疹《じんましん》やかぶれをおこすものもあること。喘息《ぜんそく》、目のかゆみ、鼻づまりにも注意を払うことなどまで記されているのだった。

興味深く知識を頭につめこんでいるあいだに、羊皮紙の袋の中はすっかり乾いて粉になった。歓声をあげてのぞきこむ二人に、カラスの親方は再びそれらを鍋に入れるように指示した。

「まだ終わらないの」

シトルフィは悲鳴をあげながらも、ひらきなおった体で、笑いながら命令に従った。親方は鍋底にこんもりともりあがった金茶色の粉へ、また葡萄酒を注いで混ぜた。竈にはふ炭火がおこしてあり、鍋の中がふつふつというまで弱火で辛抱強く煮たあとに、

「さあ、これで完成だよ、お嬢ちゃん。この墨を入れて、できあがりだ」

と黒い粉をふり入れてさらに混ぜる。

「この墨は、松脂《まつやに》を燃やしてできた煤にニカワと塩を入れたものだ。これは北方のコンスル領ネルシートからもたらされたものだ。さ、どうだ、黒々としただろう?」

二人が鍋をのぞきこんで頷くと、さらに親方はつけ加えた。

「もしこれで黒々としなかったら、覚えておくんだぞ、このくらいの鉄片をどこからか拾ってきて」

親指をたててみせ、

「まっ赤になるちょいと前まで火の中で熱してだな、こいつに入れて冷ますんだ。そうすれば、

黒々とした色が生まれる」

満足そうに腰に手をあてて大きく息を吐いた。

「どうだ、インク作りの真骨頂を経験したぞ。たかがインク、されどインクだ。このイバラインクはな、『カラスのインク』として有名なんだ。遠くはナランナ海からも求めにくるほどだ。おお、それからもう一つ。赤葡萄酒、白葡萄酒、ゴムの木の汁をそれぞれ加えると、色が変化する。その調合もまたおもしろい。写本師になるのもいいが、インク作りに一生をかけるのもまた楽しいと思わないか」

親方が胸をはるのも当然だった。高価な硝子《ガラス》や水晶をくりぬいた瓶に、漏斗《じょうご》を使ってそっと注ぎ入れると、インクはカラスの濡れ羽色につややかに輝き、濁《にご》りのない透明性を誇った。しっかり栓をして一階の作業台の後ろの棚に並べれば、「カラスのインク」はまるで、黒い金剛石さながらに重厚な存在感を示すのだった。

「この二月《ふたつき》、二人とも愚痴《ぐち》一つ言わず、よく働いた」

親方はそう言って一瓶ずつくれてよこした。

「明日からニューカイ親方のところへ戻れ。写本師見習いとして合格だ」

外へ出ると、大通りの上の青空に白い上弦の月がかかっていた。陽は西側に傾いて、崖の上方を薔薇色に染めあげていた。陰となった大通りは相変わらずの喧噪につつまれていたが、白い長衣を着た香職人たちが街路樹に甲虫さながらにへばりついて、乳香を収穫中だった。

「これは試験だったのかな」

幹から樹脂を削りとるのを見ながら、シトルフィが呟き、ネイダルは頷いた。

「どうやらそのようだ」

そのままニューカイ親方の工房へ帰った。カラスの親方は明日からでいいと言ったのだが、二人は自分たちが作ったインクを見せたいという子どもっぽい欲求にかられて大通りを横切ったのだった。

ニューカイ親方は二人の戦利品を見ると、目を丸くした。

「こいつは驚いた！　あのケチケチカラスが、『カラスのインク』をくれただと？　そりゃあ……びっくりだ……」

片手の拳《こぶし》を口元にあてて、数呼吸黙りこんだあとで二人を交互に見やってから、ニューカイ親方はおもむろに口をひらいた。

「紹介状を持ってきた見習い志願は今までにも星の数ほどいたがな。カラスから水晶の瓶に入ったインクをもらった者はおらんのだ。これがどういう意味か、わかるか？」

今度は二人が、目を見ひらいてぽかんとする番だった。

「技術や才能はさておき、だ。写本師に必要な学ぶ姿勢と根気強さと忍耐力、それに加えてそのときそのときを楽しむ姿勢を有している証拠ってことだ。つまりはいい写本師になるとカラスのお墨付きをもらったってことだ。——よし、二人とも、ついてこい」

彼らは二階の応接室に立っていたのだが、ニューカイ親方は階段を登って見習いたちが四苦八苦している部屋を横切り、奥まった別の部屋の入口に立った。

「弟子が増えるんだ、部屋を増築した」

ここ二月のあいだに、急遽岩をくりぬいて造りあげた部屋だった。かすかに岩の匂いがする二馬身四方の部屋は、どこからか漏れくる淡い光で心安まる明るさに彩られていた。中央に大卓がしつらえてあり、そのそばに写字台が二つと椅子が二脚用意してあった。

ネイダルは以前、槌音が響いていたのを思いだした。あれはこの部屋を掘っていたのだ、と合点する。

「明日からここで見習いとして働いてもらおう。紹介状によればネイダルが写字生でシトルフィが挿絵画家に適しているとあったが、間違いないか？」

二人が頷くと、明日までに契約書を書いておく、と親方は約束した。

明日。明日から。明日には。

ネイダルは足どり軽く赤岩の階段をおりながら、おのれの幸運を噛みしめた。シトルフィはチャギのように跳びはねた。明日がある、とわかっているのはいいものだった。過去が海に沈んでしまったことを考えると、なおさらのこと。

17

ネイダルの教師はニューカイ親方自身だった。王宮書記室での修業とはまた違った厳しさで、親方はネイダルを鍛えた。ポパットは山ほどの赤字を入れてネイダルを日々くさらせたが、親方は直接大声で叱るのだった。もともと声が大きいのに、

「そうじゃない！　違う、違う！」

「誰がこんなふうに書けと言った！」

「どうしてこうなる、え？　わしはコンスル文字をアラガン書体でと言ったのだ。これではゴ、ン、ド、ル文字をアララ書体ではないかっ」

などと喚かれては、萎縮《いしゅく》してもおかしくなかった。しかしネイダルは素直に自分のあやまちをうけいれた。

「ねえ、どうして言いかえさないの？　あんなふうに怒鳴られっぱなしで大丈夫なの？」

シトルフィが思いあまって尋ねたのは、十日ほどすぎたある夕刻にジョワズの夕食をことわって、久方ぶりに外の居酒屋で杯を傾けたときだった。そこは、天井を円《まる》くくりぬいた岩屋の、あたたかみのある橙《だいだい》色の壁がカンテラの灯に映る酒場だった。

二人は石の卓に、山水で冷やした桃と、オツトガというイスリル産の蒸留酒を水で割ってレモンを浮かべたものを並べ、裂果豆《ピスチーオ》という豆をつまんでいた。

ネイダルは黄白色の豆の殻をぱちんと割りながら答えた。

「あれだけ怒鳴っていても、親方は決して罵《ののし》ったりしないからさ」

「罵る……」

「阿呆だの、根性なしだの、山羊にでも喰われてしまえだの、言ったためしがない」

「確かに……」

「写字についてのみ、まちがっているところをまちがっていると言っているだけだ。それは事実だからね。全然傷つかない」

シトルフィはネイダルが割ったピスチーオをつまんで自分の口に入れた。

「それにね、きっとあれは煙幕だ」

「煙幕……？」

「前の部屋にいる、見習いのギザキーとヤーマの嫉妬をかわすためだ」

「嫉妬？　なんで彼らが嫉妬するのよ」

「『持てる者は持たぬ者の持たざるを理解しない』。わかるか？」

「わたしたちは何も持っていないわよ？　家も、家族も、故郷も失ったのに」

「彼らはそういうことを知らない。彼らは、ぼくたちが天賦の才を持っていると思っているんだ」

「つまり？」

「きみの才能。ぼくの技能」

「馬鹿いわないでよ」

シトルフィは今度は自分で豆の殻をぱちんぱちんと割った。

「『才能は磨いてはじめて才能として輝く』し、『技能は日々の努力の上に華ひらく』のよ。ファナファノ学士の『説教書』を彼らは読んだことがないのかな」

ネイダルは微笑んだ。シトルフィのこの純粋さを彼は愛する。どんな試練にあっても、決して欠けないものもあるのだ。

「……で？　彼らはわたしたちに嫉妬する。だから、親方がそれを見越して怒鳴っているの？」

「よくできました。彼らは兄弟子に教わっているだろ？　一方ぼくは親方からじかに教授されている。誰がどう考えたって、不公平じゃないか」

シトルフィは挿絵画家の兄弟子についているから、妬みの対象にならないように思えるが、彼らの頭の中では二人一束にくくられているのだろう。新しい部屋をもらい、道具類も新しく、「カラスのインク」を持っているとなれば、それも人の感情としては、仕方のないことなのかもしれない。

「ねえ、ネイダル。わたしたちって、別の意味で特別なのかも」

「別の意味？」

「わたしたちは人をねたまない。そねまない。嫉妬しない。でしょ？」

ネイダルは橙色の光の中で、炎のように刻々と表情を変える彼女の瞳に吸いよせられた。しばらく浸ったあとで、彼は口をひらいたが、かすれた声しかでなかった。

「ぼくは……きみが他の男と並んで歩いていたら、嫉妬すると思うよ……」

「あら」

シトルフィははじけるような笑顔になった。

「それは……考えたことなかったけど……わたしもきっとそうかな」

ネイダルはにやりとした。

「きみなら走ってきて、相手の女の子の脛《すね》を蹴飛ばすくらいするだろうね」

シトルフィはまた豆の殻を割り、その殻をネイダルの額めがけて爪ではじき、豆の方は自分の口の中に放りこんだ。

「うーん……。脛を蹴飛ばしたら痛くて歩けなくなるじゃない。それより、オツトガをぶちまけちゃうかな」

「歩けなくなったらきみの前から逃げだせなくなるから？　さっさと消えろってことかい？」

「よくわかってる。もちろん、そうよ」

二人は普通の恋人のように手を握ったりはしない。そのかわり、肩と肩をさりげなくふれあわせ、他愛のないことを語りあうのだ。

アラガン書体というのは、ネイダルにとってはじめて出合う代物だった。否、出合ってはいたが、それと気づかずにいたという方が正確か。今までずっとアンスル体だと認識していたのが、写本師の目と手にいわせると「全く違う」書体であったということだ。まさしくそれは、素人では見抜けない違いだったが、ネイダルは文字の線が曲がるときにペン先を左にわずかに傾けて、角が芥子《けし》粒よりも大きいでっぱりを作らないように書かなければならなかった。写本師たちの中には、その作業を長年つづけたがために目を悪くして、緑柱石を研磨した眼鏡や、水晶で作った拡大鏡を必要とする者もいる。親方の怒声に耐えながらアラガン書体を習得すると、今度は鏡文字の練習だった。コンスル文字、イスリル文字、マードラ、フォト語で従来とは逆方向から鏡文字を書いていく。フォト語がもともと右から左へ流れるのに対し、他の文字はその逆だったので、ネイダルにとってはそれほど抵抗のある作業ではなかったが、それに鏡文字が付加されると、右目と左目が入れかわるようなおかしな感覚にとらえられ、歩くにしても床を浮遊しているような気分になった。

「これは何のためですか」

と訊いたことがある。余計なことを訊くな、と叱られるかと思いきや、ニューカイ親方は樽のような胴を折りまげて、耳元でそっと答えた。

「これはな、魔法の書物を作るときに必要になる技術だよ」

ネイダルはかがみこんでいた背中をまっすぐにのばして親方を見あげた。

「……そんな本が、あるのですか？」

親方はごま塩髭のまばらに生えた顎を動かして、にやりとした。

「余計なことを考えていないで手を動かせ」

フォトの王宮書記局では、一葉《よう》の羊皮紙もしくは一巻の羊皮紙に公文書をしたためるだけでよかったが、製本を視野に入れた写本には厳格な決まりごとが存在していた。写字がある程度の水準に達したと認めた親方は、シトルフィや他の見習も一緒にして、その決まりごとを教授した。

「注文者の望みに応じて、紙の大きさや質は決まってくるわけだが、その一枚たりとも粗末に扱ってはならん。普通の大きさ、うむ、これくらいの本でも」

手のひら二枚分ほどの一般的な大きさの本を例に示して、

「一頭の羊からせいぜい八葉しかとれない。一葉というのはこれだ」

見ひらき一枚の羊皮紙を素早く卓上からすくいあげて示した。

「これを二つ折りにすると、大方の本の大きさに等しくなる。……で、何頁分になるか、シトルフィ」

「えっと……四頁分」

「そうだ！　裏表で四頁分。つまり羊一頭から書ける頁は、ギザキー？」

「あわわ……三十、いや、違うか、三十二頁分ですか」

「正解。たったの三十二頁分だ。では、ヤーマ、この本は三百八十四頁ある。羊何頭の生命に価するか」

「……百二十頭？」

弟子たちは思わずどっと笑い崩れた。ヤーマは緊張のあまりとんでもない数をはじきだしたと悟り、赤くなったり青くなったりした。ネイダルを叱る親方の怒声はしっかり彼らの耳に届いていたようだ。だが親方は目をむいて、にゃにおう、と裏がえった声をだしただけだった。

「十二頭だ、ヤーマ、十二頭」

目にかかるくらいに金の前髪をのばしているギザキーが、指先で髪をかきあげながら教えた。

親方もそれをひきとるように、

「百二十頭の羊を使った本など、重くて厚くて始末に困ろう。しかもやたら高価になる。買う者はよほどの物好きに限られるな。それに比べれば十二頭は少ないように思われる。だがな、心しておくんだぞ。われわれが扱うこの紙は、生命を犠牲にして作られているということを忘れるな。あだやおろそかにするでないぞ。ただの、『物』ではないのだ」

その言葉に一同は少しばかり厳粛な気持ちを抱き、頭を垂れたのだった。

「さて、で、この一葉と一葉を二つ折りにしてあわせていくのだが、ここで葉のあわせ方を間違えないように。羊皮紙には裏と表がある。毛がついていた方と皮膚についていた方だ。これはどれほどなめして薄く削っても手ざわりが違う。従ってインクののりも違う。見ひらきで見た場合、その微妙な違いがあらわれないように、葉をあわせるとき、裏と裏、表と表があうように頁をつくっていかねばならん。いいか、これを違《たが》えると悲惨なことになるぞ。何ヶ月も毎日毎日ひたすら写字したのに、葉の合わせを一ヶ所でも間違えれば、すべて無駄になる。羊十何頭分が無駄死にだ。金貨十枚、あるいは百枚が吹っとぶ。いいか、だからよくよく気をつけて合わせるのだ」

四人は金貨百枚と聞いて、喉をしめられたような顔をした。

「それからだ。この三冊を見比べてほしい。……違いは何だ、ネイダル」

「段に組まれていないのと、二段組み、三段組みの違いです」

卓上にはひらかれた本が三冊のっている。公文書同様に一段のもの、それから中央が空いた二段のものと空きが二つある三段のもの。

「そうだ。よく見る段組みだからと油断してはいけない。これには工夫が施されている。……シトルフィ?」

「話の区切りにあわせて挿絵が入っている?」

一頁に一つずつ、文の途中に区切られた四角の中に、佇《たたず》む美人や言い争っている亡者たちが描かれている。

「それもある。ヤーマ?」

「文頭に装飾文字がおかれています」

今度はヤーマも落ちついて答えた。

「あとは、ネイダル」

「読みやすさ……ですか? 朗読しやすいように区切りの印がついています」

「そのとおりだ。ネイダルとギザキーは地の文の書字生であるゆえ、そうしたことに特に気をつかわねばならん。写本元を読み、口にだしてみて、それから書き写す。中にはだな、自分の才能に酔い、あるいは自分の価値観に疑問をもたず、勝手に内容を変えたり、表現を省略したりする輩もいるが、この工房ではそれは許さん。顧客の要望でない限りは、な。区切りの点一つ、見落とすことなかれ、だ。わかったな」

ぎろりと二人を睨み、

「さて。では写しおえた。これで仕事は終わりか、ネイダル」

「はい……いいえ！　まだやるべきことがあります。見直しです」

「見直してどうする？　まちがいが見つかったら大事《おおごと》だろうが」

「誤った文字はナイフで削って直し、書きおとしは十字の印を入れて欄外に書き足します」

「まちがいはないにこしたことはない。だが、何百頁もの文章を一字一句写していくのは容易なことではない。肩はこる、腰は痛む、目はかすむ、指はかたまる、たこはふくれあがり、乾季のさなかともなれば手もかじかむ。つい書きおとすこともあろうさ」

親方は三段組みの大型本をめくってとある頁を示した。一ヶ所に十字の印があり、右の余白に六行に及ぶ書き足しがあった。

「この本は、この書き足しによって、値うちが二倍になった。まれな例ではあるが」

「それは、どうしてですか」

ギザキーが髪をかきあげるのも忘れて思わず尋ねる。親方はその鼻先に指をつきつけた。

「そこだよ！　普通なら値が下がるはずの写本。なぜだ？」

ギザキーが口ごもるのへ、

「ネイダル、答えろ」

「わかりません」

親方は首をまわして彼を凝視し、故意にわからないふりをしているのではないと見極めるまで黙していたが、やがて指をひっこめて息を吐いた。

「この『雨の喜びと怒り』を書き写したのは、ヴァーヴァスという写本師だ」

二人とも、あ、と声をあげた。ヴァーヴァスは写本師としては珍しいことに、世に名をはせた男だ。数年前に亡くなるまで、数多くの写本を手がけたが、その名を轟《とどろ》かせたのは、流麗な筆跡と気品ある装幀が秀逸だったばかりではなく、仕上げた書物ことごとく、誤字脱字がほとんどなかったからだった。

「ヴァーヴァスの見落としだから……」

「そうだ！　彼がかくも盛大な書きおとしをした、というので逆にこの本は高値となった。いいか、二人とも。なるんであれば、彼のような写本師になれ。そのあやまちですら高く評価される写本師に！」

ネイダルは手をのばして、そっとその加筆部分にふれた。写本師たちは高い誇りを胸に仕事をするが、その名が知れわたることはない。いい本を出せば、出した工房が有名になる。仲間うちではどこそこの工房の誰それはいい仕事をする、と囁《ささや》かれるものの、世間にその名を知られることはほとんどといってない。ヴァーヴァスのような例は希有であるのだ。ギザキーが顎をあげて昂然と呟いた。

「ヴァーヴァスのようにおれは有名になるぞ。あんたは無理だな、ネイダル。おれみたいに早くから徒弟修業をしていたのならともかく、その年からはじめて、しかも毎日親方に怒られてちゃあ」

「なんですってぇ」

ネイダルより早くシトルフィが反応したが、当の本人は彼女を腕で抑えた。

「ぼくらにかまうな、ギザキー」

ギザキーは、お高くとまっていらっしゃる、と呟いて、いやらしい嘲笑《ちようしよう》を浮かべた。親方は何事もなかったように講義をつづけた。

「見直して校正したあとはどうする」

「飾り文字にまわします」

ネイダルもギザキーの挑発などなかったかのように平然と答える。

「そうだ。飾り文字職人、あるいは挿絵画家にきちんと指示を出しておかねばならない。指示がいい加減だったり、相手もわかっているだろうなどと甘く考えて適当に渡したりすると」

別の本の中央あたりをひらいてみせる。

「このようにまぬけなことがおきる」

『虹花物語』という題名のその本は、コンスルの姫とファナクの駱駝《らくだ》使いの恋愛物語だった。駱駝使いが延々と恋心を吐露《とろ》する数節が頁を埋めつくしていた。荒唐無稽な内容はともかくとして、装飾文字はこうした場合、恋愛物語の雰囲気にあわせて、大仰できらびやかなものを描くのだが、装飾文字職人が中身に嫌気がさしたのか、写字職人の伝え方が適当だったのか、黒黒として縦線ばかりが太く強調されたインシャル体で描かれている。それは頁の四半分を占めるほどの大きさで、まるで葬儀用の弔文のようだった。

ネイダルは失笑をもらし、シトルフィは遠慮なく、「なにこれ」と言った。ギザキーは眉をひそめ、ヤーマは首をふる。親方は隣の頁の挿絵を指さした。

「駱駝使いがコンスルの姫君に、誓いの花として虹花を捧げる文に対する挿絵だ」

「花が違う。これは陽日草じゃない？」

ヤーマが指摘し、シトルフィがつづけた。

「コンスルの姫なのに、フォトの普段着《ジェラバ》を着ている。場所が砂漠だから百歩譲ってフォトのどこかだとしても、ジェラバじゃなくて姫君が着るのは正装《カフタ》よ。それに、駱駝の脚の形が逆。関節が下にあって、これではまるで馬の脚」

「駱駝と伝え忘れたか、それとも駱駝を見たことのない画家なのか」

「駱駝を見たことのない画家が、駱駝を描くの？」

シトルフィがびっくりすると、親方が頷いた。

「そうしなければならないこともあるのだ。あちこちの図鑑をひっぱりだしてきても、見たことのある人に聞いてまわっても、描かねばならないことが」

「それにしても」

シトルフィは首をふった。

「これはひどいわ」

「伝達の仕方、画家の知識と探究心、もちろん腕前も非常に大切な要因になる。そしてこれらを統括する写字生の統率力も。もっと大きい工房に行くとシトルフィ、兄弟子は下書きをするだけで、線描や彩色や縁飾りは次々に違う手に渡っていくなどということもある。一冊の本を作るのは、共同作業なのだよ、ギザキー。一人が功名のみを追い求めて孤立すれば、本はできあがらんのだ」

「葉をまとめて一冊にかがる仕事もありますし」

遠慮がちにヤーマが口をはさんだ。

「表紙を作るのだって大きな仕事です」

「そうだ。それゆえ、すべての仕事に敬意を払え。製本師の仕事だろうが、羊皮紙作りの仕事だろうが」

そう言いながら、親方は小さな本を一冊、ネイダルに手渡した。表紙は押し型を押した革製で、めくると一段組みの祈禱文が書かれている。

「ファナクのオアシスの民が信仰する、コーリー教の詠唱歌だ。子どもが生まれると、一冊作る慣習になっている。これからそれを四人で作るんだ。詠唱歌であるからして、誤字脱字は許されん。だが、装飾文字と挿絵は自由にしてかまわん。ただし、子どもの誕生を寿《ことほ》ぐ仕様にすること。そこは四人で知恵と想像力をだしあってな。いいか、ネイダル、ギザキー、仲たがいしている場合ではないぞ」

ギザキーは鼻に皺《しわ》をよせたが、ネイダルは表情を変えなかった。

「いつまでに仕上げればいいんです?」

彼が尋ねると、親方は指折り数えてから頭をあげ、にんまりとした。

「五ヶ月。オアシスの子どもが生まれるまでに八ヶ月ある。その前に届けねばならん。製本に一月《ひとつき》、輸送に一月、予備に一月とみねばならん。したがって残りは五ヶ月だ」

四人は一瞬おし黙って顔を見あわせた。

「これ、小さい分、文字も小さくびっしり入っているぜ。一頁書くのに半日かかる」

「しかも祈禱文だから、言い回しが特殊で判別しにくい」

「コーリー教に禁忌があったらそれを使わないようにしなくちゃ」

ギザキー、ネイダル、ヤーマが順に感じたことを口にし、シトルフィが駄目押しした。

「わたしたち、コーリー教についてまず勉強すべきね」

一階の書庫へおりて、コーリー教に関する記述のあるものを集めた。親方の奥さんが力になってくれた。頼もしいことに、どこにどんな書物があるのか、その頭の中にすべて入っているらしい。

コーリー教は砂漠の悪魔に対抗すべく、炎の中から生まれた英雄を神としてたたえる宗教で、二千年の歴史を誇る。その神コルラルは、オアシスの水と緑を護り、地下水路に導き、砂嵐を退け、熱病を治し、砂漠の真昼に跳梁する幻影の悪魔を聖剣で断ち切る。しかし悪魔はしばらくすると再び力をもりかえし、コルラルとのはてしない戦いをつづけるという。

描くべきは聖剣や緑の葉や泉、コルラルの化身とされる有翼の火蜥蜴《とかげ》。記してならないのは悪魔の名前とそれに似た言葉、悪魔を象徴する大蠍。

悪魔の名前が何なのか、半ば恐慌をおこして調べた四人である。原本にはもちろん書かれているはずもないが、装飾文字でそれをあらわしてしまったりしたら、すべての作業が台なしになる。頭をかかえていると、奥さんがまた知恵をかしてくれた。

「コーリー教の書物には当然のことながら記されてはいないわね。でも、オアシスの民の物語とか、冒険家の記した見聞録とかにあるんじゃなくて？」

ネイダルは〈島〉で、そのような本を見た覚えがあった。記憶をさぐってつきとめる前に、シトルフィがぱっと顔を輝かせた。

「ヴィニダルがよく読んでいた本にないかな？『砂漠での生き残り方』っていう題名の本」

ネイダルはヴィニダルの名前に胸の痛みを感じながらも、頷いた。

「それなら写本がたくさん出まわっているはずだから、ここにもあるかもしれない」

奥さんが積み重ねてある下の方からさがしだしてきてくれた。頁をめくっていき、「砂漠で怖ろしい影や声を聴いたとき」という項目の何行めかに、記述を見つけた。

「オアシスの民はこの悪魔ファーシューシュを追い払うために火で焼いた剣をふりまわし、松《たい》明《まつ》を投げつける。彼らは決して悪魔の名を口にせず、『あやつ』と称する。筆者は聖剣の護り人の愛人に金貨を渡してひそかに教えてもらった」

ネイダルが読みあげると、ヤーマが安堵したように息を吐いた。

「『あやつ』とも書いてはならないし、揚げ饅頭《ファーシ》なんて言葉や絵もだめってことね」

「ああ、とんだ騒ぎだったな。これでやっととりかかれるな」

ギザキーがのびをした。

「何か、腹がへったんだけど。夕食には少し早いが、食べながら相談しようぜ。誰が指揮をとるか、とか、どんな意匠でまとめるか、とかさ」

髪をかきあげ、挑戦的に顎をつきだして提案した。


その本ができあがったのは、乾いた風が再び吹きだした頃だった。ネイダルは、フォトのような夏と冬がパドゥキアにはなく、雨季と乾季という言葉で言いあらわされるのに、ようやく慣れはじめていた。雨季といっても、パドゥキアのそれは、あるとき突然おしよせてくる黒雲によってバケツをひっくりかえしたようなどしゃ降りが十日にいっぺんくらい、半日ほどつづいて、あとはからりと晴れあがるというものだった。砂漠にさえ花が咲き、ラクダたちは泥遊びをやり、新米ラクダ使いは頭をかかえる。人々は大通りに花をまき、食物は安くなり、こっちの小路で結婚式の音曲、あっちの小路で葬儀の調べが鳴り響く。

乾季のはじめに吹く風は、乾き気味の雨季の風よりさらに乾いており、肌を刺し、冷たく、女たちは色とりどりの薄布で口元をおおいはじめ、窓辺の花はたちまちしおれるので水やりに忙しくなるのだった。

ネイダルとギザキーは頁を分担して写字に精をだし、ヤーマが装飾文字を品の良い色合いで描きあげ、シトルフィがぶつくさ文句を言いながら挿絵を入れた。――「人がただ祈っている図とか、犬も猫もおとなしく座って頭を垂れている図とか、本当に描かせたいわけ？　ちっともおもしろくないわ、こんなの」とネイダルに嚙みつき、「どうしてここに姫山羊を描いちゃだめなのよ。猫や犬はいいのに」とギザキーに抗議し、挙げ句の果てに、「ねえ、聖剣の上に神様の姿を描いちゃだめ？」と言いだし、三人から異口同音、「だめっ」と禁止された。シトルフィにとってこの仕事でおもしろかったのは、「無垢なる象徴として這い這いしている赤ちゃんのおしりを描くとき」だったらしい。

ネイダルとギザキーは、写字の範囲や頁におさめる字数で、何度も衝突した。シトルフィに言わせると、「雄山羊の縄張り争い」だそうだ。

ギザキーははじめのうち、あてこすりを言ったり、皮肉を言ったりした。ネイダルは黙殺していたが、それではますますひどくなるばかりだったので、ある日のこと、軽く言いかえした。反論がかえってくるとは予想もしていなかったのか、ギザキーは一瞬口ごもった。しかしまたすぐに、雑言を言いつのる。その中の言葉で、ネイダルはふと気がついた。本作りの指揮者を誰にするか話しあったとき、他の二人がネイダルを推したのが最もおもしろくなかったらしいのだ。

ネイダルは、王宮書記たちが新米の自分に、してくれたことや言ってくれたことを思いだした。自信満々だった彼は、ポパットの毎日の指摘に虚構を砕かれ、自身の基盤までもゆらぐ気がしたものだった。しかし、それを、一度は誰もが通る道だと、それとなく教えてくれたのは書記たちだった。彼らがあの辛い日々を支えてくれた。

翻《ひるがえ》ってみれば、ギザキーは何の苦労も知らない少年、王宮にはじめて足を踏み入れたネイダルそのものだった。これほどあからさまに毒舌を吐かない分、ネイダルは仲間にうけいれられるのが早かっただけだ。そう考えたら、彼の口汚さや自己主張も、他愛ないものに思われる。

それからは、ギザキーに対して心を配るようにした。もちろん、指摘するところは指摘し、譲れないところは譲らずに。ギザキーに変化があったかどうか、よくわからない。しかし、本ができあがる頃には、彼が何を言おうとも、罪のない揶揄《やゆ》としてうけとるようになっていたネイダルである。

すべて書きおえると、互いに相手が写したものを校正した。ネイダルが書いた頁は、フォトの書記室で鍛えた力がものをいったのか、一ヶ所もあやまちがなかった。ギザキーの手になった頁も、あやまっていたのは二ヶ所だけだった。はじめて手がけた公の本としては立派なものと言えた。ギザキーはぶつぶつ言いながらもこの二葉を書き直した。

装飾文字も挿絵もすべて入れおわったあとは、製本師たちの手に任せることとなる。彼らは一葉を二つ折りにし、頁を確かめながら重ね、——頁を示す数字は、折り際の下隅に記してあり、冊子に仕立てられたときには見えなくなる——押圧機にかけたのち、かがり台にのせて折帖をかがっていくのだ。複雑で技と経験がものをいう作業は、さらにつづく。かがりが終われば背表紙や表紙、花布《はなぎれ》をつけ、小口をきれいに整えるのだが、その工程一つ一つが時間と根気強さを要する。いい仕事をしたいという職人一人ひとりの熱意があってはじめて、一冊の本ができあがるのだ。

ネイダルたちは許可を得て、そうした作業を辛抱強く見守った。はじめて自分たちで記したものが、うつくしい形をなした書物へと変身していく様を感慨深く見つめつづけた。

ある夕刻、表紙にする革に、箔押しをしているのを感嘆の思いでながめていたネイダルに、客の来訪が告げられた。下階におりていくと、従兄のヤルランが玄関で待っていた。冷たい風が吹きこんでくる。入口で身を縮めて足踏みしているヤルランは、この一年近くでひどくやつれていた。

ネイダルはシトルフィ、ギザキー、ヤーマも呼んで、皆で居酒屋にくりだした。砂漠からたどりついた隊商がよく来る〈白い花〉亭は、温かい料理とうまい葡萄《ぶどう》酒を供する店で、にぎやかさも控えめの、旅に疲れた者にはうってつけの場所だった。彼らは一隅に陣どり、ヤルランの来訪を祝い、本の完成の前祝いを兼ねて乾杯した。蒸し野菜の鍋を皆でつつき、焼いたきのこと香辛料でいためた豚肉をほふほふいいながら食べた。

「こんなうまいもん食べながらで悪いんだが」

と、ヤルランが切りだしたのは、

「酔っちまう前に報せがたくさんあるんでな。これはジャファル氏族の問題だから、嫌な話だと思ったらあんたたちは聞かなかったことにしてくれ」

そうヤーマとギザキーに言いおいて、

「フォトの都の大王様は積極的に公務にとりくんでおられるよ。前王やダルジリアたちを暗殺した張本人ではないかと囁かれてはいるが、そんなもの、足元のアリほどにも気にしていらっしゃらない。コンスル帝国やエズキウムとの貿易を拡大し、クラーロ海に進出する計画をおもちだ。商船や軍艦を次々建造なさっている。おそらくクラーロ海の覇権を一手に握ろうともくろんでおられる」

「ちょっと待って」

指をたてて異を唱えたのはシトルフィだった。

「ねえ、さっきから、どうしてヴァージ王に敬意を払ったようなものの言い方をしているの?」

ヤルランはにやっとした。

「それはだな、お嬢ちゃん。フォトでは大王に敬意を払った物言いをしないと、衛兵に逮捕されて、罰金を払うまで牢屋から出られなくなるからさ」

「何、それ……。衛兵が聞き耳たてているわけ?」

「町のいたるところに密偵がいて、そいつらが衛兵に御注進に及ぶんだよ。罰金といっても、大した額じゃあないが、一晩に三十人つかまってそれが百日もつづけば、膨大な収益になる。それが全部国庫に入っていくってわけ」

「全部が? 怪しいな」

ネイダルが口をはさむ。

「そういうのは大抵、衛兵がくすねたりするんじゃないか?」

「ところが、それはほとんどない。ばれたら絞首刑だから。金額の多寡にかかわらず」

「もちろん密偵に報酬はあるんだろう」

もう頬がすっかり赤くなったギザキーが、豚肉を口の中に放りこみながら尋ねた。

「密偵の報酬は、密告されない保障と、他人をおとしめる快感だけだ。だがな、それだけでも密偵になりたいやつはわんさかいるときた。人間てのはこんなに卑しい生き物だったかって愕然とするぜ」

ネイダルは天井をむいた。

「フォトも堕ちたものだな」

「住みづらいところになっちゃったみたいね」

「そうさ。だから、少し財があって見とおしのたつ商人たちは、こっそり資産を他国に移している。貿易でもうけられると考える欲の皮のつっぱった者たちが、大王にとりいる一方でな」

「他の王たちはどう考えているんだ？」

「相変わらずさ。大王にくみする者、そっぽをむく者、中立を保つ者。それぞれの利益やら思惑があるからな。だが、それはいいんだ。それぞれの国の都合があるんだからさ。問題はな、尚書省ってものが設けられたってことなのさ」

「ショウ……何です？」

ギザキーが珍しく、知ったかぶりを捨てて尋ねた。

「尚書省。皇帝や大王に上奏する文書を検閲する役所だ。その役人の上層部の一人に、セパターが抜擢された。……文書が読めるっていうだけでね」

「セパター！」

ネイダルとシトルフィは思わず声を荒らげ、顔を見あわせた。彼への憎しみは消えることも小さくなることもなく、二人の胸に黒い礫《つぶて》となって埋もれている。

「……つまりそれは、あいつに大きな権力をもたせたってことだよな」

ネイダルがつめよらんばかりに身をのりだすと、ヤルランも肩を怒らせて答えた。

「まったくそのとおり！」

「つまり、大王に上奏する書類をそのまま上奏するも握りつぶすも意のままってことで、それはそのセパターっていう人の気分によっても判断されるし、賄《まいない》を送って通してもらわなけりゃならなくなるっていう危険もあるっていうこと？」

ギザキーが得意そうに目を輝かせたが、ヤーマは目玉をぐるっとまわし、シトルフィは軽く二、三度頷いて流した。ヤルランはつづける。

「そうしてだ、やつはその権力で『誓いの書』と家系図の第一巻を手に入れようと画策をはじめた」

「まだあきらめていなかったの？」

シトルフィが思わず叫び、ネイダルが、静かに、と指をたてる。シトルフィは首をすくめて小さくなりながらも、

「裁判をまぬがれて、すっかりいい気分になったのね。自分のものと他人のものの区別がつかないって、一体どういうおとなよ！」

と毒づいた。

「シトルフィと同じように、憤懣やるかたなしの強硬派が、セパターを襲撃した」

やったね、と手のひらに拳《こぶし》をうちつけたのはギザキー一人だった。ネイダルとシトルフィは束の間黙りこんだ。

「……あれ？　どうして二人とも、喜ばないのさ」

怪訝そうにギザキーが尋ねるのにはかまわず、シトルフィがおそるおそるといった様子で尋ねた。

「……誰？」

「エスニー、ジュング、エイサム、ヤフマド、マシアラ、トリン、ムーフェズ……」

沈痛なヤルランの声を聞けば、

「……失敗したんだな？」

とわかる。ヤルランは頷き、

「政庁から出てきたセパターを宵闇《よいやみ》にまぎれて襲ったが、たまたま巡回していた衛兵が駆けつけてきたせいで、致命傷を与えられなかった。エスニーが死んだ。ヤフマドが捕まった。あとの五人はなんとか逃げおおせたが、ヤフマドが、ジャファル氏族の恨みは消えない、と叫んで自決するのを背中で聞いたそうだ」

ネイダルは瞑目《めいもく》し、シトルフィは両手で口をおおった。ギザキーもさすがに声もなく、ヤーマはうつむいた。

「セパターは額に切り傷を負っただけだった。運のいいやつだ。氏族に襲われてそれだけですむなんて」

「……ぼくらの武術はもともと人を傷つけるためのものじゃない。ロベリーが言ったとおりだ。自分を護るための技であって、人を傷つけたり殺《あや》めたりするためではないって。それに、実際、人を傷つけるとなったら、誰でもためらうよ。ためらわないでできるとしたら、そっちの方がおかしいんだ」

「逃げた五人は今、どこに……？」

「町中に隠れていたけれど、怒れるセパターが密告者と衛兵を総動員してさがさせ、大フォトにいられなくなった。ロベリーの小屋までなんとか逃亡したけれどね。セパターは執念深く五人を追いつめ、とうとうロベリーのところに行きついた。……もちろん、やつは王都から出ちゃいない。新たに賜った館からでさえ一歩も足を踏みだしちゃいないがね。やつの雇兵《こへい》十人と、もう一人、女が小屋を襲った」

「ヤルラン、どうしてそんな大事なこと、最初に言わなかったんだ」

ネイダルが珍しく厳しい声を出した。ぎゅっと拳を握った腕を、たしなめるようにシトルフイがそっとおさえる。ヤルランは耳の上をかき、彼らと目を合わせようとしなかった。卓上の蠟燭《ろうそく》の火が斜めにゆれてじりじり音をたてた。獣脂の嫌な臭いが煙となってたゆたった。ヤルランは弁解するふうでもなく、淡々とした口調で答えた。

「順を追って話そうとしただけだよ。……いきなり、ロベリーが襲われた、と言ったら、おまえ、おれの首をしめただろう？」

かすかににやっとした。ネイダルの怒りは、そのかすかな笑みによって鎮まり、ロベリーを敬う気持ちはヤルランだって同じなのだと、自分に言いきかせた。

「ロベリーは……大丈夫だったの？」

シトルフィが確かめると、ヤルランは大きく頷いた。

「ロベリーにはペボロという頼もしい魔道師がついている。本人は魔道師だと思っていないみたいだけれどな」

「ペボロか……！」

「いち早く異変に気づいた森のフクロウが、ロベリーと五人の逃亡者を小屋から避難させた。敵は一旦小屋に入り、誰もいないことがわかると、長いあいだ周囲を捜索してから、あきらめた。ちょうどそのとき、ぼくも王都での事件を聞いて、ロベリーのところにいたんだ。ぼくらはペボロの警告で目を覚まし、闇の中、湿地帯に逃げこんだ。冬で助かったよ。少なくとも蚊の大群におそわれることだけはなかったからな。寒いし冷たいし暗いしでみじめな思いはしたけれど。雇兵たちは湿地帯の中までさがしに来たものの、数人があやうく溺れそうになり――あそこは、ちょっと足を踏みはずすと、底なし沼にもっていかれるんだ――そそくさと退却していった。鬼火も燃えたりしたんで、怖気《おじけ》づいたこともあるな。だけど雇兵じゃない女が一人、しつこく残って調べつづけた。だんだんこっちに近づいてくるのがわかって、気が気じゃなかったよ。松明かざして、葦《あし》原をしらみつぶしにしやがるんだ。あいつこそ、鬼火を灯した張本人じゃないかって思ってしまうほど、人間離れした感じだった。あれは暗殺者だって、ペボロが囁いた。言われてみればなるほど、身のこなしや目配りや執拗《しつよう》さはそんな感じだった。エスニーやジュングみたいな急拵えの暗殺者じゃなく、それ専門にうけおって人殺しする類の。あんなのに見つかったら、おれたち全員束になってもあっというまに切り伏せられてしまいそうだった」

「それは……ダルジリアを殺したやつか？」

「多分そうだろう。セパターは現大王とのつながりが濃い。同じやつだろうと思う」

「それで、どうやって逃げたの？」

シトルフィが気をもむと、ヤルランはまたにやりとした。

「またペボロが活躍したのさ。彼、変身してそっと水に潜り、女の足首に嚙みついて、水の中にひきずりこんだ」

居酒屋の少女が新しい蠟燭を持ってきて火を移し、去っていった。蠟燭は心強い太い灯りを戴いて、小さな星のように輝いた。

「ペボロは何に変身したの？」

「水の中で息をし、大きなたくさんの牙をもち、鹿でもヒョウでもつかまえたらはなさず、短剣もそのかたい鱗《うろこ》には歯がたたない」

謎々を口にするヤルランに、ギザキーが勢いこんで答えた。

「サメ！」

「サメが湿地帯にいるはずないじゃないの。ワニだわ」

ヤーマが小さな声で訂正すると、ヤルランは再び頷いた。

「そう、ワニだ。だけど冷たい水だからね、ワニになっていられるのはほんの十呼吸くらいだった。それでも、女暗殺者に痛手を与えるには充分さ。ずぶぬれだし、溺れる恐怖を味わっただろうし、太腿は噛まれるし。四つん這いになって岸の方へ逃げていって、戻ってはこなかった。ペボロだって、ワニから人間に戻ったあと、皆で身体をこすってあたためてやらなきゃならないくらいだった。だけどな、暗殺者に違いないって確信したのは、彼女が一っ言も声を出さなかったからでもあるんだ。水中にひきずりこまれたときだって、水から這いあがったときだって、呻きも悲鳴もなしなんだ。あれには心底ぞっとしたね。どんな目にあっても無言って、不気味このうえないだろう?」

「その人、どこへ行ったかわからないの?」

「元気を回復したペボロが――彼の体力には恐れいるよ。ワニになったり、山羊になったり、フクロウになったりしているからかな。野生の体力が備わっているみたいなんだ――また変身して偵察したところ、女暗殺者は少し離れた林の中で横たわっていたそうだ。ワニに噛まれたんだ、大して歩けなくても不思議はない。もちろん、こっちに手当してやる義理などないからね。あとは天に任せてうっちゃってきたと言っていたよ」

「感染症をおこさなけりゃ生きのびられるかも」

ネイダルはぽつりと言った。もちろん、人を殺めようという危険な人間は、おのれが傷ついた場合のことも考えて、傷薬くらいは用意しているだろうと思われた。それでも、痛みと孤独と熱にさいなまれて、助け手もあてにできない森の中に転がる様を想像して胸が痛んだ。

「その隙に、おれたちは小屋から荷物をとりだして、馬で東にむかった。小屋にいるのは賢明ではないと皆の意見が一致したからだ。また雇兵たちが来るかもしれないし、暗殺者が回復して襲ってくるかもしれない。小屋には『誓いの書』もあったから、セパターが気づいたらどんな手でも使うだろう。とにかくできるだけ早くそこを離れるべきだった。……で、オーゴを頼ることにしたんだ」

シトルフィが安堵の息を吐いた。

「良かった……！　オーゴのところなら安心だわ」

「オーゴは以前約束したとおり、皆を歓迎してくれた。一日二日休んだあと、これはきみらに知らせなきゃってことで、おれがパドゥキアに来ることにしたんだ。ロベリーもペボロもジュングたちも無事だ。ただ、ジュングは今回のことでひどく衝撃をうけたらしくて、口数が前にもまして少なくなってしまった」

「大丈夫よ。オーゴのところでしばらくくらせば、きっと元気になる。草花や獣たちや土の匂いやテルラポの料理で、きっと元気になる！」

シトルフィは楽天的に宣言したが、ヤルランは、だといいが、と言葉を濁《にご》した。

ヤルランの話は一区切りついた。五人は無事を祝して静かに杯をあけ、写本の仕事の話をした。夜が更け、宴をおひらきにして居酒屋をあとにした。三々五々、家へ帰る酔っ払いが、星月夜の大通りに楽しげな影を落としていく。

ヤーマ、ギザキーと別れたあと、ネイダルたちの下宿まえまで一緒にきたヤルランが、懐《ふところ》から一冊の本をとりだした。そんな大きなものを懐に入れて、誰も今まで気づかなかったことに驚くネイダルに、オーゴのめくらましの魔法がかかっているんだとヤルランは一笑し、

「おまえに預けるそうだ」

と手渡してよこした。闇の中、星影にすかさずとも、それが何であるかわかった。『誓いの書』。

「ロベリーからの伝言がある。本の魔道師が呼びだした幽霊が、まだそいつにまとわりついているんだそうだ。……意味、わかるか？」

「ああ、あやうく、オーゴも死の影にとりつかれそうになったという……」

「その死の影が――オーゴの言うことにはもう、人を殺したり傷つけたりする力はないそうだが――、どうして消え失せないのか、理由がわかればと言っていた。本を扱うおまえたちなら、理由をつきとめられるかもって。オーゴのところにあれば安心は安心だけど、薄気味悪いよな。おまえたちならこの謎を解けるんじゃないか、こういうのに詳しいパドゥキアの写本師がいるんじゃないかって期待しているんだよ。それに、この本はシトルフィが救いだした本だ。とにかく、シトルフィとネイダルに持っていてほしいそうだ」

わかった、とネイダルは頷き、しっかりと胸に抱いた。

ヤルランは翌朝、大フォトの様子をさぐってくると言い残して、早々に旅立った。

ネイダルが幽霊を目にしたのは、それから数日のちのことだった。

18

ヴィニダルが、それぞれ行き先の異なる隊商からまた別の隊商へと、荷物ででもあるかのように手渡されて、ようやくパドゥキアの町へと至ったのは、乾季が終わってやさしい雨がふり、道端や荒地や岩肌一面を草の緑と花の紫、黄、青がおおった頃だった。朝陽が昇ってしばらくしたあとだったので、町の岩肌が薔薇《ばら》色に染まる壮観を見逃してしまったものの、高い岩壁の上に輝く青空や、窓という窓からもれこぼれる花々の景色に、思わず足を止めた。せわしなく行き交う人々の口から発せられる元気のいい言葉、ラクダのしわぶき、崖に駆け登っていく羊の群れの音が入り乱れて、彼の心をゆさぶった。乳香や白檀《びゃくだん》や香茶の匂いが混じりあい、焼いた豚肉やいためた玉葱の香りがそれに重なっていく。ひたすらちぢこまって頭を垂れていたマードラの町と対比すれば、パドゥキアはまさに自由を謳歌《おうか》する色彩の町だった。ヴィニダルは、鎧《よろ》っていた心から装甲がはずれていくのを感じた。

隊商の長に紹介してもらった皮職人の家を訪ねると、皮職人は、自分が勤めている工房につれていき、親方に写本工房へのとりなしを頼んでくれた。ところがこの親方は抜け目のない男で、紹介料を払えと要求した。ヴィニダルがマードラ銀貨を見せると、ひったくるようにうけとったあと、数日待てと言った。

「待つあいだ、工房の中を見せてもらってもいいですか?」

どのようにして羊皮紙が作られるのか、目のあたりにできる機会を逃したくはなかった。親方は細い目をきらっと光らせて、見学料としてさらに銀貨を一日一枚、要求した。ヴィニダルは二日分の二枚を払い、その場から工房を見てまわることにした。

「物好きだねぇ。こんな仕事、きつくて根気がいるってのに」

紹介してくれた職人が鼻で笑った。工房の前に立ってみて、それはすぐに感じとっていたことだった。獣皮と薬品の臭いが鼻を襲う。羊の生皮が、死の象徴のように積みあげられている。それを目にして、『博物誌』を読んだときの記憶がよみがえってきた。

「人の骸《むくろ》は土の中でむなしくなる。されど、羊の骸はそれよりはるかに値うちもの。何となれば、はがされた皮の裏表には力が宿るがゆえ」

皮が高価で貴重な羊皮紙となることを示唆した文章だったが、あのときは、どんな皮肉屋が記したのだろう、と思っただけだった。だが、今、ひるがえってみると、人の死が獣の死より尊いと価値づけてきたこの世の――人間の――傲慢《ごうまん》さをほのめかしているのだとわかった。

「どのように羊皮紙を作るかといえば、まず皮を石灰水につけ、しかるのちに枠に張り、両面を削る」

との記述もあったが、工房に立ってみればそんな容易な話ではない、とすぐに気がついた。それゆえヴィニダルは銀貨を余計に払ってまで、とどまったのだった。

羊飼いが売った羊や山羊、あるいは仔牛が肉にされる際に出る皮を売ってもらう。その皮を、外庭の水槽に二日ほどつけておくのだが、

「その前に水でよぉく洗わないとね。表皮やら肉やらくっついていると、そこから腐ってくるからね」

と側溝のそばで、丸っこい顔の職人が水をはねかしながら説明してくれる。

「きつい仕事だけど、手はぬけないよ。皮にしみができちまったら大変だ。給金からさっぴかれちまう」

まっ赤な手はあかぎれで気の毒なほどだが、この厳しい労働に対する価は、

「ま、おいらみたいに字も読めねぇ何の取り柄もねぇのが、一家八人を養っていけるくらいはもらっているからな」

水槽の水が汚れなくなるまですすぎをくりかえしたあと、二日水につけたのち、水を入れかえて、消石灰をたっぷりとかしたのへ、つける。

「毛がついた方を外側にして入れるんだ」

半分に折った羊皮を入れて、日に数回、棒でかきまぜるのだという。

「消石灰は何のために入れるの？」

「さあな。おいらにゃわからねぇ。だがな、五、六日くらいつけときゃ、毛とか余計な汚れとか、ある程度おちて、ぬめぬめしてくるんだな」

「すっかりなくなるまで？」

「いんや。ある程度、だ。あんまりつけとくと、皮そのものがとけちまわぁ」

隣では、石灰水からひきあげた皮を洗って、また別の水槽に入れる作業をおこなっていた。これを二日間浸したあと、とりだして、手で毛をむしるのだが、

「石灰分がちゃんとしみてれば、ほれ、このとおり、おもしろいくらいにとれてくる。やってみっか?」

そう言われて、何でも経験するにこしたことはないと、ヴィニダルは地面にひざまずいてむしってみる。もとは生き物だと思うと、むしろ敬虔な気持ちになったのは不思議だった。羊の骸は値うちもの、という『博物誌』の一節が頭の中を駆けめぐる。

皮は次に、別の職人の手に渡っていく。建物の中の土間の、細長い鞍状の台の上に、皮の肉側を上にしておかれる。左右両方に持ち手のついた歪曲したナイフで、残っている肉を削りおとしていく。このときは、ナイフの、山になっている方を使うのだそうだ。それからひっくりかえして毛側の表皮をナイフの反対側でとりのぞく。

「こいつも根気強く丁寧にやらんとな、ひどく脂っぽい紙ができあがる。せっかくここまでやっても、この作業で手をぬくと水の泡になっちまうからな。気はぬけねえんだ」

その作業も他と同様に、根気と慎重な配慮のいる仕事だった。破ってしまえば、皮の価値は半減する。破れてももちろん、廃棄など言語道断、できるだけ有意義に使うのが職人の意気とはいうが。

きれいにこそげ落としが終わったら、もう一度石灰水につけ、八日ほど待ち、再び清水に二

日浸す。

「皮によってはこれをもう一度くりかえすこともあるのさ。皮についている脂がちゃんととれているかどうか、見極めるのもおれたちの技だ」

これを億劫がると、インクののらない羊皮紙になってしまうのだという。

皮から脂分がしっかりぬけたら、紐をつけて木枠に縛りつける。最初に四隅をひっぱって枠に張ってから、均等間隔に紐を通してぴんと広げていく。頭の部分は二ヶ所に穴をあけ、短い棒に通し、その棒を紐で両側からひっぱるようにして枠にくりつける。羊一頭分の皮がはりつけのように枠内におさまったところで、紐をくりつけた木ねじを回して少しずつ張りの緊張を高めていくのだが、

「張りすぎて穴が裂けちまうこともある。そうならないよう、注意してやらねばならんのだが、もし裂けちまったら別の穴をあけてやりなおす。どうせ端っこだからあとで切りおとすとは言いながら、やりなおすのは職人にとっちゃ、ちょっと恥ずかしいことだ。だから、なるべく裂けないように手加減を大事にする。とはいえ、どれだけ注意しても破れちまうこともある。そんときはいさぎよくあきらめるしかねぇな」

小太りの職人がそう言って豪快に笑う。笑いは天井を吹きとばすほどだが、その指先から生まれる手堅さを見ていると、こちらの肩にも力が入る。

張った皮が乾いたら、円形ナイフを使ってさらに削る。円形ナイフというのは、全体が円盤状の形をして、外輪が鋭い刃になっているもので、中央に持ち手がついており、見ようによっ

ては小さな盾とも見える。そばに水のはった盥《たらい》をおき、円形ナイフを皮に対して直角にして削っていく。中腰になって、常に張り具合を一定にしながら削り、ときおり水でナイフをそそぐ。この作業もまた幾度となくくりかえす。腰と膝と肩に負担を強いる作業だ。

「全体が同じ厚みと手ざわりになるまで、乾燥と削りをくりかえすんだ。ほれ、こっちの皮とそっちの皮をさわって比べてみぃ。どっちがより手をかけられているか、わかるだろ?」

「見た目も違う」

「むこうが透けるくらいになったら、おれたちの面目躍如よ。……って、羊皮紙作りなんかに興味をむける物好きなんか、そうそういるもんじゃねぇな、わははは……。そのうち一緒に呑みに行こうぜ。……こっちに来てみろよ。これが、最後の仕上げだ」

また別の職人――ヴィニダルとさして年の違わない少年だ――が、白灰色の粉を皮にまぶし、布でごしごしこすっていた。細かい粉と皮に残っていた脂が吸着されて、足元に落ちていく。

「最後の仕上げといったけどな」

小太りの職人が誇らしげに胸をはってつけ加えた。

「これもあと一回、くりかえす。二日後にな」

はじめてこの仕事をやる者は、おそらくここで呻き声をあげるだろう。ヴィニダルでさえ、げんなりしたのだから。

「張りがゆるまんように、常に気を配っておかにゃならん。で、最後の最後に全体に白亜《チョーク》の粉をすりこんで白くするんだ」

全工程を丁寧に見学したために、三日がすぎていた。四日めの朝、工房に足を運ぶと、あの強つくばりの親方が、ちょいと来いと手招きをした。紹介状をもらえるのかと二階へあがっていったが、大卓の上には、木枠からはずしたばかりのできあがった羊皮紙が、くつろいでねそべる犬のように広げられていた。

「おまえさん、年は幾つだ」

親方は紙を前にして、突然質問する。ヴィニダルは息を吸いながら肩をすくめ、ゆっくり吐きながら首をかすかにふった。あれこれ考えると、おそらく十四か十五だろう。だが、塔の中ですごし、星々のインクを使って闇に護符を描いたあの一瞬ともいえるときが、彼に成熟をもたらした。その代償として、幼さや若さといった華やぎを奪われてしまったような心もちがする。身体つきもふた回りほど大きくなり、すっかり男性の声に変わってしまったとすれば、

「十七」

と答えてもあながち嘘ではないような気がする。

親方は疑念をもつふうでもなく頷いて、

「おまえさんをちょいと見直した。興味本位のひやかしだろうと思っていたが、わしの職人たちにあんな生き生きとした顔をさせるとはな。職人ってのはいくらおのれの仕事に誇りをもっていても、同じ作業を日々くりかえしちゃあ、だんだんすれて白茶けちまうもんだ。だがおまえさんは、心の底から関心をもって一人ひとりに質問までしていたな。わしたちの仕事は地味で卑しいと思われがちだ。そのうち自分でもそう思っちまうようになる。おまえさんが興味を

持ってくれたんで、それぞれになんか感じるものがあったようだ。皆、背筋がまっすぐになったようにわしには見える。礼を言う。本当に、ここ数日、よくつきあってくれた」

ヴィニダルは紙に目をおとしつつも瞠目《どうもく》した。うわぁ、ほめられたぞ。十三歳のヴィニダルがどこかで跳びはねる。

「お礼として特別に、最終工程を見せてあげよう。おまえさんなら見たがるだろうと思ってな」

思わず大きく首肯すると、親方は卓の上に四つん這いになり、背丈ほどもある定規と鉄筆を使って採寸し、枠を決めた。波うつ縁を切りはなせば、四角形の大きな紙となる。それを、できるだけ無駄が出ないように、同じ大きさの長方形に裁断していく。一葉《よう》が『誓いの書』の一頁ほどの大きさだった。これを二つ折か四つ折にして、文字を書くのだろう。

やがて、親方の手には七葉の羊皮紙が載った。

「好みに応じてな、毛のあった外側は砂をかけてこすってさらに白くすることもある。肉側は海砂より粒の小さい砂でやさしくなでて、なめらかにすることもある」

そっとさわってみると、まさしく上等な羊皮紙だった。

「写本工房に行っちまえば、ここの仕事なんぞ忘れてしまうだろうがな」

親方はヴィニダルの肩をそっとおさえて静かな声で言った。

「羊皮紙を見たら、一枚作るのに、どこぞの誰かが日々奮闘しているのを思いだしてくれ」

「切りおとしだって大事に使うよ。羊の生命に、たくさんの人たちの努力が重ねられて、できあがるんだ。決しておろそかにしない」

親方は次いで一枚の小さな紙片を渡した。

「これがおまえさんの行く写本工房の目印と道順だ。ムバーカ親方んところでは弟子が三人もいっぺんにやめちまってな、後釜もなかなか決まらなくてな。偏屈ものの厳しいやつだから、ちょいと窮屈だろうが、おまえさんなら勤めおおせるだろう。やつは口から手が出るほど写本師を望んじゃいるが、決してそれをおもてにはあらわさない。だからな、強気でいけ。自分を安売りしないでふっかけてやれ。いい条件で雇ってもらえることを祈っているよ」

ヴィニダルは礼を言って紙片をひろげてみた。簡単な地図と、工房の目印の看板の図が記してあった。

イノシシが土中から本を掘りあげている看板の下の、ムバーカ親方の工房は、小さくて雑然としており、親方しかいなかった。七十がらみの老人は、昔は一世を風靡《ふうび》した凄腕の写本師だったようだが、今は気力が衰え、関節痛で指も動かず、さりとて引退する潔さや後進を育てる度量の広さももちあわせておらず、かつてのおのれの栄光を影とひきずって自尊心だけは高いという、扱いにくそうな男だった。

ヴィニダルはねじまがって切株の根っこのような老人を相手に、賃金の交渉をおしすすめ、新しい顧客か新しい写本師を獲得することを条件に、やっと同意にこぎつけた。ヴィニダルには何のあてもなかったが、パドゥキアを知るにつれて、知りあった人から、何かしら役だつ知らせを得られるだろうと、楽天的に考えていた。

ムバーカ親方から、前の弟子たちが住んでいたという下宿を教えてもらい、さっそく足を運んだが、すでに別の写本師が入居していると、おかみさんに断られた。昼をすぎた時分で、食事をしてから下宿さがしをしようと決め、階段をおりていった。今泊まっている隊商用の宿は、日々をくらすには割高だった。マードラ銀貨はまだたくさん残っているものの、節約するにこしたことはない。

イノシシ看板の近くに適当な宿がないだろうか、と思いめぐらせて下っていくと、陽光に白く輝いたものが、下から元気よくあがってくるのが目に入った。それは、あどけない顔をしている仔山羊だった。

しかしそのわりには、随分足が達者だな、と思ったとたん、仔山羊は大きく跳躍して、気がつくともう目の前にいた。そうしていきなり、その小さな頭でみぞおちをついてきた。

思わず階段の上へ尻もちをついたのへ、仔山羊はのしかかってきてさらに頭突きをくりかえす。だがそれは、半ばはいたずら、半ばは甘えを含んだ軽いものだった。ヴィニダルは不意に、仔山羊の正体を悟り、喜びとくすぐったさに年相応の笑い声をあげた。

「チャギ、チャギ！　ああ、ぼくも会えてうれしいよ。会えてうれしいけれど……こら、やめろって。わかった、わかった、わかったから！」

姫山羊は彼を踏まないように上手に脚を操って、崖の上へとはねていき、まだ笑いの残っているヴィニダルは息をはずませながら、上半身をもちあげた。

その視線の先に、陽光で、冠を戴いたように輝いているシトルフィが、目を見ひらいて立ちつくしていた。

「……ヴィン……？　ヴィニダル、なの？」

「まぶしいな、シトルフィ。山羊の女王様になったみたいだ」

ヴィニダルが幻ではないかと目をこすって呟くと、チャギと同じように彼女もとびかかってきた。それを抱きとめながら、どんなにきれいになってもシトルフィはシトルフィだな、と笑いをはじけさせる。

「チャギがいなかったら、会えなかったかも。ぼくにはきみがわからないし、きみにはぼくがわからなかった」

「馬鹿いわないで。どこにいたって、わたしを見逃すはずない。……あんたはね。あんたは死んでしまったと思っていたから、わたしはあんたがわからなかったかもしれないけど」

「それは、ひどいや。すごく不公平だ」

シトルフィは力をこめてもう一度ヴィニダルをぎゅっと抱きしめてから、身体をはなした。左右の通路や坂の上下では、数組の野次馬がこちらを指さしたりくすくす笑ったりしている。しかし二人はそんなことを気にしたりしない。

「手紙を書こうと思っていたんだ」

「どこに？」

「大フォトにいるって聞いたから」

「書かなくてよかったよ。手紙より先に会えたもの」

互いに見つめあい、微笑みをかわしていると、足音荒く登ってきた男があった。眉を逆だて、唇をひき結び、控えめな憤怒の形相で、これまた山羊のように跳ねてくる。

「手をはなせって言うわよ」

シトルフィがくすくす笑いながら囁《ささや》くと、はたして、

「彼女から手をはなせ、青二才」

ヴィニダルは吹きだした。笑いをはじけさせながら、片手を彼の方にさしのべる。

「ネイダルは変わらないな。すぐネイダルだってわかる」

抑えた怒りが、いぶかしげな表情に変わる。

「……おまえは誰だ……？」

「シトルフィ、ひどいというのはこういうことだよ。チャギもきみもぼくをわかったのに、実の兄、一番の仲良しのネイダルが、『おまえは誰だ』なんて怖い顔で睨むなんて」

怪訝な表情が深まるのへ、ヴィニダルはさらに片腕をのばした。今度はネイダルもつかんではくれたが、ほとんど上の空という様子だった。兄の手をかりて身軽におきあがったヴィニダルは、いまや背丈が二人ほとんど同じになっていることに気がついた。

「ヴィン……おまえか？」

ようやくネイダルの生真面目な頭にも、奇跡のような現実がしみこんでいったらしい。真夜中色の瞳が、暗闇でものの形を見分ける力をもって、真実を見分けるのがわかった。

二人はがっしりと抱きあい、一旦はなれて互いを確かめあってからもう一度抱きあった。

修羅場を予想して集まってきていた野次馬たちは、がっかりして去っていく。シトルフィはまたあとでね、と言いおいて、姫山羊を追いかけて崖の上に走っていってしまった。

涙に濡れた目をした二人が階《きざはし》に腰をおろしたのは、それからしばらくしてからだった。座って町を見下ろしながら、互いに、どこで何をしていたかを語りあった。すっかり満足して心地良い沈黙に身をゆだねたときには、陽は大きく傾いて風も冷たくなっていた。

「まだこんなところにいたの？」

上からシトルフィの屈託のない声がふってきて、われにかえった。チャギが腰をつついたので、仕方なく立ちあがる。

「おなかすいたでしょ。〈砂漠の犬〉亭でごはんにしよう」

その坂を登った右の通路の奥にある〈砂漠の犬〉亭は、天井の高い岩屋にたくさんのカンテラが吊り下げられ、床には毛足の短い絨毯《じゅうたん》が敷かれた心地のいい店だった。距離をとって置かれた卓は三つだけ、親しい仲間と静かに食事をするにはうってつけの食堂だ。

語りきれないあれやこれやを三人で語りあい、腹も心も満たされた。ヴィニダルがムバーカ親方に雇われたと言うと、二人とも悪評高い親方だと眉をしかめ、自分たちの工房に来るようにとすすめたが、

「そっちにはちゃんと、飾り文字職人がいるんだろ？　ぼくが行ったら追いだすことになりかねない。しばらく彼のところで働くよ」

と断った。下宿がまだ決まっていないのには、

「おまえが訪ねたところが、ぼくらの下宿だよ。おかみさん、あいていないって言ったのか？」

とネイダルが首を傾げ、シトルフィが、

「わたしたち、ニューカイ親方の写本師だって言ったから了解してもらえたのよ。ヴィニダル、ムバーカ親方の名前だしちゃったんでしょ。もう、ムバーカ親方、おかみさんの覚えはめでたくないみたいだから断られたんだわ。前の下宿人が三人とも逃げだしたのは、ムバーカ親方のせいだって話だもの」

ネイダルはああ、そうか、とはじめて気づいたかのように納得し、

「なら一緒に来いよ。一部屋空いているはずだから、ぼくの弟だっていえばおかみさんもうけいれてくれるはずだ」

〈砂漠の犬〉亭を出たのは夜も更けかけた頃で、ヴィニダルは別れがたく思いながら二人と別れた。翌日の昼にさっきの階段で待ちあわせ、下宿のおかみさんのところに顔をだすと決め、ヴィニダルは一人、大通りに面した隊商宿に戻った。

町はまだ灯りをおとさず、屋台にもちらほら人が見えた。彼は乳香の木の幹に背中を預け、崖に区切られた夜空を仰いだ。星々が河のように横たわり、心の中の星々と呼応して静かな喜びを歌った。

彼はただ一人でその歌に浸り、ただ一人で涙を流した。長い時間そうしていると、突然、足元に、〈島〉の大地が戻ってきたように感じた。兄は彼にとって大地のようなものであり、シトルフィは〈匐竜樹《ふくりゅうじゅ》〉の木漏れ陽だった。今それは、彼の中で、星々とともに弾み、再び輝

きはじめていた。

何を考えるまでもなく、彼の両手のひらが自然に合わさった。星々が巡っていく静かな音が耳の奥に轟《とどろ》いた。白鳥の樹が大きく背伸びをして、銀の葉を広げ、星々の一つ一つにそっとふれる。彼は手を合わせたまま、目をつぶり、むせび泣き、今ここにあるすべてに感謝した。〈島〉が沈んでしまったあのときのことを忘れることはあっても、今夜の夜空を忘れることは決してないだろう。たとえ影の道を歩くことになっても、銀の葉の先一つ一つに星が宿って、決して沈むことはないだろう。


ムバーカ親方の工房に来ている注文は、『ガンディール呪法の基礎』という薄い本の写本だったが、「書体が気にくわん、まったくだめだ」と、何度もつきかえされた写字生が癇癪《かんしゃく》をおこし、「これは人形なのか？　ただのごみのかたまりに見える」と言われた挿絵画家がうなだれ、「こりゃ何の冗談だ？　蛇のぬけがらで文頭を飾ってどうするんだ」とけなされた装飾文字師がしくしく泣きだし、三人とも、「次の日から来なくなった」。

ヴィニダルの見るところ、親方の批難はまあ、あたってはいた。元本をまねようまねようとして、かえって手がすくんだか、あるいは気ばかりが先走ったか、文字の形が統一されておらず、挿絵では人形のどこに針をつきさせばいいのかもはっきりせず、飾り文字ときたら、弧を描くべき線がふるえ、中に輪切りにしたオレンジ模様を配すべきなのに、ぬりつぶされて、花模様になってしまっていた。親方でなくても、「なっちゃいない」と叫びたくもなる。だが、

「相手は一応職人だから。親方の年の半分もいかない青二才でもね、職人の矜持ってものがあるだろう。言い方がひどかったな。二度と来ないと思うよ」

とヴィニダルも遠慮なく告げて、

「写字の方は親方にがんばってもらわないと」

　渋るのを無理矢理大通りにつれだし、見つけておいたレンズ屋の屋台におしこんだ。まぶしい陽光にさらされた老人は、店の中にいるときよりひとまわり縮んだように見えた。手元の小冊子がちゃんと見えるレンズを二つ選び、枠に入れてもらった。折り畳むことのできる眼鏡ができあがった。しかめっ面だった親方の眉が少しひらいたのを見届けて、ヴィニダルは駆けだした。

「じゃ、工房に帰って仕事をはじめていて。ぼくは挿絵画家を呼んでくる」

　今朝、下宿を出るとき、シトルフィは『炎の花』という物語本の挿絵がちょうど終わりそうだと言っていた。ネイダルは『建築様式と宗教における関係性の考察』なるおもしろくもなさそうな手記を文章におこす作業に、四苦八苦しているとこぼしていた。一段落ついたシトルフィをかりるには、ニューカイ親方の了解を得なければならないだろうが、分厚い『マードラ植物図鑑』の写本にヴィニダルが助言すると交換条件を出せば、きっとゆるしてくれるだろうと思った。職人の貸し借りなど、工房の沽券にかかわると言って、親方連中は嫌うが、老ムバーカを薄暗く、鼠《ねずみ》の音しかしないところに独りおいておく気にはなれなかった。

　はたしてニューカイ親方は険しい顔をして、しばらく黙考していた。だが、話を耳にはさんだ奥方が、説得をかってでた。

「あたしたちだってそのうち老いるんだよ、あんた。そんとき、この子たちが皆残っていてくれるかってなったら、あたしゃそうは思わないね。目が悪くなって耳も遠くなって、まともに話が通じない、年寄りになった自分を想像してごらんな。息は臭いし髪には虱《しらみ》がくっついてるし、やたら怒りっぽくなってさ。そんなふうに変わっちまったら、皆、逃げちまうに決まってる」

さらに、

「独りっきりで老いていくこと考えてみなよ。心もふさいで八つ当たりもしたくなる。仕事がまた、できりゃ、自信もよみがえってくるってもんじゃないのかい」

そう畳みかけられて、親方もやっと承諾したのだった。

ムバーカ親方には、シトルフィを行きずりの挿絵師と紹介したが、親方にはどうでもいいことのようで、「どこの誰でも本ができあがりゃいい」のだった。幸い、『ガンディール呪法の基礎』で描くべき挿絵――説明用の補足図、といった方がしっくりくる――はそう大して多くなかったので、シトルフィは指定の絵を入れる作業に、数回通うだけでよかった。

ヴィニダルは文字と装飾文字の均衡を保つために、過度な装飾はおさえた。完成したのは親方に眼鏡を買った日から二月後、雨季のまっさかりで――パドゥキアは、みずみずしい黄金の華を広げようとしているところだった。

製本と表紙は外注に出すことわり、ニューカイ親方の工房で作ってもらうことにした。もう書けないとあきらめていたムバーカ親方は、薄いものの、一冊の本を、なんとかおのれの手で書きあげることができたので、すっかり満足して、あとの意匠は、「おまえさんの好きにしろ」と手をふった。ヴィニダルはついでに提案した。

「使い走りの小僧を一人、雇おうよ。ペンがない、砂が足りない、インクがなくなりそうだって、そのたびに買いにいくのは勘弁してほしい」

老人は寝台に倒れこみながら、呻きで了解した。

製本が終わるまで、ヴィニダルは小僧をさがしながらパドゥキアの町の中をさまよい歩いた。ここでは誰もが自由闊達で、チャギのように跳ねまわり、生き生きとくらしている。花屋で商売がなりたっているのにも驚きだったが、糊屋や染料屋など、本作りに欠かせない道具屋がなりたっているのもパドゥキアならではのことだった。

『ガンディール呪法の基礎』の写本を手がけてからは、それまで目に入っていても気づかなかった魔道師たちの姿に気づくようにもなった。彼らはごく普通の服装をして、町の中にとけこんでいたが、ちょっとした目の配り方や手の動かし方で、呪法をおこなう相手や依頼人の監視や尾行をしているとわかるようになった。『ガンディール呪法の基礎』のはじめの方に、呪法をうけおう際の注意書きがあり、依頼が魔道師本人を陥《おとしい》れる罠ではないことを必ず確かめよとあったのだ。ガンディール呪法はそもそも人形を使って、病気や怪我をひきおこす暗い呪いだ。もしそれがうまく発動しなければ、呪った魔道師にそのままかえってくるのだから、魔道師としてもまっとうな依頼なのか、調べるのはまさに基本中の基本なのだろう。

屋台には、その人形を売る店もある。中に入っている香料が、想った相手の気をひくというので、若い御婦人方に大層人気だという、これは呪法というよりおまじないの類のように思われる。

二日めの夕刻に、小僧を一人見つけた。字は読めないが、記憶力はいい子で、他に何軒かの使い走りをして、幼い四人きょうだいを抱える一家の助けになっているという。しっかり者のようなので、毎日一度工房に顔をだせば銅貨一枚をやる契約をむすんだ。

『ガンディール呪法の基礎』ができあがり、依頼主の魔道師に手渡す際、ムバーカ親方の代理として出かけたヴィニダルは、新たな注文ならいつでもひきうけると強く推して戻ってきた。本を無事届け、工房へ戻って、親方に金袋を渡した。すると親方は寝台に半ばおきあがって、袋から銀貨を十枚とりだした。

「挿絵画家とおまえさんとで分けたらいい」

普通の写本工房であれば、職人を四人は雇い、一冊の本を滞りなく生産するばかりでなく、なるべく間をあけないように次の製作にとりかかれるように算段する。だがムバーカ親方の気力は、一冊を書きあげたところですっかり衰えてしまったらしく、工房を存続させるためには、ヴィニダルが注文をとらなければならないようだった。

銀貨をシトルフィに届けようと工房を出たところで、ネイダルと鉢あわせした。ネイダルはようやく『建築様式と宗教なんたら』の起稿の割り当て分を終え、『マードラ植物図鑑』の助言をすると約束したヴィニダルを迎えにきたのだった。

二人つれだって大通りを渡りながら、ネイダルは言いにくそうに口をひらいた。

「ヴィン……おまえにまだ話していないことが一つあるんだ」

「シトルフィのことならもう知ってるよ。ぼくは心から良かったなと思ってる」

「そうか。それはうれしい。……良かった。……おまえもてっきり彼女のことを――」

「シトルフィは姉さんだ、ネイダル。喧嘩もしたし、いろいろ教えてくれたし、叱られもしたし。大好きな姉さんだよ。兄さんと同じように、ね」

それは本心だった。シトルフィとネイダルは、ヴィニダルの中では昔から一対の番《つがい》だったのだ。

「そうか。それを聞いてほっとした。……だけど、話したいことはそれじゃないんだ」

「まだ秘密があるの？」

「秘密というより……大声で宣伝する類のことじゃない、というか、ジャファル氏族だけの問題だ、というか」

「何だい、ネイダル。珍しく歯切れが悪いよ？」

ネイダルは下宿へ至る坂道にとりかかりながら、肩越しにふりかえった。

「『誓いの書』のことだ」

「それはとっくに話してくれたじゃないか」

「まだ話していないことがある。……おまえ、気づかなかったか？」

「気づくって……『誓いの書』で？　兄さんが持っているって聞いて、安心しているけれど」

「……まだ見せていなかったかい？」

「うん。見てないよ」

ネイダルは口の中で自分を罵《ののし》ったようだった。

「まっ先におまえには見せなきゃならなかったのに……どうして見たいと言わなかったんだ、おまえも」

「さあね。そのうち見せてくれるだろうと思っていたし、ムバーカ親方のことで忙しかったし。兄さんが保管しているのなら、安心だったし」

ネイダルは額をおさえて足をとめたが、それはちょうど下宿の玄関前だった。

夕刻もまだ早く、太陽は西の山々にようやく尻をついた頃で、あたりには陽にあぶられた岩砂の匂いと草地の匂いがかすかに漂っていた。二人はネイダルの部屋に入り、薄暗がりに灯をつけた。それまで何もかもぼんやりとして、輪郭《りんかく》を失っていたのに、灯が入るとまったく別の世界に入りこんだかのように、闇に沈む部分と光に照らされて明確な形を保つ部分とに分かれた。

ネイダルは寝台の下から布包みをとりだし、膝の上でひらいた。ヴィニダルは椅子に腰をおろしておとなしく見守っていたが、豪奢《ごうしゃ》な表紙が光を映してきらめくと、思わず吐息をついた。

「……こんなにすばらしい本だったかな？」

表紙にうちこまれた草模様に指をすべらせ、はめこまれた宝石をじっとながめる。

「写本にたずさわるようになって」

ネイダルも厳《おごそ》かに頷いた。

「昔、なんとも思わなかった本が、どれだけすばらしいものなのか、はじめて気がついたよ」

「ぼくら、何でも知っているってうぬぼれていたけれど、真に知っていたわけじゃなかったんだな」

「書物は経験を教えてくれるけど、経験は人生を教えてくれる」

「何だい、それ。誰の格言？」

「ネイダルの格言だ」

にやっとして、おもむろに最初の一頁をひらく。ヴィニダルは身をのりだして、一族のはじめの二人、キリンギとタズの誓約の署名を確かめた。ネイダルは二頁めをめくり、ファムベリとロッカの署名を見せたあと、八頁めまでとばした。アッサモンと妻の名が記されているのを見たか見ないかのうちに、ネイダルのそばに灰色の靄《もや》状の影があらわれた。

「ネイダル……」

あらぬ方に視線を据えたヴィニダルに、ネイダルはかすかに頷いて、そっと本をとじたが、影はいまだそこに佇《たたず》んだままだった。

「アッサモンのところをひらいたときだけあらわれて、しばらくとどまるみたいだ。数刻後にはいなくなるけどね」

「……これ、アッサモンの幽霊？　今まであらわれなかったよね」

「いや。これがはじめてじゃない。最初にあらわれたのは、魔道師とオーゴが対決したときだったと」

「何の話……？」

ネイダルは『誓いの書』を狙って、（おそらく）セパターの息のかかった魔道師が塔に侵入し、オーゴと魔法対決したことを詳しく語った。彼自身がその場にいなかったので、ヴィニダルに話しそびれていたのだった。

「その魔道師がこの本を抱えて何やら唱えたとたん、数体の幽霊があらわれて、皆の具合を悪くしたらしいんだ。オーゴがいなければ、倒れた者もあったかもしれない、とロベリーが教えてくれた」

「その魔道師はどうなったの？」

「物置でこときれていたよ。成就しなかった呪法が本人にはねかえったのだとオーゴは言ってた。誰も彼に手をふれていなかったから、多分そうなんだろう」

ヴィニダルは背筋をのばし、幽霊のむこうを透かし見るように目を見ひらいた。呪法、と聞いて、なぜか血がわきたった。身体中が熱くなり、半ば眠っていた考えが、頭の中でめまぐるしく動きだした。

「……じゃ、これはそのときに残った幽霊か……」

「残った……？　そんなこと、あるのか？」

ネイダルは、幽霊が今になって害をなすとでも思ったのだろうか、そう呟きながら身をのけぞらせた。ヴィニダルは笑って、大丈夫だとうけあった。

「今さらそいつは悪さをしたりしないよ。もう何度もあらわれているんだろ？　でもただ立っているだけなんだろ？」

「うん、そうだ……。確かにただ立っているだけだ……。しかしどうして？　呪いが呪った本人にかえったのなら、こいつも消えてしかるべきなんじゃないか？」

ヴィニダルは目を輝かせて幽霊をのぞきこみ、

「おもしろいなぁ」

と言った。

「ネイダルの言うとおりなんだ。やりそこねた呪いは発動させた本人にかえって成就される。成就されなければ、暴れまわってどこに飛び火するかわからない。それを封じこめられる魔道師ときたら、すごい力をもっている者に限られるだろうなあ。でも、このアッサモンの幽霊は、そんな荒ぶる魂ではないようだよね。ただつっ立って、存在を教えているだけ」

「ぼくらのご先祖様だから、ぼくらには悪さをしない、とか？」

「だったらどこかへ行って誰かの具合を悪くしていると思う。……これは、かえった呪いの類ではなくて、なんだか別のものに縛られているって感じだ……。そういうこともあるだろうな。そもそも『誓いの書』自体に、魔法がかかっているんだから」

誓いの署名が増えても、分厚くならないし、頁が終わることもないのだ。

「だとしたら、あの魔道師が死に際にまた別の呪いをかけたのか？」

ネイダルの疑問に、ヴィニダルは唸って答えた。

「ううん……これ、呪いには見えないんだよねえ。呪いというより……縛り、みたいな……命令のような……でもそれほど強くもない……」

「なぜ彼だけ、なんだ？　オーゴたちを襲ったのは他にもいたのに」

「彼だけに科せられた何か？　害意があるわけでもない、命令か？……わからない！」

ヴィニダルは背もたれに姿勢を崩したが、あきらめたわけではなかった。この謎をとく何かがあるはずなのだが、それが何なのかわかればおもしろいと興がっていた。と、そこへシトルフィが帰ってきて顔をだした。

「ネイダル、珍しいお客さんよ」

彼女の後ろから顔をだしたのは、ジャファル氏族のジュングだった。彼はエスニーやトリンたちとともに、セパター襲撃を敢行した一団に属していた。失敗してエスニーは亡くなり、それでも彼は復讐をあきらめずにいた、とヤルランから聞いている。

ジュングはひどく疲れてみじめな様子だった。一度はオーゴのところに身をよせたものの、やはり復讐をあきらめきれず、他の四人とともに大フォトに舞い戻ったのだった。しかし大フォトは以前にもまして警戒が厳しく、すぐに密告者の目にとまってしまったらしい。追っ手がかかって、大フォトから中央フォト、北フォトへと逃げまわり、エイサムとマシアラを失ったのだという。一度は連合王国領を脱してエズキウム領へと入ったが、新たな追っ手に見つかってしまい、とうとう一人になってしまった。逃げ場所がないと絶望しかけたとき、ネイダルがパドゥキアへ行ったことを思いだし、〈夕陽連山〉をこえて頼ってきたのだと早口で説明した。

説明が終わると、ずるずると床に座りこみそうになった。それをヴィニダルがとっさに手をさしのべて支え、何か食べさせないと、とシトルフィが心配そうに言った。ジュングはヴィニダルが誰かもわからない様子だった。

三人はジュングを抱えるようにして、三軒隣の小さな食堂につれていった。温かい薄いスープ、小さくやわらかい蜜入りのパン、葡萄《ぶどう》を数粒食べさせると、ジュングはそのまま長椅子に横たわってしまった。

「……エズキウムだって！」

目をまるくしてシトルフィが囁き、ネイダルは、

「〈夕陽連山〉をこえてくるだけでも、大変な旅だったろうに」

と、ジュングの背負ってきた目に見えない重いものを感じたように頷いた。

「よく彼だけでも生き残ったと思うよ」

するとジュングが身じろぎして、もごもごと何か言った。シトルフィが耳を近づけて聞きかえし、はっと顔をあげた。

「追っ手は片足をひきずっていたって……女みたいだったって」

ネイダルがぎょっとして手にしていた杯をとりおとしそうになった。ジュングの声が皆の耳にも届いた。

「……だからおれ、にげられたんだと、思う」

「二人とも、その追っ手を知ってるの？」

ヴィニダルが尋ねると、二人はヤルランから聞いた、ペボロが暗殺者を撃退した件を説明した。

「し……しかし、油断するな……手ごわい。ムーフェズがやられる前に一刺ししたから、ぼくも何とか逃げきれたんだ……」

ネイダルは、いきなり卓上に杯を放りだした。

「あんたは……！　そんなやつをここにつれてきたのか！　ぼくたちゃ……シトルフィが危険にさらされることも考えずにっ」

「彼も必死だったのよ、ネイダル」

「後ろを見ながら来たのか、ジュング？　追っ手がきみの行手をひそかに尾行してくるとは考えなかったのか？」

ジュングはそんなことは念頭になかったらしい。ようやく血の気の戻った頭をもちあげて、口をひらこうとした。

その刹那《せつな》、扉が勢いよくあき、蠟燭《ろうそく》の灯が大きくゆらいだ。風がまきおこったかと思うや、黒い獣が襲いかかってきた。獣は瞬時に獲物をシトルフィに見定めたらしい。ヴィニダルには目もくれず、卓をへだてたむこうに跳躍しようとした。

ヴィニダルはとっさに両手をつきだした。それはジャファル氏族の防護の技で、相手をおしとどめる程度の威力しかないはずだったが、ちょうど怪我をした脇の下あたりに片手が入ったらしい。獣はかすかな呻きをあげて横ざまに倒れた。ネイダルがすかさずとびかかり、膝で背骨をおさえるのと、ヴィニダルが同じようにして両足の上に体重をかけるのがほとんど同時だった。ワニに嚙まれた足、というのも完治していなかったらしく、さすがに今度は叫びが口をついてでた。しゃがれたそれは、とても人間のものとは思えなかった。

それでもじたばたと暴れるのへ、ネイダルが食堂のおやじから手渡された革紐で、後ろ手に縛りあげた。両足も縛ってから仰むけに転がすと、さっきヴィニダルが獣と見まちがった顔が灯りに照らされた。

三人は思わず息を呑んだ。

女の顔は熱でふくれあがっていた。乱れた髪の下からねめつけてくる瞳は、餓狼というより狂犬病にかかった犬のように黄色く、憑《つ》かれた光を宿していた。唇もはれあがってひびわれ、ひと所は閉じることもできず、茶色がかった歯がのぞいていた。

「……キンセンカとまちがってカデュンカの花を使ったな……」

ヴィニダルは呆然としながらも呟いた。女は重い目蓋《まぶた》の下から彼を見あげた。

「足の怪我を治すのに、キンセンカとそっくりのカデュンカの花を煎じたやつで湿布したんだ。カデュンカの花は一旦は治ったようになるけれど、体内に入ってしばらくすると、炎症を広げてしまうんだよ。身体中に毒がまわって死んでしまう」

それを聞いても、女は顔の肉をぴくりとも動かさなかった。まるで何も感じないようだった。しばらくの沈黙のあと、シトルフィがぽつりと言った。

「……助けられない？」

ジュングは、正気かよ、と呻いて頭を椅子の上に戻し、ネイダルは肩から力をぬき、ヴィニダルはわずかに微笑んだ。

「シトルフィらしいな……」

ネイダルは腰をおろしてシトルフィにむかって、言いきかせるような口調で話した。

「どんな医者でも薬師でも、カデュンカの毒には手がつけられないんだ。全身の血を入れかえることができたとしても、一度壊死してしまった部分はそのままだから……」

「ここまでジュングを追ってきて、あんなふうに身体を動かせたのだって、不思議なくらいなんだ。……こんなになってからだと、長くはもたないと思う」

ヴィニダルも諭《さと》すように言った。シトルフィはじっと女を見つめて、溜息をつきながら首をふった。いかんともしがたいとわかっていても、何かしてやりたいと思っているのが伝わってくる。他の三人は、自分たちを狙ったこの暗殺者を、つきはなしても当然だと思っているので、とまどいが大きい。

だが、とヴィニダルはシトルフィとネイダルに交互に視線を注ぎながら考えていた。彼女をこのまま放っておけ、仕方がないのだ、と言いきかせても、何もしなかったことへの罪悪感が粗悪なインクの澱《おり》のようにシトルフィの心の奥底に沈んでいくだろう。そしてそれは、ネイダルとのあいだにも、溝をつくるに違いない。溝は年月をへて大きくなっていくだろう。

ヴィニダルは、二人が背をむけあう図など、見たくもない、と思った。どんなことがあっても、二人には一緒にいてほしい。二人は、彼が失った〈島〉の木漏れ陽、『誓いの書』の新たな頁に署名するべき新たな希望だ。

だが、と彼は再び思う。ぼくは違う。ぼくは闇に佇んで渦をまく光の世界を視た。ぼくは星のインクで生と死を描き、闇と光をまたいで彩る者だ。ぼくなら、罪悪感も後悔も傷も、すべて背負って生きつづけることができる。ぼくなら、たとえ大事な人たちとのあいだに溝ができたとしても、独りで立つことができる。闇の中、渦巻く星々の動く様を肌で感じたのだから。

ヴィニダルは卓の端に腰をおろし、携帯袋からインク壺と羽根ペンと切りおとしの羊皮紙を二枚出した。羽根ペンは、あの白鳥の羽根だった。

「ヴィン……何をするの？」

シトルフィが尋ねるのへ、指を一本たてた。シトルフィは渋々長椅子のジュングの足元に座る。ネイダルは杯に新しい葡萄酒を注ぎ、むっつりと待つ。ヴィニダルの指は羊皮紙の上に、カデュンカの花を模様にした護符を描きだした。花弁が交互に黒白になるようにぬりつぶすと、花の模様であるにもかかわらず、何やら不気味な意匠となった。もう一枚を描こうとしたその手が、はた、ととまる。

「ワニが丸まっているのを描きたいんだけど……。シトルフィ、頼んでいいかな」

「いいわ。かして。何をするのかわからないけれど、ワニを描けばいいのね」

「彼女を嚙んだペボロのワニを想像して描いて。口元に尻尾が来るようにして」

シトルフィがさらさらと輪郭を描くと、ヴィニダルはワニの身体の中にトウヒの枝を幾何学模様にしたものをびっしりと入れた。インクを吸いとる砂がないので、乾くまで待った。ネイダルが静かに口をひらいた。

「マードラで描かされていたっていうしるしか？」

「ちょっと違う。ぼくなりに工夫した」

「しかし、これは……小さいけれど凝っている」

「ヴィンの飾り文字は、すごいわよ。これの数倍は細かいし、色もいっぱい使うから。ただ、本当、動物や人間を描くのは下手」

「それぞれに得手不得手があって、ちょうどいいな。ぼくら三人でちゃんとした本が一冊作れるってわけだ」

「いつか三人で工房をもちましょうよ。それで、世界一の本を世に送りだすの」

「きみたちは今すぐにでもはじめられそうじゃないか。ぼくはあと二、三年、待ってもらわないとだめだな。もう少し修業が必要だ」

「ネイダル、そんなこと言っていたら、おじいさんになっちゃうよ」

ヴィニダルは笑って、乾いた二枚の護符を指先でつまみ、床に転がっている暗殺者に示した。

「二つの道をきみに選ばせてあげる。こっちの、花模様の方は速やかな死を意味している。ぼくはマードラ呪法をかなり手がけた。そこで、魔法の力を得たようなんだ。何せ七番めの子の七番めの子の七番めの子だからね。で、これをきみの身体にはりつけると、きみは速やかな死を迎えることができる。今のままだと、あと数日は苦しんで、その果てに死ななきゃならない。それを考えれば、これは慈悲といってもいいよね」

抗議しようと口をあきかけたシトルフィを、ネイダルが目顔で制した。ヴィニダルはつづけた。

「もう片方のこっちは、ワニの中に生命を象徴するトウヒの枝模様を描いた。これを身につければ、もしかしたら回復するかもしれない」

それを聞いたジュングとネイダルが、思わず抗議の声をあげたが、ヴィニダルは一顧だにせずにつづけた。

「でもそれは、ぼくが毎日、新しい護符を描いて一月《ひとつき》か二月《ふたつき》、完全に回復したとわかるまでつづけなくちゃならない。途中でやめるとまた毒がまわってしまうと思う。それに、もしかしたら、効きめがなくて、きみはやっぱり死んでしまうかも。それでさ、ここからが相談なんだ。きみがカデュンカを選ぶのなら、ジャファル氏族殲滅《せんめつ》を命じた人物の名を言えばいい」

「セ、セパターに決まってるだろ」

ジュングが肘を卓において、身体を支えながら喚いた。それを制したのはネイダルだった。

「しっ、黙って。確かめるにこしたことはない」

ヴィニダルはかまわずつづけた。

「きみが生きのびたい、その機会にかけたい、というのなら、回復した暁《あかつき》には、きみは誰をも傷つけることなくここを去る、と誓うことだ」

「そんなやつの誓いに、ど、どんな重みがあるっていうんだ。へ、平気で人殺しをするやつだぞ」

「うん、そうかも。でも、こんなになってもひたすら目的を達しようとしているところをみると、誓いへの義務は感じているようだし」

さあ、どっちを選ぶ？　と二枚を呈示されて、女暗殺者は熱っぽい目で長いあいだ凝視していた。お、おい、生きているか、とジュングが言いかけたとき、ようやく身じろぎした。肩を震わせて大きく息をついた様は、これまでの何かをふるい落としたかのようだった。

「わたしの雇い主は連合王国の大王だ。だが、ジャファル氏族を目のつく限り殺せと命じ、その女を殺して『誓いの書』を手に入れろと命じたのはセパターだ。わたしはセパターに貸しだされたがゆえ」

一同は思わず息を呑んだ。

「げ、現王が、おまえを雇った……？」

女は軽く咳をしてから答えた。

「ずっと昔……もう、何年も前の話だ。おそらく、わたしのことなどすっかり失念しているに違いない」

「では、今までセパターの命令に従っていた、それは確かなのだな？」

ネイダルが念をおすと、シトルフィが口をはさんだ。

「前王やダルジリアや侍女たちの殺害も、あなたなの？」

「あれもセパターの命令だった。……その裏で誰の思惑があったかは、想像できるが」

「何てこと……」

シトルフィは口を両手で抑え、ジュングが卓上に身をのりだして暗殺者を睨みつけた。

「白状した。白状したんだから、花の方をはってしまえ」

ジュングとは対照的に、静かに瞑目《めいもく》するネイダルのそばで、ヴィニダルは女の方に身をかがめた。

「きみは死を選ぶんだな?」

すると女は少しも慌てず、いや、と言った。

「わたしはワニの絵の方を選ぶ。誰が命じたのか話したのは、話せば彼との契約が無効になるからだ」

ヴィニダルが束の間とまどっていると、ネイダルが大きく息を吐いて目をあけた。

「つまり、彼の命《めい》だったジャファアル氏族の殲滅と、シトルフィの暗殺は反故《ほご》になったということだよ。これはどんな約束や誓いより信用できる。契約無効は暗殺者にとって信用にかかわる問題だからね」

女暗殺者は頷いた。

「まったくそのとおりだ。……わたしが命を長らえるには、まずこの前提をとりはらう必要があった。だから話した」

「虫のいい、話じゃないか。さんざん、人を、殺しておいて、自分は助かりたいだなんて」

顔をまっ赤にしてジュングが怒りだした。女暗殺者は平然としてつづける。

「わたしは誓う、治ったらここを去る。誰も傷つけずに。そして二度とジャファアル氏族に害をなさない」

　ヴィニダルは意思を確かめようと三人にふりかえった。ネイダルとシトルフィはゆっくりと首肯したものの、ジュングはおさまらない様子で喚いた。

「なんできみらはそう冷静なんだ？　ダルジリアを手にかけたのはこいつだぞ？　トリンやムーフェズを殺したのもこいつだぞ？　血も涙もない犯罪者だ。どうして赦せる？」

「赦せるわけじゃない。赦せるはずもない」

　ネイダルは歯のあいだから言葉をほとばしらせ、しかしすぐに肩をおとした。

「だが、破滅を願うただ一人を選べ、と言われたら、この女じゃない。セパターだ。ぼくは憎しみを彼にとっておく」

「わたしは〈島〉が沈むのを見た。足元で地面が崩れていくのを感じた。海があふれておおいかぶさってくるのを経験した。あれをひきおこしたセパターの罪は、この女《ひと》の比じゃないわ。彼こそ滅ぶべき。この女《ひと》は誓ったし、自ら誠意も示した……。約束したんだから、わたしたちもそれを守らなきゃ」

「じゃ、じゃあ、仲間の死はどうなるんだ？　彼らは何のために死んだんだ」

　卓上に身をのりだしたジュングに、ヴィニダルは花の絵柄をすべらせて言った。

「そう思うのなら、きみの納得がいくようにすればいい」

　ジュングは羊皮紙に目を落とし、次いでヴィニダルに視線を移したが、その目は無言で、あることを訴えていた。ヴィニダルは冷たく首をふった。

「だめだよ。決定権はきみにある」

責任を負わされてはじめて、その背後にうずくまる暗黒の深さに気がついたようだった。ジュングは恐怖に喘ぎ、どっと冷汗を噴きだして助けを求めたが、ネイダルもシトルフィも哀しげな表情でただ黙して待った。とうとうジュングは両手を卓上からはなし、手のひらをあげた。

「わかった！　わかったよ！　好きにすればいい！」

ヴィニダルは女暗殺者にむきなおり、ワニの羊皮紙を示した。

「どこにはる？」

「どこでも。効きめのありそうなところに」

襟をゆるめて首の根元におき、落ちないように再び襟をしっかりしめた。ナイフをとりだして縛めを切り、脇の下に手を入れてそっと抱えおこす。

「ここの上階にしばらく泊めてもらえるように亭主と話をつけよう」

ネイダルがそう言って立ちあがった。ヴィニダルとシトルフィの二人で女を立たせる。

「毎晩、もう少し早い時刻にきみの護符を替えよう。完治するまでやめちゃいけない。短気をおこさないでくれよ」

すると女は荒い息の中で頷いた。

「忍耐はわたしの得意技だ」

「あなたの名前、聞いてもいい？　だってほら、何て呼ぶか、暗殺者、じゃ剣呑《けんのん》な感じがするじゃない」

シトルフィの質問にも軽く頷いた。

「皮肉なことに……わたしの名前は〈ワニ〉だ……そう呼ばれていた……」

「それはまた……何というか……」

「ちゃんとした名前はあったんでしょ？　小さいときからそう呼ばれていたわけはないわよね」

「ああ……そういえば……そうかも……」

ネイダルが厨房《ちゅうぼう》から戻ってきて、岩屋を彫った階段脇に姿をあらわした。

「二月分の宿と一日二食のまかないを了承してもらったよ」

「そ、それ、誰が払うんだよ」

ジュングが長椅子にだらしなく座ったまま、口をはさんだ。すると〈ワニ〉は、腰の袋に手をのばして、金ならある、と呟いた。

「袋ごととってくれていい」

「これはきみが毎日、亭主に直接渡した方がいいよ。その方が、ちゃんと面倒を見てくれる」

「あんたがそう言うんなら、そうする」

素直にヴィニダルに同意して、よろめきながらなんとか数歩歩いてから立ちどまった。

「……モダルアナ。わたしは……モダルアナと名づけられたのだった」

「なんだ、ぼくらと同じエルズ王国の出身じゃないか」

「モダルアナって、〈青い貝〉っていう意味よ。エルズ王国の海辺の言葉」

何も映さないように思われた女の瞳の奥に、何か小さな光が生まれたように見えた。それははじめてもたらされた光のようだった。

石段を二人がかりでおしあげ、小さな部屋の寝台に横たわらせ、部屋を出てそっと扉を閉めてから、ヴィニダルは女を憐れんだ。何となれば、彼女の来し方が、タペストリーを広げるように視えたからだった。

何も感じない子どもだったのだろう。喜びもせず、悲しみもせず、怖れもなく、ただ怒りだけが同居していたのだろう。その異常さを嫌悪した家族は彼女から遠ざかり、人の情をくりかえし教えられることも、世の理《ことわり》を根気強く語られることもなく、大きくなってしまったのかもしれない。そうしてあるとき、唯一喜びをもたらすものに気がつき、彼女はのめりこんでいくのだ。はじめは小さな虫の死。それから小動物。その残虐性に目をとめたその道の誰かが彼女をひきとり、訓練し、人を殺して金を得るようになった。殺す以外に喜びはなく、常に世界に怒りを抱いて、ずっと生きてきたのだろう。そして今、はじめておのれの生死を選ぶ側に立ち、ワニの絵の護符を肌につけ、本当の名前を思いだし、怒りが緩慢な引き潮のようにひきだしているのか。その干潟には青い貝が、小さな光を映して横たわっているのだ。

ヴィニダルはさらに彼女を憐れんだ。ジュングが憤ったまま、別の宿をさがすと言って食堂を出ていき、残った三人で静かに杯を傾けているあいだも、店を出て下宿に歩いていくあいだも、自分の部屋の藁《わら》布団に横たわり、暗い天井を見あげながら眠りにひきこまれていくあいだも、ずっと。

何となれば、あの小さな光はこれから先ずっと、彼女を焼きつづけることになるだろうからだ。おのれのしてきたことにさいなまれ、苦しみつづけることになるからだ。

ジュングなら、当然の報いだと切りすてるだろう。生きてはいけない人間というものがあるとしたら、彼女だと言いきるだろう。ヴィニダルには――ただ、憐れむことしかできない。

19

「〈久遠《くおん》の島〉の最初の二人、キリンギとタズ。その長女ファムベリと外の住民ロッカの息子にして二番めの子アッサモンよ。エリシアの夫にしてローガとキャラの父であり、オルフルを曾孫とするわれらと同じ血を持つ者、〈匐竜樹《ふくりゆうじゆ》〉と書物の護り手よ、語るべき秘密あれば語れ。遺すべき記憶あらば教えよ」

二千万人近い一族の家系図を一人残らず記憶しているヴィニダルであれば、家系図第一巻の冒頭につらなる系譜から、アッサモンの出自を唱えることなど、息をするくらいにたやすいことだった。

今、ネイダルの部屋で、『誓いの書』がひらかれた。そのそばに、よるべないようにゆらぎながら、アッサモンの灰色の影が佇《たたず》んでいる。ネイダルとシトルフィは寝台に腰をおろし、朝方の薄闇にうかびあがる祖先の幽霊を凝視していた。

アッサモンの出自を明らかにして、血族が呼びかける形をとったなら、何か反応があるかもしれないと思いついたヴィニダルは、ネイダルの部屋の扉とシトルフィの扉を叩いて、二人を早暁にたたき起こしたのだった。昨夜も遅かったので、二人はあかない目蓋《まぶた》に顔をしかめ、ぶつくさ文句を言った。それにはかまわず、ヴィニダルは二人を座らせ、本を小卓におき、アッサモンの署名の頁をひらくと、呪文がわりの系譜を唱えたのだった。『誓いの書』には、〈島〉で結婚し、書物を護るために〈島〉で一生を送ると誓った新郎新婦の名が記されているが、その子どもたちやきょうだいたちとの関係性は書かれないので、系譜を口にするには、家系図が必要だった。しかしその家系図の第一巻は、今はもう、〈竜吹川〉の水にとけて、竜の鱗《うろこ》の一枚として残っているだけだろう。ヴィニダルの頭の中に記憶されていなければ、キリンギとタズも、アッサモンも、どこの誰やらわからないということになっていたはずだ。

ヴィニダルは、このあとなすべきことの一つに、家系図の第一巻の復刊を誓った。誓いつつ待っていると、ようやくアッサモンが身じろぎした。ヴィニダルはふりむいて二人に頷き、再びアッサモンに唱えかけた。

「ぼくはヴィニダル、あなたの子孫です。直系の十二代め、七番めの子の七番めの子の七番めの子、魔力を授けられて生まれ、滝の竜に道をひらかれ、白鳥の塔に登って星々とともに年月を旅した者。あなたを縛っているものを聞かせてください。あなたを地上にとどめている軛《くびき》を語ってください」

するとアッサモンは腰をのばし、首をまわして彼を見た。その両の目は、ヴィニダルと同じ暁闇《ぎょうあん》の紫紺の色をしていた。

——まさに、わが血筋の子じゃな。

ネイダルが年をとったら同じ響きになるだろうと思われる、生真面目な声だった。顔つきは靄《もや》の中でいっこうに定まらなかったものの、厳しくひきしまっているように感じられた。

——われを縛りしはごくゆるい桎梏《しっこく》にして、この世を逃れし老魔道師の、罪ほろぼしともいえよう命《めい》にあり。そが命とは、『誓いの書』作られしときより書に課せられたる力の存在を告げること、どのように使いうるか伝えること。こは絶望の中に見出す希望なり。刹那《せつな》の端に輝く永遠なり。心して記憶に留めよ。

待って、と言う暇もなかった。アッサモンはゆっくりだが断固とした口調で次を語った。

——『誓いの書』にやがて訪るる終焉のとき、そは婚姻を約するジャファル氏族が滅するとき。そが折には書を土中に葬るべし。汚れなき地であれば、数年後、〈氤竜樹〉の芽が吹かん。されそを慈しみ、育てよ。百年たつころ五本に増えたる〈氤竜樹〉、千年たてば百本とならむ。されば昔日の人々の夢、よみがえらん。書物をして光をもたらさんとする、それこそわが血族の本望でもあれば。

そう言うと、アッサモンは遠くに視線を送った。かと思うや、ゆらぎもせずに姿を消した。指を鳴らすまに、どこか高処へと身を翻《ひるがえ》していってしまったようだった。

しばらくのあいだ、三人は凍りついたかのように呆然としていた。板窓の外で鴉の鳴き声がして、ようやくわれにかえった。

「今の……どういうこと?」

シトルフィがまっ先に呟き、次いで、ネイダルが、

「絶望の中の希望」

とぶるっと身体を震わせて、

「氏族が自分一人になった絶望って……考えたくないな」

「うん……。それで、千年も待たなきゃならないんだ。……ということは、氏族がすっかり絶えたあとの話になるね」

「千年……待つの？」

「そうだよ、シトルフィ。だけどその前に、汚れのない土地をさがし求めるのも大変——」

「千年待てばいいのよね」

兄弟は、また何を言いだすのやら、と面くらって彼女に目をやった。シトルフィは瞳を輝かせて口角をあげ、思いつきを口走りたくてうずうずしていた。ネイダルが額に手をあてて呻きながら、どうぞ、と呟き、ヴィニダルも溜息まじりに、

「言ってみてよ。聞くから」

と仕方なく頷いた。すると、シトルフィはヴィニダルを指して、

「さっき言ってたよね。わたしたちには隠していたのに。魔力をもって生まれたって」

「隠していたわけじゃないよ。ぼくだって、ついこのあいだまでそんなこと——」

「それで、アッサモンの呪縛をといたのよね。あっさりと。つまりヴィニダルは魔道師になっちゃったってことでしょ？　何の魔道師だか知らないけれど」

う、と言葉につまるヴィニダルだった。何の魔道師か、自分でもわかっていないというのが、大きな負い目であり弱点かもしれない。

「つまり、ヴィニダルは長生きして〈匐竜樹〉をふやす義務があるってことよ。千年。……それとも、ね、ネイダルとわたしの子孫がつつがなく増えていくのを見護り、導く義務。ま、どっちでもいいわけ。長生きして、子どもたちにこのことを伝え、万が一、血が絶えてしまうことがあったのなら、汚れなき土地に本を埋めて待つの。そら、何の心配もないわ。何が、絶望の中の希望よ。大袈裟《おおげさ》な」

ネイダルが大きな溜息をついたあと、寝台の上に仰むけに転がった。大の字になり、珍しいことに皮肉たっぷりに叫んだ。

「ああ、本当に、何の心配もなくなったよ！」

それに対して、シトルフィは雷雲をつきやぶる陽光のごとく、すっぱりと言いきった。

「千年先のこと心配してどうするのよ」

ヴィニダルはこみあげてくる笑いをかみ殺して、

「シトルフィ。シトルフィ。ねえ、ぼくがそんなに長生きする保証はないんだけど」

「あら、あるわよ。魔道師は総じて長生きじゃないの。昔っからそう言われているでしょ」

「それだって、百年か二百年か……一番長生きで六百年っていう人がいるって聞いているけれど」

「じゃ、あんたが千年生きるはじめての魔道師になるのね。ともかく、そういうことよ」

ヴィニダルはとうとう笑みを顔中に広げた。名案を紡ぎだしたと胸をはるシトルフィに、一矢報いるつもりで、ぼそっと呟いた。

「ネイダルとわたしの子孫……？」

対するシトルフィは、恥じらいもせず、つんと鼻をよそにむけて知らないふりをした。

ネイダルには聞こえなかったらしい。彼は彼で、天井を凝視したあと、がばっと上体をおこした。

「護符を使って〈ワニ〉……えっと……モダルアナに治癒の魔法をかけられるんだよな、ヴィニダル」

彼はとまどって曖昧《あいまい》に返事をすると、

「つまり、描いたものに魔力が宿るということだろう？」

「うん。そういうことになるよ」

「モダルアナに示した死の選択、あれははったりか？」

「いや。はったりじゃない。むしろ死の護符の方が簡単に発動するよ」

ネイダルはそれを聞くと、隣に座れと寝台を叩いた。言われたとおり、素直に腰をおろしたところへ、ネイダルは枕の下から折り畳んだ一枚の羊皮紙をとりだして手渡してよこした。目顔であけてみろと言うので、そっと広げてみると、読めない文字が数行ほどつらなっていた。

「これ……何語……？　いや……。コンスル文字だ。コンスル文字の鏡文字」

「そう。しかも後ろから書いてある。読んでごらんよ」

「ナンジノ……いや、ナンジニ、か……ナンジニヒトノ……ココロアラバ、ヘビノト……トグロ？……マクコトアッテモグクハマ？……ワラズ――」

「そこまでだ」

ネイダルが音をたてて羊皮紙を畳み、じっとヴィニダルをのぞきこんだ。

「……どうだ？　何か変化、あるかい？」

ヴィニダルは目をしばたたいたが、どうしたことか焦点があわない。軽いめまいに襲われて、さっきネイダルがしていたように寝台に倒れこんだ。天井がぐるぐるまわり、その軌跡は蛇のとぐろさながらに宙に光を描いた。大丈夫？　とシトルフィの声が遠くに聞こえる。

「……何をしたんだ、ネイダル」

額に手首をあて、まわる輝線を少しでもさえぎろうと無駄な努力をしながら、ヴィニダルが小声で尋ねると、彼は安心させるように肩に手をおいた。

「大丈夫だ、すぐに良くなる。呼吸をゆっくり深くして」

言われたとおり、深呼吸を三十回もくりかえすと、ようやく天井も動かなくなり、蛇のとぐろも消え去った。上半身をゆっくりおこしたところへ、シトルフィが水の入った杯を唇におしあててくれたので、ありがたく一口、二口飲んだ。

「ニューカイ親方から鏡文字の書き方を教わって、ただそれが何のために書くのかと尋ねたら、この羊皮紙を預かった」

折り畳んだのを叩きながらネイダルは言い、わずかに唇を歪めた。

「兄弟子の一人が、ちょっとした魔法を使うらしい。それは、材料を変えたり、書きあらわし方を変えたりすることで、発現させることができるんだって。たとえば、今みたいにめまいをおこしたり、頭痛をおこしたり。まだそのくらいしかできないけれど。で、これは客用の見本だそうだよ」

「見本……？」

「もしも、ただひらいておくだけで、頭痛をおこすことができたとするだろ？　出かけてほしくない浮気夫にその魔法がかかれば、奥さんはしばらく安心していられる。溜飲もちょっとは下がるだろうし」

目頭を指でもみながら、ヴィニダルはすぐに納得した。

「ああ、よくわかる。それって、ぼくの護符作りと同じかもしれない。……マードラ呪法にすごくよく似ているよ。マードラ呪法は、死者の憎悪や嫉妬や怨恨を力の源にして、害意をはねかえすんだ。基本的にはね。それに、護符を足すことで、見た者や同じ部屋にいる者、さわった者などに有利な運命をもたらしたり、敵方をおとしめたりもした。……そうか。ぼくの護符と似ているのか。同じような力をもって、同じようなことを考える人が、世の中にはいるんだな」

「ニューカイ親方は、その、魔法の力を文字の上にもたらす写本師がもう一人欲しいんだ。ガンディール呪法に並ぶほどでなくても、影の中で動けるものが欲しい、と。どれほどのことができるのか突きつめてみたいんだって。それで、ぼくにもやってみないか、と言うんだ。ぼくにはその、魔法を扱う兄弟子と同じ感じがあるらしいよ」

「ひきうけちゃいけない」

即座にヴィニダルは言った。

「闇にただ独り浮かんで、星々の生と死を見るのはぼく一人でたくさんだ」

「ヴィン……」

「どんな気持ちがすると思う？　絶対の孤独、寒々とした思い、永遠の闇の中に浮かぶ……〈ワニ〉みたいになってしまうよ、ある部分が……何も感じられなくなるんだ」

「そしたらわたしがひき戻してあげる」

シトルフィが反対側に座って肩を抱き、ゆすぶった。

「二人とも、ひきうけるわ。チャギだっているし」

チャギか。獣の無垢なる力を想像して、ヴィニダルは思わず微笑んだ。

「ねえ、今、何も感じないなんて言わせないんだから」

うん、と頷いて、それが真実であることを悟る。冷たくかたいものは白鳥に似た幹にねりこまれて消えることはないが、きらめく金の葉や木漏れ陽は、心の中に変わらずちらつきつづけるだろう。それは、シトルフィの髪や笑顔から分け与えられたものだ。それだから、道に迷ったとき、隧道《すいどう》をぶち抜いて道をつくってしまうような、彼女の突拍子もない思いつきや、瞳の中に剣呑《けんのん》にきらめく怒りまでを、彼はこよなく愛するのだ。

「……人を害する呪術に手を染めるんだよ？」

そう言いはしたが、もはや反対ではなく、承認だった。

「覚悟はしているよ。……さっき、何の魔道師か、とシトルフィが言っていたけどさ、知らずしらずのうちに、おまえもとうにそうした種類の写本師になっていたんじゃないか？　護符を描くだけで人を殺せる、ものすごい力の、さ」

思わず顔をあげると、ネイダルの、何かを決意した厳しい顔があった。力のこもった声で、彼は言った。

「となれば。……ぼくらが最初にしなければならない汚れ仕事があるな。……セパターを葬ることだ。三人の力を合わせて〈島〉の仇をとろう。あいつの悪事を止めよう。はてしのない欲望と争いに、ぼくらのやり方で決着をつけるんだ！」

心の中で木の葉が黒と金の光を放ち、葉末まで大きくのびをした。そのまぶしさに目を細めつつ、ヴィニダルは何をすべきか悟った。その顔を見て、ネイダルが大きく頷いた。

「本なら、やつは飛びつく」

「そうか……。本を作ってセパターに売れば……」

「その本、『誓いの書』っていう名前ね」

兄弟の考えていることを理解して、シトルフィが声をはずませた。

「彼はご執心だから、思いっきり高く売りつけてやれる」

「報酬はジャファル氏族みんなに配ろうよ！」

仇をとった代価が、氏族に行きわたったら、少しは皆の溜飲も下がるだろう。

『誓いの書』に似せる必要もあり、また三人で製作するとなると、ニューカイ親方に相談するのが良策と思われた。ネイダルが代表して事情を話し、協力を願った。親方は三人の過去に目を白黒し、心を落ちつかせるのに時間を必要としたものの、日暮れ近くにやっと結論を出した。

「よし、わかった！　その悪党に目にもの見せてやれ！　ただし……」

身構えたネイダルへ、意地の悪い笑みをうかべてみせた。

「わしにも一枚嚙ませろ！　それから、表紙と見かえし、それに花布《はなぎれ》はうちの製本師たちがつけてやる」

「もちろん親方にはご教授をねがいます。用紙や材料、書体、親方の知恵をかりなければ、二《にっ》進《ち》も三進《さっち》もいかないんですから」

歯の浮くようなお世辞も、必要とあらば口にできるようになったネイダルである。だが半ばは本心でもあったようだ。

羊皮紙は本物と色合いの似ているものを三十二葉《よう》、二百五十六頁分用意した。

「どうせ一頁一頁じっくり読んだりしないさ」

「後ろ半分は白紙でもかまわないんだ」

「百組くらいの誓い書きがあれば、セパターは満足するでしょうね」

「ただ、しげしげと見る頁は必要だぞ」

親方が三人に注意した。

「少なくとも十呼吸くらいの時間は。そのうつくしさに心惹かれ、不思議さに興味をもたせんとな。だが、それで魔法はやつの目から身体に入っていくだろう」

「大きく見ひらきにした二頁でやつを罠にかける」

ネイダルが決然と言った。

「はじめの頁をしげしげとながめ、次いで、こう、ぱらぱらと頁を繰るだろう。そうして、ある見ひらきに注意をひかれて、釘づけになる」

親方が頷いて、

「このような頁があったのか、と思うような派手派手しさでな。枠飾りには緑の蔦《つた》や樹の幹の金銀を余白にはみださせ、冒頭の頭文字には頁の四半分も費やし、何が書いてあるのかと目を近づければ鏡文字でよく読めない、と」

「よく読めないのはまずいのでは？　写本師や、図書に精通している者ならば、それでも読もうとするだろうけど、セパターは読めなければ読めないでおしまいにすると思うよ」

遠慮なくヴィニダルが意見すると、親方は少し唸って顎をなで、確かにそうだ、と答えた。

「あまり凝りすぎてもだめということか。ならば、鏡文字のかわりに、魔法を発動させる鍵になるものを考えねばいかんということだ。ううむ、こりゃちょっと難しい。いろいろ候補はあるが、適切なものをさがさないと――」

「ぼくの飾り文字は、鍵なんかいらないんだけど」

「それではいかん、ヴィニダル、それでは。その頁をひらいて目にした者すべてが魔法の攻撃をうけたら大変なことになる」

「あ……」

言われて、なるほどと思った。マードラ呪法の乱暴さが、今になって迫ってきた。死者の首を見た者は誰でも、あるいは室内に置いておくだけでその中で暮らす者は皆、呪法の餌食になるとすれば、相手かまわずの不見識がきわだつ。——悪邪を退ける首がほとんどなれば、これまで誰も由々しきことと考えなかったということか？　ヴィニダルはあの日々を思いだして、怖気《おぞけ》をふるった。だが、この怖気もあの暗い日々も、セパター退治の本に凝集させて働くことになるとしたら、彼の味わった闇も決して無駄にはならないだろう。

「わしはちょいと助言をもらってくる。そのあいだに進めていてくれ」

親方は下を指さして、魔法を使う例の兄弟子に質問してくると示し、部屋を出ていった。彼らは他の者の耳に入らないよう、ときおり、料理の匂いが漂ってくる中、厨房《ちゅうぼう》隣の食堂で話しあっていたのだった。その兄弟子は、日が暮れる頃にやってきて朝方帰っていく。めったに人の目にふれないので、三人とも、それが誰であれ、公にはいないものとする態度をとらなければならないことも承知していた。

それから三人は額をよせあって、肝心の制裁内容について相談した。それは汚泥の中に顔をつっこみ、できない息をするようなものだった。だが、若さと憎しみと危機感が、彼らをかりたてた。

汚泥から顔をあげれば、ネイダルの頰には剣をふるった戦士のような凄味が刻まれていたし、シトルフィの金の瞳の中には煉火と見まごう怪しげな朱がきらめいていた。ヴィニダルはただ一人、闇との結合をすでに果たした者として、変化はとうにのみ下し、渦巻く星々と筋のある白鳥の首の樹幹に佇むのだった。

昼頃、使いの子どもが小さく丸めた羊皮紙の手紙をもってきた。ジュングからだった。復讐に心をとらわれていたが、どうやら自分には手を下す覚悟がないとわかった。エルズ王国に戻って書記の仕事でもさがす、としたためてあった。

偽『誓いの書』の大綱が決まったのはその日の遅くで、翌日は材料を集めることに費やされた。実際に作業をするのは、日中の仕事が終わってから、場所はムバーカ親方の工房とした。ムバーカ親方は、おきあがって自分のことは自分でできるようにはなっていたものの、ペンをとることも客の相手をすることもなく、終日、気に入った書物を眺めたり、ときおり訪ねてくる孫娘の歌を楽しんだり、もうすっかり隠居の暮らしぶりだった。ヴィニダルが見つけてきた写字師と使い走りの小僧とヴィニダルの三人で、受注した仕事を細々とつづけてはいたが、もはやパドゥキアの町中で、ムバーカ親方をあてにする者はいなくなっていた。凋落《ちょうらく》ととらえれば凋落かもしれない。だが、ヴィニダルは安楽に身をゆだねてもよいという天の声であるようにも感じていた。実際、多少の不自由やかつての栄光への寂しさはあるとしても、ムバーカ親方は概してゆったりと構え、やさしく流れていくときに身を浸しているように思われた。

夜半に工房を私事で使いたい、とことわりを入れると、親方は一も二もなく承諾し、二、三日後には誰に書かせたものやら、契約書を手渡してよこした。手のひらほどの羊皮紙には、細かい文字でびっしりと要件が記されていた。それには、工房と工房内のすべての物品および機能をヴィニダルに譲ること、ヴィニダルは新しい看板を持っていいこと、親方の株は二年後に彼に渡ることなどが、小難しい文句であらわされていた。工房裏の居室はムバーカ親方が死ぬまで彼を置く場と定められ、工房であがった収入の四半分を渡すこと、と但し書きがついてはいたが。

「組合にはしらせておいた。おまえさんは今日からここの主人《あるじ》だよ」

ヴィニダルはありがたくその申し出をうけた。終《つい》の棲家《すみか》が定まったような気がした。同時に、今まで逆回りしていた運命の車輪が、ようやくそのきしみを止めたように思った。

雨季が終わろうとしていた。乾いた冷たい風の吹くある晩遅く、三人はヴィニダルの工房の三階に集った。他の工房同様、岩屋を細長くえぐって通り沿いに窓をあけ、長卓を中央においた部屋で、窓際の写字台を蠟燭《ろうそく》の灯りの下にひっぱってきて、かねて相談したことを確認し、鉛のペンで割りつけを決めた。はじめの頁の上半分には、〈久遠の島〉を造った由来と一族の使命を二段組みにして記し、下半分にはキリンギとタズの誓文と署名を置く。左上部に最も大きな飾り文字、誓文の頭は少し小さめの飾りにして、周囲を〈匐竜樹〉でのびやかに囲み、署名を支えるようにその根をのばし、姫山羊、子豚、犬、猫、アカショウビン、瑠璃《るり》色夜鶯などが根の上にねそべったり顔を洗ったりする図を配す。

本文のインクは古さを醸《かも》すために、没食子《もっしょくし》インクを使い、

「どうせセパターをあざむくための品だ、穴があこうが腐食しようが、長く保つ必要はないだろう」

とネイダルは嘲《あざけ》りを含んで言いつつ、文字だけはかつての公僕の生真面目さをあらわして、本物と寸分違わないように写していった。

本文が終われば次はヴィニダルの番で、巻頭の飾り文字を元本とまったく同じに描いていく。一見しただけではわからない技術や描き方の工夫が、『誓いの書』に隠されていて、意外にも勉強になった。

「ねぇ、シトルフィ、これ御覧よ。このフォト文字の中央にある二重の菱形模様《ひしがた》だけど、一本の線だと思えば違うんだ。三本の平行した線が一本に見えているだけで、本当に狭い隙間がちゃんとあって、決して重なることがない。この技術って、なかなか難しいよ」

「ネイダル、来て来て。見てよ、びっくりするぞ！　ただの小さな渦巻かと思いきや、中の模様は赤ちゃんの顔になっているんだ！　それも一人ひとり違う子だってはっきりわかる。巻毛だったりえくぼがあったり」

「ここのこの小さな点々さ、ただ色インクで描くだけではこんなに鮮やかに出ないんだよ。こういうところをおろそかにすると、こう、視線をひいたときに、違和感が出る。だから、同じようにしたいんで、いろいろ試してみたんだけどね、いいかい？　一度鉄筆の先で点を打つんだ。それから慎重に、そのわずかにへこんだ穴に――力を入れすぎると破れるから気をつけて――色インクをペンで落としこんでいくんだ。ああ！　気の遠くなる話だよ！」

爪の先ほどの渦巻、髪の毛ほどの隙間、芥子粒《けし》より小さい点描などに新しい発見をするたびに、二人を呼んで手間のかかる作業を教える。その驚きの底には、こうした技を駆使した見も知らぬ写本師たちへの誇りと尊敬、それに自分が模写であっても隠された技術にかかわることのできる喜びがあるのだった。

絢爛《けんらん》豪華な飾り文字一つに六日かかった。宵から夜半までの仕事と区切ったのだから仕方がない。のめりこんでかかりきりになれば三日ですむものを、とも思わないではなかったが、そうした不満は胸の下に抑えこんで、火影にかがみこむ。その隣ではネイダルが次の頁にとりかかり、シトルフィは夜食を買ってきて、チャギの様子や町中でおきた喧嘩騒ぎの顛末などをおもしろおかしく語るのだった。

誓文の頭の飾り文字は、文字の中空部分に〈訇竜樹〉の葉をびっしりとつめこんで、これもまた一日がかりだったものの、冒頭部分に比べればあっというまの仕事だった。

そのあとはシトルフィの出番となる。飾り文字の尻に葉をつなげて、枠がわりの幹を縦にそわせ、枝を上に茂らせ、葉の合間には木漏れ陽を輝かせ、蔓《つる》の先には書物を下げる。その書物一冊一冊がこれまた細かい意匠で描かれ、中には書名の読めるものもある。シトルフィの真骨頂はやはり獣たちで、力強くのびる樹の根の上で跳ねるチャギ、鶏と諍う大きな猫、ドングリをさがす子豚の尻をつつくいたずらな猟犬、それを上空からはやしたてる青や赤の小鳥たち、と、はじめの打合わせにはなく、もちろん元本からは逸脱してしまった絵柄になったが、

「元本よりはるかに生き生きしていていいね！」

「絵がどんなだったかなんて、セパターは見てもいないだろうし、これで通用するだろう」

と兄弟二人に保証してもらい、この件では一番楽しげにやりおえたのだった。

見ひらきの二、三頁めからしばらくは、ところどころにそれぞれの自我を出す遊びも入れながらも、本物に添った写しを作った。八十頁ほどを重ねていくに従って季節もまためぐってい

き、乾季が去っていった。

この間に、本復をみた〈ワニ〉ことモダルアナは、ひっそりとパドゥキアを去っていった。本復したといっても、足はひきずっており、身体のどこかに残った毒素のせいで少し動くと息切れがし、とうていもとの暗殺者に戻ることはかなわないようだった。また、気力も失せたかのように、張りつめていた感じがなくなって、ただの貧しい旅人と化していた。もともと人目につかない技を習得していたので、ますます目だつことはなく、おそらくはどんな野盗や狼藉《ろうぜき》者の注意もひかず、行きたいところへ行きつけるだろう。去る前に、故郷のエルズ王国の海辺で、魚でも獲って日々の暮らしをたてていくともらしていた。女一人、欲を出さねば、それで生きていけるだろう。

パドゥキアの窓辺が、再びにぎやかに花で飾られる頃、三人は見ひらきの白紙二頁を前にして、いよいよ罠をしかけようとしていた。渾身の罠である。

鍵がいる、と言いはなって、魔法を使う兄弟子に、その方法を尋ねてくれたニューカイ親方は、

「方法はいくらでもあるそうだ。一部だけ異言語にしたり、逆さ文字にしたり、まったく別の内容を入れたり。要は、呪いをかける者が、それを〈鍵〉と強く意識することが大事だと」

「強く意識する……？　それだけですか？　むしろかえって難しいような」

「それだから、写本師の誰もが魔法を使う者にはなれんということだ」

ネイダルに頷き、

「あとは素材の力をどれだけひきだせるか、おぬしたちの勘と力量による。新しい発想や冒険心、強い意思と忍耐力と創造性がものを言う。闇の仕事とはいえ、やりがいのある仕事だ」

「勘と力量……」

「新しい発想……」

「強い意思」

三人はそれぞれに、ニューカイ親方が口にした言葉をとらえ、嚙みしめた。

「……鍵の言葉は、セパターが目にするか読むかして解錠されるようにするべきなのよね。セパター以外の人が見ても、解錠されない仕組みで」

シトルフィが唇を嚙んだ。

「特別の言葉がいるな」

ネイダルが腕組みし、ヴィニダルは目をとじた。〈島〉が沈んだ晩のことがよみがえる。〈嵐竜樹〉の枝がたわみ、枝が裂け、大地がゆらぎ、稲光《いなびかり》が走った。その少し前、セパターは鞄に『誓いの書』を入れ、家系図に手をのばし、すべてをさらっていこうとした。だが、『誓いの書』はチャギの働きでシトルフィに渡り、家系図の第一巻はヴィニダルの腰にあって、やがて〈竜吠川〉の竜のもとに還っていき……。

「家系図、だ！」

ヴィニダルはぱっと瞠目《どうもく》して叫んだ。

「あいつは『誓いの書』と同じくらい、家系図に固執している。あいつのものにならなかった第一巻に。それさえあれば、ジャファル氏族の完璧な系図ができあがり、その価値は三倍四倍にもふくれあがるだろうから！　鍵の言葉は、『家系図』にすればいいんだ。あいつならきっとひっかかる」

第一巻の顚末は二人に話していたので、理解は速かった。ネイダルは腕組みをといて頷き、シトルフィは手を叩いて跳びあがった。と、その拍子に、帯の金具か何かにひっかけたらしく、指先にほんの小さな切り傷ができた。爪の先ほどの、ほんの少し赤い傷ができただけだったが、シトルフィはしげしげとそれをながめやり、数呼吸黙した。大袈裟な、彼女らしくもない、とヴィニダルが声をかけようとしたとき、不意に頭をあげて、これよ！　と叫んだ。不審気な男たちに傷口を見せて、

「これよ！　血よ！　わたしたちの血！　インクに一滴ずつ混ぜたらどう？　『家系図』の言葉に〈島〉の生き残りの血。強力な〈鍵〉になると思わない？」

「それなら万全だろう」

ニューカイ親方がうけあった。手をこすりあわせて、

「セパターがそれを目にする瞬間に居合わせられないのが残念というものだな」

と言った。

その見ひらきの上方には、一段組み二行の文をつづることにした。段の中央には署名する夫婦のそれぞれの頭文字を装飾して大きく並べ、その下に〈鍵〉をひそませた数行をおく。書名の夫妻の名はハッファベルとデザー、ネイダルとヴィニダルの両親である。周囲と下の余白に

は、夫妻をはじめとする〈島〉の主だった人々——シトルフィが思いだせる限りの——が手をとりあって踊る様子を描く。チャギも跳ね、泉の魚もとびあがって、結婚を寿《ことほ》ぐ場面を描きながら、実はセパターへの怨恨を囁《ささや》くのだ。

文の内容と割りつけがすむと、まずネイダルがインクで文章をつづった。

インクはカラスの親方からもらったインクに、屋上でためておいた雨水を二滴と古い刀からとった錆、人骨の粉末——ガンディール呪法で使われた残り——を混ぜたものを使う。〈鍵〉の言葉「家系図」を書くときのみ、三人の血を一滴ずつ混ぜた。左頁の母デザーの署名は、ヴィニダルが左手で、優美な線をもつ蔦文字で記し、右頁の父ハッファベルの署名はネイダルが右手で、無骨な釘文字に書いた。

かつてない集中力と緊張感をもって二頁を仕上げた。もう、その夜はそれだけで三人ともぐったりと疲労し、宿に帰る気にもなれず、そのまま工房に泊まった。

翌晩から、ヴィニダルが右頁の装飾文字、シトルフィが左頁の枠飾りと挿絵にとりかかった。ネイダルは二人の色インクを用意したり、灯火を調整したり、羽根ペンを削ったり、助手の仕事に喜んでまわり、ときには彩色を手伝ったりもした。ヴィニダルは白鳥の塔で手に入れたペンを使っていたが、これはいくら削っても小さくならなかった。

ヴィニダルは装飾文字を描くとき、マードラで護符を描いた感覚をよびおこした。母の無念、父の絶望を華麗な円や六角形の組みあわせの陰に埋めて、文字そのものが復讐の武器だった。他人の護符を作ったときでさえその効力はすさまじかったのだ。これを見たセパターが、〈鍵〉

の言葉に欲望をよみがえらせれば、その欲望もろとも〈島〉の人々の、ネイダルとシトルフィの、そしてヴィニダルの憎悪が彼に襲いかかるだろう。大地のゆれる様、大気を切り裂く稲妻《いなずま》の光る様、〈訇竜樹〉の断末魔の呻きが彼をうちのめすだろう。

二つの装飾文字を完成させるのに二十日ほどかかった。シトルフィの方は、〈島〉の一人ひとりの顔を思いうかべつつ、懐かしさと恋しさと埋めることのできない喪失感を抱いて肖像を描いた。その色インクの幾つかには、彼女がこぼした涙の数滴も入っていたかもしれない。

見ひらき二頁を縁どる枠は、一頭の獰猛《どうもう》な竜の身体だった。シトルフィはかつてオーゴの館で竜の子を見たことがあり、成獣となったのを想像し、さらにその顔には、ゴルディ虎の野生と象の興奮を混ぜあわせた。婚姻の頁にはふさわしくない怒れる竜の顔が、右頁下に牙をむき、爛々《らんらん》と光らせた目で睨みつけている。この本を手にしたセパターが、見る気もなしにぱらぱらとめくったとしても、この竜には度肝をぬかれ、度肝をぬかれたがゆえに手をとめて、一体この頁は何事かと調べようとするだろう。

他の頁はそれなりのうつくしさを保っているものの、どれも同じ様式なのに、この二頁のみ特別なわけを知ろうとして、文を読もうとする。読めば、〈鍵〉がはずれ、ヴィニダルの魔法がネイダルの魔法とからみあって発動する。

シトルフィが竜の尻尾の最後の一筆を描きおえると、三人はそれぞれに溜息をついて顔を見あわせた。

ゆらぐ灯火の中に、髪ふり乱し、頰の色を失い、目の下に隈をつくった三人がいた。苦笑をかわし、放心して天井を見あげ、ぐったりと椅子に沈みこむ。声も出ない有様だった。

他人を呪うことに慣れたヴィニダルでも、心の一部をもっていかれたような気分だった。ましてや、あとの二人は。憎しみと怒りと悲しみを胸底にたたえて、何年ものあいだ耐えてきたとはいえ。

立ち直るのにどれだけかかるだろうか、とヴィニダルは二人を思いやった。その傷が浅いことのみを祈るしかない。ずるずるとそのまま身体を床におとし、目をとじた。

卓上に置かれた偽の『誓いの書』は、消えかかってゆらぐ灯火に、来る日《きた》を待つかのようにちらちらと影と光を交錯させていた。

20

大フォトの三角州には、黒岩と砂が広がる場所がある。足場の築けるところには、いつしか流木とぼろ布と板を使った苫屋《とまや》が集まり、貧民窟をなしていた。その貧民窟に、先ごろやってきた異国の三人は、書物や小さなタペストリーや錦布を商う雑貨屋だった。遠く東から旅してきたとふれこんで、汀《みぎわ》近く、潮風なぶる家の土間に、古板で急ごしらえした卓上に並べてみせたのは、浮彫の入った櫛《くし》やら貝を削ったブローチやら、花瓶の下に敷く織布や陽光をとじこめたような琥珀《こはく》の指輪やら。物珍しく集まった貧乏人は、これはいくらだ、と尋ねるが、得た答えには、皆ぶるっと身ぶるいして疫病の源にふれたかのように遠ざかっていく。

「布きれ一枚で銀貨三枚だとよ！　一年遊んでくらせらぁ」

「こんなところであんな商売、なりたつものか」

嘲笑《ちょうしょう》にはやっかみひがみも手伝って、

「パド……何だって？　ああ、そうか、パドゥキアってのか。変な国から変な連中がやってきちまったぜ」

と、噂と侮蔑が広がっていった。

中には悪心をおこして、板卓の上から肩留め飾りピンや、一見ぼろのように見える古い冊子をすりとろうとする者もいたが、後ろをむいているはずの店番の男が、

「手を出すな」

とふりかえり、あるいはうたた寝している女が、

「お代はおいてっておくれ」

と目をつむったまま凄味をきかせ、それでも盗もうとすれば、どこからか石礫《いしつぶて》がふってきたり、板庇《いたびさし》の柱が片方はずれて、したたかに身体に落ちかかってきたりする。

噂は流れていったものの、一月もたつ頃には、貧民窟の誰もが遠まきに眺めはすれど、かかわらぬのが一番と、仕方なしにうけいれることにしたようだった。

客など来るものかと笑っていたが、大フォトという繁栄の都には物好きも多いらしく、そのうち貴人の代理人やら下見の小姓がときおり訪れるようになった。冬の乾いた風が板庇に厚布を足さしめ、石桶に流木の薪を赤々と熾《おき》に彩らせても、三人は何かを待つようにそこを動かなかった。

やがて貧しいなりに、魚を譲ったり譲られたり、塩と香辛料を交換したりする者もあらわれて、冬が終わったときにはすっかりなじんだ三人だった。

「年嵩の二人は夫婦者で、一番若いのは弟だそうだ」

「都の中じゃあ、地代が高かったんで、こっちに流れてきたんだと」

「雑貨といっても高級品ばかりだが、それは商売の元締めから命じられた売り物だってさ」

「本当は古本ってものを扱うのが望みだとよ。ほれ、あのぼろぼろの小っちぇの、あんなのがものすげぇお高い本っちゅうもんだって」

「他にもってるらしいが、あんなもん、誰が買うのかねぇ」

「字いの読めねぇおいらたちにゃあ、魚の餌にするミミズの方がずっと大事だぜぇ」

獣脂の燃える汚い居酒屋のあちこちで嘲《あざけ》ってはいても、いつしかその口調には軽い揶揄《やゆ》と親しみも含まれるようになっていった。

夏が、海の上に黄金の髪を広げて横たわる頃には、

「今日、このはきだめに来た貴婦人、見たか?」

「おう、おう、見ないでか。パドゥキアの店に入っていって、瑠璃《るり》の首飾りを買っていったぜ。いい匂いがしてな。うちの母ちゃん魚の臭い、都の女房お花の匂いって、子どもがはやしたてていた」

また少しすると、

「あのぼろ本、売れたってよ。銀貨二十枚だと」

「なに、あの小汚い小っせえのが」

「明日の晩、〈小舟の灯り〉亭に来た全員に、売りあげを祝しておごってくれるそうだ」

「へええ、豪勢だねぇ。ぜひとも行かにゃあ」

「呑み放題、食い放題だってんで、〈小舟の灯り〉亭の亭主は漁師総動員で魚をかき集め、使い走りに酒買い集めさせてるんだとよ」

「楽しみなこって。どれどれ、そんなら、今日は一日身を休めて、明日の晩にそなえようかい」

「何言ってんだか、爺様。毎日ごろごろしてるだけだろうが」

海風が心地良いある日のこと、件《くだん》の店に一人の初老の男がやってきた。ふうふういいながら、小太りの身体を支える足を、おりしも満ちてきた潮に濡らすまいと、置き石から置き石へと移して店先にようやく立ったものだった。

彼の姿をまだ遠いうちから認めていたネイダルは、

「あれはポパットだ。王宮書記官の副長のような仕事をしていたぼくの上司だ。ニューカイ親方に紹介状を書いてくれたのも、彼だ。……まだ書記官をつづけているのだろうか。……ヴィニダル、ぼくは奥にひっこむから、うまく相手をしてくれ」

と、帳《とばり》の後ろの、足し造りした板部屋に姿を隠した。ヴィニダルが、そしらぬ顔で待っていると、ポパットは板庇の際で、膝に両手をあてて荒い息を整えながら尋ねた。

「ここが、パドゥキアから来た、雑貨屋だと、聞いてきたのですが、まさしく、そうでありましょうかな」

「まさしく、そうですよ、お客人。はるばる都内《みやこうち》からおいでと思われる。さあ、おかけなさい。青雀茶《クージャ》でもいかがですか」

ヴィニダルは愛想良く出迎えて、床几《しょうぎ》をすすめた。

大フォトに入るにあたって、兄弟は二人とも、フォトのおとなの男らしく髭をたくわえていた。服装は、パドゥキア風に短袴、長靴、胴着に帯をしめ、頭だけフォトにおもねるように巻帽子といういでたちで、見ようによっては珍妙だった。ネイダルは知己のポパットに会うことを避けたが、もしそのままそこにいたとしても、彼だとはわからなかっただろう。――口さえきかなければ。

茶をすすめたのは、金の髪をまるめて、やはり巻帽子につっこんだシトルフィで――フォトの慣習では巻帽子は男性のもので、女性が身につけるのは、慣習を知らぬよそ者だから、と笑われてはいた――化粧で眉を太くし、鼻頭を横幅広く見えるように細工し、口紅は不均衡に小さく描いて、決してまじまじと見とれたい顔にせず、一度会ったか二度会ったかのポパットには正体のしれようもないはずだった。

ポパットは汗をふきふき、冷たくした異国の茶を口にし、

「おお、これは香ばしいですなぁ」

と感嘆の声をあげた。

「はと麦、黒豆、モーコスという穀物の風媒花《ふうばいか》のひげの部分を煎じたパドゥキア特産の茶です。暑い夏にはこの茶を飲んで身体内の熱を冷ますのです」

ヴィニダルはすらすらと説明する。

「ようこそ、こんなひなびたところまでいらっしゃいました。わたしはパドゥキアの商人ヴィンと申します。今回は種々の品々やこうした茶、香辛料、乳香、それから珍しい本などを商いに、こちらへしばらく厄介になっております」

「これは御丁寧に。わたしはかつては王宮書記をしておりましてな。今日は、さる高貴なお方の使いで参った次第。パドゥキアという町は、われら書記のあいだでは一度は訪れたい写本と書物の町。わが主人《あるじ》も書には目のない類でありまして、あなた方の噂を耳にし、また先日、ここより出た『金糸雀の紅詩集』を友人がものにしたのを実際目で見て切歯扼腕《せっしやくわん》、いや、これは、決して大袈裟《おおげさ》ではなく、まことにもって地団駄踏む有様でして。あのような稀覯本《きこうぼん》、いかでみすみすケニサーなどに奪われたか、と責められました」

苦笑いして首をふった。ヴィニダルは、おや、それは、と如才なく相槌を打ち、

「欲しい方には欲しいもので……『金糸雀の紅詩集』は写本もあと何冊か用意してありますよ」

「いやいやいや。写本でも高価であればよろしいが、わが主人は他人様が持つ複製を望むにあらず……それこそ、この世に一冊しかないもの、あるいは理由ありの珍本、そういったものを望みます。何か、そうしたものをおもちでないかと、足を運んで参ったというわけで」

ううむ、とヴィニダルはもったいぶって首を傾げた。

「さてはて、お気に召すものがありますかどうか……」

言っているうちに、シトルフィがてきぱきと床几の上に何冊か並べてみせる。

「……して、そのご主人とはどのような身分のお方で？」

さりげなく尋ねれば、ポパットは何の疑いもなく、

「さる王国の王子であられます。とはいえ継承権はずっと下位の方なので、玉座には興味がない様子。今は大連合王国の大王の側近の一人です」

「その側近の一人のお世話をなさっている、あなた様は。王宮書記であったのに、どうしてまた」

「読み書きできる者が必要であったのですよ。側近ともあらば、個人的に始末せねばならない文書や書簡も大量に生じますのでな。王宮書記の二倍の給金を提示されれば、十三人も家族のいる身としては、とびつくしかありませんでした。だが、高い給金のかわりに、このような使い走りもせねばならんのです」

「書物の価値を見定めて、いいものがあったら交渉してこいと一任されたわけですね」

「左様、左様。掘りだしものがあれば祝着、と。……おぉ、これはどうです？　彫金の具合が古びていてよさそうだ」

中をのぞいて顔をしかめる。

「こう、古い物というのは、体裁があまりよくありませんな。素人目にも、整っていない列がわかる」

ヴィニダルはいなすように微笑した。

「それが古い本のよいところだと言う人もおります。それがお気に召さないのだとしたら、こちらはいかがです？」

流麗な模様のあちこちに、きらきらしい大粒の翠玉がはめこまれた豪華本を示すと、ポパットはううむと乗り気でない返事をした。

「こういう本はいくらでも持っておるのですよ、わが主人は。そんじょそこらにないものを、と求めておるので」

「世界に唯一冊の、と仰せでしたね、そういえば」

するとすると絶妙の間合いでシトルフィが口をはさんだ。

「ヴィン、あの本はどうかしら……」

「あれか。でもあれは、スコールドの方と取引するつもりで——」

ポパットは肩をゆすり、目を光らせた。

「何です？　いい本があるのですか？」

「いえいえ。ここへ来る道々、あちこちの王国を通ってきたのですが、スコールドの客が一冊に目をつけましてね。しかし何ぶん、値がはるので、迷っておいでなのですよ。われらが故郷に帰るときにもう一度お寄りするまでに心を決めておくことになっているので」

「ほほう。それはまた随分と悩まれているような。……やはり豪華本なのですか？」

「華美というほどではありませんが、美々しく上品な表装の本です。しっかりしてまるで半年前につくったようなのですが、何と、千年も前のもので……一説には魔法がかかっているのではないかと噂されるほどの……」

「せ……千年前、ですと？」

「最初の頁に年号が記されています。それを信じれば、そういうことに——」

「ぜひ見せていただきたい」

ポパットは落ちつきもかなぐりすてて、身をのりだした。シトルフィが長櫃《ながびつ》の中から革の袋をとりだした。袋の中からは絹に包まれた四角いものが出てきた。そっと卓上において絹布を静かにはがすと、わずかに青味がかった革表紙の本があらわれた。その縁にそっと指をはわせるポパットに、ヴィニダルは声を落として教えた。

「エルズ王国の〈久遠《くおん》の島〉を覚えておいでですか？　一夜にして海に沈んだ魔法の島を。これはそこから唯一救いだされた婚姻の証の書らしいですよ。『誓いの書』と呼ばれているそうで」

ポパットは本をひらいた。とびとびの頁をめくり、デザーとハッファベルの華麗な見ひらきで手をとめた。

「これは……！　すばらしい……！」

「それがどのような経緯でパドゥキアに流れてきたのか、よくわからないのですが」

と言うヴィニダルの声など、耳には入らない様子のポパットだった。喰いいるように見つめ、溜息をつき、また見つめる。それでもようやく頭をあげて、

「〈久遠の島〉の、形見ですな」

としみじみと言った。一瞬ヴィニダルも瞑目《めいもく》してしまった。板屋根に鷗がまいおりて、がたがたと足音をたてた。

ポパットは、不意に、数年前の王宮裁判を思いだしたようだ。たちまち罪悪感にとらわれたらしく、あたふたと立ちあがり、

「おお、用事を思いだしてしまいました。申し訳ない、今日はこれにて」

とことわって、あぶなっかしい足どりで去っていった。

「ああ、残念！　もう少しだったのに！」

シトルフィが悔しがると、奥から出てきたネイダルが、

「いや、そうでもないよ」

と苦笑した。

「むしろぼくはほっとしている。『誓いの書』をセパターが奪ったがために〈島〉が沈んだっていう訴状は、ポパットも見ているはずだもの。現物を目にして平気でいたら、セパターと同類になってしまったのかと心配するところだけれど、どうやら彼の良心は健在らしい。良かったよ」

「でも、もう、ポパットは買おうとはしないよね？　セパターの罪の証みたいなものだもの」

「シトルフィは無欲だからそう考えるんだよ。うん、でも、確かに、ポパットは買わない。買いたくないだろうな。だけどセパターは」

ヴィニダルが半ば哀しげに、半ばおもしろそうに言った。

「強欲なセパターは、ポパットから話を聞いて、きっととびつくだろうね。一方、ポパットはこの任を固辞するだろう。そうすれば、別の使いが来るか、あるいはセパター自身が足を運ぶか。どっちにしろ、口から手が出そうなほどこの本を求めているから、セパターは絶対買おうとするよ」

それが今日のうちか、明日になるか、わからないが、ともかく餌はまいたのだ。三人は陽も

高いうちから店仕舞をはじめた。故郷に帰るからと、シトルフィは周囲の人々に挨拶をしてまわり、ネイダルとヴィニダルは本を長櫃二つにおさめ、その他の雑貨を袋に分けて入れ、いつでもひきあげられるように準備をした。

夕陽が海を赤く染め、空に青灰色の雲がはりつきだした頃だった。セパター本人がやってきた。二人の護衛を従えている。

遠目でそれと知ったシトルフィは、店の裏につないだ馬三頭に荷物をのせるために退き、ネイダルとヴィニダルが待ちうけた。近づくにつれて、これがあのセパターかとヴィニダルは愕然とした。

かつての美丈夫の面影は夕陽に照り映えた巻毛や長い指先に、わずかにその名残をとどめていたものの、肉のついた頬に輪郭《りんかく》は優美さを失い、口角は常の不満をあらわして両端が下がり、おもしろみを求めていた両の目は欲望に赤くぎらついていた。その両目の下には青白い隈が、まるで化粧を施したかのようにはっきりとあらわれ、みっしりした頬から額までを、ヒヒさながらの朱色がおおっている。連日の、鯨飲馬食の証と見えた。王の側近らしく上等の絹のカフタンをまとい、胸にも手首にも帯にも宝石や真珠《しんじゅ》をぬいとめて、たっぷりの刺繍《ししゅう》を施した短沓《バブーシュ》も、権力を恣《ほしいまま》にしている者のいでたちだったが、貧しい町中をぬけ、潮の飛沫《しぶき》を浴び、何より気がせいて欲望にかりたてられたがために、濡れ、汚れ、破れ、崩れて、どこぞの賊から生命からがら逃げだしてきたかのような有様だ。

「おい、そこの！」

そしらぬふりで片づけをしている二人に、そう呼びかけたが、その言葉とて、かつてのセパターであれば決して口にしないような乱暴な口調だった。夜も待たずにすでに酔っているのだろう。人が権力と安泰をおぼえると、必要以上に酒に親しむのは、バリニウスを見ているヴィニダルには納得のいく経緯ではある。

「『誓いの書』を誰かに売ろうとしているというのは、おまえたちかっ」

ネイダルがヴィニダルを制して背筋を正し、鼻息荒く板屋根の下に入ってきたセパターと相対した。

「わたくしどもはパドゥキアの雑貨屋、してあなた様は?」

「先刻来たポパットの主人だ。『誓いの書』はもともとわたしのものだった。それがいつのまにか誰ぞやに盗まれて、行方しれずとなり、さがしていたのだ。返してもらおうか」

ヴィニダルは思わず男の襟元をつかみ、ゆさぶってやりたい衝動にかられた。だがぐっとこらえたのは、後ろ手にしたネイダルの拳《こぶし》が白くなるのに気づいたからだった。ネイダルの、闇を見透かす視力が、セパターの中に何を認めたのだろう。もはや人でないものを見たのか、それとも、闇から逃れようとあがき、酒浸りになって忘却の淵に身をのりだしている男を見たのか。ともあれ、ネイダルは平然とした口調で答えた。

「おや、おかしなことを。『誓いの書』は聞くところによれば、〈久遠の島〉から盗みだされ、それによって〈島〉は海中に没し、多くの人が亡くなったということで。あなた様がその持ち主であるということは――ああ!　あなた様があの有名なセパター様ですか!」

ネイダルは、事実をあからさまにぶつけた。セパターはさすがに一瞬ひるんだようだった。びくりと上半身が動いた。

「パドゥキアには、王宮裁判をうまくまぬがれ、その罪もぬぐってしまった大罪人、と伝わってきておりますよ。これはこれは……」

実際、忘れかけていた――思いだすのをおのれに禁じていた――セパターは、喉に何かをつまらせたように、ますます顔を赤くして、

「わ……わたしは無実だ、そんなことはしていない。それは大きなあやまちだ。ただの流言だ……」

「でしょうね」

ネイダルの唇には薄ら笑いが浮かんでいる。

「だが、流言というものは力を持っておりますゆえ。ここに至ってあなたがまた、われらパドゥキアの商人から『誓いの書』を奪いとったと噂が広がれば、いずれ大王の耳にも届きましょうな」

剣に手をかけて、脅してでも奪おうというセパターの雇兵《こへい》たちを、いつのまにか貧民窟の人人が遠まきにしていた。噂を広めるのは自分たちだ、と暗に示して。

「もちろん、あなたは大王にうまく申しひらきをするでしょう。だが今度ばかりはそれで終わりということにはなりませんよ。われらはパドゥキアの商人。その意味はおわかりでしょう」

血走った目のセパターは、眉間に小石をくらったかのようにはっと頭をのけぞらせた。

ネイダルは床几を二つ、用意して、その片方に腰かけた。

「パドゥキアの商人を敵にまわしたら、あなたは今後一切、どんな書物をも手に入れられなくなる。それだけではない、フォト連合王国は他の国々から信用のならぬ国として警戒され、交易量はおそらく半減するでしょうね。それを防ぐためであれば、大王はあなたを平気で処刑すると思いますが、いかが？」

セパターはどっと噴きだした汗を両手のひらでぬぐい、示された床几に腰をおろした。

「……何が目的だ？」

「おや、これはおかしなことを！」

ネイダルは笑った。

「用があるのはそちらで、わたくしどもではありませんな。『誓いの書』が欲しいのはあなたで、わたくしどもはスコールド王国のさる貴人に売りたいと思っている。それだけですが」

ヴィニダルはようやくここで口をはさんだ。兄と同じように飄々《ひょうひょう》と、とまではいかないものの、なんとか冷静にしゃべることができそうだと思ったのだ。

「『返してほしい』っていうのは、あまりに都合のいい言い分じゃないですかね。貴人なら貴人らしい交渉の仕方というものがあるのでは？　あなたは財産もちだ。その財産の半分もなげうって、一冊の本を手に入れたとなれば、世界中に名が知れわたるだけじゃない。のちのち、本や書面にその名が刻まれるんじゃないでしょうかね」

煮えくりかえる憎悪をおし殺して、セパターの欲望をかきたてるように追従の言葉をおりまぜてみる。するとセパターの自尊心は敏感に反応した。

「そうだ、わたしは王子だ！」

「ならば王子さまらしくお大尽にふるまってみてはいかがです？　品のある貴人らしく、まっとうに交渉してみては？」

底辺には痛烈な冷嘲《れいちょう》を潜ませてそそのかす。素面《しらふ》であったのなら、こんな挑発に、うかと乗るセパターではなかったかもしれない。権力に酔い、身分にことさら重きをおくことがなければ。あるいは、『誓いの書』をかほどに熱望していなければ。

いや、とヴィニダルは彼の横顔を凝視しつつ、直感した。この男はすでに闇にわが身を投げ入れた。良心の手招きを拒絶して、良心に滅ぼされるより闇に喰われる破滅の道を選んだ。かかる人物は、その破滅の道をつき進むより残されている術《すべ》はないのだろう……。

「どうです？　交渉するお気持ちはありますか？」

ネイダルが促した。セパターは迷いもなく頷く。では、とネイダルは一枚の羊皮紙をとりだして、ペンを持ちながら、

「『誓いの書』をあなた様にお譲りする、と書きましょう。代価は金貨十万枚。実に単純明快、これぞまっとうな交渉というもので」

「よかろう。だが、本当に『誓いの書』なのか、確かめさせてもらおうか」

「ごもっとも」

ネイダルの合図に、ヴィニダルは奥に残していた皮袋を持ってきた。さっきシトルフィがし

たように、袋から包みを出し、注意深く絹布をはがし、卓上に書物をあらわにした。セパターはひゅっと音をたてて息を吸い、次いでそっとその表紙に指をはわせた。愛しい乙女の衣をめくるように、表紙を静かにめくった。それは、狂ったようにこの本を欲して駆けこんできた男の仕草とは思えないほどに、慎重で丁寧だった。

見かえしをめくれば、最初の一頁があらわれる。感嘆の呻きがセパターの口から我しらず漏れでる。三人の技術の結晶だ、もっとのめりこんで見てほしいとヴィニダルは思う。

しかし、久しく飢餓状態だった獣のように、セパターは次の頁、さらに次の頁とせわしなくめくっていき、あの、見ひらきに到達した。おおっ、これはっ、と小さく叫ぶ指先から、ネイダルは書物をひったくるように遠ざけ、とじてしまった。

「何とする」

「あとはお一人でいくらでも楽しまれればよろしい。まずは契約書と指図書《さしずしょ》に署名を」

そう言ってネイダルはすらすらと契約書をしたためた。セパターは素早く一瞥して署名し、懐《ふところ》から出した指図書に金貨十万枚と事もなげに走り書きをし、ペンをとめた。

「宛名は?」

「パドゥキアのネイダル、と」

たとえ彼の名が記憶にあったとしても、『誓いの書』がどのような経緯で彼のもとに届いたのかさえ興味のないセパターには、記憶と目の前の髭だらけの青年を結びつけることはできなかっただろう。はたして、セパターは何の不審もなく宛名を書き、

「ニンチ通りのナルクレという有名な両替商だ。店がしまるのは夜更け前、あと二刻ほどか。今日中に金はおまえたちのものだ」

そう言いながら署名を記し、指輪の印章を捺した。

契約書と指図書を手に入れたネイダルは、立ちあがりながら袋の上にのった『誓いの書』を、セパターの方にずらしてやった。セパターが飛びつくのを横目で見ながら、足早にシトルフィの待つナツメヤシの木の下へむかう。鞍上に身をおいたとき、セパターはさっきの見ひらきの頁に行きあたっていた。沈みかけている夕陽に照らされて、シトルフィの竜の鱗《うろこ》が赤々と燃えたつ。それにひきつけられて、つい、あの文言を読みはじめたところだった。

三人は馬上で待った。上部の文言を読むのにさほど時間はかからず、セパターは左右の飾り文字に心奪われてしげしげと眺め入っていた。

夕陽はあたりのものを朱に染め、じりじりと焼きながら三角州のむこうに没していく。かたずを呑んで待つ三人には、とても長いときが流れたように思われた。

貧民窟の人々はすでに姿をあばら屋におしこんで、パドゥキアの商人から配られた酒を御馳走にぬくもっている。護衛の二人も、誰かに手渡された濃い葡萄《ぶどう》酒の革袋をあおりはじめていた。

陽はさらに傾いていく。深紅の光にすがるようにして、セパターはやっと下方の文言にかかった。ここにきて彼は、目をしばたたきながら、読みづらい文字を口に出して追った。

「……しかして、デザーとハッファベルを継ぐ者たちも、家系図につづき記されるであろう。

……家系図か……！　そうだ、あの一巻もぜひ手に入れなければ！　そうすればジャファル氏族のすべてをこの手におさめたことになるぞ！　世界で唯一人、〈島〉の歴史をものした人間としても、わたしの名は残ることになる！——して、何だ、そのつづきの名は、だって？　どうしてここに、つづきの名が出てくるのだ、面妖《めんよう》な」

ちらりと目をあげれば、日輪の上端が、赤々と染まった水平線に今しも隠れようとするところ。彼は慌てて視線をおとし、最後の一行を読もうとした。

「——そのつづきの名は、ウェール、ベララ、トッケダン、ダルジリア、ニルギラ、ネイダル、ヴィニダルである。……はて。何だっ？」

刹那《せつな》に、日輪は水中に没した。地上も海上もにわかに暗くなった。空には残照の橙《だいだい》、茜《あかね》、紫が綾なして躍っていたが、大地にはたちまちにして、闇の絨毯《じゅうたん》が広がった。

セパターの手から『誓いの書』が落ちた。彼は両手をおのが喉元に持っていき、あたかもそこに何かがうごめいているかのようにかきむしった。

ヴィニダルは松明《たいまつ》に火をつけ、高々と掲げた。灯りが追い払った闇は、さらに色濃く暗黒を抱いて、そこここにうずくまり、これから来るものを待っていた。

セパターは目を見ひらき、大きく口をあき、身体を半分に折って、何かを吐きだそうとした。しかし喉元に生まれた小さな呪いは、彼のわずかな良心と彼を満たしていた闇をとりこんで、終生とれることのない硬い呪いに変じていくのだった。えずきながら、彼はようやく、この得体のしれない災厄と、『誓いの書』と、パドゥキア人とをつなげたらしい。髪をふり乱しながら、血走った目で、松明の下に騎乗する三人を見あげた。

それを待っていたように、シトルフィが巻帽子をぬいだ。髪をまとめていたピンをぬき、頭を一振りふた振りすると、松明の灯りに、その見事な金の髪が滝飛沫さながらに光をまきちらした。

セパターの顎がおちた。彼の記憶がよみがえったことは疑いがない。逆巻く川の舟の上で、姫山羊とともに仁王立ちになり、睨みつけていた金の髪の少女を瞬時に思いだしたはずだ。

セパターはシトルフィをつかもうとでもするかのように、指をのばした。だが彼の腕はその意に反して自身の首に巻きつき、喚き声は手負いの獣さながらの悲鳴に変わった。

酔眼の護衛たちが、ここに至ってようやく、変事に気がつき駆けつける。セパターは喉をかきむしり、野獣の苦悶を吠え猛り、手のつけようがない。彼らはナツメヤシの下に立つ三人に、はっと目をむけた。すわ、毒か、と詰め寄ってこようとした刹那に、もつれた足でよろめいていたセパターの姿が、だしぬけにかき消えた。彼らの手のあいだからまるで幽霊のようにすりぬけて、突如としていなくなったのだ。

一呼吸のあいだ、護衛たちは何事がおこったのか理解できず、口を半開きにして凍りついた。

風もないのに『誓《りようが》いの書』の頁がひとりでに、めくれていった。そのかすかな音が、どうしたわけか、潮騒を凌駕してあたりに轟《とどろ》いた。その轟きは、彼らの全身を逆なでにした。にわかに表紙が、ぱたんと閉じた。護衛たちは跳びあがった。喚きたて、泡を吹き、よろめき、我先にと逃げ去っていった。

そこまでじっと凝視していたパドゥキアの三人は、誰からともなく馬首をゆっくりとかえした。かなたの丘にはフォトの都の灯りがまたたいている。

セパターは生きつづける、と三人ともわかっていた。それでいい。彼は『誓いの書』の中にとじこめられたのだ。

だが、セパターに昨日のつづきはもはやない。

思いどおりにおのれの世界を構築する日々は終わったのだ。

本の中で、彼はキリンギやタズ、アッサモンやエリシア、ハッファベルやデザーらの幻影に追いたてられ、狩りの獲物さながらに逃げまわることになる。捕まったらどうなることか。それは誰にもわからない。ただただ恐怖心にかられて、逃げまどうのだ。足元の大地はゆれ、稲《いな》妻《ずま》が彼を貫き、〈匐竜樹《ふくりゅうじゅ》〉の断末魔がしなった枝となって彼をうちのめす。それでも彼は死ぬことができない。姫山羊や子豚や牧羊犬たちも彼を追いまわす。蹄《ひづめ》に蹴られ、鼻面でつつかれ、牙に噛みつかれても、彼は逃げるばかり。延々とそれはつづく。休むことなく。いや、いっときの休息はあるかもしれない。泉のそばに倒れ伏し、一口二口の水を飲む。緑の草の香しさを嗅ぎ、陽の光の温かさをうなじに感じる。だがそれも束の間のこと。腹の下で大地がまっ二つに割れ、木々がきしみをあげて倒れかかり、海の水がおしよせる。再び、滅ぼされた人々の稲妻が彼をうち、ひき裂くだろう。彼はなおも落下しつつ息ができなくなっていくのを感じ、絶望と恐怖を体験するだろう。それは、二千人分の生命のみならず、千年の歴史を持つジャファル氏族全員の人生をあがなうまでつづく。

やがて、没食子《もっしょくし》インクが、羊皮紙に穴をあけるときが来る。本がどこにあっても、誰の手に拾われていても、それは確実におこることだ。一つの小さな穴が少しずつ広がり、次の腐食を誘導し、ぼろぼろに崩れるまでつづいていくだろう。ごみ箱に捨てられようが、泥に埋められようが、海の底に沈められようが。そうして、羊皮紙の名残もとどめずに腐りはてたとき、彼もまた、腐り、崩れていく。本とともに運命を共にする、それがこの男の末路だ。そこへ至るまでに一年か、あるいは百年か。

ヴィニダルの顎は厳しく締まっている。ネイダルの眉間には黒い星がとどまっている。シトルフィの目が赤いのは松明の灯りのせいではない。

三人はそのまま町中のニンチ通りへと駆けつづけ、大きな門構えの両替商を訪れた。シトルフィとヴィニダルが馬の世話をしながら待つあいだに、ネイダルは主人と面談し、指図書を示した。主人ナルクレは身をのけぞらせ、息のできない金魚のように口をぱくぱくさせる。

「旦那、いくらセパター様の御要望でも、今夜中に金貨十万枚は御用だてしかねます。それほどの金貨となれば、あちこちの支店からかき集めてこなければなりませんし、集めてきたのを数えなおしてまちがいのないようにするには、左様、寝ずにがんばっても一両月はかかりましょう」

ネイダルはそれに対して鷹揚《おうよう》に髭の中で微笑む。

「それに、金袋を三頭の馬に積みきれるとも思えない」

「左様です。よくおわかりのようで……」

「だがわたしたちは今夜中にここを発ちたいのだ。のっぴきならない用があってね。なんとかならないものだろうか」

「ううん、それならば……、そう、こうなさったらいかがですか？　この指図書とひきかえに、このナルクレの指図書をお渡しいたします。金貨一万枚につき一枚、つまりは分割払いの十枚、ということで」

富裕層相手の両替商は、こうした場面には慣れたものだ。

「それはいい考えだ。そうしてくれるかい？」

「はい、それでしたらもう、さっそくに！」

「ああ……ちょっと待って。わたしたちは世界中に旅するもので、なかなかここまで戻ってこられないと思う。そういうとき、何かいい方法はあるかな？」

「それでしたら〈信用指図書〉にいたしましょうか。フォト連合王国内の一定規模の両替商であればどこでも使える様式となっております。各国に一つか二つはありますゆえ、格段に便利となりましょう」

「その〈信用指図書〉を両替商に一枚もっていって、さらに、金貨千枚の指図書十枚に作りなおすことはできる？」

「ああ、それはもちろんでございますよ。換金は、同じ両替商でなければなりませんが」

ネイダルは膝を打つ。

「よし！　ならばそれで一つ、お願いするよ」

三人は十枚の〈信用指図書〉を携えて、連合王国の国々をめぐっていく。途中でヤルランと落ちあい、半分を彼に託す。ヤルランは王国の西半分をうけもち、三人は東半分を訪れ、身をひそめているジャファル氏族の誰かにその小さな巻物を手渡す。その誰かは両替商で金貨千枚の指図書に両替し、生き残った近辺の同族に一枚ずつ配って歩く。〈島〉の人々の生命の贖《あがな》いには決して足りることはないだろうが、ひっそりと、しかし連綿と血脈をつづけていく基盤の財源にはなりえよう。

彼らはゆるゆると旅をする。大フォトから離れるに従って、セパターの記憶は覚えておくにも価しないもののように、薄くなり、破れ、ちぎれていく。

サージ国に足を踏み入れたとき、北側にそびえるフォト山地から夏の終わりの風が吹きおろしてきた。天に届けといわんばかりのサージの町並みを低い峠から見はるかしたヴィニダルは、兄とシトルフィと別れて町に入ることにした。セパターを思いだしたくもないシトルフィは、ネイダルとともに南下してロベリーの丸太小屋を訪れ、東に進んでオーゴの館にしばらく滞在することにした。

「パドゥキアで来年の雨季に会おうね」

二人きりの旅が必要だろうとヴィニダルが提案すると、ネイダルとシトルフィはうれしそうに顔を見あわせたのだった。

その晩、ヴィニダルはサージの町の安宿に一泊し、朝方、セパターの館にむかった。

予想どおり、主人の不測の事態の報せは、彼らを追いこしてすでに届いていた。主人を失った館では、家令と使用人たちが忙しく屋敷仕舞いに立ち働いていた。ヴィニダルはパドゥキアの写本師と名乗り、セパターの有名な蔵書を買いとれるかもしれないともちかけると、これ幸いとばかりに図書室に通された。

アラバスターのはめこまれた窓と重厚な卓に迎え入れられたヴィニダルは、手を後ろ手に組んで書架をざっと眺めわたし、買いとる書物を選んだ。使用人たちが卓上に次々に積みあげた本は百冊近くあり、ヴィニダルはそれらをパドゥキアの自分の工房に届けるよう手はずした。

「こっちの巻物は――」

と棚から転がりおちそうな一山を示し、

「そこの鞄に分けて入れてくれないかな。軽いし、扱いには用心がいりそうだから、ぼくが自分で持っていきたいんだ」

第一巻をのぞくすべての家系図を大きな薄い鞄二つに収めて、再び馬上の人となった。心せくのを抑えながら、さらに各国をめぐっていく。北フォトの祐筆に一枚、パルパジの洞窟都市に住まう長老に一枚、東フォトの地下の家でくらす一家に一枚、と〈信用指図書〉を渡して、〈日没山脈〉を横断し、無事にパドゥキアについたのは、シトルフィと約した雨季のはじまりの少し前だった。

蜘蛛《くも》の巣のかかった工房をきれいにし、娘にひきとられたムバーカ親方のところに顔をだし、ニューカイ親方へはおみやげのナツメヤシの実を渡して、復讐の顚末を報告した。

姫山羊のチャギは、このたびは留守番をしていたのだったが、そのあいだにちゃっかり家族をつくっていた。立派な角を持った雄山羊の夫君と、二匹のかわいらしい仔山羊が、めえめえと楽しげに出迎えてくれた。

ある晩、彼は工房の三階から、いまだにぎやかな大通りを見おろしていた。乳香の匂いと香辛料の匂いがいりまじって漂ってくる。ちらつく灯りに、酔った人々の影が重なる。闇をぬうように歩いていくガンディール呪法の魔道師たちの姿も映る。空には星々がちりばめられ、微風はわずかな湿り気を帯びて花の香りを運んでくる。

不意になにかつきあげてくるものがあった。それにとらえられたヴィニダルは、思わず顔を両手でおおった。膝をついた窓枠に、したたりおちたのは数多の星々であったろうか。その嗚《お》咽《えつ》は水底の竜の慟哭《どうこく》であったやもしれぬ。そのひそかで深い悲嘆は、星々が沈むまでつづいたのだった。

エピローグ

　高らかな花売りの声で、きみは目を覚ます。石の天井をながめて数呼吸、ようやく自分がパドゥキアにいることを思いだす。そうだった。昨夕、ようやくたどりつき、この安宿に転がりこんで夢も見ずに熟睡したのだった。きみは手早く荷物をかき集めると――合切袋一つに毛布一枚、ただそれだけ――食堂へ行き、まずくてわびしい朝食を腹におさめ、朝陽の中にとびだしていく。

　大事な言伝ては全部頭の中に入っている。書きつけも身元を示す品物も一切持たない過酷な旅ではあったが、そこは十七歳という若さとあり余る体力と気力でたくましく乗りきってきたのだ。もともと貧民窟の住人だった。金さえあれば、どんなふうにも生きていける自信はあった。大金をくれたのは一人の婆さんで、婆さんの願いを叶えることが条件だった。金だけ懐《ふところ》にして、あとはそしらぬ顔で大フォトの都の一角に小さな店でも構えることもできたのだが、約束は果たさねばならない、と父から教えこまれていた。どれほど貧しくても、火の神ジオラストの前に立って顎をあげていられる人間になれ、と幼い頃からくりかえされ、おのれもそれが真実の一片であろうと感じていたので、婆さんとの約束をまっとうするために、はるばるパドゥキアへと旅してきたのだった。

喧噪と汚濁と満干する海と貧困と雑踏は知っていたが、フォトの高原や山地や荒地に咲くサボテンの花や、泡を吹く湿原や山腹を蛇のようにのたくっている崖際の一本道やらを経験し、山頂にひっきりなしに落ちる雷光に身を縮め、滔々《とうとう》と流れる川にいつのまにかひきこまれそうになったりすれば、たちまち世界はおし広げられていくというもの。腰をのばし、ほとばしる滝壺のそばで青空を見あげ、選択はまちがっていなかったと確信したとき、きみは莞爾《かんじ》として微笑んだ。そのような旅であったから、きみは朝陽の中で大きく息を吸いこみ、花と石の香りをまとって、大通りを闊歩《かっぽ》する。

昨夜のうちに、訪ねるべき工房の場所は確かめてあった。ネイダル、ヴィニダルの名を出すとたちまち、お節介な露店のおかみさんたちが我先に教えてくれた。随分名の通った写本師らしい。

「兄さんのネイダルは、そりゃまた美人のシトルフィを奥さんにしちまってるから、あたしたちには目もくれないけどね」

「弟のヴィニダルはまだ独り身だから、脈はあるのさ」

きゃっきゃっとかしましく笑い騒いで、おそらく冗談なのだろうと、こちらは冷汗をかきながら作り笑いをうかべる。

「おや、おまえさんもよく見るといい男だねぇ」

「あと五、六年したらあたし好みだよ。どうだい、あたしと約束しないかい」

「よしときな、火遊びったって、亭主がやきもちやきゃあ、あんた、くびり殺されちまうよ。それよりあたしとどう？　うちの亭主は隊商作って東へ行っちまったから、あと半年は帰ってこないよ」

ほうほうの体で逃げだすしか術《すべ》はない。それでも教えられた道順をたどっていけば、まもなく大通りの南側にぶら下がる看板の中に、目当てのものを見つけた。

星空の下で、竜が見ひらきの本の上に寝ている。

銅板をうちだして作ったその看板は、きみの視線をうけるときらっと光る。きみはあかない扉を叩く。朝まだ早いので、店はやっていないのだが、親方のヴィニダルたちは上階に住んでいると聞いていた。

「起こさないといつまでも寝ているらしいから、遠慮なく起こしていいよ」

安宿の亭主が磊落《らいらく》に教えてくれたのだ。

「夜遅くまで仕事をしていることが多いらしい。でも、店は定刻どおりあけとかないとな」

執拗《しつよう》に叩いていると、ようやく内鍵がはずれる音が響き、黒髪の、眠そうな顔をした若い男が姿を見せた。

きみが名を名乗り、用件を告げると、茫洋としていた顔つきがたちまち精悍なものに変わり、深い紫紺の目がきらりと光る。招じられて、インクの匂いのする店舗から三階まであがり、通されたのは狭いが明るい客間だった。すすめられた椅子にすわり、待つことしばらく、さっきの男と、彼にそっくりな年上の男、金の髪の女があらわれて向かい側にすわった。きみはフォトの都で会った婆さんの話をし、頭に入れた言伝てを語る。

「〈ワニ〉は最後の仕事をする。大王は代がわりするだろう。子細は彼に聞け」

きみは語りおえ、沈黙がおりる。どこかで岩を削る槌音がはじまる。やがて女が口をひらく。

「それだけ？」

きみは頷き、困惑した三人を見比べて、自分も困惑する。年上の男が身じろぎして尋ねる。

「彼、というのはきみのことだろうな。して、……その子細というのは？」

が、きみにも見当がつかないので、さあ、と首をひねる。すると若い方——彼がヴィニダルだともうきみにはわかっている——が、

「その婆さんというのは……足をひきずっていなかった？」

と質問した。ああ、そういえば、と答えると、さらに、

「それで、大王は代がわりしたの？」

「それが、おれが都を出発するときの合図でした」

「合図？　合図って何の合図？」

女が眉を険しくして苛だたしげに足をゆすぶる。

「えっと……婆さんが、おれに言ったんで。大王が、新しくなったって聞いたら、パドゥキアにむかえって」

三人ははっと顔を見あわせた。

「それって……いつ？」

「前の大王はどうしたの？」

「何があった？　都で何があったんだ？」

ほとんど同時に叫ばれた問いに、きみは順番で答えようと必死になる。

「大王が代がわりしたのが、二月《ふたつき》前、でも噂で聞いただけで……正式なおふれはまだ出てなかった。前の大王はって、これも四月《よつき》前の噂で、表向きは食中毒で死んじまったっていうことだけど、本当は殺されたってことで。何があったかっていうと、部屋に放りこまれた蜂に刺されたとか夜中に刺し殺されたとか蛇の毒をもられたとか、大騒ぎだったことは確かで……」

三人はもう一度顔を見あわせ、

「どうしてそれがパドゥキアまで伝わってこなかったの？」

「二月のあいだ、大フォトじゅうの人の出入りが禁止されてたからじゃないかと思います。犯人捜ししていたみたいだったもの」

「犯人は誰だかわからなかった？」

「まるで、さっぱり」

〈ワニ〉の伝言と大王暗殺がどうかかわるのか、いまだ理解できないきみではあるが、何か由々しき事態らしいとは感じている。

「そのあと、そのお婆さんとは会っていないのかい？」

「うん。それ一度っきりです。おれ、記憶力はいいんです。だから伝言運びに選ばれたんです。大変な旅になるってわかっていたから、気は進まなかったけど。でもおれ、来てよかったです。

約束ちゃんと果たせましたから」

重荷をおろして晴ればれとなったきみは、まだ呆然とした様子の三人を残して席をたち、大通りへ出る。せっかく来たパドゥキアだ、おみやげに何か買って帰ろうと、屋台の前をぶらつく。すると、ヴィニダルが追いかけてきた。何かお礼をしたいと言うのを断って、さばさばと踵《きびす》をかえすのへ、ヴィニダルは一枚の布きれをおしつけてよこした。

「これからのきみが前途洋々でありますように」

と、それは護符だという。青地に金銀の線を使い、八角形の中に細々《こまごま》と幾何学模様が描かれている。まるで空の星のようだ。きみは屈託のない感謝の笑みをうかべてヴィニダルと別れ、故郷へと帰っていくだろう。

ヴィニダルは工房へゆっくりと戻る。あの少年に幸多かれ。

〈ワニ〉ことモダルアナが、生命を救われた借りを返すために、大王を暗殺したのだろうと見当がついた。あるいは、ダルジリアたちを手にかけたせめてもの罪ほろぼしだろうか。〈ワニ〉はあくまで〈ワニ〉だった。殺しには殺しを。その報せを少年に託したのは、彼女なりの理由があるのかもしれない。その真意をはかっても、答えは出ないような気がする。

それでも。ヴィニダルは、自分たちにのしかかっている目に見えない大きな環が、ゆっくりと閉じていくのを感じた。憎しみも哀しみも、閉じた環の中にしまいこまれた。

あとはそのまま歩きつづけていけばいい。彼は背を伸ばして空を仰いだ。乳木の梢《こずえ》から木漏れ陽が、無数の日輪となってふりそそいでくる。

工房の二階では五人の製本師たちが、三階の客間の奥では四人の写本師——書字生二人、飾り文字師一人、挿絵画家一人——が働きはじめている。上階からは泣いている赤子をあやすシトルフィの歌声が途切れ途切れに聞こえる。ネイダルは屋上でチャギとしばらく遊んだのち、彼の仕事部屋に戻るか、別棟を掘削中の石大工との打合わせに行くかするのだろう。若夫婦の一軒が新しく掘られていくのはヴィニダルも楽しみだ。

彼は机にむきあった。机の横の棚には、家系図の巻物が飾られている。はじめの巻だけは、最初の部分をひらいて固定してある。これを書くのに一月ほどかかったが、ヴィニダルの記憶はしっかりしており、誰一人落とすことなく記すことができたと自負している。

満足のまなざしを注いだあと、彼は卓上の羊皮紙に注意をむける。これもまた巻物となる予定だ。

ジャファル氏族の血脈は、しばらくはつづいていくだろう。シトルフィは千年生きよ、とはっぱをかけたが、ヴィニダルにはそこまでの自信はない。それゆえ、書として書き遺すことにした。千年、二千年、朽ちることなく伝えられるように護符をも描き入れて、アッサモンの遺言をそのままに記していこうと思っている。

それが終わったら、〈久遠《くおん》の島〉の記録を書こうとネイダルたちと話しあった。〈島〉がどんな様子であったのか、〈蜀竜樹《ふくりゅうじゅ》〉の枝ぶりや蔓《つる》からのびる数多の知識がどのような景色であったのか、〈島〉の歴史や掟や決まりごと、生活や季節や天候など、彼ら三人が覚えている限りのことを記した、大きくはないが分厚い本にしよう。そしてそれを読んだロベリーやヤルランたちに、自分たちの覚えていることも足すようにお願いする。つけたしが多く集まったなら、また新しい本を創っていけばいい。確かにそこに生きていた人々がいたのだと、読み手が感じるように、飾り文字も挿絵も工夫して描きあげていくのだ。

なすべきことは限りない。

『誓いの書』――今はネイダルたちの居間においてある――に署名される名もつづいていく。あと数百年は。

ヴィニダルは羊皮紙の隅を文鎮でおさえる。ちょっと手をとめて考えてから、下書き用の鉛ペンをもち、定規で枠をひく。アッサモンの遺言の飾り文字の意匠はもう、すでに決まっている。

こののち、パドゥキアには魔法をものする不思議な写本師の存在が、ひそかに囁《ささや》かれるようになった。

彼らは夜に仕事をし、決して表舞台にはあらわれない。

どの写本師がそうなのか、誰にもわからない。

ただ、世の影をひきうけて、ひっそりと闇に佇《たたず》む者を、いつしか人はこう呼びならわすようになった。

――夜の写本師。

テズーとヨーファン

UNDER THE DRAGON CREEPING TREES

ヨーファンのことを語れって？　うん、確かに、おいらが一番適任だろうな。なんたって、いっしょに育ったんだからな。

ヨーファン坊っちゃんの母ちゃんは、生まれたての赤ん坊の世話に必死だったし、姉ちゃん二人は自分の髪やら爪やらをきれいにしとくのに夢中だった。親父さんは商売で忙しい。んで、いたずら盛りのおいらと坊っちゃんは、石ころ投げをしたり、猫のすみかに入ったり、干してある洗濯物をひきずりおろしたりして遊んだもんだ。おいらの母ちゃんにめっかって、二人ともこっぴどく叱られたけどな。

でもあるとき、坊っちゃんの親父さんが、牛糞《ぎゅうふん》まみれの息子と鉢あわせしちゃって、それっきり、おいらとは遊べなくなっちまった。おいらも、庭師の仕事を覚えなきゃならなくって、悪さをする暇もなくなった。

ときどき、坊っちゃんは、しかつめらしい家庭教師と庭におりてきて、草花の名前を確かめたりしていた。おいらとは口きかなかったけど、目で挨拶して笑いあった。

　はじめの一、二年、坊っちゃんはもっぱら教師の話をきいていた。でも、十二歳をすぎたころから、質問することが多くなっていったみたいだったな。この花弁にはネテロなんとかが含まれているが、根っこにはオキテロなんとかが入っていて、薬にするにはなんたらかんたら、って、やたら難しいことを聞いて、家庭教師もしどろもどろだったぜ。

　で、十三歳になったとき、都の学問所に行っちまった。坊っちゃんのかわりに、弟坊が教師につれられて来るようになったけど、尋ねるのは、いくらで買ったとかいくらで売れるとか、そんなことばっかりで、ありゃ、生まれついての商人だな。親父さんそっくりだ。

　……おう、ヨーファン坊っちゃんの話だった。その後、学問所では秀才としてならしたとか、できすぎて教授陣に嫌われたとか、若いのに、教える側にまわったとか。そんな噂が使用人のあいだで誇らしげに流れた。でもそのうち、貧民街で病人の世話をしているって聞こえてきて、みんなはぶつぶつ不服そうだったけど、おいらはヨーファンらしいって思ったもんだ。二人とも悪たれ坊主だったけど、人や生き物を傷つけたりしたことは一度もなかったし、弱い者には優しかったからな。

　で、〈久遠《くおん》の島〉に行った。そっから先はテズー姉さん、あんたの方がよく知っているだろ？

　その辺の詳しいところは、ヨーファン、おまえの口から聞きたいもんだなあ。へへっ。ぜひぜひ、なれそめを、さ。

〈久遠の島〉では、確かめたいことがたくさんあった。ファナクの砂漠でしかとれないセンカイ石の粉が、喘息に効くのは有名な話だが、眼病にも効果があるというのは本当だろうか、だとしたらどんな点に注意したらいいのか、副作用はないのか。道端に生えているタバカリ草を煎じて飲むと、幻覚を視る者がいる一方で、逆に冷静になる者が出てくるのは、どういう条件の違いなのか。皮膚病を完治させるのに、五種類の軟膏《なんこう》をどんな順番で使えばいいのか。蚤虱《のみしらみ》退治には、石灰粉を使えというが、どうも疑わしい。真実はどうなのか。

そうした疑問をいっぺんにとくには、〈島〉の本にあたるのが早い。〈額〉の領主や王の図書館や洞窟部族の長の館を訪ねていたら一生かかるものを、〈島〉に行けばたちどころに見つけられる。案内人に聞けば、医薬系列の書物のありかもたちどころに教えてくれるそうだ。

ぼくは羊皮紙の束——書きつけ用のと入島料代わりの——と携帯インク、ペン、僅かな路銀だけを身につけて、〈島〉に上陸した。〈匐竜樹《ふくりゅうじゅ》〉から垂れ下がる幾多の本、巻物、竹簡や石板、粘土板、斜めに射してくる陽光の黄金、池や川の青、碧《みどり》、梢《こずえ》のあいだをとびまわる小鳥、枝から枝へと追いかけっこする栗鼠《リス》、ご機嫌な犬が尻尾をちぎれんばかりにふり、毛並みの良い大きな猫が足元にすりよってくる。清涼な木の香りと古い書物の匂い、風は乾いていて時折放牧された羊の鳴き声をかすかに届けてくる。

案内してくれるのは、ぼくより四、五歳上のテズーという女性だ。胡桃《くるみ》色の肌に、黒髪がつややかで、目ははっとするような海の青さをたたえている。身体つきはふくよかで大柄、立ち居ふるまいもあけっぴろげで大らかだ。笑顔をたやさず、明確な話し方をする。そうして、驚いたことに、タバカリ草をはじめとする薬草類の本は、何々と何々で、どこの木にぶら下がっているか、ということまでちゃんと教えてくれた。

学問所の図書室には一万冊の書物がおさめられており、五人の司書が常時詰めているが、書物のある棚の位置を教えてくれるのがせいぜいで、何段目の右、左、などというのはわからなかった。司書の名誉のために言うけど、それが普通だ。ところがテズーは、タバカリ草だけじゃない、センカイ石の記述のある本や軟膏の効用に言及している巻物のありかも知っていた。ぼくは、彼女の有能さに舌を巻きながらも、新しい知識を仕入れるのに夢中で、しばらくその有能さの理由について考えもしなかった。

わかったこと、調べたことを書きつけて、何日かがすぎた。〈島〉の生活は快適だった。寝床から起きあがると、小鳥の声とすがすがしい陽光に迎えられて朝食をとる。香茶を飲んでから、目あての樹に行き、簡易卓と椅子の上で、調べものをし、覚え書きを書き殴り、午前中をすごす。午餐はテズーが届けてくれた籠の中の果物とパンとミルクを、池のほとりでほおばる。水面をつついていくシオカラトンボや、枝先で水中の魚を狙うカワセミをながめながら一息つくと、また作業に戻る。ときおり、〈島〉の人々のたてる物音や赤ん坊の泣き声、子どもの笑い声がかすかに聞こえたりする。他の来訪者がとおりかかることもあるし、目あての楽譜をさがしあてた歌い手の歌声が池のむこうから渡ってくることもある。

ぼくはたまに目をあげて、〈蜀竜樹〉の木々のむこうを見透かそうとする。だがすぐに、意識は書物の字面にひき戻され、長年の疑問に対する答えばかりではなく、新しく知りえた数多の真実に圧倒されつづけるのだ。

〈島〉に雨が降る日もある。決まって一日中降っている。まるでこの機に水分を補えとでも言うかのように。そんな折には、自室にこもって、記録の整理をしてすごす。そうした夜は、蛙《かえる》の合唱を子守唄に横になる。

翌日外へ出てみれば、草地は色とりどりの花の絨毯《じゅうたん》だ。甘い匂いも漂う中を歩いていくと、テズーが一角でしゃがみこんでいた。近よってのぞきこむと、黄色に白筋の入った花が咲いている。

「ああ、珍しいな。ピアンアンだ」

思わずそう口にすると、テズーは花弁をひっくりかえして、いいえ、と否定した。

「ピアンアンに似ているけれど、ほら、萼《がく》が丸くなっている。これはサンピアンよ」

ぼくはちょっとむっとした。何にむっとしたのだろう。自分が物知りだと示したくて言ったことを否定されたような気がしたからか。それとも、実際、自分よりテズーが物知りだったからか。でも、気分を害したことを悟られないようにふるまうことは、忘れていなかった。

「そうか。ピアンアンはめまいに効くけど、サンピアンは腹痛に効果があるんだよ」

テズーは立ち上がって膝をはたき、

「それは場合によるんじゃなかった？」

とにっこりした。

「さしこむような痛みのときは効果があるけれど、重苦しいときには使えない。注意して使わないと、ね」

何の悪意もない説明だったのに、ぼくはこめかみが熱くなるのを感じた。ぼくはただ――ただ、博識なことを彼女に知ってほしかっただけなんだ。へえ、ヨーファンっていろんなことを知っているのね、と認めてほしかったんだ。なのに、テズーは。年上のくせに、そんな気づかいもしないなんて。かたい声で言った。

「ぼくはただ、効果があるって言っただけなんだ。いろんな場合があるのはおいといて」

するとテズーの表情が、たちまち石のようにこわばった。

「あら、御免なさい、真実を語ってしまったわ」

そういうことじゃないよ、あらじゃあなんなのよ、と声を荒らげてしばらく言い争い、結局最後は互いにそっぽをむいて別れた。

どう考えてもテズーが悪い。相手の気持ちをおもんぱかって言葉を口にするだけの礼儀ってものが、欠けている。ぼくはぷりぷりして仕事場に行ったが、その日一日、何にも手につかず、ずっとテズーのことばかりを考えていた。

互いに謝ったりはしなかった。翌朝は何事もなかったように顔をあわせ、昼前には再び腹をたてあっていた。議論は薬草や処方、手当ての順番について。冷静な雰囲気ではじまるのに、意見の相違が生まれると、テズーはあの本、この本、と書物のページを開いて指摘する。それは「真実」なのかもしれないが、実際は理屈のとおりにはならないんだ、とぼくは反論し、険悪さが増す。人によっては劇薬みたいになることもあるし、全然効かないこともあるってことを、ぼくは貧民街でさんざん経験してきた。だから、そのわけを探りに、〈島〉に来たってのも一つの理由なのに、テズーは書物に書かれていることが絶対だと思いこんでいる。そしてまた、くりかえすのだ。真実を真実と語って、どうしていけないのよ、と。

そんな毎日をすごしたあと、ぼくは契約期間の満了をむかえ、本土に帰った。乗船の際、ふりむいたが、テズーの姿はなかった。


ヨーファンが本土に戻ったとき、わたしは安堵していた。また元のように穏やかな日々がすごせる。家族のあいだで、何の気がねもなく、ゆったりと流れるときに身を浸していられる、と。以前のように、人の目をおそれることも、中傷に痛みをおぼえることもなく、ね。

わたしももっと若い頃、本土で薬師をしていた。ヨーファンのように、孤軍奮闘の場ではなかったけれど。王立の施薬所で、薬草の研究に没頭していたのだが、教授陣からは煙たがられ、同僚からは偉ぶっていると誤解され、孤立していった。真実を追求すればするほど、皆、わたしから離れていった。

あるときは、慎重に量って薬草同士をあわせ、抽出途中だったのに、実験道具を壊された。あるときは、馬鹿らしい噂を流された。

「きみは入浴するときも、服を着て入るそうだね」

と学識豊かであるはずの教授から本気の口調で言われたときには、呆れはてて反論する気も失せた。おべっかの一つも言わない弟子など、教授陣にとっては白紙の研究書同然、痛い真実を口にする同僚など、薬師たちにとっては熟れすぎた松笠梨《パイナップル》に等しかったのだろう。

こんなのであれば、故郷に帰って、書物の中に真実を求めた方がずっと有意義だ、とある日悟った。〈島〉でも薬師は求められるし、働きようはある。

それで、三年間、平穏な日々を送っていたのだけれど。

ある日やってきたヨーファンは、品があって見るからにいい所のお坊っちゃまだった。けれども、甘やかされた世間知らずではなく、貧民街で医療を実践しているという。砂色の髪、翠《みどり》の斑《ふ》のちった瞳、痩せぎすで食が細そうだった。なんで彼の世話をやこうなぞと思ったのだろう。学究にのめりこんで、食べることも忘れている姿に、かつての自分を重ねたからか。籠に食べ物を入れて、彼を池のほとりに誘ったのは、細い身体にかすかな危惧を抱いたからか。

彼と話しはじめてみて、わたしは自分の中にたまっていたものがどんどん吸いこまれていくように感じた。実物をみて、ピアンアンという花名に思い至る薬師は多くない。ましてやどんな効能があるか、など知る者は。しかしそれはサンピアンだったので、真実を知ってほしくてそう言うと、彼は自尊心を傷つけられたような反発をみせた。そのへんは、他の凡人と一緒だったので、ちょっとがっかりした。真実より自尊心が先だっていては、ものの核が見えない。なんだ、この人も他の研究者と同じね。

でも、翌日になると、ふくれたことなんぞ忘れたかのように顔をあわせ、知識をわけあう。そのうち、どう解釈するか、とか、どう利用するか、と議論になり、気がつくと大声をあげ、早口でまくしたて、わたしは真実を指し示し、彼は実際にはそうはならないんだとわめいている。

彼が島から離れるときには、ついたばかりの客を案内しなければならず、見送りに行けなかった。まだ半分腹をたててもいたし、彼を視界から外すことで平静さをとり戻せると信じていた。

ところが、平穏を感じて満足できたのは、半日にも満たなかった。午後、木漏れ陽が下生えの草の上に藍と金の斑をまきちらすと、わたしの足はいつのまにか彼が座していた木陰にむかい、池の水面を波だたせているアメンボやトンボの薄羽をぼんやりとながめているのだった。

そうした日々をすごしたあと、わたしは彼との議論を求めている自分に気がついた。思いかえしてみると、そこに冷笑や蔑みや意地の悪さは一滴もまじっていなかった。偉そうな物言いをして、自分を何様だと思ってんの、教授よりお高くとまって、とかつて陰で言われ、あるいはじかに浴びせられたやっかみひがみの闇は、一欠片もなかった。互いに自分の言い分を認めてもらいたい一心でわめきあったが、それは、飾らない自分をさらけだし、ぶつけあったのと同じことだった。

それに思い至ったとき、わたしは得難い書物を胸に抱きしめているような気分になった。それで、大きな決心をした。島を離れよう、と。おそらく外の世界ではもう、半年か一年はすぎてしまっているだろう。それでも、ヨーファンは、わたしを忘れていない、という不思議な確信があった。

貧民街で医療にたずさわるのに、薬や道具は不可欠だったが、いつも足りなかった。島から戻る船の上であれやこれやと考えていたぼくは、活路になりそうな方策を見出していた。

父の跡をついで、弟はもう一人前の商人だった。その弟に、道端でつんだタバカリ草とリクチャの花を乾燥させて粉にして、一定の割合で混ぜたのを百瓶、売ってくれるように頼んだ。

それは、心だけ旅をしないで――つまり幻覚を見ないで――御婦人方の不調――突然かあっとして発汗したあと、突然寒気におそわれる、心の臓がばくばくしてめまいがする、など――によく効くと評判になり、貧民街での仕事も滞ることがなくなった。

目や耳の病、皮膚病、風邪や腹下しの手当てにおわれているうちに、冷たい風が吹いて、本格的な乾期《ふゆ》となった。ぼくは蠟燭の灯りの下で、腰痛に効く湿布を作る手をとめて、窓を叩く風の音に耳をすましていた。一人で黙々と準備しているとき、風の音はぼくを呼ぶテズーの声のように聞こえた。明るい水面、梢の隙間からふりそそぐ陽光、そして彼女のつややかな肌、尽きることなくわきでる泉のように満ちた青い瞳。

湿布に軟膏をぬるぼくの指はささくれだち、爪も割れている。意義のある仕事をしている自負は、ぼくをずっと支えてくれているけれども、こういう晩は彼女の熱く語る顔《かんばせ》が恋しかった。彼女とまた議論したかった。ぼくはこう思うが、きみはどう解釈する？　と聞いてみたかった。するとまた、ぶつかりあうだろうが、それは立ち位置が違っていたからだと、今ならわかる。彼女にもぼくにも、それぞれに違った経験があり、物事のとらえ方、相手の口調に対する反応も、違って当然なのだ、と。今なら前よりましに議論できるだろう。そしてそれは、彼女の力にもぼくの宝にもなるだろう。ああ、テズー。きみがここにいてくれたら。

んで、おいらが目撃したあの場面ってことなんだな。そうかそうか。

長い乾季がようやく終わり、やさしく雨季の風が吹いてきたあの日、屋敷の門の前に立ちはだかっている黒髪の美人さんとぶつかりそうになったんだ、おいら。びっくりしたなあ。そんじょそこらのなよっとした貴婦人とは違うのに、何か、ほら、品があるってのか？　あっちから謝ってきたのにもびっくらしたぜ。

ヨーファンをさがしてるって言うもんだから、貧民街のことを考えて、つい、おいら、およしなせぇって余計なこと言っちまった。あんな界隈に行くような女《ひと》じゃねえ、と。だけど、あんたはびくともしなかった。どんな所かはおおよそ想像がついている、でもヨーファンに是非とも会わなきゃって、その熱さに負けて、ヨーファン、おまえんとこに案内しちまった。

いやぁ、いいことしたねぇ。何度思いかえしても、へへっ、にやにやしちまう。何だよ、二人とも、今さら顔を紅くして。

頭の上で洗濯物がはためく路地に、おまえは立ちすくんでいたっけな。まるで、見えないはずのものを見たかのように。で、テズー、あんたはゆっくりゆっくり近づいていった。子どもがわきをすりぬけていき、戸口では婆さんたちが途切れ途切れのおしゃべりをしながら繕い物や編み物をしていた。足元じゃ、黒猫ぶち猫が後脚で耳のうしろをかいていた。

あと一歩でぶつかる、というところまでテズーが近づくと、ヨーファン、おまえの方は道具袋が手からずり落ちるのにもかまわず、そっと片手をのばして静かに言ったんだ。

「結婚するか」

ってさ。そしたら、テズー、あんたも一呼吸おいてから、

「うん、いいわね」

だとさ！

婆さんたちは手をとめて口をあんぐりあけるし、おいらは何がおこったのか、よくわからないでいたし、猫どもは……まあ、猫は、猫だからな。

あんたたちの言い争いにも最初、肝《きも》をつぶしたけど、言い争いじゃなくて議論をしていて、どっちもそれを楽しんでいるってわかってからは、好きにやってくれって思うようになったぜ。まったく。どういう夫婦なんだか、な？　あはははは。

あとがき——どう書いたらいいのかしら

『久遠《くおん》の島』を選んでくださってありがとうございます。楽しみながら書いた一冊です。読者の皆様にも楽しんでいただければ、と願っております。

今回は、小説をものするにあたっての姿勢について、身に沁みたことを少しお話しします。しばしおつきあいください。

小説家には、大雑把《おおざっぱ》に二種類の人種（？）がいると思っています。これは本人の性格を多分に反映するもので、しっかりした気丈な完璧主義者と、何ごともあやふやでもいいや、と、流されるクラゲ完璧主義者に分かれるかと。

前者はしっかりと筋立てを持っていて、伏線もどこにどう潜ませて、どう回収するか、きっちりと計算して書く人たち。推理小説はこういう方々によって支えられているんじゃないかしら。自分に厳しく、自分の作品にも厳しく、齟齬《そご》を決して見逃さない。したがって、私生活においても、床には塵《ちり》一つ落ちておらず、システムキッチンはいつもぴかぴかで、冷蔵庫の中身も、ミニトマトが何個ストックされてあるかまで把握しているに違いないのです。ああ、人としての鑑《かがみ》、尊敬に値する人々よ。

そう、彼らをうらやむ私は、後者のクラゲ完璧主義者です。完璧でありたいと常に夢想はしているものの、それはどうがんばっても夢想でしかなく、ぐうたらで快楽の誘惑にたやすくなびく気持ちの弱さは、雑然とした机の上、雑草だらけの庭、曇りのついた鏡に歴然とあらわれるのです。

（すみません、ここで一つ、余談をさせてください。余談、というか、懺悔《ざんげ》、というか。築七年の自宅のシステムキッチンに我慢していたのですが、いたるところに段差があって掃除しづらい、ちょっと手を抜くとすぐに黴《かび》が付着する、人工大理石なので熱いものは直接置かないでください、熱湯は流さないでください、なんじゃそりゃ、台所シンクにお湯を流すなってか、洗い物をしているうちに、紅茶のシミなどが染みていく、しかも黴と同様、こすっても塩素ぶっかけてもきれいになってくれない、魚焼き器はぶっ壊れるし、電子レンジの皿も汚れが落ちない、換気扇は一月《ひとつき》に一度つけ置き掃除を必要とし、それでも油分が取れてくれない……。努力はしたのです。しくしく。それなのに、何をやっても、「怠け者ー。おまえはだめなやつー」と嘲笑《あざわら》われているようで、もうね、切れました。システムキッチン、段差もでこぼこもないものに、まるまる取り替えました。築七年で、よ？　おかげで老後の資金、使い果たしましたわ。でもね、ひとふきすりゃきれいになってくれる、この幸福感。この隅、そこの角に黴がついていないか、なんて常に目を凝らしていなくてもいい解放感。同じ悩みを持つ方々、台所は極力、仕切りや段差のない、シンプルなアイランド方式がおすすめですよ！）

で、もとに戻るけど。

あるひと頃、小説を思いつきで書き進めていくのは良くないのではないかと、反省したことがありました。ことわっておきますが、何も考えずに書きはじめるわけではありませんよ、いくら私でも。世界構築はしっかりして、エピソードいくつかとおおよその終わり方くらいは決めておきます。えへん。あとは、ひらめきと、登場人物の暴走と、ミューズの導きで突っ走っていたのだけれど、こういう書き方でいいのか、と疑問がわいてきて、よし、それならどこの章にどんなエピソードを入れて、どんな情報を書き入れるか、きちんと計画してから書いてみよう、と試みたことがありました。

結果は。

書き直しても書き直しても途中で行きづまりました。不思議なことです。筋立てがきちんとしていて、書かれることを待っているのに、三百枚書いて壁にぶちあたり、百枚書き直した後、直感が、「だめよ、これじゃ。全然だめ！」と、だめだし鳥が、脳みその中で暴れまわり、最初からまた書こうとすると、違う、こんなんじゃない、と混乱の極み（メダパニ）。

おもしろくないんです、苦痛なんです、義務感が先走り、登場人物は奴隷さながらで、愛猫にリード付けて、アスファルトの一本道を歩きなさい、と強要するような。

で、あきらめました。もっと言えば、ひらきなおった。

ちゃらんぽらん、どこに行くのか何をするのかわからない、そもそも私、化粧箱におさまるようなタマじゃない、途中で、あれ、何か、違くない？と思うことが出てきても、登場人物と一緒に冒険する感覚が楽しいんじゃないの。矛盾は、編集の小林甘奈さんと校正の方々（いつも大変お世話になっております！　ありがとうございます！）が、しっかり見つけてくれるでしょう。あとで頭抱える事態になるとしても、よ。ほら見たことかと、完璧な方々から白い目で見られるとしても、よ。見知らぬ世界をわくわく旅するのが、ファンタジーの醍醐味《だいごみ》じゃん！

こうして、細かいことは決めずに『久遠の島』が少しずつ形作られていきました。

まず思いついたのは、「図書館島」。同名の、濃密な長編小説（『図書館島』ソフィア・サマター）に触発されて、では、私の「図書館島」といったら、どんなのになるのだろう、という妄想からはじまりました。悪役セパターが登場したところから、あっという間に沈んでしまったけれど。あああ。もったいないことをした。

島に生まれた三人の主人公が三人三様に、試練を乗り越えながら技術を身につけ、心を鍛え、成長していく物語となっています。お楽しみくだされば幸いです。もうね、どこへ行くのかわからない――パドゥキアに集結していく、という流れは持っていたものの――冒険を、多くの人々に助けられながら全うしていく過程では、あらためて、初心を思いだしました。「自分が楽しまなければ、読者は楽しんでくれない」

先程、もったいないことをした、と書いた「久遠の島」ですが、おまけの短編の「テズーとヨーファン」で、舞台の中心にしました。緑あふれる楽園での読書を、一緒に堪能していただければ幸いです。

支えてくださる皆さんに、心から感謝を捧げます。いつもいつもありがとうございます！

二〇二三年　初夏　ホトトギスが、「ドッカアッチカラ」を連呼している窓辺で

乾石智子

1365		『太陽の石』
		デイサンダー生まれる
1371	【コンスル帝国・イスリル帝国】	
	ロックラント砦の戦い	
1377	【コンスル帝国】グラン帝即位	
	【イスリル帝国】このころ内乱激しくなる	
1383	神が峰神官戦士団設立	
1391	【コンスル帝国】グラン帝事故死	
	内乱激しくなる	
1448		「冬の孤島」
1457		「紐結びの魔道師」
1461		「水分け」
1462	イスリルがローランディア州に侵攻	『赤銅の魔女』
		『白銀の巫女』
		『青炎の剣士』
		『太陽の石』
		デイス拾われる
1703		「形見」
1770	最後の皇帝病死によりコンスル帝国滅亡	
	【イスリル帝国】第三次国土回復戦／	
	内乱激しくなる	
	【エズキウム国】第二次エズキウム大戦	
	エズキウム独立国となる	
	パドゥキア・マードラ同盟	
1771	フェデレント州独立　フェデル市国建国	
1785		「子孫」
1788		「魔道師の憂鬱」
1830	フェデル市〈ゼッスの改革〉	「魔道写本師」
		『夜の写本師』
		カリュドウ生まれる
		「闇を抱く」

〈オーリエラントの魔道師〉年表

コンスル帝国紀元(年)	歴史概要	書籍関連事項
前627ころ	火の時代	『沈黙の書』
前230ころ	〈久遠の島〉できる	
前35ころ	オルン魔国滅亡	『赤銅の魔女』
1	コンスル帝国建国	「黒蓮華」
		「テズーとヨーファン」
360	コンスル帝国版図拡大／北の蛮族との戦い	
450ころ	イスリル帝国建国	『魔道師の月』
		テイバドール生まれる
480ころ	【イスリル帝国】第一次国土回復戦／	
	北の蛮族侵攻	
485		「神々の宴」
580ころ	【イスリル帝国】皇帝ハルファーラ即位	『イスランの白琥珀』
600ころ	【コンスル帝国】属州にフェデレント加わる	
780ころ	〈久遠の島〉沈む	『久遠の島』
807～	辺境にイスリル侵攻をくりかえす	「陶工魔道師」
820過ぎ		シルヴァイン生まれる
840ころ	エズキウム建国（都市国家としてコンスルの庇護下にある）	
880		「ただ一滴の鮮緑」
1150～1200ころ	疫病・飢饉・災害相次ぐ	
	【コンスル帝国】内乱を鎮圧／	
	制海権の独占が破られる	
902ころ	【コンスル帝国】逃亡剣闘士の反乱	「運命女神《リトン》の指」
1170ころ		「セリアス」
1330ころ	イスリルの侵攻が激しくなる	
	【イスリル帝国】第二次国土回復戦／	
	フェデレント州を支配下に	
	コンスル帝国弱体化　内乱激しくなる	
1348	【エズキウム国】第一次エズキウム大戦	
1351		「ジャッカル」

収録作品中「テズーとヨーファン」は書き下ろし、
「久遠《くおん》の島」は二〇二一年小社より刊行されたものの文庫化である。

著者紹介　山形県生まれ、山形大学卒業、山形県在住。1999年教育総研ファンタジー大賞受賞。著書に『夜の写本師』『魔道師の月』『太陽の石』『オーリエラントの魔道師たち』『紐結びの魔道師』『赤銅の魔女』『白銀の巫女』『青炎の剣士』『イスランの白琥珀』『神々の宴』『滅びの鐘』などがある。

検印
廃止

久遠《くおん》の島

2023年7月28日　初版

著者　乾《いぬ》　石《いし》　智《とも》　子《こ》

発行所（株）東京創元社
代表者　渋谷健太郎

162-0814/東京都新宿区新小川町1-5
電　話　03·3268·8231-営業部
03·3268·8204-編集部
URL　http://www.tsogen.co.jp
モリモト印刷·本間製本

ISBN978-4-488-52515-6　C0193